KB104554

신의 아이 2

KAMI NO KO VOL.2

© YAKUMARU GAKU, 2014

All rights reserved.

Original Japanese edition published by Kobunsha Co., Ltd.

Korean translation rights arranged with Kobunsha Co., Ltd.

through EntersKorea Co., Ltd., Seoul.

Korean translation copyright © 2019 by MongsilBooks Publishing

야쿠마루 가쿠 薬丸岳
장편소설 | 이정민 옮김

神の子

신의 아이 2

MONGSIL
BOOKS

| 차례 |

25

어두운 골목길을 걸으며 주위를 살폈다. 낯익은 풍경이었다. 이 부근에서 에리카와 미인계를 써서 남자들에게 돈을 뜯어냈었다. 불과 한 달 전의 일인데 먼 옛날처럼 느껴진다.

잠시 후 공원이 나왔다. 아마미야 가즈마는 고스기를 따라 공원에 들어갔다. 그곳은 인기척 하나 없이 고요했다. 공원 가장자리에 파란 천막과 베니어합판으로 지은 판잣집이 죽 늘어서 있었다. 고스기가 판잣집을 향해 성큼성큼 걸어갔다.

"아무도 없는가?"

고스기가 부르자 안에서 비닐 시트가 위로 젖혀지더니 남자가 얼굴을 내밀었다. 머리가 희끗희끗한 게 고스기보다 나이가 훨씬 많아 보이는 남자였다.

"이게 누구야, 대장님이 돌아오셨구먼." 남자가 그렇게 말하고 히죽 웃었다.

"오랫동안 자리를 비워서 미안하군."

"이쪽이… 일전에 말하던 그 아인가?" 남자가 아마미야를 가리키며 말했다.

"그래. 신지라고 하네."

"좁지만 일단 들어오게."

그 말에 고스기가 고개를 끄덕이고 신발을 벗었다. 몸을 구부려 안으로 들어갔다.

"자네도 들어와. 힘들 테니 신발은 벗지 않아도 돼."

고스기가 판잣집 안에서 손짓을 했다.

아마미야는 오른쪽 반신이 불편한 연기를 하면서 안으로 들어갔다. 그곳은 한 평 남짓한 공간이었다. 천장에 매달린 손전등 빛에 의지해 몸을 구겨 넣으며 고스기 옆에 앉았다.

"미안하군. 이 녀석이 오른쪽 몸을 못 써서 말이야."

고스기가 눈짓으로 아마미야의 신발을 가리키자 남자가 "괜찮아" 하고 고개를 끄덕였다.

"여기 터줏대감인 시바타 씨다. 내가 가장 신뢰하는 사람이지."

"신지입니다… 잘 부탁합니다."

"그런데 상황은 어떤가?" 책상다리로 앉은 고스기가 뺨을 손바닥으로 감싸며 물었다.

"아직 오자와 미노루에 관한 단서를 찾지 못했네…."

"미노루라니… 어떻게 된 일입니까?"

시바타의 입에서 미노루의 이름이 나오다니 아마미야는 놀란 나머지 따지듯이 물었다.

"스기 씨의 부탁을 받고 여기 있는 사람들이 분담해서 오자와 미노루를 찾고 있네."

"여기 있는 사람들이요…?"

"그래. 여기에는 나와 스기 씨 말고도 노숙자가 열 명이나 살고 있어. 그들이 여기저기 나가서 정보를 수집하고 있지. 도쿄뿐만 아니라 가나가와 현과 사이타마 현, 지바 현까지 가서 말이야. 나는 그동안 집을 지키는 셈이고."

저도 모르게 고스기를 쳐다봤다. 그가 이렇게까지 하고 있었다니.

"아무리 눈에 띄는 인물이라도 둘이서 찾는 데는 한계가 있지. 비슷한 사람을 발견하거나 정보가 있으면 나나 시바타 씨한테 연락이 오도록 해 두었다."

생판 남을 위해 왜 이렇게까지 하는지 이해할 수가 없었다. 어지간히 별난 사람이거나 혹은 뭔가 다른 이유가 있어서일까.

"앞으로 어쩔 작정인가?" 시바타가 고스기에게 물었다.

"당분간 이 근처에서 지내려 하는데. 우리가 돌아다니는 것도 좋지 않겠지." 고스기가 아마미야에게 흘끗 시선을 던졌다.

"스기 씨 판잣집은 손 하나 안 대고 놔두었네."

"아니, 상황이 달라졌어. 은신처로 가서 상황을 지켜봐야겠군. 무슨 일 생기면 휴대폰으로 연락해 주게."

"알겠네." 시바타가 대답했다.

"신지, 가자고."

고스기가 일어나 판잣집을 나갔다.

"은신처라뇨?" 순간 아마미야는 시바타에게 물었다.

"가면 알아."

"시바타 씨, 뭐 필요한 건 없고?"

"어디 보자… 술이 당기는군. 그리고 스기 씨가 나간 후로 초밥은 구경도 못했지."

"알겠네. 나중에 배달시켜 주지." 고스기가 아마미야에게 어서 가자고 손짓을 했다.

아마미야는 고스기에 대한 의심을 떨치지 못한 채 느릿느릿 일어나 판잣집을 나갔다. 고스기를 따라 공원 출구로 걸어가는데 공중화장실이 보였다. 전에 미인계를 써서 남자를 협박했던 화장실이다.

그때 일을 회상하는 사이 머릿속을 번뜩 스치는 것이 있었다.

그동안 고스기를 어디선가 본 듯하다는 느낌을 내내 지우지 못했다. 기억력에는 자신이 있다. 하지만 그를 어디서 봤는지는 기억해 내지 못하고 있었다.

남자를 협박했던 그때 이 공원에서 고스기와 비슷하게 생긴 사람을 본 적이 있다. 공중화장실 옆 벤치에 앉아서 아마미야를 보던 노숙자의 눈빛을 그제야 기억해 냈다.

비슷하게 생긴 사람이 아니라 틀림없이 고스기다.

아뿔싸.

아마미야는 혀를 차고 싶은 것을 간신히 참았다.

그 당시에는 오른쪽 몸이 불편한 연기는 하지 않았다. 남자를 두드려 패고 명치에 오른쪽 주먹을 날리기까지 했다.

고스기는 그때의 아마미야를 기억하지 못하는 걸까. 그렇다, 기억할리가 없다. 아무리 인상적인 사건이었다 해도 한 번 봤을 뿐인 사람을 기억하지는 못할 것이다. 외모도 그때 이후 많이 달라졌다.

게다가 만약 아마미야가 그때 그 사람임을 알고 있다면 거짓말하는 자신을 도와 사람을 찾으러 다닐 리가 없다.

공원 밖으로 나간 고스기가 호텔가 모퉁이에 있는 잡거빌딩에 들어갔다. 엘리베이터에 올라타 6층을 눌렀다.

"여기가 어딥니까?"

아마미야가 묻는데도 고스기는 아무 대답도 하지 않았다. 엘리베이터가 멈추고 고스기와 함께 내렸다. 복도를 걸어가 603호실 앞에서 멈춰 서더니 열쇠로 문을 열고 안으로 들어갔다.

"왜 그러고 섰어? 들어와."

문 앞에서 머뭇거리는 아마미야에게 고스기가 턱짓을 했다.

아마미야는 시간을 들여 신발을 벗고 안으로 들어갔다. 고스기를 따라 복도를 지나자 거실이 나왔다. 다다미 열다섯 장 크기의 거실에 TV와 소파가 놓여 있다. 그 밖에도 문이 있는 것으로 보아 방 세 개짜리 집인 듯하다.

고스기가 곧장 부엌으로 가더니 냉장고에서 캔 맥주를 꺼내 와 아마미야에게 하나 건넸다.

"서 있지 말고 앉아."

스툴에 걸터앉은 고스기가 맞은편 소파를 가리켰다.

아마미야는 일단 소파에 앉아 고스기를 물끄러미 쳐다봤다.

고스기가 캔 뚜껑을 따고 "건배——" 하면서 아마미야가 쥔 캔에 부딪었다. 그러고는 꿀꺽꿀꺽 들이켠다.

"왜? 안 마셔? 요새 계속 발포주만 마셔서 맥주가 당길 텐데." 고스기가 씨익 웃었다.

"고스기 씨, 정체가 뭐죠?" 아마미야는 솔직하게 물었다.

"돈 좀 있는 노숙자라고나 할까."

"이렇게 번듯한 집이 있으니 노숙자는 아니죠."

"여기는 내 집이 아니야."

"그럼 누구 집인데요?"

"그게 무슨 상관인가. 곤란할 때 쓰라고 해서 들어왔을 뿐인데."

"아까… 쫓기는 상황이 익숙하다고 하셨죠? 누구한테 쫓기길래 노숙자로 변장까지 한 건지…."

"워낙 켕기는 게 많은 몸이라 평소부터 신중히 행동하고 있지. 천막이나 판잣집에서 쉬면 위험할 것 같아서 여기로 왔네. 수상한 자에게 급습이라도 당하면 큰일이지 않나."

고스기를 미행했다는 사람은 무로이의 조직과 관계없는 자들일까.

"추적자를 따돌리기 위해 여기저기 떠돌아다닌다는 건가요?" 아마미야가 물었다.

"아니. 물론 신중히 행동해야 하는 몸이긴 하나 오늘 따라붙은 자는 나와는 상관없는 놈들이야. 자네야말로 뭔가 숨기는 거 아닌가?"

고스기가 빤히 쳐다본다.

"숨기는 거 없어요. 그저 오자와 미노루를 찾고 있을 뿐입니다."

"제대로 이야기해 주면 도와줄 수 있을 것 같은데." 고스기가 몸을 살짝 앞으로 내밀었다.

아마미야에 대한 호의와 걱정이 동시에 느껴지는 표정이었다.

의지할 데 없이 불안한 자신의 처지를 생각하니 차라리 털어놓을까도 싶었지만 아마미야는 이내 단념했다.

고스기에게 무로이의 조직 이야기를 할 수도 없는 노릇이다. 아무리 과거에 조폭 간부였다 할지라도 무로이의 조직은 도저히 고스기가 당해 낼 만한 상대가 아니다. 괜히 조직 이야기를 꺼냈다가는 앞으로 미노루를 찾는 데 협조해 주지 않을 것이다.

"충분히 도와주고 계시잖아요." 아마미야는 슬쩍 얼버무렸다.

"그런가… 뭐, 말하기 싫어하는데 억지로 말하게 할 생각은 없어. 말하고 싶어지면 그때 가서 하면 되지. 좌우지간 여기서 지내는 편이 안전하다는 것만큼은 확실하다. 미노루를 찾기 위해서도 말이야."

여기서 지내는 편이 안전하다——.

고스기는 아마미야의 사정을 어느 정도 간파하고 있는 듯하다. 아마미야가 단순히 사람을 찾고 있는 게 아니라는 것을. 그리고 아마미야 주변에 정체불명의 수상한 그림자가 아른거리고 있다는 것을. 그런데도 왜 아마미야에게 협조하는 걸까.

단순한 친절이 아니라 뭔가 고스기에게도 의도하는 바가 있다는 것을 아마미야는 눈치채고 있었다. 그러나 그것이 무엇인지는 알지 못한다. 집요하게 캐묻는다 해도 아마미야의 패를 보이기 전에는 고스기 역시 아무것도 내보이지 않을 것이다. 그것만은 알 수 있었다.

아무래도 그동안 사람을 잘못 보고 있었나 보다. 무슨 이유로 아마미야 곁에 있는지는 몰라도 그저 오지랖 넓은 노숙자가 아님은 확실하다.

도대체 정체가 뭘까.

아마미야는 한 가지 가능성에 생각이 미치자 경악을 금치 못했다.

혹시 고스기도 무로이의 조직 사람이 아닐까.

애당초 아마미야 혼자 미노루를 찾기가 어렵다는 것을 무로이는 분명히 알고 있었다. 그래서 협력자를 보낸 것이 아닐까. 그 협력자는 감시도 할 겸 아마미야와 함께 다니며 부하에게 미노루를 찾게 한다. 그리고 미노루를 발견하면 아마미야에게 소재를 알려서 원래 목적인 미노루와 친구가 되는 임무를 완수하게 한다….

고스기가 몸을 일으키더니 벽에 설치된 수납장으로 갔다. 서랍을 열어 뭔가를 꺼내서 돌아왔다. 휴대폰과 열쇠였다. 그것을 아마미야에게 건넨다.

"휴대폰이 없으면 불편하잖나. 내 번호는 저장해 뒀어."

아마미야는 말없이 그를 올려다봤다.

"그리고 이건 집 열쇠다. 현관 옆방에 침대와 갈아입을 옷이 있어. 부엌이나 욕실도 편하게 쓰도록. 냉장고에는 당분간 먹을 식재료가 들어 있으니 웬만하면 밖을 나돌아 다니지 않는 게 좋을 거다. 만약 꼭 필요한 물건이 있으면 나한테 연락해. 구해다 줄 테니."

고스기는 그렇게 말하고 현관으로 향했다.

"고스기 씨는요?"

아마미야가 묻자 고스기가 걸음을 멈추고 뒤돌았다.

"여기 말고도 은신처가 있어. 나는 거기서 지낼 거다. 자네도 그럴지 모르지만 아무리 마음이 맞는 사람이라 해도 계속 얼굴을 맞대고 있으면 피곤하잖아. 한동안 여자도 안지 못했고 말이야."

고스기가 웃었다. 그리고 손가락으로 수납장을 가리켰다.

"저 안에 현금이 좀 들어 있어. 자네도 여자 생각이 나면 출장 마사지라도 부르든지."

고스기는 그 말을 남기고 거실을 나갔다. 잠시 후 현관문 닫히는 소리가 들렸다.

아마미야는 소파에서 일어나 현관으로 향했다. 문은 잠겨 있었지만 혹시 몰라 체인을 걸었다.

거실로 돌아와 수납장 서랍을 열어 봤더니 만 엔짜리 지폐가 아무렇게나 널려 있다. 다 해서 삼십만 엔쯤 될까.

아마미야는 집 안을 둘러보며 앞으로 어떻게 할지 생각했다. 만약 고스기가 무로이의 조직 사람이라면 여기 있는 것은 위험하다. 뜬금없이 이곳에 데려온 것도 조직을 배신한 아마미야를 쉽게 처리하기 위해서가 아닐까. 그 가능성도 배제할 수 없다.

그러나 막상 이곳을 나가려 해도 갈 곳이 없다. 에리카와 살던 집은 조직의 감시 아래 있을 터. 어디론가 도망간다 해도 조직은 아마미야를 집요하게 뒤쫓을 것이 뻔하다. 언젠가는 붙잡히고 만다.

어떻게든 조직보다 먼저 미노루를 찾아내서 무로이와 직접 담판을 지어야 한다. 그것 말고는 이제 남은 길이 없다.

고스기는 과연 적인가, 아군인가——.

방 밖에서 희미한 소리가 들렸다.

이 방에 들어오기 전에 포테이토칩을 잘게 부숴서 복도에 뿌려 놓았는데 그걸 밟는 소리였다.

사람을 보는 눈이 이렇게 없어서야.

한숨이 절로 나올 지경이었지만 이제 와서 후회해도 소용없다. 아마미야는 침대 이불 속에 넣어 둔 칼을 쥐고 어둠 속에서 온 신경을 귀에 집중했다.

상대방도 포테이토칩이 뿌려진 것을 알아차렸을 터. 아마미야가 경계 태세에 있음을 예상해서 섣불리 들어오지는 않을 것이다. 몇 명이나 될까. 세 명까지는 방에 들어온 순간 손에 있는 칼 세 자루를 던지면 처치할 수 있다. 실눈을 뜨고 방문에 시선을 고정하면서 머릿속으로는 이제부터 취할 동작을 시뮬레이션했다.

문손잡이가 소리 없이 돌아가더니 문이 천천히 열렸다. 방에 들어온 사람 그림자를 보고 칼을 던지려던 손을 멈칫했다. 여자 같다. 게다가 여자의 실루엣이 눈에 익었다. 한 손에 뭔가 기구 같은 것을 들고 있는데 권총은 아닌 듯하다.

여자가 기구 같은 것을 내민 자세로 다가왔다.

아마미야는 상체를 일으켜 여자의 어깨를 쥐고 목에 칼끝을 들이댔다. 찌르기 바로 직전에 멈췄다.

어둠 속에 빛나는 여자의 눈을 보고 아마미야는 당황했다.

미카였다──.

미카는 목에 칼끝이 닿을 지경인데도 동요하지 않았다. 아마미야가 입을 연 순간 미카가 왼손으로 아마미야의 입을 막았다. 그녀는 오른손에 쥐고 있던 휴대폰 같은 것을 침대에 던지더니 집게손가락을 세워 자신의 입술에 댔다.

말하지 말라는 뜻일까.

미카는 자신의 어깨를 붙잡고 있는 아마미야의 손을 떼어 내고 다시 휴대폰 같은 것을 손에 들었다. 거기에서 이어폰이 뻗어 나와 미카의 귀에 연결되어 있다.

미카가 침대 곁에 아무렇게나 놓인 아마미야의 상의를 줍더니 주머니를 뒤져 고스기가 준 손목시계를 꺼냈다. 그것을 들고 방에서 나갔다.

아마미야는 침대에서 일어나 방 밖을 살폈다.

미카 말고 다른 사람은 없는 듯하다.

형광등을 켜고 침대에 걸터앉았을 때 미카가 방으로 돌아왔다.

미카는 귀에서 이어폰을 빼고 손에 들고 있던 것을 침대에 내던졌다. 그것은 도청기 탐지기였다.

"그 손목시계에 도청기가 설치되어 있던 거야?" 아마미야가 물었다.

"그래…."

미카의 대답을 듣고 쓴웃음이 나왔다.

아들 선물 좋아하시네.

가출한 아들 이야기를 하며 눈물까지 글썽이던 고스기를 떠올렸다.

속이는 줄 알았는데 보기 좋게 속아 넘어가고 있었다니.

"날 감시하기 위해 조직에서 보낸 사람이었어? 등잔 밑이 어둡다더니 딱 그 짝이네."

"조직 사람 아니야." 미카가 말했다.

"그럼 정체가 뭔데?"

"나야말로 묻고 싶어. 무로이 씨가 너한테 접근하는 사람을 감시하라고 지시했거든. 그 사람한테 눈속임용으로 미행을 세 명 붙여 놨는데 내 존재는 몰랐나 봐."

"그럼 이 집에 몰래 들어왔다는 건가?"

"경계심이 강해서인지 허름한 건물에 안 어울리게 자물쇠는 열기 어려운 걸로 달아 놨더라."

그런데도 쉽게 침입했다는 건가.

여기서 지내는 편이 안전하다고? 안전은 무슨 얼어 죽을.

"용건이 뭐야?" 아마미야가 물었다.

"멍청한 동생한테 마지막 충고를 해 주러 왔어. 위험을 무릅쓰면서까지."

"충고?"

"그래. 너, 대체 무슨 생각을 하는 거야? 조직을 배신하면 어떻게 되는지 알고 그러는 거야?"

"모를 리가 있나."

"그런데 왜…!"

"그 자식이 시키는 대로 하기가 거지 같아서. 내가 임무를 완수해 봤자 무슨 보장이 있는데? 오자와 미노루를 발견한 순간 더는 볼일 없다면서 처리될지 누가 알아?"

"그럴 리 없어! 무로이 씨는 자신을 위해 일하는 동지에게 그런 짓을 할 사람이 아니야. 엉뚱한 생각 말고 제발 조직으로 돌아와. 어느 정도 처벌은 받겠지만 중벌은 피하도록 누나가 무로이 씨와 이야기해 볼게. 그래, 그 사람을 넘기면 이번 배신행위를 없던 일로 해 줄지도 몰라. 그 사람의 정체를 밝히려고 조직의 감시의 눈을 피하는 연기를 했다고 하면 돼. 무로이 씨도 그 사람이 누군지, 왜 너한테 접근했는지 궁금해 했으니까."

"미안한데 거절할게."

"어째서?!" 미카가 믿기지 않는다는 눈빛으로 쳐다봤다.

"더 이상 그 자식한테 이용당하기 싫어."

"이용당하다니 그렇지 않아. 중대한 사명을 다하고 있는 거잖아."

"사명은 무슨! 누나도 이용당하고 있기는 마찬가지야. 온몸에 메스를 대고 그런 꼴을 하면서까지… 정치가의 비밀을 파헤치기 위해 정부(情婦) 노릇이라도 하는 건가?"

"맞아." 미카가 태연하게 말했다.

당연하다는 듯 대답하는 미카를 보고 극심한 분노와 슬픔이 치밀어 올랐다.

"어째서 그런 짓을 당했는데 아무렇지도 않을 수가 있어! 그런 짓까지 시키는 자식을 어떻게 믿을 수가 있느냔 말이야!"

"같은 말 반복하게 하지 마. 그게 내 사명이기 때문이야. 이 나라를 좋은 방향으로 이끌기 위해… 무로이 씨의 이상을 실현하기 위해 필요한 일이기 때문이야."

"이상은 무슨 얼어 죽을. 그 자식의 이상이라는 게 대체 뭔데?"

"이제 와서 무슨 소리를 하는 거야? 무로이 씨가 바라는 건 평등한 사회잖아. 부자도 가난뱅이도 없는, 수많은 불행 위에 성립된 일부 특권계층을 배제하는, 다 같이 평등하게 불행하고 행복한 사회 말이야."

"그런 사회가 정말 이상적이라고 믿어? 범죄를 이용해 행복한 인간을 불행에 빠뜨리는 사회가…?"

범죄라는 건 불행한 인간을 조금 행복하게 하고, 행복한 인간을 조금 불행하게 한다. 세상의 균형을 유지하는 데 불가결한 것이라고 무로이는 설명했다.

아마미야도 전에는 무로이의 그 사고방식에 심취했었다. 그러나 지금은 그런 사회가 이상적일 리 없다는 걸 알았다.

"너 벌써 잊었어? 우리가 무로이 씨를 만나기 전까지 얼마나 괴롭게 지냈는지… 우리도 제대로 살고 싶었잖아. 그래서 더 남들한테 설설 길 수밖에 없었고, 그런데 난 그 시절에 요만큼도 행복하지 않았어. 무로이 씨 말고는 우리를 밑바닥에서 구원해 주려는 사람은 아무도 없었어."

미카의 말대로 자신들은 그 시절에 밑바닥 생활을 했다. 아니, 태어나서 평생을 그렇게 살았다. 남매 외에 의지할 사람이라고는 한 명도 없었다. 가난에 허덕이고 굴욕감을 맛보며 하루하루를 살았다. 하지만….

"적어도 지금보다는 행복했어."

미카가 곁에 있는 것만으로 그렇게 느껴졌다.

"그건 네가 남자들을 빨지 않아서야."

싸늘하게 내뱉은 미카의 말이 가슴에 비수처럼 꽂혔다.

"난 매일같이 남자의 그걸 빨아야 했어. 널 먹여 살리기 위해서 말이야. 가게에 오는 손님은 물론 직원까지 아무도 나를 사람으로 봐 주지 않았어. 손님에게 난 자기 욕망을 분출하기 위한 공중화장실이었고, 직원에게는 망가지면 바로 갈아 치울 수 있는 싸구려 상품이었지. 유일하게 무로이 씨만 날 인간으로 대해 주었어. 날 받아들이고 소중히 여겨 주었어."

"누나를 이용하기 위해서 그랬을 뿐이잖아. 그 자식은 우리가 소중한 존재로 인정받는 것처럼 느끼게끔 눈속임했을 뿐이라고. 숭고한 이상을 내거는 것처럼 보이겠지만 그 자식이 하는 일은 그냥 범죄야. 사람을 죽이는 일이 이상적인 사회로 이끈다고 생각해? 사람을 속여서 돈을 뜯어내는 일이 나라를 더 나은 형태로 바꾼다고 생각하느냐고. 난 그 자식의 지시로 죄 없는 사람까지 죽였어."

아마미야는 내뱉듯이 말했다.

"너한테는 괴로운 경험이었겠지만 이상적인 사회를 실현하기 위해서는 희생도 필요한 법이야."

"아직도 모르겠어?! 그 자식의 같잖은 헛소리에 얼마나 많은 사람들이 불행해졌는지! 그 자식은 그냥 사기꾼이라고. 옛날에 있었던 말도 안 되는 사이비 종교처럼… 그 자식이 교주 노릇을 해서 누나와 사람들을 세뇌했을 뿐이라고. 제발 좀 정신 차려! 나랑 같이 도망치자! 그놈들이 쫓아오지 못할 곳이 어딘가에 있을 거야!"

아마미야는 미카의 손을 붙들고 필사적으로 설득했다. 그러나 미카는 싸늘한 눈빛으로 아무 대답도 하지 않았다. 이윽고 아마미야의 손을 뿌리쳤다.

"앞으로 다시는 보지 말자."

미카가 아마미야를 쳐다보며 낮게 읊조리더니 등을 돌려 방에서 나갔다.

현관문 닫히는 소리와 함께 극심한 초조함이 엄습했다.

여기서 빨리 나가야 해.

아마미야는 침대에서 일어났다. 손에 쥐고 있던 칼을 바지와 벨트 사이에 끼운 뒤 바닥에 널브러진 상의를 걸치고 방에서 나갔다.

현관문을 보니 자물쇠가 열려 있고 체인이 끊어져 있다. 우선 자물쇠를 다시 잠근 다음 신발을 신고 거실로 향했다. 테이블 위에 놓인 손목시계와 휴대폰이 눈에 들어왔다. 둘 다 고스기에게 받은 물건이다.

손목시계에 도청기가 설치되어 있으니 휴대폰 역시 마찬가지라고 생각해야 할 것이다. 어쨌든 이제 고스기와 연락할 일은 없다.

아마미야는 괘씸해하며 테이블 위에 고정했던 시선을 수납장으로 옮겼다. 현금카드는 갖고 있지만 ATM에 들를 시간이 과연 있을까. 서랍 속 지폐를 웃옷 주머니에 쑤셔 넣고 집에서 나왔다.

엘리베이터로 가니 마침 1층에서 올라오는 참이었다.

어쩌면 조직 사람일지도 모른다는 생각에 즉시 계단으로 향했다.

조심스럽게 계단을 내려갔다. 건물 밖으로 나와 사방을 경계하며 어둑한 골목길로 걸었다.

"거기—."

자신을 부르는 소리에 놀라 뒤를 돌아보았다. 고스기가 걸어오고 있었다.

"그동안 신세를 졌습니다."

이런 상황에서도 반사적으로 오른 다리를 질질 끌면서 걸어갔다.

"잠깐 기다려." 고스기가 뒤에서 아마미야의 어깨를 붙잡았다.

"당신, 정체가 뭐야!"

어깨의 손을 뿌리치자 고스기가 기세에 눌렸는지 몸을 뒤로 뺐다.

"손목시계에 도청기까지 달아 놓고 대체 목적이 뭐냔 말이다!"

아마미야가 길길이 날뛰자 고스기는 당혹스러운 표정으로 머리를 긁적였다.

"일단 진정하게… 제대로 설명해 줄 테니. 그보다 빨리 다른 은신처로 옮겨야겠군."

"헛소리 집어치워!"

고스기를 떼치고 걸어가려는 순간 이쪽을 향해 다가오는 헤드라이트 불빛에 노출되었다.

두 사람 앞에서 차 한 대가 멈춰 섰다. 뒷좌석 양쪽 문이 열리고 사내 둘이 내렸다. 양복 차림에 선글라스를 낀 건장한 사내들이었다.

제길. 괜히 여기서 꾸물대는 바람에.

"누구냐…?"

고스기가 사내들에게 물었다.

"당신, 냉큼 물러나는 게 좋을 거야." 아마미야가 고스기에게 말했다.

조직원들은 목적을 위해서라면 무슨 짓을 할지 모른다.

지금은 고스기에게 불신감밖에 남아 있지 않지만 그래도 그를 싸움에 말려들게 하고 싶지는 않다.

틈을 봐서 도망갈 수 있을까 싶어 뒤를 확인했지만 뒤에서도 헤드라이트 불빛이 다가오더니 두 사람을 사이에 끼듯 정차했다. 그쪽 차에서도 두 사내가 내렸다.

운전하는 놈까지 합해서 여섯 명. 일이 골치 아프게 되었다고 생각하면서 바지와 벨트 사이에 끼워 둔 식칼을 쥐었다.

"아마미야 가즈마, 네놈을 데리러 왔다. 차에 타라."

눈앞의 사내가 말했다.

아마미야는 흘끗 고스기를 살폈다. 그러나 고스기는 그 말에도 아랑곳없이 주변 사내들을 둘러보고 있었다.

"얌전히 차에 타면 해치지 않겠다." 사내가 한 걸음 앞으로 나와서 말했다.

"그걸 나더러 믿으라고?"

"우리가 받은 지시는 네놈을 데려가고, 그 남자에게 이야기를 듣는 거다."

이야기를 듣다니, 고문을 해서 숨기는 게 뭔지 실토하게 만들겠다는 소린가.

"이 아저씨는 관계없다. 그냥 노숙자일 뿐이다. 아저씨, 이제 볼일 없으니 얼른 꺼져."

아마미야는 내쫓듯이 손을 휘휘 젓는 한편 고스기에게 눈빛으로 호소했다. 그러나 고스기는 알아듣지 못했는지 그 자리를 떠나려 하지 않았다.

"빨리 차에 타. 시키는 대로 안 하면 뜨거운 맛을 보게 될 거다."

사내가 상의 가슴팍에 손을 찔러 넣었다. 권총을 갖고 있다는 뜻이므로 반항해 봤자 소용없다.

무로이는 자신을 데려가서 어쩔 작정일까. 그 후를 생각했더니 절망적인 기분이 들었다.

"좋아. 그런데 이 아저씨는 아무 상관없으니 여기서 풀어 주면 차에 타지."

아마미야는 반항을 포기하고 말했다.

"네놈 말은 듣지 않는다. 네놈은 이 차에 타라. 그 남자는 뒤차에 탄다." 사내가 가슴팍에 손을 넣은 채 천천히 다가왔다.

"형씨, 여기서 그 위험한 물건을 사용하려고?"

그 소리에 놀란 아마미야가 고스기를 쳐다봤다. 그는 히죽히죽 웃고 있었다. 이 심각한 상황을 이해하지 못하는 걸까.

"우리 구역에서 함부로 까불면 곤란한데."

사내가 걸음을 멈췄다.

"여기가 어디든 상관없다. 시키는 대로 안 하겠다면 무력을 쓰는 수밖에."

"아무래도 내가 네놈들을 과대평가한 모양이군. 쪼끔은 머리가 있는 조직인 줄 알았는데 형편없는 초짜 집단이었어."

고스기가 제 머리를 쿡쿡 찌르며 코웃음 치자, 사내가 "뭐?!" 하고 얼굴이 붉으락푸르락해졌다. 그러나 이내 냉정을 되찾았는지 주변 사내들에게 눈짓을 했다. 사내들이 서서히 다가왔다.

"주변의 이상한 낌새도 알아차리지 못하는가 보군. 네놈들 머리를 겨냥하고 있다고." 고스기가 주변을 올려다봤다.

그 말에 사내들이 멈춰 서서 주변 건물을 올려다보며 상황을 살폈다. 덩달아 아마미야도 고개를 쳐들었다. 주변 건물을 훑어봤지만 라이플 같은 것으로 사내들을 겨냥하는 모습은 보이지 않았다.

"그런 헛소리가 통할 것 같으냐!"

잠시 주변 건물을 올려다보던 사내가 시선을 되돌리고 말했다.

"그럼 시험해 보면 되겠군. 거기서 한 발짝이라도 더 움직이든지 가슴 팍에 숨긴 걸 이쪽으로 겨누어 보게. 물론 죽을 각오가 되어 있다면 말이야." 고스기가 사내들을 둘러보면서 싸늘하게 말했다.

선글라스로 감추었어도 고스기의 말에 사내들이 동요하고 있음을 알수 있었다. 두 사람을 에워싸고 있는 사내들의 시선이 서로 교차했다.

"일단 물러나는 편이 좋을 것 같은데. 쓸데없이 죽어서 뭐 하겠나?" 고스기가 눈앞의 사내를 똑바로 쳐다보면서 말했다.

사내는 여전히 가슴팍에 손을 넣은 채 주저하고 있다. 그 여유롭던 표정은 어디 가고 분한 듯 입가를 일그러뜨렸다. 이윽고 상의에 넣었던 손을 천천히 뺐다. 권총은 쥐여 있지 않다.

"오늘 일을 후회하게 될 거다."

사내들이 으름장을 놓은 뒤 두 사람을 노려보면서 차로 돌아갔다.

고스기의 손에 이끌려 골목 끝으로 간 것과 동시에 사내들을 태운 차가 떠나갔다. 차가 보이지 않게 되자 아마미야는 무거운 한숨을 내쉬었다.

"저 위에서 놈들을 겨냥하고 있다는 말, 사실인가?" 아마미야가 물었다.

"당연히 뻥이지." 고스기가 웃으면서 곁에 있는 건물을 올려다봤다.

누군가에게 눈짓을 하는 것처럼 보였다.

"당신, 대체….."

아마미야의 말을 자르듯 고스기가 휴대폰을 꺼내 어디론가 전화를 걸었다.

이삼 분이 지나 헤드라이트 불빛이 다가오는 것이 보였다. 시커먼 고급 승용차가 두 사람 옆에 멈췄다.

고스기가 뒷좌석 문을 열고 "타" 하고 말했다. 그러나 아마미야는 선뜻 올라탈 수가 없었다.

"타서 나쁠 것 없으니 안심해."

그 말에 마음을 굳게 먹고 아마미야는 오른 다리를 끌면서 뒷좌석에 올라탔다.

"그런 연극은 이제 필요 없어."

고스기가 옆에 타고 문을 닫자 차가 출발했다.

"그럼 당신도 삼류 연극 따위 집어치워."

아마미야가 어깨를 돌려 근육을 풀면서 대꾸했다.

"알겠네." 고스기가 쓴웃음을 지었다.

"당신, 대체 정체가 뭐야? 날 돕기 위해 따라다닌 건 아닐 텐데."

"그렇지." 고스기가 선선히 인정했다.

"나는 줄곧 자네를 감시해 왔네. 소년원에서 나온 후의 아마미야 가즈마를 말이야."

소년원에서 나온 뒤 줄곧 감시하고 있었다니.

그 공원에서 본 것도 우연이 아니었다 이건가.

"왜 나를…?" 아마미야가 물었다.

"어떤 분의 명령을 받았거든."

"어떤 분…?"

"그래. 지금 만나러 간다."

"그 사람이 대체 누군데?"

"지금 말할 수야 없지. 자네가 우리 적이 아니라는 확신이 들면 알려 주지."

"내가 도마 위의 생선이라는 건가."

"그렇게 볼 수도 있겠군. 그런데 저쪽 도마에 오르는 것보다는 훨씬 나은 선택일 거야."

"그런가."

시큰둥해진 아마미야가 고스기로부터 시선을 돌렸다.

"그 집 문을 간단히 따다니, 자네 누나란 사람은 제법 실력이 뛰어나군."

그 말에 흠칫 놀라 고스기 쪽으로 몸을 틀었다.

"손목시계만인 줄 알았나?" 고스기가 아마미야의 반응을 재미있어 했다.

"방에도 설치해 놓았군."

"도청기가 아니라 방마다 소형 카메라와 마이크를 달아 놨지. 탐지기에 걸리지 않도록 케이블로 연결해서 아래층에서 보고 있었다."

"그것도 날 감시하기 위해서였나?"

"네 신상은 죄다 캐 두었다. 행방이 묘연한 누나가 있다는 것도 말이야. 아까 날 미행하던 여자의 존재를 눈치채고 혹시나 했지."

"누나가 미행하는 걸 알면서도 일부러 내버려 두었다는 건가?"

"그래."

고스기가 인정하는 것을 보고 아마미야는 쓴웃음을 지었다.

미카는 고스기에게 눈속임용 미행을 붙여서 자신의 존재를 감추었다고 말했지만 이 남자가 한 수 위인 모양이다.

"덕분에 재미있는 이야기를 들었지."

"하긴, 웬만해서는 구경하기 힘든 남매 싸움이었으니."

빈정거림으로 받아치는 수밖에 없었다.

"자네 가정 사정이야 내 알 바 아니고, 그놈을 조금 알게 된 것 말이다."

"그놈…?"

고스기는 아무것도 대답하지 않고 눈을 감았다.

"설마 또 갈아타는 건 아니겠지?"

지하 주차장에 들어가는 것을 보고 아마미야는 짜증이 나서 물었다. 고스기와 함께 차에 탄 후 벌써 세 번이나 다른 차로 갈아탔다. 미행을 따돌리기 위해서라는 건 알지만 좀 과하다 싶었다.

"이번이 마지막이다." 고스기가 그렇게 말하더니 창밖으로 시선을 던졌다.

"그 어떤 분이 지나치게 신중한 성격인가 보군."

"그분에게 만약의 사태가 생기면 일본의 근본이 흔들리지. 결코 뉴스에 보도되지는 않겠지만 총리대신보다 영향력 있는 인물이시다."

뒷골목 세계를 조종하는 어둠의 권력자 같은 걸까.

차가 멈추고 고스기와 함께 내렸다. 바로 앞에 같은 색, 같은 차종의 승합차가 세 대 정차되어 있다. 세 대 모두 짙게 선팅이 되어 뒷좌석 상황은 보이지 않았다.

"가운데 차에 타." 고스기가 주변에 인기척이 없는지 확인한 뒤 말했다.

"이거야 원…."

아마미야는 한숨을 쉬며 차 문을 열었다. 안에는 운전사 외에 두 사내가 타고 있었다. 고스기와 차에 올라타 사내들과 마주 앉았다.

"이걸 좀 차 줘야겠어." 고스기가 안대를 내밀었다.

"나 참, TV를 너무 많이 본 거 아닌가?"

아마미야는 하는 수 없이 안대를 착용했다.

"이제 벗어도 된다."

사내의 목소리에 아마미야는 안대를 벗었다.

순간 눈이 부셔서 눈을 감았다. 천천히 눈을 뜨고 사방을 확인했다. 널찍한 공간에는 자신이 앉아 있는 의자 말고는 아무런 가구가 없다. 노출 콘크리트 벽에 둘러싸인 살풍경한 방이다. 천장의 네 귀퉁이에는 소형 카메라가 설치되어 있다.

고스기는 이 방에 없었다. 승합차에서 마주 앉았던 두 사내가 눈앞에 서 있다.

"고스기 씨는?" 아마미야가 사내에게 물었다.

"잠시 기다리라고 하셨다."

"여기가…." 거기까지 말하고 입을 다물었다.

여기가 어디냐고 물어 봤자 대답해 줄 리가 없다.

안대를 착용하고 꽤 오랜 시간 이동했다. 시계를 보지 못해 정확하지는 않지만 아마 두 시간 넘게 이동했을 것이다.

문이 열리는 소리에 아마미야는 뒤를 돌았다. 고스기가 문밖에서 손짓을 한다.

"드디어 만나는 건가."

방에서 나가 고스기를 따라 콘크리트 복도를 걸어갔다.

"정재계를 주무르는 어둠의 권력자라 하면 당연히 으리으리한 전통 가옥에 살 줄 알았는데."

"자네야말로 TV를 너무 봤군. 그리고 아카기 씨는 어둠의 권력자가 아니시다." 고스기가 표정 변화 없이 말했다.

그자의 이름이 아카기인가.

"그럼 대체 뭔데?"

"더 높은 존재이시지. 목숨이 아까우면 입을 함부로 놀리지 말고 실수 없도록 조심해라."

고스기가 문 앞에 멈춰 섰다. 문 위에 카메라가 달려 있다.

"아마미야 가즈마를 데려왔습니다."

고스기가 카메라를 향해 말하자 묵직해 보이는 문이 자동으로 열렸다. 아마미야는 고스기를 따라 방에 들어갔다. 아까 그 방보다 더 넓었다. 가운데 놓인 소파에 앉아 있는 남자와 눈이 마주쳤다.

고스기의 이야기를 듣고 제법 나이 지긋한 노인을 상상했는데 눈앞의 남자는 기껏해야 예순 정도 넘은 것 같았다. 옷차림도 말쑥하고 언뜻 봐서는 기업의 사장처럼 보이기도 하지만 자신을 바라보는 눈빛만큼은 지금껏 느껴 본 적이 없는 위압감을 풍겼다.

"자네가 아마미야 가즈마인가?" 남자가 말했다.

"당신이 아카기 씨인가?"

아마미야는 그 위압감에 짓눌리지 않으려 허세를 부렸다.

남자가 입가를 슬쩍 일그러뜨리고 "그렇다" 하고 대답했다.

"한 가지만 묻겠다. 나는 당신한테 손님인가, 아니면 포로인가?"

"손님이라고 생각하게. 여기 오는 과정이 언짢았다면 대신 사과하겠네. 부하가 좀 신경질적으로 반응하는 경향이 있어. 자, 앉게."

아카기의 눈짓에 아마미야는 가까이 가서 소파에 털썩 앉았다. 고스기는 여전히 서 있었다.

"이야기는 들었네만 참으로 재미있는 사내로군."

아카기의 말에 고스기가 한숨을 내쉬며 고개를 작게 끄덕였다.

"날 감시하라고 명령했다던데 뭣 때문이지? 왜 날 감시한 건가?"

이미 버린 것이나 다름없는 목숨이라 생각하고 대담하게 굴었다.

"자네한테 관심이 있으니까. 아니, 자네가 아니라 무로이가 뭘 하려는지 궁금해서 말이네."

"무로이라니, 당신⋯."

거기까지 말했을 때 고스기가 "어이——" 하고 불렀다.

그를 쳐다보자 말조심하라는 표정을 짓고 있었다.

"알겠어—— 당신이 무로이 씨를 안다는 겁니까?" 아마미야가 다시 물었다.

"아는 정도가 아니라 무로이는 내 수하다. 그놈은 이제 아니라고 생각할지도 모르겠네만…."

"무슨 뜻입니까?" 아마미야가 물었다.

"우수한 놈이라 내가 몹시 아꼈네. 실컷 놀게 자금을 대 주었더니 일이 잘 풀렸는지 어느 순간부터 저만 잘난 줄 알더군. 자네처럼 젊은 사람을 거둬서 보이스피싱을 시키는 것까지야 재롱으로 봐 주었네만… 놀이도 과하면 눈감아 줄 수 없는 법."

아카기는 거기까지 말한 뒤 고스기에게 눈짓을 했다. 고스기가 책장에서 파일 같은 것을 꺼내 아마미야에게 건넸다. 펼쳐 보니 사진이 몇 장 붙어 있었다. 죄다 남녀의 밀회 현장을 담은 사진이었다.

"거기 찍힌 남자들은 모두 가스미가세키(도쿄의 중앙관청가)에 있는 놈들이네. 요컨대 나라의 중요한 정보를 쥐고 있는 자들이지."

아마미야는 파일을 한 장씩 넘기다 미카의 모습을 발견하고 손을 멈췄다. 미카의 어깨를 안고 있는 남자를 본 적이 있다. 이름까지는 기억나지 않지만 뉴스에 자주 등장하는 정치가다.

"목에 포승을 걸어서라도 빨리 끌고 와야 하는데 놈이 잡혀야 말이지. 뿐만 아니라 놈의 조직이 점점 몸집을 불리고 있다더군. 게다가 그 실태가 묘연하여 파악조차 되지 않고 있네."

아마미야는 아카기의 말을 들으면서 미카의 사진을 빤히 쳐다봤다.

"자네는 놈의 조직에서 빠져 나왔지 않은가. 내게 협조하면 놈의 손에서 지켜 주겠네. 또 자네가 원하는 바도 이루게 해 주지."

아마미야가 원하는 것은 미카를 무로이의 조직으로부터 되찾는 것뿐이다.

"내가 무슨 협조를 할 수 있다는 겁니까?" 아마미야가 고개를 들었다.

"우선 조직의 전모를 파악하고 싶은데."

"모릅니다."

무로이의 조직의 전모라니 아마미야는 알지 못한다.

"나는 조직의 장기짝에 불과합니다."

제거했어도 대용품이 차고 넘치는 장기짝.

"놈이 대체 뭘 꾸미고 있는 겐가?" 아카기가 다시 물었다.

"그것도 잘 모릅니다. 그 사람이 뭘 꾸미고 뭘 바라는지…."

솔직히 대답했다.

"자네는 오자와 미노루라는 사내를 찾고 있었다던데. 그건 놈의 명령인가?"

"그렇습니다."

"놈이 왜 그 사내를 찾는 겐가?"

"마치다 히로시라는 사내를 차지하기 위해서일 겁니다."

그 말에 아카기가 탁한 웃음소리를 냈다.

"무로이가 아직도 그 사내에게 집착하고 있었다니."

"마치다 히로시를 아십니까?"

"딱 한 번 만난 적이 있네. 호적이 없다고 하던데. 그렇지?" 아카기가 고스기를 봤다.

"네. 기억력이 범상치 않았습니다."

"당시에는 성도 없이 '히로시'라고만 했지. 무로이가 몹시 마음에 들어 하던 게 생각나서 그 사내를 조사해 봤네. 그랬더니 3년쯤 전에 살인

용의로 체포되었다고 하더군. 게다가 동료와 함께 소년원을 탈주하려다 실패까지 하고. 우리는 무로이가 누군가를 보내서 탈주시키려 한 게 분명하다고 생각했네."

"그래서 그 동료 중 한 명인 나를 감시했다는 겁니까?"

"그렇지. 물론 자네 하나만 감시한 것은 아니네만."

"무슨 뜻입니까?"

"고스기뿐만 아니라 도처에 내 부하들을 노숙자로 심어 두었지. 무로이의 조직원으로 보이는 자들의 동향을 살피기 위해서 말이네."

그래서 고스기가 사방팔방에 아는 노숙자가 있었던 거였나.

"그동안 자네와 자네 누나 외에 다른 조직원은 확인하지 못했다. 그런데 자네가 무로이에게 반기를 들어 준 덕분에 더 많은 조직원을 알아낼 수 있었지." 고스기가 그렇게 말하고 웃었다.

여태껏 이들의 장단에 놀아나고 있었다니.

"언제부터인가 우리는 무로이와 접촉을 꾀할 수조차 없게 되었네. 지금의 무로이는 심해를 떠도는 괴어처럼 내 힘으로는 모습을 포착할 수도, 통제할 수도 없는 존재이지. 중대한 임무를 맡은 자네라면 무로이와 놈의 조직에 관한 정보를 쥐고 있을 줄 알았네만."

"안타깝군요. 딱히 중대한 임무를 맡은 게 아니라 우연히 마치다와 소년원 생활을 함께하는 제비를 뽑았을 뿐입니다."

"과연 그럴까?"

고스기의 말에 그를 쳐다봤다.

"자네여야만 하는 이유가 있으니까 일부러 조직에 불러들인 건 아니고?"

"글쎄…."

그런 이유가 있을 것 같지는 않다. 무로이는 그저 기분 내키는 대로 자신을 불러들였을 것이다.

"오늘 일은 고맙지만, 내가 당신들에게 협조할 수 있는 일은 없어 보입니다. 이제 그만 보내 줬으면 하는데요."

아마미야가 소파에서 일어나 문으로 향했다.

"잠깐."

아카기의 목소리에 걸음을 멈췄다.

"누나를 구해야 하지 않겠나?"

26

"솔직히 자네 행동력에 몹시 놀랐네."

다카가키 교수가 감탄하며 말하자 다메이 준은 쑥스러워하며 머리를 긁적였다.

일주일 전에 마에하라 에쓰코에게 연락이 왔다. 그 집의 2층과 공장 일부를 사용해도 좋다는 승낙을 얻고 다메이 일행은 본격적인 창업 준비에 돌입했다. 물론 회사 설립에 필요한 정관이나 조사 보고서 작성 같은 실무는 대부분 마치다가 처리하고 있다.

오늘은 상담에 대한 답례도 할 겸 다카가키 교수에게 진행 상황을 보고하러 왔다.

"그런데 너무 서두르는 것 아닌가? 쓸데없는 참견일지 모르지만 자네가 말한 그 스케줄은 아무래도 걱정이 돼서 말이네."

"네에…." 그렇게 대답할 수밖에 없었다.

다메이 역시 다카가키 교수의 의견에 동감한다. 그러나 마치다가 창업에 협조하겠다면서 내건 조건 중 하나가 하루빨리 회사를 세우는 것이었다.

회사를 설립하는 그 자체는 가능할 것이다. 하지만 그 이후의 일을 생각하면 도무지 불안을 떨칠 수가 없었다. 일단 마에하라 씨에게 보이기 위한 사업 계획서를 마치다와 함께 작성하긴 했지만 계획대로 일이 잘 풀릴지가 의문이다.

"마치다 군도 회사 설립에 참여하는 건가?"

"네."

"거 참 든든하겠군." 다카가키 교수가 흐뭇해했다.

"마치다 군은 대체 어떤 사람입니까?"

다메이는 요즘 들어 줄곧 궁금했던 것을 물었다.

"어떤 사람…이라 함은?" 다카가키 교수가 되물었다.

"마치다 군은 자기 이야기를 절대로 하지 않더군요. 고향이 어딘지, 부모님은 뭘 하시는지…."

"그에게는 가족이 없네."

교수의 대답에 다메이는 당황했다.

"가족이 없다니… 어디 부잣집 자제가 아니었던 겁니까?"

"그건 자네가 아닌가. 마치다 군에게는 가족이 없네."

"그럼 부모님이 남긴 재산이 제법 많다거나…"

다메이의 말에 다카가키 교수가 고개를 갸웃거렸다.

"그런 재산이 있으면 남의 집에 얹혀살지 않았을 테지."

"마에하라 씨가 마치다 군의 친척이 아니란 말입니까?"

그 질문에 다카가키 교수가 고개를 가로저었다.

"그래. 인연이 있어서 그 집에 신세를 지고 있는 듯한데. 왜 재산이 있다고 생각하는가?"

다메이는 말을 삼켰다. 다카가키 교수의 얼굴을 보면서 내심 혼란스러웠다.

마치다는 창업 자금으로 이천만 엔을 내놓았다. 그 돈을 사용하는 조건으로 다메이에게 한 가지 약속을 시켰다.

마치다가 자금을 댔다는 사실을 아무한테도 밝혀서는 안 된다는 것이었다. 누가 물어보면 은행에서 융자를 받았거나 혹은 다메이의 부모에게 도움을 받았다는 식으로 대답하도록 못을 박았다.

마치다가 출자했다고 밝혀서는 안 되는 이유를 거듭 되물었지만 제대로 된 대답은 듣지 못했다. 그 약속을 지키지 못하겠다면 이번 이야기를 없었던 것으로 한다는 마치다의 협박에 다메이는 석연치 않은 기분으로 그의 요구를 받아들일 수밖에 없었다.

의지할 가족도 재산도 없으면서 마치다는 대체 어떻게 그런 큰돈을 마련한 걸까. 스무 살짜리 대학생이.

다메이는 다카가키 교수의 연구실을 나와서도 여전히 마치다에 대한 의심을 거두지 못하고 있었다.

다카가키 교수의 이야기에 따르면 마치다는 장학금을 받아 대학에 다니고 친척도 아닌 마에하라 씨 집에 얹혀살며 공장 일을 도와 생활비를 벌고 있다고 한다. 마치다의 출신 고교와 그 집에 얹혀살게 된 경위 등을 물어봤지만 다카가키 교수는 가급적 말을 아꼈다.

뭔가 머뭇거리는 다카가키 교수의 태도를 보고 다메이의 머릿속에서 마치다에 대한 의심이 더욱 커진 것이다. 지금까지는 약간 똑똑하고 괴팍한 사람인 줄로만 알았는데 그렇게 단순하게만 볼 것이 아닌 듯했다. 마치다에게 다메이 일행이 모르는 복잡한 배경이 있을지도 모른다는 생각이 들었다. 도대체 그것이 뭘까.

알고 지낸 시간은 짧지만 마음에 걸리는 일이 있었다.

시게무라에게 마치다를 소개했을 때의 일이다. 초등학교 국어 공부부터 다시 하라며 비꼬아 말하던 시게무라에게 마치다는 공교롭게도 학교에는 가지 못했다고 대꾸했다. 그때는 몸이 아팠거나 등교 거부였기 때문에 학교에 가지 못한 거라 생각했는데 과연 그럴까.

웬만하면 그 녀석한테는 관여하지 않는 편이 좋을 거예요──.

언젠가 가에데가 한 말이 떠올랐다.

그 녀석한테 관여하지 않는 편이 좋다니, 무슨 뜻일까. 그동안 전혀 마음에 두지 않았는데 이천만 엔이라는 큰돈을 건네받은 지금에 와서는 그 말뜻이 신경 쓰여 견딜 수가 없다.

게다가 마치다가 왜 자신이 돈을 냈다는 사실을 비밀로 하려는지도 이해할 수 없었다. 비밀로 할 것 없이 창업을 위해 자금을 댔다고 하면 되지 않은가. 마치다는 왜 그런 약속을 시킨 것일까.

이래저래 생각하는 사이 한 가지 꺼림칙한 상상에 도달했다.

설마, 그 이천만 엔은 뭔가 떳떳하지 못한 짓을 해서 얻은 돈은 아닐까.

하지만 이내 그 상상을 머릿속에서 지웠다. 아무리 그래도 그건 아닐 것이다. 일개 대학생이 무슨 불법적인 수를 써서 이천만 엔이나 되는 거금을 손에 넣는단 말인가.

애초에 이번 창업 이야기를 꺼낸 쪽은 다메이 일행이다. 그때 마치다는 전혀 관심을 보이지 않았다. 다메이 일행의 꿈을 실현하기 위해 마치다가 범죄에 발을 담글 리가 없다.

그렇게 결론을 내리면서도 마치다에 대한 의심을 완전히 지우지는 못했다.

이제부터 마에하라 씨 집에 가서 인테리어 업체와 미팅을 해야 한다. 마치다가 어떻게 그런 큰돈을 갖고 있는지에 대한 이야기는 못하더라도 마에하라 씨에게 그의 신상을 넌지시 물어보면 어떨까. 그럼 뭔가 알아낼지도 모른다.

다메이는 거기까지 생각한 뒤 카페테리아로 향했다. 그 집에 가기 전에 배를 채워 둘 작정이었다. 카페테리아에는 여름방학이라 그런지 사람이 별로 없었다.

발권기 앞에서 여느 때처럼 '카레' 버튼을 누르려다 무심코 손을 움츠렸다. 여기 오면 대체로 카레를 먹었지만 시게무라의 집에서 정체불명의 액체를 먹은 뒤로는 카레라는 말을 보거나 듣기만 해도 온몸에 닭살이 돋았다. 다시 메뉴를 훑어보고 튀김우동 버튼을 눌렀다.

튀김우동을 들고 테이블에 앉은 뒤 가방에서 시스템 다이어리를 꺼냈다. 가죽 커버의 이 다이어리는 꽤 비싼 물건이다. 지금 형편에는 제법 큰 지출이지만 본격적으로 창업 준비에 돌입한 것을 계기로 큰마음 먹고 구입했다. 다이어리를 보면서 식사를 하고 있자니 왠지 유능한 경영자가 된 기분이었다.

젓가락질을 하며 앞으로 해야 할 일을 머릿속으로 정리했다. 회사 설립에 필요한 서류 작성은 거의 마치다가 맡아서 하고 있지만 그 밖의 일은 주로 다메이가 움직이기로 했다.

우선 마에하라 씨 집의 2층을 사무실로 쓰기 좋게끔 인테리어 공사를 하고 책상과 컴퓨터 등 업무에 필요한 집기를 구비해야 한다.

시게무라는 공장에 놓을 기자재를 선정하는 한편 지금껏 그랬듯이 자택에서 합성수지 연구를 계속하고 있다. 쇼코는 시게무라를 돕고 있다.

일주일 후 넷이 모여 각 현황을 보고하기로 했다.

"저기."

말소리가 들려 다메이는 고개를 들었다.

한 손에 컵을 쥔 쇼트커트 머리의 여학생이 서 있다.

"여기 앉아도 될까요?" 다메이의 맞은편 자리를 가리키며 말했다.

"네, 그러세요…."

다메이의 말에 여학생은 가볍게 미소를 띠고 자리에 앉았다.

어디선가 본 적이 있는 것 같았다. 기억을 더듬어 자신과 같은 이공학부 1학년생임을 기억해 냈다. 이름도 모르고 이야기를 나눈 적도 없지만 강의실에서 여러 번 봤다.

여학생은 아이스커피에 우유와 시럽을 넣고 빨대로 저었다. 부끄러운지 다메이의 눈길을 피하고 있다.

빈자리가 널렸는데 왜 굳이 여기에 앉았을까. 혹시 나를 좋아하는 걸까? 그래, 틀림없다. 그렇지 않고서는 이 자리에 올 이유가 없다.

다메이는 어찌할 바를 몰라 여학생에게서 눈길을 거두고 다이어리를 쳐다봤다.

어떡하지? 참으로 매력적인 여학생이다. 하지만 자신의 가슴속에는 쇼코가 있지 않은가. 그래도 눈앞의 여학생이 좋아한다고 고백한다면 과연 거절할 수 있을까? 그런 아까운 짓을.

눈으로는 다이어리를 보고 있어도 글자가 전혀 머리에 들어오지 않을 만큼 마음이 싱숭생숭했다.

"이공학부 다메이 씨 맞죠?"

깜짝 놀라 고개를 들었다.

"그, 그런데요….." 여학생의 시선에 허둥대며 대답했다.

"지금 바빠요?"

"아, 아니… 그렇게 바쁘지는 않은데… 아직 마음의 준비가….." 목소리가 뒤집어진 것을 스스로도 알 수 있었다.

"나는 이공학부 1학년 아이하라 리사라고 해요."

"며, 몇 번인가 강의를 같이 들었지?"

"날 기억해 주는 거야?! 어머, 기뻐라."

리사가 활짝 웃으며 말했다.

"갑자기 말을 걸어서 불편할지도 모르겠지만… 너와 꼭 이야기하고 싶었거든….”

“어디 조용한 데로 자리를 옮길까?” 다메이가 물었다.

사람이 별로 없긴 해도 주변에 학생이 서너 명쯤은 있다. 만약 여기서 고백을 거절한다면 나중에 리사에게 이상한 소문이 뒤따를지 모른다는 걱정이 들었다.

“아니, 난 여기도 괜찮아.”

“정말 괜찮겠어?”

“물론.” 리사가 방긋 웃었다.

“그럼….”

다메이는 양손을 무릎 위에 올려놓고 바르게 앉았다.

“창업 이야기 좀 들려줘.” 리사가 말했다.

“창업?”

순간 무슨 말을 하는지 알아듣지 못했다.

“그래, 다메이… 머지않아 창업한다면서?”

“그걸 어디서 들었어?” 다메이가 몸을 살짝 내밀고 물었다.

창업한다는 이야기는 다카가키 교수와 동아리 선배인 미즈키 가나코에게만 해 두었다.

“학교에 소문이 쫙 퍼졌어.”

“그래?”

리사가 고개를 끄덕였다.

“같은 이공학부 마치다와 함께 회사를 시작한다면서? 두 사람 다 나처럼 1학년인데 정말 굉장해. 어찌나 감탄스러운지 이야기를 꼭 듣고 싶었어…."

"그랬구나…." 실망한 다메이가 한숨을 푹 내쉬었다.

"어떤 회사를 시작하려는 거야?"

리사가 흥분한 듯 몸을 내미는 바람에 거리가 가까워졌다. 다메이는 가슴이 콩닥거려 몸을 뒤로 뺐다.

"그건 모르는구나?"

"응. 두 사람이 회사를 시작한다는 소문만 돌았지 구체적인 건 아무것도."

어디까지 이야기해야 할지 망설여졌다. 시게무라가 합성수지의 특허를 따내서 회사를 설립하기 전까지는 창업 계획을 공개하지 말라고 단단히 입단속을 시켰기 때문이다. 산업 스파이의 존재를 지나치게 경계하는 그로서는 무리도 아니다.

"나한테는 말할 수 없다, 이거구나?"

다메이가 머뭇거리고 있자 리사가 서운한 표정으로 말했다.

"아니… 그런 건 아닌데…."

리사가 스파이일 리가 없다. 조금은 말해 줘도 문제없을 것이다.

"그 대신 회사를 설립할 때까지 다른 사람한테 말하면 안 돼. 약속할 수 있지?"

"물론이지." 리사가 고개를 끄덕였다.

다메이는 리사에게 다짐을 받고 가방 속에서 합성수지 시트를 꺼내 그녀 앞에 올려놓았다.

리사가 시트를 멀뚱멀뚱 쳐다본다.

"우리 학교 학생이 발명한 합성수지야."

"합성수지?" 리사가 고개를 갸웃거리며 시트를 쿡쿡 찔렀다.

"시게무라라는 선배가 발명한, 지금까지 없었던 획기적인 합성수지지."

"그 이름… 어디선가 들어 봤어."

"이상한 발명만 하는 괴짜로 학교에서도 유명하거든."

"아…." 리사가 생각났다는 듯이 고개를 주억거렸다.

"그런데 이것만큼은 틀림없는 대발명이야."

다메이는 리사에게 합성수지의 특징을 설명했다.

"그런 합성수지가 정말 가능해…?"

예상대로 리사 역시 믿기지 않는다는 듯이 시트를 손에 들었다.

"이 합성수지를 활용해서 뭔가 획기적인 상품을 만들고 싶어서 회사를 설립하기로 했어."

"그래서 마치다하고 같이?"

다메이는 고개를 끄덕였다.

"이공학부 3학년 나쓰카와 쇼코도 포함해서 넷이서 말이야."

"그렇구나…." 리사가 고개를 살짝 숙였다.

"왜 그래?"

"아니… 저기…."

리사의 말투가 갑자기 흐리멍덩해졌다. 하고 싶은 말이 있는데 선뜻 나오지 않는 듯했다.

"학생끼리 모여서 그런 회사를 만들다니 말도 안 된다고 생각하지?"

다메이는 리사의 생각을 짐작해서 말했다.

"아니, 그런 게 아니라."

리사가 고개를 들어 연신 도리질을 쳤다.

"학생끼리 그런 회사를 만들다니 정말 굉장하다고 생각해. 존경까지 하는걸. 그런데… 난 당연히 IT 회사를 만드는 줄 알았거든. 그럼 나한테도 기회가 있지 않을까 해서…."

"기회라니?"

"프로그래밍에는 꽤 자신이 있거든. 그래서… 나도 동료로 끼워 달라고 하려고…."

"동료라니… 우리 회사에 들어오고 싶다는 거야?"

다메이는 예상치도 못한 말에 되물었다.

"응." 리사가 작게 고개를 끄덕였다.

물론 일을 할 때 컴퓨터도 사용한다. 컴퓨터를 잘 아는 사람이 있으면 더할 나위 없이 좋겠지만 사업을 궤도에 올려놓기 전까지는 그런 사람을 고용할 여유가 없다.

"마음은 고맙지만…."

"프로그래밍뿐만 아니라 다른 것도 잘해!"

리사가 다메이의 말을 가로막듯이 말했다.

"회계 자격증도 갖고 있거든. 분명히 회사에 도움이 될 거야. 부디 나도 도울 수 있게 해 줘." 리사가 머리까지 숙이며 간절히 부탁했다.

"아… 미안하지만… 도저히 사람을 고용할 만한 여유가 없어. 우리도 회사에 이익이 나기 전까지는 무보수로 일하는 거나 마찬가지거든."

"돈은 필요 없어. …물론 이익이 나면 적정한 보수를 받고 싶긴 하지만… 그래도 그게 우선은 아니니까."

거듭 머리를 숙이는 리사를 보면서 다메이는 곰곰이 생각했다.

리사가 왜 이러는지 이해할 수가 없었다.

다메이와 쇼코는 시계무라의 발명에 마음을 빼앗겨 창업을 결정했다. 따라서 눈앞의 이익이야 어찌 되든 크게 중요하지 않다. 그러나 리사는 다르다. 조금 전까지만 해도 시계무라의 발명품은커녕 다메이 일행이 어떤 회사를 만들려는지도 알지 못했다.

"왜 그렇게 우리 회사에 들어오려는 건데?"

다메이가 묻자 리사는 뭔가 할 말이 있는 표정이 되었다.

"물론 장차 이익이 나는 회사로 만들 작정이야. 그런데 그게 언제가 될지는 몰라. 그래도 우리는 스스로 시작한 일이니 견딜 수 있어. 그런데 너는…."

"나도 견딜 수 있어." 리사가 힘주어 말했다.

"이해가 안 가네. 왜 그렇게까지 하는 거야…?" 다메이는 당혹스러워하며 물었다.

"마치다와 함께 있고 싶으니까."

"뭐어?"

저도 모르게 얼빠진 소리가 튀어나왔다. 리사는 부끄러운 듯 시선을 피했다.

"마치다와 함께 있고 싶다니…."

다메이가 중얼거리자 리사가 시선을 피하며 고개를 끄덕였다.

"전부터 좋아했어… 몇 번이나 고백하려고 했는데, 마치다는 왠지 사람을 다가오지 못하게 하는 분위기가 있잖아. 그런데 네가 그 사람과 함께 회사를 만든다는 이야기를 들은 거야…."

"그 녀석의 어디가 좋아?"

하마터면 그런 놈이 뭐가 좋으냐고 말할 뻔한 것을 간신히 삼켰다.

"쿨하고 멋있잖아."

그 말을 듣는 순간 느닷없이 짜증이 치밀었다. 쇼코가 마치다를 두고 비슷한 이야기를 했던 것이 떠올랐다.

"부모님이 생활비를 보내 주셔서 돈은 걱정하지 않아도 돼. 물론 마치다와 친해지는 게 목적이지만, 모두에게 도움이 되도록 열심히 노력할게."

다메이는 리사에게 시선을 거두고 튀김우동을 쳐다봤다. 어느새 면이 통통 불어 있었다. 도대체 이 시간은 뭐였을까 싶어 땅이 꺼져라 한숨을 내쉬었다.

"안 될까?"

거듭 묻는 리사에게 시선을 되돌렸다.

'안 되겠는데' 하는 말이 목구멍까지 올라온 순간 어떤 생각이 뇌리를 스쳤다. 어쩌면 자신에게 매우 유리한 이야기일지도 모른다.

최근 쇼코의 태도를 보고 혹시라도 마치다에게 호의를 품고 있는 게 아닐까 싶어 불안해지기 시작했다. 리사가 마치다와 사귀게 되면 모든 게 원만히 해결되지 않을까. 시게무라도 쇼코에게 호의를 품고 있는 듯하지만 그런 놈은 자신의 적수도 되지 못한다.

"알겠어."

다메이가 말하자 리사의 얼굴에 생기가 돌았다.

"그런데 나 혼자 결정할 수는 없으니 다 같이 의논해 볼게. 나한테 이력서를 보내 줄래?"

"기간이 얼마나 걸릴 것 같아요?"

다메이는 실내를 둘러보고 있는 인테리어 업체 직원에게 물었다.

"어디 보자… 큰 공사는 여기 벽을 허무는 정도이니 그리 오래 걸리진 않을 겁니다. 한 닷새쯤이면 되겠는데요?"

"그런가요?"

다메이는 직원이 건네준 도면을 살펴봤다.

마에하라 씨 집 2층에는 다다미 여섯 장 크기의 방 네 개와 화장실이 있다. 마치다의 방은 그대로 놔두고 나머지 세 개의 방 중 하나를 휴게실로 쓰고 이웃한 두 개 방의 벽을 허물어서 다다미 열두 장 크기의 사무실로 만들 계획이다. 물론 마에하라 씨도 허락했다.

"바로 내일부터 작업에 들어가도록 하죠."

"잘 부탁드립니다."

직원을 배웅한 뒤 다메이도 바로 외출 준비를 했다. 간다에 있는 재활용품점에 가서 사무용 책상과 책장을 구입할 예정이었다.

신발을 신으면서 마치다의 방을 흘끗 쳐다봤다. 다메이가 이곳에 왔을 때 마치다는 방에 없었다. 공장에 있을까. 혹시 없으면 마에하라 씨와 마치다에 관한 이야기를 잠깐 하고 싶었다.

다메이는 일단 공장 쪽으로 걸어갔다. 공장 앞에 다다르자 안에서 작업하는 마에하라 씨 모습이 보였다.

"어머, 다메이 씨 어쩐 일이야?"

다메이를 알아보고 마에하라 씨가 말을 걸어왔다.

"방금 인테리어 업체와 미팅을 하고 오는 길이에요. 공사가 닷새쯤 걸린다던데, 여러모로 불편하시겠지만 잘 부탁드립니다."

"가에데한테는 며칠 도서관에서 공부하라고 말해 두었으니 신경 쓰지 않아도 된단다."

"그런데 마치다 군은요?" 공장 안을 살피면서 물었다.

"안에 있어. 불러 줄까?"

"아뇨, 지금 바로 간다에 가야 하거든요."

다메이는 가볍게 인사를 한 뒤 공장을 나섰다.

역으로 향하는 도중 맞은편에서 교복 차림의 가에데가 걸어오는 것이 보였다.

"가에데──."

부르면서 가까이 가니 가에데가 자신을 쳐다봤다.

"안녕하세요."

싹싹함이라고는 눈곱만큼도 없는 표정으로 가에데가 고개를 까딱 숙여 보였다. 아무래도 2층을 사무실로 사용하는 것이 못마땅한 모양이다. 그 기분은 이해할 수 있다. 내년 봄에 고등학교 입시를 앞둔 상황에서 잘 모르는 사람들이 위층에 들락거리면 마음이 뒤숭숭할 것이다.

"내일부터 닷새 동안 위층 공사를 하게 되었어. 불편하게 해서 정말 미안하다. 공사가 끝나면 최대한 조용히 지낼게."

"아무렴 어때요."

가에데가 퉁명스럽게 대꾸하더니 다메이의 옆을 지나갔다.

"아, 저기."

불러 세우자 가에데가 뒤를 돌았다.

웬만하면 그 녀석한테는 관여하지 않는 편이 좋을 거예요──.

그 말뜻을 묻고 싶었지만 입이 떨어지지 않았다. 그 대신.

"듣기로는 마치다 군은 너희 친척이 아니라던데."

"네, 그게 왜요?"

"그런데 어쩌다 너희 집에 얹혀살게 되었어?" 애써 가벼운 말투로 물었다.

"아빠 친구가 엄마한테 맡아 달라고 부탁했거든요."

"아빠 친구분이 마치다 군의 친척이니?"

"아뇨."

"그럼…."

"잘 몰라요. 본인한테 직접 물어보면 되잖아요."

"아, 그러게."

내치는 듯한 말투에 그렇게밖에 대답할 수가 없었다.

"나도 하나 묻겠는데요…."

"뭔데?"

"우리 집과 공장에 지불하는 돈은 정말 다메이 씨 돈이에요?"

가에데가 빤히 쳐다보면서 물었다. 돈의 출처에 의심이 가는 모양이다.

"그래… 정확하게는 아버지 돈이지만." 다메이는 거짓말을 했다.

"흐음."

가에데는 다메이의 말을 믿지 않는 눈치였다.

"그럼 아버지한테 감사하다고 전해 주세요. 덕분에 우리 가족이 집을 떠나지 않아도 되거든요." 가에데는 그렇게 말하더니 총총히 가 버렸다.

덕분에 우리 가족이 집을 떠나지 않아도 되거든요──.

도대체 무슨 뜻일까.

다메이는 가에데의 뒷모습을 지켜보며 마음속으로 물었다.

"아까부터 무슨 생각을 그렇게 해?"

그 목소리에 정신이 든 다메이가 쇼코를 향해 고개를 돌렸다.

"아… 모두에게 보고할 내용을 머릿속에서 정리하느라고."

이제부터 넷이서 모여 각각의 진행 상황을 보고하기로 되어 있다. 그러나 머릿속에 있는 생각은 그뿐만이 아니었다. 일주일 전 가에데가 한 말이 내내 마음에 걸렸다.

가에데는 다메이가 집과 공장의 임대료를 냈다는 것을 의심하는 눈치였다. 혹시 마치다가 돈을 냈다고 생각하는 걸까. 만약 그렇다면 어째서 그렇게 생각하는 걸까. 어쨌든 마치다와 둘만 있을 때 이천만 엔을 어떻게 마련했는지 물어볼 작정이다.

계속 의심을 품은 상태로는 마치다와 함께 회사를 꾸려 나가기가 어려울 것 같아서다. 이런저런 생각을 하는 사이 어느덧 마에하라 씨 집 앞에 도착했다.

"왠지 가슴이 두근거려."

다메이는 한껏 들떠서 계단을 오르는 쇼코를 따라 올라갔다.

현관에는 신발이 두 켤레 있었다. 시게무라가 벌써 와 있는 모양이다.

다메이와 쇼코는 신발을 벗고 안으로 들어갔다.

다메이는 방문을 열고 앞으로 자신들의 공간이 될 사무실로 발을 내디뎠다. 새 건축자재 냄새가 진동하는 가운데 설레는 가슴으로 실내를 돌아봤다. 빈말로도 깨끗하다고는 할 수 없었던 두 개의 방이 연결되어 다다미 열두 장 크기의 깔끔한 공간으로 변신했다. 가구가 아직 아무것도 놓여 있지 않아 더 넓게 느껴진다.

마치다와 시게무라가 바닥에 책상다리로 앉아 있었다.

"생각보다 훨씬 넓구나." 다메이에 이어 사무실로 들어온 쇼코가 말했다.

"어… 그런데 여기 책상이나 책장 같은 걸 두면 답답하게 느껴질지도 몰라."

"그래도 앞으로 여기가 우리의 공간이 된다고 생각하니 왠지 가슴이 두근거려."

흥분한 듯 말하는 쇼코에게 다메이가 동감이라는 뜻으로 고개를 끄덕였다.

"두근거리는 것도 좋지만 아직 아무것도 해 놓은 게 없어. 어서 회의를 시작하도록 하지."

마치다의 냉정한 소리에 쇼코가 "그렇네요" 하고 마음을 다잡은 듯 바닥에 앉았다.

다메이도 모두와 빙 둘러앉았듯이 쇼코 옆에 자리를 잡았다.

"이거 마시면서 해요." 쇼코가 아까 편의점에서 구입한 음료를 모두에게 나누어 줬다.

"자, 뭣부터 이야기할까?"

다메이가 음료수로 목을 축인 뒤 말했다.

"그럼 나부터 하지."

마치다가 입을 열자 모두의 시선이 집중되었다.

"지금 정관을 작성하고 있는데 한 가지 정해야 할 사항이 있어."

"뭔데?" 다메이가 물었다.

"상호를 어떻게 할지."

"상호가 뭐예요?"

쇼코의 물음에 마치다가 대놓고 어이없다는 표정을 지었다.

"회사명 말이야." 다메이가 덧붙여 말했다.

"아… 회사명을 상호라고 하는군요… 아무것도 몰라서 죄송해요." 쇼코가 창피해하며 말했다.

"어떻게 할 거지?" 마치다가 다메이에게 물었다.

솔직히 아무 생각도 못했다. 제 손으로 회사를 만들고 싶다는 바람은 줄곧 품어 왔지만 창업을 결정한 뒤 모든 것이 일사천리로 진행되는 바람에 회사명을 생각할 여유조차 없었다.

"회사명은 정말 중요하죠. 다메이 군, 뭐 좋은 이름 없을까?"

쇼코도 물었지만 곧바로 좋은 이름이 떠오를 리 없었다.

"고민할 것 없이 시게무라 연구소로 하면 되잖아."

시게무라가 안경을 밀어 올리면서 당연하다는 듯 말했다.

그 명칭만은 참아 줬으면 한다.

쇼코도 같은 의견인지 쓴웃음 지은 채 다메이를 보고 있다.

"나야 상관은 없지만… CIA인지 뭔지에 감시당하고 있는 당신 이름을 버젓이 간판에 내걸어도 되는지 모르겠군."

마치다의 말에 시게무라가 "듣고 보니 그렇네…" 하고 끙끙대며 고민에 빠졌다.

마치다의 절묘한 대꾸에 다메이는 가슴을 쓸어내렸다.

"예를 들어…."

쇼코가 머뭇거리며 입을 열었다.

"어디까지나 예인데요… 'T·S·M'은 어떨까요?"

"'T·S·M'이라니… 무슨 뜻이야?" 다메이가 물었다.

"다메이 군의 'T'하고, 시게무라 선배의 'S', 그리고 마치다 씨의 'M'인데… 너무 단순한가?" 쇼코가 자신 없다는 듯 웃었다.

"나쓰카와 쇼코의 'N'이 없잖아."

"그렇다고 'T·S·M·N'으로 하기엔 너무 길고 발음하기도 어렵잖아. 원래 이 회사는 세 사람의 힘으로 세운 거고… 나는 그 꿈에 숟가락만 얹은 거니까."

"아니, 나쓰카와가 숟가락만 얹다니 결코 그렇지 않아. 이 회사는 넷이서 시작한 회사야."

"나도 한마디 할게."

시게무라가 입을 열었다.

"그런 취지라면 당연히 'S·T·M·N'이어야지, 왜 내 이름이 나중에 나오는데? 게다가 'T·S·M·N'보다 'S·T·M·N'이 발음하기도 훨씬 쉽잖아. 시험 삼아 열 번 연속으로 말해 보면 알 거야."

시게무라의 이야기를 듣고 있던 마치다가 어이가 없는지 냉소를 머금었다.

"뭐가 먼저 오든 무슨 상관이지? 이러다가는 사명을 정하는 데만 한 달이 걸리겠군. 주식회사 'S·T·N'으로 해. 됐지?"

마치다가 단호하게 말하더니 노트에 그 사명을 적어 넣었다.

"마치다 씨의 'M'이 빠졌는걸요?"

그렇게 말한 쇼코를 마치다가 쳐다봤다.

"누누이 말하지만 나는 회사놀이에 잠시 어울려 주는 것뿐이다."

마치다의 싸늘한 시선에 위축되었는지 쇼코가 고개를 숙였다.

"회사놀이라… 이 회사가 대기업이 된 다음 사명에 'M'을 넣어 달라고 울며불며 매달려도 난 모른다." 시게무라가 말했다.

"그럴 일 없으니 안심해."

마치다가 태연히 대꾸했다.

"이 회사가 성공할 리 없다는 건가?" 시게무라가 거칠게 물었다.

"그런 말이 아니다. 당신 발명품이 있는 한 회사는 성공하겠지. 거기에 의심의 여지는 없어. 내 기준에서는 살아서 하는 모든 행위가 '놀이'라는 뜻이다."

"여전히 말을 이상하게 하는 녀석이네." 시게무라가 비꼬며 받아쳤다.

"내가 할 말은 여기까지다."

마치다는 그렇게 말한 뒤 음료수를 마셨다.

"그럼 이번엔 내 차례네."

시게무라가 눈짓을 하자 쇼코가 가방에서 서류 다발을 꺼내 나누어 줬다. 합성수지를 만드는 데 필요한 기자재의 팸플릿과 견적서였다. 기자재를 구입하고 설치하려면 비용이 천만 엔이 넘게 든다.

"꽤 특수한 장비라 실제로 공장에 설치하고 가동하는 데 두 달이나 걸린다던데."

"시간이 그렇게 많이 걸려요?" 다메이는 저도 모르게 물었다.

마치다가 한 달 안에 회사등기를 완료하겠다고 했다. 회사 설립으로부터 한 달 가까이 아무것도 만들지 못하는 것이다.

"뭐, 그런 거겠지." 마치다가 매우 침착하게 말했다.

"하지만 그러면…."

"무엇보다 그 합성수지로 뭘 만들지도 아직 정하지 않았어. 어떤 상품을 만들지 정하지도 않았는데 기자재만 갖춘들 무슨 소용이지?"

"하긴…." 다메이는 고개를 끄덕였다.

"앞으로 두 달 동안 다 같이 지혜를 모으면 좋은 아이디어가 나올 거예요." 쇼코가 말했다.

"그래. 정기적인 미팅을 통해 아이디어를 짜내야겠군. 운영자금에 여유가 있는 것도 아니라 기계를 가동하기 전에 상품 개발과 영업도 해야 해. 팔리는 걸 만들어야지, 일껏 다메이의 아버지가 내 주신 거금을 허투루 쓸 수는 없지."

다메이는 마치다의 말을 복잡한 심경으로 듣고 있었다.

"그럼 마지막은 너다." 마치다가 다메이를 가리켰다.

"음, 내가 보고할 사항은 별로 없는데… 일단 사무실에서 사용할 가구와 컴퓨터, 비품 같은 걸 준비하고 있는데 그 밖에 뭐 필요한 거 없어?"

"나는 딱히 없군." 마치다가 고개를 가로저었다.

"나는 비서인 나쓰카와만 있으면 충분해."

시계무라가 쇼코를 보고 히죽 웃었다.

"냉장고가 있었으면 좋겠어." 쇼코가 문득 생각났다는 듯 말했다.

"냉장고?"

"2층에 화장실은 있어도 부엌은 없잖아. 회사가 설립되면 손님도 올 거고 우리한테도 필요하지 않을까?"

"그렇지."

다메이는 당당하게 시스템 다이어리를 펼쳐 '냉장고'라고 써 넣었다.

"다른 건 없나?"

다시 한번 물었지만 달리 필요한 것은 없는 듯했다.

"그럼 이만 가지."

마치다가 그 말을 남기고 일어나려 했다.

"한 가지 더 있어."

다메이의 말에 마치다가 약간 성가시다는 표정으로 다시 앉았다.

"같이 상의하고 싶은 게 있거든."

거기까지 말한 뒤 이야기를 어떻게 꺼내야 할지 고민했다.

"할 이야기가 있으면 빨리 해 줘." 마치다가 재촉했다.

"실은 우리 회사에서 일하고 싶다는 사람이 있어."

말이 떨어지기가 무섭게 시계무라가 의아한 눈빛을 보내왔다. 예상 했던 바다. 마치다의 표정에는 변화가 없었다.

"어떤 사람인데?" 당황했는지 쇼코가 물었다.

"우리 학교 학생인데… 이공학부 1학년 아이하라 리사라고 해. 마치다 군은 아마 강의실에서 본 적이 있을 거야."

다메이는 리사가 보내온 이력서를 마치다에게 건넸다.

"모르겠는데." 이력서를 흘낏 보고 마치다가 말했다.

"설마 회사에 대해서 그 여자한테 말한 건 아니겠지?"

시게무라가 험악한 표정으로 다메이를 쳐다본다.

"아니… 제가 먼저 말한 게 아니라… 그 아이가 말을 걸어왔거든요. 우리가 창업한다는 걸 알고 꼭 같이 일하고 싶다면서."

"우리가 창업한다는 걸 어떻게 알았을까? 난 미즈키 선배한테만 말했는데… 다들 다른 사람에게는 말하지 않았죠?" 쇼코가 모두를 살펴보며 물었다.

"당연하지! 내 발명품을 노리는 스파이가 어디에 있을 줄 알고 그런 짓을 하겠어?"

시게무라가 딱 잘라 말하는 반면 마치다는 무반응이었다. 하지만 마치다가 학교의 누군가에게 말할 리도 없다. 그저 이 이야기에 별 관심이 없는 것이다.

"나도 다카가키 교수님 말고는 아무에게도 하지 않았어. 주변에 다른 사람은 없었는데… 학교에 소문이 퍼졌다나 봐."

"그래?" 시게무라의 표정이 한층 험악해졌다.

"네… 그래도 우리가 창업을 한다는 소문만 퍼졌지, 구체적인 내용까지는 모른다고 하더라고요."

"미즈키 선배나 다카가키 교수님이 다른 사람에게 말했을 것 같지는 않은데…." 쇼코가 석연치 않은 듯 중얼거렸다.

"설마."

시게무라가 순간 눈에 힘을 주며 말했다.

"CIA인지 뭔지의 *끄나풀* 아닌가?"

마치다가 시게무라의 말을 가로막듯 말하더니 손가락으로 이력서를 튕기며 말했다.

"그럴 리 없어."

마치다의 표정으로 보아 그냥 해 본 말이라는 것을 알면서도 다메이는 우선 그렇게 대답했다.

"어떻게 그렇게 단언할 수 있지?" 시게무라가 다메이를 날카롭게 쳐다봤다.

"열아홉 살 먹은 평범한 여자예요. 회계 자격증을 갖고 있고 컴퓨터도 잘한대요. 회사로서는 도움이 되는 인재가 아닐까 싶은데요."

다메이는 리사를 회사에 들이고 싶지만 쇼코가 미심쩍게 여길 수도 있기에 강하게 밀어붙일 수는 없었다.

"하지만 회사에서 고용한다 쳐도… 아까 마치다 씨가 말했다시피 운영자금에 여유가 있는 것도 아니고….'

쇼코의 말투로 보아 별로 내키지 않는다는 것을 알 수 있었다.

"회사에서 이익이 날 때까지는 무보수로 일하겠다고 하던데."

"그게 더 수상해!" 시게무라가 마치다에게서 이력서를 낚아챘다.

"마치다 씨는 어떻게 생각해요?"

쇼코가 의견을 구하듯 마치다를 들여다봤다.

"어느 쪽이든 상관없을 것 같은데." 마치다가 무뚝뚝하게 답했다.

"혹시 면접을 보자는 이야기가 나올지도 몰라서 일단 이 근처까지 오라고 했거든… 다들 썩 내키지 않는다면….'

리사에게 전화로 거절 의사를 밝히려 휴대폰을 꺼냈다.

"그럼 내가 면접을 보도록 하지!"

조금 전부터 이력서 사진을 뚫어지게 쳐다보던 시게무라가 고개를 들고 말했다.

"시게무라 선배가 채용하겠다고 할까?"

카페에서 나오자 쇼코가 말했다.

"글쎄… 그런데 꽤 마음에 들어 하는 눈치던데.'

"그러게. 예쁘장한 아이였으니.'

쇼코가 걸음을 서두르는 바람에 다메이도 황급히 뒤를 따랐다.

그 후 다메이는 리사의 휴대폰에 전화를 걸어 잠시 후 면접을 볼 테니 오모리 역 근처에 있는 카페에서 보자고 말했다.

마치다는 할 일이 있다며 자기 방으로 돌아갔기에 다메이와 시게무라, 쇼코, 이렇게 셋이서 카페로 향했다. 그런데 넷이서 10분쯤 이야기한 후 시게무라가 "지금부터는 나한테 맡겨" 하고 두 사람을 쫓아냈다.

"남자들이란….' 쇼코의 한숨 섞인 중얼거림이 들렸다.

"나쓰카와는… 아이하라 리사가 회사에 들어오는 거 반대하는 거야?"

다메이가 묻자 쇼코의 얼굴에 쓸쓸함이 묻어났다.

"반대하는 건 아냐. 인상도 좋고 자격증도 많이 갖고 있으니 회사에 도움이 될 것 같아. 어쩌면 나보다 더 회사에 필요한 사람이 아닐까 싶어.'

그 생각이 쇼코를 쓸쓸하게 하는 걸까.

"나쓰카와, 넌 회사에 없어서는 안 될 사람이야." 다메이가 강조해서 말했다.

"정말 그럴까…?"

"당연하지. 네가 없었으면 이 회사는 생기지도 않았어. 시게무라 선배는 물론 마치다 군도 그렇고 네가 다 끌어모았잖아."

"재미있어 보이는 일에 같이 어울렸을 뿐이야. 그래도 회사를 만든다면 재미만으로는 안 되겠지. 난 회사에 관해 아는 것도 없고…."

"나도 아무것도 몰라. 창업한다고 큰소리만 쳤지 시게무라 선배랑 마치다 군한테 의지하고 있잖아. 그래도 앞으로 열심히 노력해서 좋은 경영자가 되고 싶어. 힘을 합쳐서 좋은 회사를 만들고 싶어."

"난 욕심이 너무 많은가 봐. 평범하게 생각하면 그 애가 회사에 들어오는 걸 기뻐해야 하는데… 왠지… 케이크의 내 몫이 줄어든 것처럼 서운한 기분이 들어…."

"케이크…?" 다메이는 무슨 뜻인지 몰라 물었다.

"맛있는 케이크가 있다고 가정해 봐. 먹고 싶어 하는 사람이 늘수록 내 몫이 줄어들잖아. 함께 회사를 꾸려 나가는 사람이 늘면 처음에 넷이서 품었던 꿈과 설렘이 조금씩 줄어드는 것만 같아서…."

쇼코가 말하는 마음이 어떤 것인지 전혀 모르는 것은 아니다.

"맛있는 케이크가 있다고 치고… 그걸 여럿이 나눠 먹는 것도 분명히 재미있고 즐거울 거야. 게다가 케이크와 달리 우리 회사에 대한 꿈과 염원은 줄지 않아. 지금은 네 명뿐이지만… 언젠가 수백, 수천 명에 달하는 사람이 같은 꿈을 공유하고 같은 목표를 향해 나아간다면 훨씬 더 즐겁지 않을까?"

쇼코가 미소를 지었다.

"그렇게 생각하다니 다메이 군은 분명히 좋은 경영자가 될 거야. 난 알아."

"그런가?" 다메이는 쑥스러워하며 머리를 긁적였다.

"다메이 군의 그런 자질을 간파하시고 아버지가 회사에 자금을 융통해 주신 거 아냐?"

쇼코의 말을 듣고 그때까지 환했던 마음에 어두운 그림자가 드리워졌다.

그 이천만 엔을 어떻게 마련했을까.

마치다에게 캐물어야겠다고 다짐한 것이 떠올랐다.

"나쓰카와, 너 먼저 갈래?" 다메이가 쇼코에게 말했다.

"무슨 일이야?"

"마치다 군하고 할 이야기가 있어."

다메이는 역 앞에서 쇼코와 헤어진 후 사무실로 돌아갔다. 사무실에는 아무도 없었기에 곧장 마치다의 방 앞에 가서 노크를 했다.

"누구야."

"나, 다메이인데… 이야기 좀 하자."

대답이 없기에 다메이는 멋대로 문을 열었다.

"바쁘니까 짧게 해." 마치다가 책상 앞에 앉아 뭔가를 쓰면서 말했다.

"너한테 꼭 물어볼 게 있어."

다메이가 방에 들어가자 마치다가 고개를 돌렸다. 서로 마주 보고 있는데도 왠지 자신을 거부하는 눈빛이었다.

"그 이천만 엔을 어떻게 마련했는지 알아야겠어." 다메이가 작정을 하고 물었다.

"너하고는 상관없어." 마치다가 책상 위로 시선을 되돌렸다.

"어떻게 상관이 없어!"

다메이가 소리친 것이 의외였는지 마치다가 움찔하면서 다시 이쪽을 쳐다봤다.

"우리 회사에 사용되는 돈이야. 상관있어. 나는 당연히 네 가족이 내주는 줄 알았는데 그게 아니더라. 친척도 없는 스무 살짜리 대학생이 그 큰돈을 어떻게 마련했는지…."

"범죄라도 저질러서 얻은 돈일까 봐?" 마치다의 입가에 냉소가 감돌았다.

"그런 생각은 안 했어… 안 했지만 그걸 모르는 상태로 함께 회사를 꾸려 나갈 수는 없어. 만에 하나라도 떳떳지 못한 돈이라면 나쓰카와랑 시게무라 선배까지 연루되고 말아. 그 돈의 출처를 알려 주지 않겠다면 이번 이야기는 없었던 걸로 할게."

다메이의 의연한 말에 마치다가 작게 한숨을 내쉬더니 대뜸 책상에 놓여 있던 책을 다메이에게 던졌다. 방바닥에 떨어진 책을 주워 보니 '주식'에 관한 책이었다.

"나이트 트레이딩(주식을 종가에 매수해 다음 날 차익을 남기고 매도하는 것)으로 번 돈이다." 마치다가 말했다.

"주식으로 벌었다고?"

"그래."

"주식으로 이천만 엔이나 되는 돈을 벌 수 있다고?" 믿기지 않아 다시 물었다.

"방법에 따라서는 가능하지. 시세 변동을 파악하기까지 고생 좀 했지만."

마치다의 말이 사실일까.

"너희가 말하는 '친구'를 신용하지 못하겠다면 증거를 보여 줄 수도 있는데."

자신을 시험대에 세우는 마치다의 발언에 다메이는 아무 말도 할 수 없었다.

"그런 거다." 마치다가 어서 나가라며 손을 내저었다.

"그럼… 모두에게 숨길 필요는 없었잖아. 네가 정당하게 번 돈으로 출자했다고 하면 되잖아."

"빚을 만들고 싶지 않았어."

"빚이라니…?" 다메이가 되물었다.

"성가신 건 딱 질색이다."

"무슨 뜻인지 이해가 안 가. 우리한테 빚을 지우기 싫다는 거야?"

"여기 사람 말이다." 마치다가 발로 바닥을 살짝 두드렸다.

"마에하라 씨?"

"마에하라 제작소는 부채를 떠안고 있었어. 그걸 갚지 못하면 공장은 도산하고 이 집에서도 쫓겨날 판이었지."

덕분에 우리 가족이 집을 떠나지 않아도 되거든요──.

가에데가 한 말이 떠올랐다.

"그래서 우리 회사를 여기에 만들자고 한 거야? 임대료를 한꺼번에 지불해서 그걸로 마에하라 제작소의 부채를 해결하려고…."

"그래."

"그럼 번거롭게 회사를 만들 필요도 없이 마에하라 씨한테 돈을 직접 건네면 됐잖아. 주식으로 번 돈이 있다고…."

"빚을 만들기 싫다고 말했잖아."

마치다가 짜증을 내며 내뱉었다.

"더 이상 거추장스러워지는 건 사양하겠어. 여기 사장은 나더러 아들 같다고 하더군. 자신들을 진짜 가족처럼 생각하라나 뭐라나. 기가 막혀서. 그 여자가 그렇게 말할 때마다 구역질이 치밀어. 나는 그쪽을 하숙집 아주머니만도 못하게 생각하는데 말이야. 내가 직접 돈을 건네면 이 거추장스러운 관계를 더더욱 끊을 수 없게 되지."

"말이 너무 심하잖아."

다메이는 일단 그렇게 말했지만 마치다의 본심은 그게 아님을 알았다. 마치다가 마에하라 가족에게 아무런 감정도 없다면 부채를 해결해야겠다는 생각조차 하지 않았을 것이다.

"그렇게 거추장스러우면 여기서 나가면 되잖아. 돈이 이천만 엔이나 있으면 어디서든 살 수 있으니."

"그렇지. 한데 여기가 나한테는 안성맞춤이거든. 잘 곳과 생활에 필요한 일까지 확보할 수 있으니 말이야. 다시 새로운 곳을 찾아 나서기가 귀찮아서 너희를 이용한 건데…."

"우리를 이용했을 뿐이라고?"

"그럼 뭐가 더 있겠어?" 마치다가 얼굴색 하나 변하지 않고 대답했다.

마치다는 왜 이렇게까지 사람을 멀리하려 드는 걸까.

단순히 인간 혐오 때문이 아니다.

살아서 하는 모든 행위가 '놀이'라는 뜻이다——.

그건 무슨 뜻이었을까. 이 세상에 살아 있다는 실감이 나지 않는다는 걸까. 아니면 애초에 자신의 인생 자체가 아무런 가치도 없다고 생각하는 걸까. 어떤 인생을 경험해야 그런 애처로운 마음에 도달하는 걸까.

"외롭지 않아…?" 저도 모르게 말이 튀어나왔다.

"뭐?"

"혼자 살아가려고 하는 거 말이야…."

"딱히." 마치다가 코웃음을 쳤다.

"너한테는 가족이 없다는 이야기를 들었어."

"그게 왜?"

"부모님은 병으로 일찍 돌아가셨어? 아니면 사고 같은 걸로?"

다메이의 질문에도 마치다는 아무 대답도 하지 않았다.

"언제부터 혼자…."

"무슨 상관이지?" 마치다가 싸늘하게 말했다.

"나는 부모님이 계시고 대학에 들어가기 전까지는 뭐 하나 부족함 없이 자랐어. 그런 내가 너의 고생과 고독을 이해할 순 없겠지. 그래서 잘난 듯이 충고 한마디 못해."

"그럼 닥쳐."

"그래도 이 말만은 해야겠어. 사람은 혼자서는 살아갈 수 없어."

"나는 여태껏 혼자 살아 왔다."

"지금은 아니잖아!"

"지금도, 앞으로도 변하지 않을 거다."

"그건 불행한 생각이야. 네 주변에는 좋은 사람이 많아. 널 가족처럼 생각하는 마에하라 씨와 가에데가 있잖아. 나와 나쓰카와, 시게무라 선배도 널 필요로 하고 있어. 왜 그 사람들을 일부러 멀리하려 들지? 물론 거추장스럽기도 하겠지. 실제로 나도 너와 시게무라 선배를 처음 알게 되었을 때는 거추장스럽게 느꼈으니까. 그래도 고독한 것보다는 훨씬 나아."

"그건 너한테 능력이 없어서다. 혼자 살아갈 만한 힘이 없으니 사람을 끌어모아서 도움을 받으려는 거 아닌가? 그런 인간이 경영자라니 이 회사의 앞날도 뻔하겠군." 마치다가 비웃으며 말했다.

그럴지도 모른다.

자신에게는 마치다처럼 명석한 두뇌도 없고 시게무라 선배처럼 대단한 발명을 할 수 있는 것도 아니다. 경영자로서의 자질도 부족하다.

그런데도 마음 깊은 곳에서 강한 의지가 끓어올랐다.

어떻게 해서든 마치다를 바꿔 보이겠어──.

마치다의 가슴속에 도사리는 절망적인 고독을 싹 걷어 내고 기쁘고 즐거운 일은 물론 괴롭고 슬픈 일까지 함께 공유하며 지내는 '진정한 동료'로 만들겠다.

27

"벗어도 돼."

고스기의 목소리에 아마미야 가즈마는 안대를 벗었다.

두 사람은 승합차 뒷좌석에 마주 앉아 있었다. 창밖에 공원이 보였다. 며칠 전 고스기와 들른 이케부쿠로의 공원이다.

"여기면 되나?"

줄곧 아마미야를 주시하던 고스기가 물었다.

"그래. 무로이의 조직원이 어디에 있는지 모르니 적당히 돌아다니다 보면 뭐가 나오겠지."

"그렇게까지 툴툴댈 것 뭐 있나." 고스기가 슬쩍 웃었다.

"당신은 낚시꾼처럼 느긋하게 지낼 수 있겠지만 나는 이제부터 깊은 바다에 던져지는 미끼 신세라고. 그런 내가 툴툴대지 않고 배기겠어?"

"때려치우고 싶은가?" 고스기가 물었다.

"그럴 수 없다는 걸 알고서 당신 두목이 내게 그걸 들이민 거 아닌가?"

"그렇지."

"하긴, 덕분에 보름 동안 실컷 즐겼으니…."

지난 보름 동안 아카기의 저택에서 손님으로서 최상급이라 할 수 있는 대접을 받았다. 여태껏 듣도 보도 못한 고급 요리를 먹고 매일 밤 매력적인 여성과 잠자리에 들었다. 그러나 그것은 마치 사형 집행을 앞두고 주어지는 공양물 같아서 도저히 즐길 수가 없었다.

"이 세상에 별 미련은 없어." 아마미야는 될 대로 되라는 식으로 말했다.

"그리 심각하게 생각할 필요 없어."

고스기가 주머니에서 뭔가를 꺼내 아마미야에게 내밀었다. 메모리카드였다.

"무로이의 조직원에게 붙잡히면 이걸 두목에게 건네라고 말하게. 이걸 보면 무로이도 자네에게 허튼짓은 못할 테니."

아마미야는 손바닥에 놓인 메모리카드를 물끄러미 쳐다봤다.

"과연 그럴까?"

어떤 정보가 들어 있을지 모를 조그만 메모리카드를 불안한 심정으로 보며 쓴웃음을 지었다.

"녀석이 어리석은 인간이 아니길 바라네. 물론 자네의 안전도 말이야."

아마미야는 메모리카드를 재킷 주머니에 넣었다.

"풀려나면 여기로 연락하게. 즉시 데리러 가지."

고스기가 종이에 쓰인 번호를 보여 주었다.

"외웠나?"

아마미야는 고개를 끄덕인 뒤 승합차 문을 열었다. 밖으로 나오기가 무섭게 후텁지근한 열기가 덮쳐 왔다.

"아마미야."

고스기의 부름에 그를 쳐다봤다.

"이대로 도망가면 안 돼. 자네가 돌아오지 않으면 전쟁이 터질 테니."

"전쟁이라…."

무슨 뜻인지 알 수 없었지만 아마미야는 고개를 끄덕이고 승합차 문을 닫았다.

승합차가 출발하고 모습이 보이지 않게 되자 한숨을 쉬고 앞으로 어떻게 할지 생각하며 사방을 둘러봤다. 미끼인 자신으로서는 물고기를 찾아 헤맬 수밖에 없기에 일단 걷기 시작했다.

누나를 구해야 하지 않겠나──.

무슨 뜻이냐고 아카기에게 따져 물었다. 아카기는 무로이가 계속 방자하게 굴면 언젠가 자신들과 전면적으로 싸우게 될 거라 말했다.

아카기는 일본 전국의 암흑사회를 다스린다. 그뿐만 아니라 정재계에도 영향력을 발휘한다. 그가 마음만 먹으면 무로이의 조직을 섬멸하는 것쯤은 일도 아니라며 큰소리를 쳤다.

아카기가 얼마나 대단한 존재인지는 몰라도 고스기의 은신처가 있는 건물 앞에서 무로이의 조직원과 대치했을 때의 상황을 떠올리면 그의 큰소리가 아주 허풍만은 아님을 알 수 있다.

그는 또 이렇게 덧붙였다. 만약 무로이와 전면 대결을 펼쳐 그의 조직을 박살낸다면 유력 정치가의 정부이자 중요한 정보를 입수했을지도 모를 미카 역시 내버려 둘 수 없다고 말이다.

아카기의 이야기를 듣고 아마미야의 얼굴에서 핏기가 가셨다.

정보의 유출을 원하지 않는 누군가가 미카를 해칠 것이라고 아카기의 눈빛이 말하고 있었다.

그러나 아카기는 무로이의 조직과 대결하기를 바라지 않는다고 했다. 서로 헛되이 피를 흘릴 것 없이 원만한 모양새로 무로이의 목에 밧 줄을 감을 수만 있다면 그걸로 충분하다고 여기는 듯했다.

아마미야가 그 일을 돕는다면 향후 미카의 안전을 보장하겠다고 제안한 것이다.

아카기는 미카를 구하는 대신 무로이에게 직접 메시지를 전달하는 밀사가 되라고 아마미야에게 명령했다. 밀사라니 말은 그럴 듯하지만 결국 미끼나 다름없다. 아카기의 메시지를 무로이에게 전달하기 위해 일부러 조직원에게 붙잡히라는 것이다.

아마미야는 조직원과 대치했던 잡거빌딩과 그 주변을 한동안 배회했다. 그러나 자신을 미행하는 기척은커녕 조직원의 모습조차 보이지 않았다. 원하지 않을 때는 성가실 정도로 몰려오더니 막상 찾아 나설 때는 코빼기도 보이지 않는다.

그러나 방심은 금물이다. 심해에 사는 괴어에게 접촉하기도 전에 어딘가의 잡어에게 기습을 당해 제거될 염려도 있기 때문이다.

아마미야는 단단히 경계하며 이케부쿠로 거리를 헤매고 다녔다.

하지만 몇 시간이 지나도록 조직원과 맞닥뜨릴 기미는 전혀 보이지 않았다. 대체 어떻게 된 걸까 싶은 순간 한 가지 번뜩이는 것이 있었다. 어쩌면 아마미야가 전에 살던 에리카의 집이라면 지금도 조직의 감시 하에 놓여 있지 않을까.

에코다 역에 내려 문득 근처에 있는 케이크 집에 들렀다.

갑자기 눈앞에 미카가 나타나 에리카를 돌려보낸 뒤 한 달 넘게 연락을 하지 않았다. 분명히 화가 난 상태일 것이다.

기분을 맞추기 위해 케이크를 구입한 뒤 걸어서 10분 거리에 있는 에리카의 빌라로 향했다. 빌라가 가까워질수록 경계심을 바짝 곤두세웠다. 그러나 태연함을 가장해 사방을 둘러봐도 수상한 사람은 눈에 띄지 않았다. 에리카의 집에서 빛이 새어 나오고 있었다.

조직 사람이라면 에리카의 집에 숨어들어 도청기를 설치하는 것쯤은 식은 죽 먹기일 것이다. 한숨 자고 있으면 데리러 올 것이다.

아마미야는 계단을 올라 에리카의 집 문을 노크했다. 문이 열리고 에리카가 얼굴을 내비쳤다.

"가즈마." 에리카가 놀랐는지 눈을 동그랗게 떴다.

"그동안 연락 못해서 미안해. 이거 선물."

아마미야는 문손잡이를 잡아 현관문을 활짝 열었고 에리카에게 케이크 상자를 내밀었다. 그 순간 현관에 놓인 남자의 구두가 눈에 들어왔다. 안쪽 방에서 누군가의 기척이 느껴졌다. 에리카를 쳐다보자 난처해하며 고개를 숙인다.

"가즈마, 네 잘못이야…."

그 한마디로 상황 파악이 됐다. 새 남자가 생긴 모양이다.

"누나하고 얘기 끝나면 연락한다고 했으면서 한 달이 넘도록 어디 갔었던 거야? 휴대폰에 아무리 전화를 해도 안 받고… 난 버림받은 줄로만 알았잖아." 에리카는 안쪽 방이 신경 쓰이는지 작은 소리로 말했다.

"하긴."

에리카를 탓할 생각은 없다. 게다가 딱히 깊은 감정을 품은 여자도 아니었다.

"누구야?"

안쪽 방에서 남자 목소리가 들렸다.

"아무것도 아니야. 신문 권유야."

에리카가 안쪽 방을 향해 말하더니 빨리 가라고 눈짓을 했다.

아마미야가 발길을 되돌리려 한 순간 안쪽 방에서 남자가 나왔다. 러닝셔츠에서 뻗어 나온 굵은 양팔에 문신이 한가득 새겨져 있다.

"너 뭐야?"

아마미야를 매섭게 노려보며 남자가 다가왔다.

"신문 좀 보시죠." 아마미야가 말했다.

"헛소리 마! 신문 좋아하시네. 너 이 자식, 에리카랑 무슨 사이야!"

"너무 열 올리지 마. 날도 더운데." 아마미야는 코웃음을 치고 이 자리에서 떠나려 남자에게 등을 돌렸다.

"거기 서."

순간 등에 손을 뻗는 기척을 감지해 아마미야는 반사적으로 뒤돌아 남자의 손을 뿌리쳤다.

"이 자식."

남자가 흥분하며 아마미야의 멱살을 쥐려 했다. 그 손을 내치고 남자의 턱에 주먹을 날렸다. 그 바람에 들고 있던 케이크 상자와 함께 남자가 바닥에 나동그라졌다. 곧장 남자의 몸 위에 올라타 얼굴을 향해 강력하게 한 방 먹이려 했다.

"그만둬!"

에리카의 외침에 정신이 들어 남자의 코앞에서 주먹을 멈췄다.

아마미야는 바닥에 떨어진 케이크 상자를 들고 일어섰다. 에리카가 주저앉아서 기절한 남자를 붙잡고 연신 "괜찮아?" 하고 물었다.

"왜 이런 짓을 하는 거야! 잘못은 네가 했잖아. 갑자기 사라졌으면서 이제야 뻔뻔스럽게 나타나서는…."

에리카가 아마미야를 쏘아봤다.

"미안… 이러려던 건 아닌데. 이 자식이 덤비는 바람에 반사적으로…."

그게 아님을 스스로는 알고 있었다. 이제 자신이 있을 곳은 어디에도 없다는 사실을 눈으로 확인한 것 같아서 역정이 났다.

"돌아가…! 다시는 오지 마!"

에리카가 내뱉듯이 말하자 아마미야는 그 자리를 떠났다.

전철역으로 가서 이케부쿠로행 열차를 탔다. 뭐라 표현할 길 없는 역정을 억누르며 앞으로 어떻게 할지 생각했다.

당분간 지낼 돈은 있다. 오늘 밤은 호텔에 묵을까 싶은 순간 맞은편에 앉은 남자의 손목시계가 눈에 들어왔다.

아카바네 역에 내린 아마미야는 오랜만에 오른 반신이 불편한 연기를 하면서 공원으로 향했다. 겐은 아마미야가 연기를 한다는 사실을 알고 있기에 별 의미가 없겠지만, 마쓰를 비롯해 다른 노숙자들로부터 미심쩍은 눈초리를 받아서 좋을 것은 없다.

빨리 그 손목시계를 손에 넣어야겠다는 생각에 발걸음이 빨라졌다. 조급한 마음을 달래며 겨우 공원 앞에 도착했다.

공원에 들어가 사방을 둘러봤다. 어스름한 공원에 인기척은 없었다. 공원 가장자리 풀숲에는 골판지 상자 집이 여러 개 놓여 있었다. 마쓰 일행이 여전히 이곳에서 지내는 모양이다.

젠이 아직 이곳에 있기를 바라며 아마미야는 벤치에 앉아 그들이 돌아오기를 기다렸다.

잠시 후 공원에 들어오는 사람 그림자를 발견하고 일어섰다. 가까이 가 보니 마쓰였다.

"오오. 자네, 신지 아닌가. 말도 없이 사라져서 걱정했다고."

마쓰가 아마미야를 알아보고 말을 건네 왔다.

"급한 일이 생겨서 그만…."

"그래. 안 그래도 그때 스기 씨 휴대폰에 연락해서 들었지. 미노루의 정보를 듣고 오미야에 갔는데 허탕 쳤다면서?"

아마미야는 고개를 끄덕였다.

"스기 씨는?" 마쓰가 주위를 돌아보며 물었다.

"지금은 따로 다니고 있습니다. 당분간 여기서 신세를 지고 싶은데요…."

"어, 그야 상관없는데… 저쪽에 빈 상자가 있으니 편하게 써. 그런데 그 후 미노루에 관한 단서는 좀 잡았나?"

"아뇨, 전혀…." 아마미야는 고개를 가로저었다.

"그렇군. 뭐, 너무 낙심하지 마… 우리도 협조할 테니."

"젠은 아직 여기서 지내나요?" 아마미야가 물었다.

"그래. 아까 저녁밥을 구하러 나갔어. 돌아오면 같이 먹자고."

마쓰는 아마미야의 어깨를 토닥인 뒤 상자 집을 향해 걸어갔다.

아마미야는 다시 벤치에 앉아 겐이 돌아오기를 기다렸다. 잠시 후 양 손에 비닐봉지를 든 겐이 공원에 들어왔다. 아마미야가 왼손을 들어 흔 들자 겐이 알아보고 다가왔다.

"지난번엔 고마웠어. 괜히 나 때문에 험한 꼴 당한 건 아니야?"

아마미야가 말하는데도 겐은 멀뚱멀뚱 쳐다보기만 했다.

그렇다. 그가 들을 수 없다는 사실을 떠올리고 가방에서 수첩과 펜을 꺼냈다.

'지난번엔 고마웠어. 괜히 나 때문에 험한 꼴 당한 건 아니야?'

수첩에 써서 보여 주자 겐이 괜찮다며 고개를 저었다. 그러고는 비닐 봉지를 바닥에 내려놓고 주머니에서 뭔가를 꺼내 아마미야에게 건넸다. 그때 화장실에서 답례로 겐의 주머니에 찔러 넣은 지폐 뭉치였다.

'이건 됐어. 네 덕에 살았어. 널 위해 쓰도록 해.'

아마미야는 메모를 보인 뒤 겐이 쥔 지폐 뭉치에 손을 얹어 주머니에 도로 넣어 주었다.

'그때 내가 준 손목시계, 아직 갖고 있어?'

겐은 고개를 끄덕인 뒤 도시락이 든 비닐봉지를 들고 상자 집을 향해 걸어갔다. 아마미야는 겐을 따라갔다. 겐이 상자 속에 손을 넣어 더듬더 니 손목시계를 꺼냈다.

"고마워." 아마미야는 머리 숙여 인사한 뒤 시계를 찼다.

도시락을 다 먹은 아마미야는 케이크를 가져온 것을 떠올리고 그 상자를 겐에게 건넸다.

겐이 '뭐지?' 하는 표정으로 상자 뚜껑을 열었다. 아까 그 남자를 때렸을 때의 충격으로 안에 들어 있던 케이크는 엉망진창으로 뭉개진 상태였다.

"미안… 내일 새것으로 다시 사 올게."

아마미야는 무심결에 말하고 케이크 상자를 다시 가져가려 했지만 겐이 고개를 횤횤 내저으며 뭉개진 케이크를 손으로 덥석 집었다.

그러고는 손과 입 주위에 크림이 묻는 것도 개의치 않고 맛있게 먹기 시작했다. 그 모습을 보면서 아마미야는 이상한 느낌이 들었다.

이 사람이 가까이 있으면 왠지 마음이 편안해진다.

요 몇 년간 느껴 본 적 없는 감각이었다.

아마미야는 수첩에 메모를 하기 시작했다.

'왜 이런 생활을 하는 거야?'

겐에게 메모를 보이자 손에 든 케이크와 메모를 번갈아 보며 어찌할 바를 몰라 했다.

"괜찮아. 천천히 먹어."

아마미야가 손으로 괜찮다고 표시하자 겐이 다시 케이크를 한 입 가득 베어 물었다. 케이크를 다 먹고 난 뒤 손에 묻은 크림을 핥으면서 아마미야의 손에서 수첩과 펜을 가져가 뭔가를 적었다.

'일하던 공장에서 잘렸어.'

아마미야는 겐의 손에서 수첩과 펜을 가져와 적었다.

'가족은?'

'없어.'

없다고?

아마미야의 표정을 읽었는지 겐이 다시 메모를 했다.

'어렸을 때 시설에 맡겨졌어. 형과 함께. 아버지와 어머니가 어디 계시는지도 몰라.'

'형은?'

'죽었어.'

그렇게 적은 겐의 얼굴이 쓸쓸해졌다.

'병에 걸려서?'

아마미야는 더 이상 묻기가 망설여졌지만 계속 적었다.

'살해당했어.'

겐의 이야기에 따르면 시설을 나와 함께 살던 형은 경비원 아르바이트를 하고 있을 때 강도를 맞닥뜨려 살해당했다고 한다.

경비원, 강도라는 글자를 보면서 가슴이 심하게 울렁거렸다.

'언제적 이야기야?'

아마미야는 떨리기 직전인 손으로 간신히 수첩에 적었다.

'5년쯤 전.'

그걸 보고 슬며시 안도했다. 자신과 관련된 사건은 아니다.

하지만 그렇게 생각하려 해도 한 번 싹튼 울렁거림은 쉬이 잦아들지 않았다. 무로이가 내린 임무를 수행하기 위해 아마미야가 한 인간을 무참히 살해했다는 사실은 변함이 없다.

그 경비원의 가족은 지금쯤 어떻게 지내고 있을까.

그런 생각이 처음으로 들었다.

자전거를 끌고 가던 겐이 손으로 저쪽을 가리켰다.
저쪽에 가서 빈 깡통을 찾겠다는 뜻이다.
아마미야는 이쪽에서 찾겠다며 반대쪽을 가리켰다.
겐이 곁에 있는 자판기를 손으로 가리켰다. 나중에 여기서 만나자는
뜻이다.
아마미야가 가볍게 끄덕이자 겐이 자전거에 올라타 손을 흔들었다.
겐이 자리를 뜨자 아마미야는 자판기로 갔다. 옆에 있는 쓰레기통 뚜껑
을 열어 안에 들어 있는 빈 깡통을 비닐봉지에 담았다.
그 손목시계를 찬 뒤 나흘이 흘렀지만 조직 사람이 나타날 기미는 전
혀 보이지 않는다. 아마미야가 이 공원에서 지내고 있음을 알고도 남을
터였다. 그러나 공원 주변은 물론 어디를 가도 조직원의 그림자조차 발
견하지 못했다. 신중을 기하고 있어서일까. 한 번 도망간 사람이 다시
자신들의 손아귀로 돌아온 것에 뭔가 노림수가 있다고 느끼는 걸까.
쓰레기통 바닥에 있던 깡통에 손을 뻗었을 때 목덜미에 극심한 충격
이 느껴졌다. 아마미야는 견딜 수 없는 고통에 제대로 버둥거리지도 못
한 채 땅바닥에 쓰러졌다. 일어나려 해도 온몸에 경련이 일어 몸이 말을
듣지 않았다.
어느새 낯익은 사내가 아마미야를 내려다보고 있었다. 한 손에 전기
충격기를 들고 있다. 언젠가 뒷골목에서 목 졸라 기절시켰던 사내임을
떠올린 순간 얼굴을 냅다 걷어차였다.

곧바로 사내가 한 명 더 나타났다. 두 사내가 아마미야의 몸을 거칠게 뒤집더니 손에 수갑을 채웠다. 아마미야는 두 사내에게 안기다시피 하여 근처에 세워진 승합차로 끌려갔다.

우당탕하는 요란한 소리가 들렸지만 바로 뒤돌아볼 수가 없었다. 차 안에서 다른 사내가 나오더니 소리가 난 쪽으로 갔다. 가까스로 고개를 움직이자 젠이 자전거를 쓰러뜨리고 달려오고 있었다.

"괜찮아! 오지 마!" 아마미야가 젠에게 소리쳤다.

그러나 젠은 사내에게 제압당한 채 아마미야를 구하려 몸부림치고 있다.

"그 녀석은 건드리지 마. 그냥 노숙자다!"

사내들이 아마미야를 승합차 뒷좌석에 처넣고 바로 문을 닫았다.

아마미야는 젠이 걱정되어 창밖을 봤다. 사내가 젠의 목을 뒤에서 손쉽게 압박하여 기절시킨 뒤 차로 돌아왔다. 차는 바로 출발했다.

"한동안 현장을 떠났었다고 들었는데 이제 괜찮은가 봐?" 아마미야가 눈앞의 사내를 조롱하며 말했다.

"까불기는. 조직을 배신하면 어떻게 되는지 알려 줄 테니 기대해." 사내가 눈을 부라리며 위협했다.

"날 제거하면 두목한테 단단히 혼날 텐데."

아마미야의 말에도 사내는 무슨 뜻인지 몰라 계속 노려봤다.

"재킷 주머니에 메모리카드가 들어 있다. 그걸 무로이에게 전해."

사내는 신중하게 아마미야의 윗주머니에 손을 뻗었다. 메모리카드를 꺼내더니 "잠이나 자고 있어" 하고 아마미야의 목덜미를 수도(手刀)로

가차 없이 내리쳤다.

시야가 깜깜해졌다.

"벗겨 줘."

여자 목소리가 나더니 얼굴에 씌었던 것이 벗겨졌다.

그 순간 눈부신 빛이 날아들어 눈을 찡그렸다. 차츰 눈앞에 서 있는 여자의 모습이 선명해진다. 미카였다.

감옥처럼 살풍경한 콘크리트 방 안에 미카와 두 사내가 아마미야를 측은하게 바라보고 있다. 아마미야는 그들의 손에 의해 파이프 의자에 앉았다. 등 뒤로 젖힌 손에는 수갑이 채워져 있다.

"어리석긴. 조직을 배신하고 도망갔나 싶었더니 이번에는 전서구(주로 군용통신에 이용하기 위해 훈련된 비둘기)가 되어 돌아왔네?"

미카가 싸늘하게 말했다.

"뭐, 그런 거지. 세상의 평화를 바라는 친선 대사라고나 할까?" 아마미야는 농담으로 받아쳤다.

"무로이 씨가 보자셔."

미카가 말하자 사내들이 양쪽에서 아마미야를 안다시피 하여 일으켰다. 두 사내 사이에 끼인 채 방에서 나가 복도 맨 끝에 있는 문 앞까지 갔다.

"아마미야 가즈마를 데려왔습니다." 사내가 문 옆에 있는 버튼을 누르고 말했다.

자동문이 열리고 사내들과 함께 안으로 들어갔다.

테니스장만 한 크기쯤 될까, 그저 넓기만 한 공간이었다. 중앙에는 열 명은 너끈히 앉을 수 있는 소파 세트가, 벽에는 커다란 TV와 술 같은 것을 진열한 장이 있었다.

저 멀리 양복을 입은 남자의 뒷모습이 보였다.

한쪽 벽 전체가 유리로 되어 있는 칠흑의 어둠에 시선을 두고 있었다. 이만큼 떨어져 있는데도 살을 에는 듯한 압도적인 존재감에 그가 무로이라는 것을 알 수 있었다.

"수갑을 풀어라."

"괜찮으시겠습니까?" 무로이의 명령에 사내가 주저하며 말했다.

"그래."

사내가 아마미야의 수갑을 풀어 주자 무로이가 천천히 걸어왔다.

"단둘이 이야기하겠다."

무로이가 말하자 사내들이 인사를 하고 방에서 나갔다.

"오랜만이군. 건강해 보여 다행이다."

무로이가 진열장에서 술병을 꺼내더니 두 잔을 따라 하나를 소파 앞 테이블에 두었다.

"독이라도 들었을 줄 알고?"

아마미야가 계속 서 있자 무로이가 웃으면서 유리잔을 입으로 가져 갔다. 아마미야는 소파로 걸어가 유리잔을 손에 들었다.

"자, 앉지."

아마미야는 무로이로부터 약간 떨어진 곳에 앉아 술을 마셨다.

"자네 용기에는 나도 탄복했네. 고작 이런 걸 전달하기 위해 목숨을 걸다니."

무로이가 리모컨을 누르자 벽에 놓인 커다란 TV에 아카기의 모습이 비쳤다. 아까 조직원에게 건넨 메모리카드에 기록된 영상이리라.

아마미야는 화면에 비치는 아카기와 곁에 앉아 있는 무로이를 번갈아 쳐다봤다.

"무로이 진, 잘 지내는가?"

화면 속에서 아카기가 말했다.

"자네가 모습을 감춘 지 그럭저럭 2년이 흘렀군. 자네는 도대체 어디에서 뭘 하고 있는 겐가? 자네에 관한 흉흉한 소문이 내 귀에까지 속속 들어오고 있네. 자네가 조직을 따로 만들어서 뭔가를 꾸미고 있다든가, 우리와 맞서기 위해 여러모로 준비를 한다든가 뭐 그런 이야기지. 하나 사실인지는 알 길이 없네. 자네가 원체 내 앞에 코빼기도 드러내지 않으니 말일세. 자네가 도대체 무슨 생각으로 뭘 하는지 물을 수조차 없군. 내 측근들은 자네가 뭘 꾸미고 있는지 불안해하기 시작했네만 나는 그리 걱정하지 않네. 자네가 똑똑한 사람이라는 걸 알기 때문이야."

아마미야는 무로이를 쳐다봤다. 화면을 바라보던 무로이가 입가에 희미한 미소를 지었다.

"자네라면 내게 거역해 봤자 이길 수 없다는 걸 충분히 알고 있을 터. 자네는 내가 가장 신뢰한 내 오른팔이네. 그만큼 자네한테 권한을 주고 멋대로 하게 내버려 두면서 웬만한 일에는 눈감아 주었지. 한데 봐줄 수 있는 한도를 넘었어. 내 충견이 이웃을 물어뜯으려 한다면 개 목걸이를 채워서라도 데려와야 하는 법. 벌써 주위에서는 속히 자네를 찾아내 처리하라며 성화가 이만저만이 아니네. 자네한테 남은 길은 단 하나. 내 앞에 모습을 드러내고 그간의 오만하고 방자한 행동에 합당한 책임을 지는 걸세."

무로이는 가만히 화면을 바라보며 술을 마시고 있다.

"물론… 책임이라 해도 자네 손가락을 내놓으라는 말이 아니네. 자네가 그런 옛 관습을 싫어한다는 건 익히 알고 있지. 내 앞에 나타나서 머리를 조아리면 그걸로 충분해. 그렇게만 한다면 그간의 잘못을 전부 없었던 일로 해 주지. 뿐만 아니라 자네한테는 적절한 자리를 마련해 주겠네. 자네는 그곳에서, 내 밑에서 실컷 역량을 발휘하면 돼. 분수에 맞는 권력을 쥐어 주지. 그리고 자네 부하들도 내가 잘 돌봐 주겠네. 어떤가? 결코 밑지는 이야기는 아닐 텐데?"

무로이의 입가에 다시 웃음이 번졌다.

"자네와 헛된 싸움을 하고 싶지는 않네. 우수한 부하를 어이없이 잃고 싶지는 않으니 말일세. 하나 이 제안을 물리친다면 나로서도 강경한 수단을 취할 수밖에 없어. 그렇게 되면 자네한테 미래란 없을 터. 자네 조직은 괴멸되고 자네는 죽음보다 고통스러운 심판을 받게 될 테지. 이것은 내가 보내는 마지막 통보라네. 아마미야라는 젊은이에게 자네 답변을 들려주고 즉시 풀어 주게."

무로이가 아마미야를 흘끗 보더니 화면으로 시선을 되돌렸다.

"붙잡고 나서 48시간 안에 그 젊은이가 돌아오지 않을 경우 나에 대한 선전포고로 간주하겠네."

자신이 돌아가지 않으면 전쟁이 터진다는 말을 그제야 이해했다.

고스기 일행은 아마미야가 붙잡힐 때까지 어디선가 감시하고 있었던 것이다.

"자네와 만나기를 기대하지."

그 말을 끝으로 영상이 꺼졌다.

아마미야는 시커먼 화면에서 무로이에게 시선을 옮겼다. 무로이도 술잔을 테이블에 놓고 아마미야를 쳐다봤다.

"그건 그렇고, 의외로군." 무로이가 온화하게 말했다.

아마미야는 말없이 무로이의 표정을 살폈다. 그러나 그가 무슨 생각을 하는지 읽어 낼 수는 없었다.

"아마미야, 왜 내게 이걸 가지고 왔나?"

입을 꾹 다물고 있자 무로이가 다시 물었다.

"조직을 배신한 죄로 처벌을 받으리라는 생각은 하지 않은 건가?"

무로이가 자신을 빤히 응시한다. 미소를 머금고 있지만 정체 모를 위압감에 숨이 턱 막혔다.

"나를 처벌할 수는 없을 텐데. 내가 돌아가지 않으면 당신은 아카기와의 싸움을 피할 수 없으니 말이야."

"아카기 씨가 자네를 멀쩡히 돌려보내라고는 하지 않았지. 내 취향은 아니지만 팔다리를 모조리 잘라서 돌려보낼 수도 있다."

등골이 오싹해졌다.

"그게 당신 대답인가? 날 그 지경으로 만들면 아카기가 선전포고로 받아들일 텐데. 일본의 암흑사회가 그 사람 손아귀에 있다고 하던데, 어차피 승산 없는 싸움 아닌가?"

"그래서 저쪽에 붙었다는 건가?"

"나는 어느 쪽 편도 아니야. 이제 당신 부하도 아니고, 그렇다고 아카기의 부하가 된 것도 아니지. 아카기는… 당신에게 해를 입히지는 않겠다고 말했다. 하지만 당신이 모습을 드러내지 않는다면 당신은 물론 당신의 조직까지 철저히 무너뜨리겠다고 호언했지. 그것만은 피하길 바라서 메시지를 전달하러 왔을 뿐이다."

"누나를 위해서인가?" 무로이가 입가에 미소를 지었다.

"그래."

무로이와 아카기의 권력 다툼은 알 바가 아니다. 그저 미카를 구하고 싶을 뿐이다.

"당신 조직을 무너뜨리면 누나도 무사하진 못하겠지… 누나의 안전을 조건으로 여기에 온 거다."

"참으로 아름다운 남매애로군."

무로이의 눈빛이 얼핏 부드러워 보였다.

"당신과 동반 자살을 시킬 수야 없지. 모든 것은 내 탓이다. 내가 당신을 만나 조직에 들어오는 바람에… 그래서 내 힘으로 누나를 평범한 여자로 되돌릴 거다."

"동반 자살이라… 하긴, 아카기 씨를 적으로 돌리는 것은 제정신으로 할 만한 짓은 아니지."

무로이가 그렇게 말하고 일어섰다. 진열장으로 가더니 종이에 뭔가를 써서 돌아왔다.

"아카기 씨에게 이걸 전하도록."

무로이가 아마미야에게 종이를 건넸다.

종이에는 네 명의 이름과 그 밑에 전화번호 같은 것이 쓰여 있다.

"여기에 쓴 사람이 모두 모인다면 얼굴을 내밀도록 하지."

"누구지?"

"아카기 씨와 친한 정재계 중진들이다. 아카기 씨가 지켜보는 가운데 폐를 끼친 이들에게 그간의 무례를 사과하고 싶군."

무로이의 말에 맥이 빠졌다. 과연 무로이도 아카기와 그의 측근인 거물에게는 거역할 수 없다는 건가.

"내게는 보험 같은 것이지."

"보험?" 아마미야가 물었다.

"아카기 씨를 신용하긴 하나 그의 말대로 내가 얼굴을 내밀었을 경우 무사할 거란 보장은 없다. 나는 지난 2년간 막대한 재산을 손에 넣었어. 돈 외에도 다양한 재산을 얻었지. 그중에는 아카기 씨와 여기 적힌 사람들이 몹시 갖고 싶어 하는 다양한 기밀 정보도 포함되어 있다. 향후 내자리와 내 목숨을 보장해 준다면 그 정보를 그들에게 아낌없이 제공하지. 그 약속의 장으로 하고 싶군."

목숨을 구걸하겠다는 건가. 재산을 쌓기 위해 얼마나 많은 사람들의 인생을 농락하고 불행하게 만들었을까. 그걸 생각하면 무로이에 대한 실망감과 함께 분노가 치밀어 오른다.

역시 무로이는 자신의 생각대로 비정상적인 종교의 교주나 다름없지 않은가. 지금껏 공포심마저 느꼈던 무로이의 기운이 푹 꺼지더니 싸구려 본성이 드러난 듯한 기분이었다.

"내 말에 실망한 모양이군."

"그래… 당신이 말한 사명인지 뭔지에 놀아난 나 자신이 어리석게 느껴진다." 아마미야는 내뱉듯이 말했다.

아마미야에게 눈앞의 남자는 더 이상 두려워할 대상이 아니었다.

"나도 목숨이 아깝거든. 이 네 사람을 모두 모이게 하는 것은 절대로 양보할 수 없는 조건이다. 내 조건을 받아들이지 않겠다면 나는 죽을 때까지 여기 틀어박히겠다."

이런 하찮은 남자의 곁에서 하루라도 빨리 미카를 데려와야 한다.

"좋아."

무로이가 겁먹었다는 것을 설명하면 아카기도 이 조건을 받아들일 것이다.

"회합 장소는 그쪽에서 정하라고 아카기 씨에게 전해라."

"이 번호로 연락하면 되는 건가?"

"그렇다."

"알겠어. 전달하지." 아마미야는 메모지를 바지 주머니에 넣었다.

"한 가지 더, 그 자리에 자네도 꼭 참석했으면 좋겠군."

"내가 왜…?"

"아까 말했다시피 자네의 용기에 나도 깊이 탄복했다. 아카기 씨와 그 측근들과 마찬가지로 자네한테도 마음을 담은 선물을 주고 싶은데."

"관심 없어." 아마미야는 딱 잘라 거절했다.

"자네가 참석하는 것이 또 다른 조건이다. 남의 인생을 어지럽힌 남자의 가련한 모습을 보고 반면교사로 삼아라."

하긴, 무로이가 아카기 일행에게 머리를 조아리는 모습을 보고 싶기도 하다.

"그렇게 하지."

아마미야의 대답에 무로이가 어딘가로 전화를 걸었다.

잠시 후 "실례합니다" 하는 목소리와 함께 문이 열리고 미카가 들어왔다.

"손님 나가신다. 정중히 배웅하도록."

미카가 "알겠습니다" 하고 아마미야에게 시선을 보냈다.

"심심하니까 아무 이야기나 해 봐."

암흑 속에서 아마미야가 말했다.

그러나 아무런 반응도 없다. 있는 것은 진동음뿐이다.

"누나… 머리에 봉투를 뒤집어쓰고 몇 시간씩 이동하는 내 입장도 생각해 줘. 대화 상대 좀 돼 주면 어때서?" 아마미야가 호소했다.

"무로이 씨하고 무슨 이야기했어?"

그제야 미카가 입을 열었다.

"게임 오버라는 이야기."

"게임 오버?" 미카가 수상쩍어하며 되물었다.

"그래… 무로이의 놀이는 이제 끝났어. 큰 두목한테 머리를 조아리고 조직은 해산이야."

그 말을 듣고 미카가 놀라서 말문이 막혔다는 것을 알 수 있었다.

"서, 설마… 믿을 수 없어…." 미카의 목소리가 떨린다.

"무로이도 결국 사람이라는 거지. 일본 권력의 중추에 있는 놈들의 노여움을 사서 졸았나 보더라."

이제 곧 모든 것이 끝난다. 무로이가 아카기에게 항복하면 조직은 없어지고 미카도 풀려난다. 아마미야는 그 후 어떻게 할지를 생각했다. 조직이니 사명이니 전쟁이니 하는 불온한 것이 없는 평온한 세계에서 미카와 함께 살아갈 수 있다.

문득 겐의 모습이 뇌리를 스쳤다.

유일한 가족이었던 형을 강도에게 살해당한 겐.

겐의 이야기를 듣고 나서 내내 가슴이 옥죄어 왔다. 처음 느끼는 불쾌한 아픔이었다. 모든 일이 결판이 나면 겐과 함께 사는 것도 좋을지도 모른다. 이미 저지른 죄를 지울 수 없다는 것을 알지만 최소한 그렇게라도 해서 속죄를 하고 싶다.

미카는 아마미야의 이야기에 큰 충격을 받았는지 그 후 단 한마디도 하지 않았다.

"벗어도 돼."

억양 없는 미카의 목소리가 들려 아마미야는 머리에 뒤집어썼던 봉투를 벗었다.

미카와 눈이 마주쳤다. 아마미야를 쓸쓸한 눈빛으로 보고 있다.

"잘 가."

조직이 없어진 후 자신의 미래를 상상하고 있는지 미카가 불쑥 내뱉었다.

"또 봐."

아마미야는 미카를 반드시 데리러 오겠다고 속으로 맹세하며 승합차에서 내렸다.

미카가 문을 닫자 차는 즉시 출발했다.

사방을 둘러보니 신주쿠 역 앞의 로터리였다.

아마미야는 역구내로 들어가 공중전화를 찾았다. 수화기를 들어 동전을 넣고 고스기가 외우게 한 번호를 눌렀다.

"여보세요…." 고스기의 목소리가 들렸다.

"아마미야다. 지금 신주쿠 역에 있어."

그렇게 말하자 수화기 너머에서 한숨이 들렸다.

"알겠네. 30분만 기다려."

전화가 끊어지고 수화기를 내려놓으면서 손목시계가 눈에 들어왔다. 아마미야는 시계를 끌러서 곁에 있는 쓰레기통에 버렸다. 로터리로 가서 고스기가 오기를 기다렸다.

"아마미야 가즈마를 데려왔습니다."

고스기가 카메라를 향해 말하자 문이 열렸다.

고스기와 함께 방으로 들어가자 소파에 앉아 있던 아카기가 아마미야에게 고개를 돌렸다.

"수고했네."

억양 없는 목소리였지만 어쩐지 긴장하는 듯한 모습이었다.

"자, 앉게."

아마미야는 아카기가 가리킨 맞은편 자리에 앉았다.

"무로이를 만났는가?" 아카기가 물었다.

"네… 당신의 위광 덕분에 무사히 돌아올 수 있었습니다."

"무로이가 내 영상을 본 게로군."

아마미야는 고개를 끄덕였다.

"당신을 만나겠다고 하더군요."

그렇게 말하자 아카기의 표정이 슬며시 누그러들었다.

"다만…."

아마미야는 주머니에서 메모지를 꺼내 아카기에게 건넸다.

"여기 적힌 네 명을 모두 데려와야 한다는 조건이었습니다."

아카기가 메모지를 가져가 언짢은 표정으로 들여다봤다.

"무슨 뜻인가?" 아카기가 고개를 들어 물었다.

"무로이는 당신들을 두려워합니다. 당신 말대로 얼굴을 내밀었을 때 과연 무사할지 겁이 나서… 그래서 자신이 살기 위한 교환 조건을 내거는 자리로 하고 싶답니다."

"교환 조건?" 아카기가 수상하다는 듯이 물었다.

"무로이는 지난 2년간 막대한 재산을 손에 넣었다고 합니다. 돈뿐만이 아니라 당신이나 거기 적힌 사람들이 몹시 원할 만한 기밀 정보까지 말이죠. 당신들에게 그 정보를 몽땅 넘길 테니 목숨만은 살려 달라는 겁니다. 그 약속의 장소로 하고 싶다더군요."

아카기가 곁에 있는 고스기를 쳐다봤다.

"놈이 무슨 기밀 정보를 입수했다는 건가?"

아카기의 말에 고스기는 "모릅니다" 하고 고개를 가로저었다.

"놈의 함정일 가능성은 없나?"

"그 가능성도 부정할 수는 없습니다만….".고스기가 대답했다.

"회합 장소는 당신들이 정하라고 했습니다. 그리고… 내게도 동석하라고."

"자네한테?" 아카기가 물었다.

"그냥 변덕일 테지만 그것도 조건의 하나였습니다."

아카기가 고스기와 눈빛을 교환하고 있다. 아무래도 아마미야가 아직 무로이의 수하가 아닌가 의심하는 듯하다.

"괜찮을 겁니다. 저는 아마미야를 믿습니다."

고스기의 말에도 아카기는 여전히 의심을 떨치지 못하는 듯했다.

"당신까지 뭘 그리 겁내는 겁니까? 가령 내가 무로이와 한통속이라 해도 할 수 있는 건 아무것도 없는데. 회합 장소도 당신들더러 정하라고 하지 않습니까? 당신들 힘이라면 무로이가 함정을 파는 것도 애당초 불가능할 텐데요."

"아마미야, 말조심해!" 고스기가 주의를 주었다.

"내 말이 틀렸나? 여기 적힌 사람이 다 모이지 않으면 무로이는 나타나지 않겠다고 하더군요. 그 조직 속에 영원히 틀어박혀 있겠다고 말입니다. 부모에게 혼날까 봐 무서워서 벽장에 숨는 어린아이나 마찬가지인데, 그런 유치한 인간을 당신 같은 인간이 왜 두려워하는 겁니까?"

"장소는 거기가 어떻겠습니까?" 고스기가 말했다.

"그렇군… 거기라면 무로이의 조직도 손댈 수 없을 테니."

"거기가 어딥니까?"

아마미야가 신경 쓰여 묻자 아카기가 이쪽을 쳐다봤다.

"아직 알려 줄 수 없네. 자네한테는 미안하지만 지금은 외부인을 아무도 믿을 수가 없으니 말일세. 이자들에게는 당장 연락해 보겠네."

아카기는 자리에서 일어나 전화기가 놓여 있는 책상으로 향했다.

"잠깐."

아마미야의 부름에 아카기가 뒤를 돌았다.

"나와 한 약속은 꼭 지켜야 합니다." 아카기를 응시하며 말했다.

"물론이지. 자네 누나의 안전은 약속하지. 불편하게 했다면 사과하겠네. 놈을 생각하면 신경이 곤두서서 말일세. 놈과 만날 때까지 저택에서 느긋하게 지내게."

고스기가 눈짓을 하기에 아마미야는 방을 나왔다.

"아마미야, 할 이야기가 있다. 어제 시바타 씨에게 연락이 왔었다."

"시바타…."

이케부쿠로 공원에서 노숙을 하고 있던 고스기의 동료다.

"오자와 미노루의 행방을 찾는 동료에게서 연락이 왔었다고 한다. 센다이 시내에서 오자와 미노루와 비슷한 자를 봤다는 정보를 입수한 모양인데."

"센다이… 신빙성은 얼마나 있지?" 아마미야가 물었다.

"듣기로는 오자와 미노루라는 이름까지는 확인하지 못했지만 자신을 얼핏 미노루라고 한 적이 있다더군. 게다가 자네가 말한 특징과 완전히 일치한다고도 하고. 일주일 전까지 센다이 시내에 있는 공원에서 노숙자로 지내던 중 홀쩍 없어졌다더군… 어떡할 건가?"

무로이가 아카기에게 항복하려는 지금에 와서는 굳이 오자와 미노루를 찾아야 할 이유가 없다.

"이제 찾을 필요도 없으려나. 그럼 동료에게 그렇게 전하고 철수시키지." 고스기가 아마미야의 생각을 알아차린 듯이 말했다.

"아니…."

이제 와서 오자와 미노루를 찾아 봤자 아무 소용도 없지만 줄곧 찾아다녔던 인물의 단서가 나왔다고 하니 신경이 쓰였다.

"이왕 시작했으니 찾으러 가겠다." 아마미야는 말했다.

28

다메이는 오모리 역 앞에 위치한 인쇄소를 나와 들뜬 마음을 억누르지 못하고 서둘러 봉투를 열어 작은 상자를 꺼냈다. 안에서 명함을 한 장 뽑더니 눈에서 레이저가 나오도록 뚫어져라 쳐다봤다.

주식회사STN 대표이사 다메이 준.

대표이사. 참으로 듣기 좋은 단어다.

오늘부터 대표이사다. 드디어 이런 날이 왔다는 감개무량함에 당장에라도 눈물이 나올 것만 같아 눈두덩을 꾹 눌렀다.

"다메이 군."

뒤에서 부르는 소리에 뒤돌아보니 나쓰카와 쇼코가 걸어오는 것이 보였다.

"여기서 뭐 해?" 쇼코가 물었다.

"명함 받으러 왔어."

다메이는 봉투 속에서 쇼코의 명함이 들어 있는 상자를 꺼내 건네주었다. 쇼코도 바로 상자에서 명함을 뽑아 감탄했다.

"드디어 우리가 회사를 만들었어."

쇼코의 말에 고개를 끄덕였다.

"그런데 이사라니… 왠지 내 자리가 아닌 것 같아. 명함을 보고 있어도 실감이 나지 않아." 쇼코가 쑥스러워하며 말했다.

쇼코와 시게무라는 이사다. 마치다는 내내 탐탁지 않아 했지만 감사를 맡기로 했다.

"난 명함을 보다가 하마터면 울 뻔했어."

"다메이 군도 참. 울기엔 아직 이르잖아. 시작보다 유지하기가 더 어려운 법이야." 쇼코가 은근히 못 박아 말했다.

"그러게. 이제부터 다 같이 좋은 회사로 만들어야지."

다메이는 반드시 다메이드럭보다 더 굉장한 회사로 만들겠다고 다짐하면서 쇼코와 함께 사무실로 향했다.

"책상하고 의자 같은 건 다 준비되었지?" 2층으로 이어지는 계단을 오르며 쇼코가 물었다.

쇼코는 텅 빈 사무실밖에 보지 못했다.

"응. 최대한 지출을 아끼려고 거의 중고로 샀지만. 그래도 컴퓨터는 전부 새것이야. 그리고… 네가 말한 냉장고도 마련했어."

"회사 문패를 달아야겠어." 사무실 문 앞에서 쇼코가 말했다.

"그것도 당연히 준비했지. 나중에 다 같이 달자."

다메이가 회사 문패를 넣은 가방을 들어 보였다.

사무실 문을 열자 시게무라와 아이하라 리사가 먼저 와서 즐겁게 담소를 나누고 있었다. 결국 시게무라의 말 한마디로 리사도 회사에 들어오게 되었다. 그의 결정에 토를 다는 이는 아무도 없었다.

"안녕하세요. 오늘부터 잘 부탁합니다."

다메이와 쇼코가 들어가자 리사가 의자에서 일어섰다.

"나야말로 잘 부탁해." 다메이는 쇼코의 안색을 살피며 말했다.

"이제부터 다 같이 열심히 노력해요."

쇼코는 전에 리사가 회사에 들어오고 싶다고 했을 때 복잡한 심경을 드러냈다. 하지만 지금 환하게 웃는 얼굴을 보니 안심이 된다.

"어? 그런데 마치다 군은요?" 다메이가 시게무라에게 물었다.

"몰라. 방에도 없던데."

"나 참… 3시 집합이라고 분명히 말했는데."

다메이는 벽시계를 확인했다. 정확히 3시였다.

"하여튼… 첫날부터 지각할 셈인가?"

"공장에 있지 않을까?" 쇼코가 말했다.

"어쩔 수 없지 뭐."

다메이가 한숨을 쉬면서 사무실을 나갔다. 공장으로 가니 마에하라 씨가 기계 앞에서 작업하는 것이 보였다.

"안녕하세요." 다메이가 인사를 하자 마에하라 씨가 눈인사를 해 주었다.

"마치다 군 있나요?"

"안에 있어." 마에하라 씨가 공장 안쪽을 가리켰다.

공장 안쪽으로 가자 기계 앞에 있는 마치다의 뒷모습이 보였다.

"마치다 군."

부르자 마치다가 뒤를 돌았다.

의수를 들고 있는 것으로 보아 의수 개량 작업을 하는 모양이다.

"뭐 하고 있어? 다 같이 회사 설립을 축하하기로 했잖아."

"내 일은 회사 설립까지다. 이제부터는 너희끼리 마음대로 해." 마치다가 퉁명스럽게 대답했다.

"무슨 소리야? 너도 회사의 일원이잖아. 네가 먼저 시작한 일이니 도중에 내팽개치지 마."

"너무 큰 소리 내지 마." 마에하라 씨가 신경 쓰이는지 마치다가 눈총을 주었다.

마에하라 씨에게는 마치다가 이곳에 회사를 만들자고 한 일을 비밀로 하고 있다.

"오늘은 회사 설립 기념일이야. 다 모이지 않으면 의미가 없어."

그 말에 마치다는 마지못해 의수를 선반에 두었다.

마치다와 사무실로 가기 전에 쇼코에게 연락해서 다 같이 사무실 앞에서 보자고 일렀다.

사무실에 도착하자 2층 문 앞에서 쇼코와 시게무라와 리사가 기다리고 있었다. 마치다와 함께 계단을 올랐다.

"어휴… 앞날이 걱정된다." 시게무라가 마치다를 보며 투덜거렸다.

"이거 맞지?"

쇼코가 내민 가방을 받아 들고 안에서 사명이 새겨진 문패를 꺼냈다. 모두의 시선이 집중되는 가운데 다메이는 긴장하면서 문에 문패를 달았다.

주식회사 STN.

스테인리스 문패가 햇빛을 받아 반짝반짝 빛났다.

"마치다 군은 뭐 마실 거야?"

술집 메뉴판을 펼치고 리사가 맞은편에 앉은 마치다에게 물었다.

"우롱차." 마치다가 무뚝뚝하게 대답했다.

"마치다 씨는 술을 못 마셔요?"

쇼코가 마치다 쪽으로 몸을 내밀며 물었다.

"집에 가서 해야 할 일이 있어. 약속대로 건배만 하고 바로 돌아갈 거다."

사무실에서 업무 협의를 한 뒤 다 같이 회사 설립을 기념하여 건배하자는 이야기가 나왔다. 그러나 마치다만 혼자 귀찮다는 표정으로 거절했다. 다메이가 방으로 돌아가려는 마치다에게 건배만이라도 하자며 반강제로 끌고 온 것이다.

"오늘 하루쯤은 괜찮잖아. 모처럼의 기념일인데. 설마 술을 못 마시는 건 아닐 거 아냐. 게다가 이런 자리도 업무의 연장이라고."

다메이의 말에 쇼코와 리사가 "맞아, 맞아" 하고 맞장구를 쳤다.

"그래. 이중에서 가장 바쁜 나도 참석했는데 말이야. 중간에 일어나는 건 용납하지 않겠다."

시계무라의 말에 마치다가 보란 듯이 한숨을 쉬었다.

"맥주는 됐어. 쓰니까…."

"왠지 어린아이 같네."

다메이는 마치다의 의외의 면을 본 듯해서 가볍게 웃었다.

"그럼 카시스우롱(블랙커런트로 담근 카시스 리큐어에 우롱차를 섞은 산뜻한 맛의 칵테일)은 어때? 마시기 쉽거든." 리사가 말했다.

"그럼 그걸로 줘."

잠시 후 생맥주 세 잔과 카시스우롱 두 잔이 나왔다.

"우리 회사를 만드는 데 결정적인 역할을 한 시게무라 선배에게 건배사를 부탁하도록 해요."

쇼코가 말하자 시게무라가 흐뭇해하며 일어섰다.

"하긴… 나쓰카와 말대로 이 회사가 생긴 건 전부 내 위대한 발명품 덕분이지만, 이 위대한 발명품을 더 많은 사람들에게 보급하려면 제군들이 그만큼 노력을 해야… 그 피터 파커가 말한 것처럼 큰 힘에는 큰 책임이 따르듯이 위대한 발명품을 앞으로 널리 보급하려는 너희에게도 위대한 책임이 따른다는 것을 자각하고…."

"시게무라 선배, 잠깐만요."

장황한 연설이 시작될 것 같은 예감에 다메이가 말허리를 잘랐다.

"뭐야?"

기분 좋게 이야기하던 시게무라가 다메이를 힐끗 흘겨봤다.

"맥주 거품이 없어질 것 같아서요. 우선 건배만이라도 할까요? 선배 이야기는 나중에 천천히 듣기로 하고…."

"하긴. 맥주는 거품이 생명이니."

시게무라가 자리에 앉아 맥주잔을 번쩍 들어 올렸다. 쇼코와 리사도 잔을 들었다. 옆을 봤더니 마치다는 여전히 팔짱을 끼고 있다. 다메이가 팔꿈치로 쿡쿡 찌르자 마지못해 술잔을 들어 올렸다.

"그럼 회사의 앞날을 축복하며."

"건배──."

다 같이 술잔을 부딪쳤다.

"시게무라 선배, 아까 말씀하신 피터 파커라는 사람은 어떤 분이에요? 세상 물정에 어두워서 그런가, 잘 모르겠거든요⋯."

리사가 묻자 시게무라가 흐뭇한 표정으로 스파이더맨의 위업에 대해 이야기했다.

"오늘은 맥주 맛이 유난히 좋다." 다메이가 맥주잔을 비우고 캬 하는 소리를 냈다.

"그러게. 설마 이렇게 빨리 우리 손으로 창업을 할 줄은 몰랐어. 정말 믿기지가 않아⋯ 두 달 전에는 먼 꿈 이야기 같았는데. 아닌 게 아니라 시게무라 선배의 대발명과 다메이 군의 회사를 만들고 싶다는 강한 열의 덕분이지만, 이렇게 단기간에 회사를 설립하는 데 가장 큰 기여를 한 사람은 마치다 씨일지도 몰라."

쇼코가 마치다에게 눈길을 보냈다. 물론 이렇게 빨리 창업에 이른 데는 마치다의 공이 컸을지 몰라도 쇼코의 황홀해하는 눈빛을 본 다메이는 왠지 씁쓸한 기분이 들었다.

"들뜨기에는 좀 이른 거 아닌가."

싸늘하게 말하는 마치다에게 모두의 시선이 집중되었다.

"회사를 설립하기만 했지 구체적인 사업에 관해서는 뭐 하나 결정된 게 없어."

"네 말이 맞긴 한데…"

사무실을 마련하고 공장에 기자재 반입도 마쳤지만 그 합성수지를 활용해서 어떤 상품을 만들지는 아직 아무것도 정하지 못했다.

마치다의 말에 축배 분위기가 단숨에 현실로 되돌아왔다.

"마치다 씨도 아직 구체적인 상품 아이디어는 떠오르지 않은 건가요?" 쇼코가 물었다.

"그래. 그 합성수지를 활용하면 보기에도 상당히 정교한 의수를 만들 수 있다는 것밖에는. 그것 말고는 관심이 없어. 여러 번 말했다시피 내 일은 회사를 만드는 것까지였어."

"그 말은 이제 금지야."

다메이의 말에 마치다가 날카로운 시선을 보내왔다.

"아까도 말했잖아. 마치다 군은 회사의 일원이야. 앞으로도 도와주지 않으면 곤란하다고. 게다가 회사가 잘되지 않으면 지금이야 어쨌든 머지않아 많은 사람에게 폐를 끼치고 말아."

1년치 임대료를 한꺼번에 지불하긴 했으나 그 이후의 임대료가 밀리면 결과적으로 마에하라 제작소에 폐를 끼치게 된다. 그것은 마치다 스스로도 충분히 알 것이다.

"그 합성수지의 특성상 깁스에는 쓸 수 있을 것 같은데." 마치다가 불쑥 내뱉었다.

"깁스라니… 골절했을 때 대는 거?"

다메이가 묻자 마치다가 고개를 끄덕였다.

"하긴… 형태와 강도를 자유자재로 바꿀 수 있고 투습성까지 겸비한 합성수지라서 깁스에 적합할지도 모르겠네. 좋은 아이디어가 있으면서 그동안 잠자코 있었다니 마치다 씨 의외로 심술궂은 면이 있네요."

쇼코가 장난스럽게 웃었다.

"깁스라… 듣고 보니 검토할 만하군. 시게무라 선배는 어떻게 생각해요?"

다메이는 자랑스러운 시스템 다이어리에 '깁스'라고 적으면서 시게무라에게 물었다.

"괜찮을 것 같은데."

리사와의 이야기에 푹 빠져 있던 시게무라가 별 관심 없다는 듯 대답했다.

"그리고 의수나 의지뿐만 아니라 불에 데거나 다쳐서 흉터가 남은 사람을 위해서도 쓸 수 있을 것 같아. 예를 들어 흉터 위에 시트로 된 합성수지를 붙여서 눈에 띄지 않게 한다거나…."

마치다에 대한 경쟁심에 불타 그렇게 말하자 쇼코가 고개를 크게 끄덕였다.

"그래… 흉터뿐만 아니라 타투를 한 사람한테도 필요할지 몰라."

"타투?"

쇼코의 입에서 나온 뜻밖의 단어에 다메이가 되물었다.

"응… 요즘은 다양한 사람들이 타투를 하고 있잖아. 음악가나 운동선수, 탤런트도 많이들 하고. 물론 일반인도 그렇지. 친구한테 들은 이야기인데, 타투를 한 사람은 온천이나 수영장에서 입장을 못하게 하는 경우가 많은가 봐. 그럴 때 사용할 수 있지 않을까… 그 합성수지는 물에도 강하잖아."

"과연."

"저… 나도 잠깐 끼어들어도 될까?"

다메이는 리사에게 눈을 돌렸다.

"뭔데?"

"이제 갓 들어온 내가 의견을 말해도 될까 싶지만…." 리사가 조심스럽게 말했다.

"전혀 상관없어. 생각나는 게 있으면 뭐든 말해 줘."

"저… 의수나 의지, 그리고 흉터를 감추기 위해 사용하는 건 사회적으로는 의미 있는 상품이라고 생각하는데… 뭐라고 해야 하나… 잘 표현하기 힘들지만 그걸 사용하는 사람은 그리 많지 않은 것 같아."

"하긴 그도 그렇겠다…."

"물론 그런 상품이 있으면 좋겠지만, 그뿐만 아니라 더 많은 사람들이 쉽게 사용할 수 있는 상품이 있어야 회사로서도 좋지 않을까?"

"예를 들면?" 다메이가 재촉했다.

"당장은 생각나지 않지만… 일상적으로 사용하는… 몸에 걸치는 거나 화장 도구 같은 거."

"흐음… 화장 도구면 우리가 잘 모르는 분야라서." 다메이는 쇼코를 보며 의견을 구했다.

"글쎄… 당장 생각나는 건 네일아트 정도? 더 간편하게 붙였다 뗄 수 있는 네일 제품이 있었으면 좋겠거든."

"내 위대한 발명품을 네일이나 화장 도구 나부랭이에 쓸 셈이야?!" 지금껏 잠자코 있던 시게무라가 이해가 가지 않는다는 식으로 말했다.

"나부랭이라니…."

"여자한테는 중요한 거라고요!"

쇼코와 리사가 동시에 받아치는 바람에 시게무라는 풀이 죽었다.

"시게무라 선배의 기분도 알겠지만… 듣고 보니 아이하라가 말하는 바도 일리 있다고 생각해요."

시게무라가 조금 불쌍해 보여서 다메이는 덧붙여 말했다.

"어디까지나 회사의 이념은 사회적으로 의미 있는 상품을 만드는 거죠. 특히 다치거나 장애가 있는 사람을 도울 수 있는, 지금까지 없었던 획기적인 상품을 만드는 겁니다. 다만 그런 상품을 만들려면 막대한 연구개발비가 필요해요. 시게무라 선배와 우리의 높은 이념을 실현하기 위해서는 더 많은 사람들이 받아들일 수 있는 히트 상품을 만드는 것도 중요하겠지요."

다메이가 말하자 시게무라가 마지못해 고개를 끄덕였다.

"여자가 사용하는 물건이라면 브래지어도 해당되지. 요즘에는 착 붙이는 타입의 브래지어가 유행한다던데. 너희도 하고 있나?"

시게무라가 쇼코의 가슴에 엉큼한 시선을 던졌다.

"누브라 말이군요. 나는 안 했는데요…."

쇼코가 시게무라의 시선을 피하듯 몸을 틀면서 대답했다.

리사가 "나도요" 하고 쇼코와 마찬가지로 시게무라에게 등을 돌렸다.

"그 합성수지를 활용하면 더 완벽한 가슴선을 만들 수 있을 텐데. 단 그걸 개발하기 위해서는 여성진에게 협조를 받아서 실제 가슴의 통계를 내야겠지만 말이야."

쇼코와 리사가 시게무라 너머로 눈빛을 교환하며 한숨을 쉬었다.

"그런데… 마치다 씨는?"

쇼코의 말에 옆에 있던 마치다가 안 보인다는 것을 알아차렸다.

"설마 중요한 회의 도중에 집에 간 건가?" 시게무라가 얼굴을 찡그렸다.

"화장실에 간 거 아닐까요?"

옆 의자에는 마치다의 가방이 걸려 있었다.

"화장실에 간 것치고는 너무 오래 걸리는 것 같아요. 아까부터 없었거든요."

"혹시 억지로 먹여서 취한 건 아닐지…." 쇼코가 걱정스러운 눈길로 마치다의 자리를 바라본다.

"카시스우롱밖에 안 마셨는데?"

"다메이 군, 가서 좀 보고 와."

다메이는 하는 수 없이 화장실로 향했다. 화장실에 들어가니 열린 문 사이로 변기에 엎어진 마치다의 뒷모습이 보였다.

"마치다 군, 괜찮아?" 다메이가 가까이 갔다.

마치다는 변기를 끌어안듯이 쪼그려 앉아 있다. 토하고 있는 모양이다.

"가지가지 하네…."

마치다의 등을 쓰다듬으며 말을 걸어 봤지만 괴로워하며 신음만 할 뿐 대꾸가 없었다.

다메이는 일단 화장실에서 나가 술자리로 돌아갔다.

"안 되겠는데. 완전히 취했어." 다메이는 고개를 절레절레 흔들었다.

"어떡해? 구급차를 불러야 할까?" 리사가 말했다.

"잠시 내버려 두면 술이 깰 거야. 벌써 시간이 늦었으니 오늘은 이걸로 마치자. 마치다 군은 내가 집까지 바래다 줄 테니 모두 그만 돌아가."

"나도 거들게. 다메이 군 혼자서는 힘들잖아." 쇼코가 나섰다.

"괜찮아."

"그래도…."

"이성한테는 별로 보이고 싶지 않은 모습일 거야. 나중에 줄 테니 일단 계산 좀 해 줄래?"

다메이는 그렇게 말한 뒤 마치다의 가방까지 챙겨 다시 화장실로 향했다. 마치다는 아까와 똑같은 자세로 쪼그려 앉아 있었다. 잠시 그 자리에서 상태를 지켜보았지만 술이 깰 기미가 보이지 않는다. 그사이 여러 명의 손님이 화장실에 들어왔다가 화장실 칸을 독차지하고 있는 두 사람을 보고 눈살을 찌푸리며 나갔다.

"우선 가게에서 나가자."

다메이는 마치다를 강제로 일으켜 세웠다. 휘청거리는 마치다를 부축해 화장실에서 나왔다.

나 참, 술에 젬병이면 처음부터 말을 할 것이지….

가게에서 나오자 부축해 가며 걷기보다는 차라리 업고 가는 편이 빠르겠다 싶어 마치다를 등에 업었다.

마치다는 한동안 끙끙거리더니 어느새 태평하게 숨소리를 내며 자기 시작했다. 묵직한 무게감에 피곤하기도 했지만 마치다의 약한 모습을 처음 발견했다는 사실에 고소하기도 했다.

"미노루…미노루….'

마치다의 잠꼬대가 귓가에 들렸다.

미노루라니 누구지?

오랜 시간을 알고 지낸 것은 아니지만 마치다의 입에서 처음 나온 이름에 흥미가 일었다.

겨우 마에하라 씨 집에 도착해 계단을 하나하나 신중히 밟아 올랐다. 문 열리는 소리가 나더니 계단 아래에서 가에데가 2층을 올려다보고 있다.

"안녕." 다메이가 인사를 했다.

"무슨 일이에요?"

가에데가 다메이 등에 업힌 마치다를 보고 놀란 듯이 물었다.

"많이 취했나 봐. 미안한데 문 좀 열어 줄래?"

가에데가 서둘러 마치다의 바지 주머니를 뒤져 열쇠를 꺼낸 다음 2층 문을 열어 주었다.

현관에 들어가자 가에데가 마치다의 신발을 벗겼다. 다메이도 신발을 벗고 마치다의 방으로 향했다. 겨우 마치다를 침대에 눕히자 한숨이 절로 나왔다.

"한심하긴…." 가에데가 침대에 누워 있는 마치다를 보며 중얼거렸다.

"아무리 몰랐다 해도, 술을 못 마시는데도 억지로 먹인 우리 잘못이야."

"아래층에서 물 가져올까요?" 가에데가 물었다.

"아니, 사무실 냉장고에 생수가 있으니 괜찮아."

마치다는 여전히 잠꼬대를 웅얼거렸다.

"미노루…미노루… 미안…."

마치다답지 않은 말을 듣고 무심코 가에데와 얼굴을 마주 봤다.

"미노루라, 이 녀석을 사과하게 만들다니 대체 얼마나 대단한 사람일까?" 다메이는 저도 모르게 쓴웃음을 지었다.

"그러게요…."

그렇게 말한 가에데의 표정이 조금 어두워진 것을 느꼈다.

가에데는 미노루라는 사람에 대해 짚이는 바가 있는 모양이다.

"전 갈게요."

물어볼까 망설이는 사이 가에데가 방에서 나갔다.

"고마워."

다메이는 갑자기 피곤이 몰려와 일단 방바닥에 앉았다.

잠시 침대에 누워 있는 마치다를 바라봤다.

미노루는 도대체 어떤 사람일까.

그걸 묻는다 해도 필시 마치다는 아무 대답도 하지 않을 것이다.

그의 입에서 자연스레 그 이야기가 나오는 관계가 되는 것을 지금부터 하나의 목표로 삼아 볼까.

시계를 확인하니 11시 반을 넘은 시각이었다. 슬슬 일어나지 않으면 막차를 놓치고 만다.

다메이는 고단한 몸에 채찍질을 해서 일어난 후 방에서 나왔다. 열쇠로 문을 잠그고 계단을 내려가 역으로 향했다. 골목을 돌았을 때 문득 발걸음을 멈췄다.

아차, 마치다의 방에 가방을 두고 나왔다.

사무실로 발걸음을 되돌린 다메이는 계단을 오르고 있는 사람 그림자를 보고 멈춰 섰다. 조금 멀찍이 서서 2층 층계참을 응시했다.

쇼코다.

쇼코가 문을 열고 안으로 들어간다. 어쩐 일일까. 두고 온 물건이라도 있는 걸까. 하지만 이제 곧 막차가 끊길 시간이다.

사무실에 가 볼까도 싶었지만 발걸음이 떨어지지 않았다.

마치다의 방 창문에서 새어 나오는 불빛을 보며 다메이는 꺼림칙한 상상을 떨쳐 내려 애썼다. 애타는 심정을 억지로 견디며 30분 이상 기다렸지만 쇼코는 나오지 않았다.

이윽고 마치다의 방에서 불빛이 사라졌다.

29

공원에 들어가자 울창하게 우거진 나무들이 눈앞에 펼쳐졌다.

고스기가 사방을 훑어봤다. 널찍한 공원 여기저기 골판지 상자 집이 놓여 있다. 노숙자 몇 명이 나무 그늘에서 밥을 먹거나 풀숲 위에서 잠을 자고 있었다.

그중에서 만나려던 사람을 발견했는지 고스기가 가까이 갔다.

"후지모토."

고스기가 부르자 동료와 함께 도시락을 먹고 있던 남자가 고개를 들었다.

"고스기 씨." 후지모토라고 불린 남자가 도시락을 놓고 일어섰다.

"수고했네. 미노루를 알고 있다는 사람에게 이야기를 좀 듣고 싶은데." 고스기가 말했다.

"저쪽에 있습니다."

후지모토가 가리킨 공원 안쪽에 나무를 향해 카메라를 들고 있는 노인이 보였다.

"미야 씨라고 하는데 예술가 기질이 넘치거든요. 돈도 없으면서 사진이 취미랍디다."

아마미야와 고스기는 후지모토를 따라갔다.

"미야 씨, 잠깐 이야기 좀 할 수 있을까요?"

후지모토가 말을 건 순간 푸드덕 새가 날아오르는 소리가 들려 아마미야는 하늘을 봤다.

"겨우 잡은 셔터찬스였는데 방해를 하다니 이런 고얀 놈을 봤나."

노인이 카메라에서 눈을 떼고 자신들을 쏘아봤다.

"죄송합니다…." 후지모토가 고개를 푹 숙였다.

"미안하게 됐습니다. 실은 꼭 여쭤볼 게 있어서요… 좋은 카메라를 갖고 계시는군요. 라이카입니까?" 고스기가 노인이 가진 카메라를 가리키며 감탄한 듯 말했다.

"그래, 옛날 물건이지. 내가 필름밖에 관심이 없어서 말이야. 현상도 저쪽에서 직접 하고 있지."

노인이 상자 집을 향해 턱짓을 했다.

"굉장하군요. 나중에 꼭 보여 주십시오."

"그런데… 나한테 물어볼 거라는 게 뭔가?"

카메라와 사진 이야기를 해서 기분이 풀어졌는지 노인이 다가왔다.

"저희는 전부터 오자와 미노루라는 사람을 찾고 있습니다."

"오자와 미노루…."

나머지는 직접 이야기하라는 듯이 고스기가 아마미야에게 눈짓을 했다.

"저처럼 몸집이 크고… 나이는 스물서너 살인데 언동이 꼭 어린아이 같은 사내로…."

"그런 녀석이라면 일주일 전까지 이곳에 있었네. 아무리 물어도 이름을 가르쳐 주지 않아서 우리가 마음대로 꼬마라고 불렀지."

"왜 여기서 나간 겁니까?"

"몰라. 붙임성이 워낙 좋아서 잘 보살펴 줬는데."

노인의 이야기를 듣고 더없이 오자와 미노루에 가까운 인물임을 느꼈다.

"이걸 봐 주시겠습니까?" 아마미야는 가방에서 미노루의 사진을 꺼내 노인에게 보였다.

"분위기는 비슷한데… 초점도 안 맞는 이런 빌어먹을 사진 갖고는 뭐라 말할 수가 없구먼. 이리로 오게나." 노인이 턱짓을 하고 걸음을 옮겼다.

상자 집에 도착한 노인이 안을 뒤져 뭔가를 꺼냈다. 앨범이다. 앨범을 차례로 넘기자 공원 풍경이나 동료를 찍은 사진이 붙어 있다.

"이거구먼." 노인이 사진 한 장을 가리켰다.

남자 여러 명이 찍힌 사진이었다. 그중 유난히 눈에 띄는 키가 큰 사내가 있었다.

아마미야는 사진 속 그 사내를 응시했다.

"어떤가?" 고스기가 앨범을 들여다보며 물었다.

틀림없다.

아마미야는 고스기를 보며 고개를 힘차게 끄덕였다.

"못 봤는데."

사진을 보던 남자가 그렇게 말하고 고개를 내저었다.

"그렇습니까…." 아마미야는 옆에 있던 고스기에게 눈짓을 했다.

"혹시 발견하면 연락 바랍니다. 사례는 하겠습니다."

고스기가 휴대폰 번호를 적은 메모지를 남자에게 건넨 후 아마미야에게 가자고 눈짓을 하고 공원 출구로 향했다.

"쉽지 않네요."

"그러게 말이다…." 고스기도 난감한 표정으로 고개를 주억거렸다.

미야 씨라는 노인에게 오자와 미노루의 단서를 얻었을 때는 당장에라도 찾을 수 있을 줄 알았다.

아마미야는 사진에 찍힌 인물이 미노루임을 확신한 뒤 미야 씨에게 부탁해 여러 장을 현상했다. 그로부터 나흘간 센다이 시내 번화가와 공원에 있는 노숙자들에게 물으며 돌아다니고 있지만 미노루의 행방을 알아내지 못했다.

"우선 밥이나 먹으러 가지." 고스기가 공원 곁에 있는 라면집을 가리

컸다.

아카기의 저택을 나와 구입한 싸구려 손목시계를 확인했다. 오후 1시가 지났다. 아침 일찍 호텔을 나온 뒤 줄곧 미노루를 찾으러 돌아다녔더니 배가 고팠다.

아마미야는 고스기와 함께 라면집으로 향했다. 테이블석에 앉아 라면을 주문한 뒤 고스기가 지도를 펼쳤다. 센다이 시내 지도인데 직접 가서 확인한 지역을 붉은 펜으로 표시하고 있었다.

"센다이에서 나갔으려나…" 아마미야는 여기저기 그려진 붉은 표시를 보면서 말했다.

"그럴 가능성도 있겠군." 약간 자포자기한 말투였다.

출발점으로 되돌아왔다는 건가.

아마미야는 한숨이 쏟아지려는 것을 겨우 참았다.

"그런데… 오자와 미노루를 찾아내면 어쩔 작정인가?"

대답할 수가 없었다. 미노루를 찾아낸다 해도 그 후에 뭘 어떻게 해야 할지 전혀 감이 안 잡힌다.

조직을 배신한 뒤로는 무로이와 맞서는 데 사용할 비장의 카드로써 미노루를 찾아다녔다. 그러나 무로이가 아카기에게 항복하겠다고 한 지금으로서는 미노루를 찾을 필요가 없다.

"마치다 히로시에게 가르쳐 줄 건가?" 고스기가 물었다.

잠시 기억에서 멀어졌던 남자의 모습이 뇌리에 번뜩였다.

"말도 안 되는 소리." 아마미야는 단호하게 부정했다.

그 녀석에게 알려야 할 의리 따위는 눈을 씻고 찾아봐도 없다. 지금은 그저 호기심에 미노루를 찾고 있을 뿐이다.

라면이 나왔을 때 고스기가 주머니에서 휴대폰을 꺼냈다. 전화가 걸려 온 모양이다.

"여보세요, 고스기입니다…."

먼저 먹으라는 손짓을 보였지만 아마미야는 전화 상대가 누군지 궁금해서 고스기를 계속 쳐다봤다.

"네… 아직 센다이에 있습니다. 알겠습니다. 그쪽으로 복귀하는 편이 좋으시겠습니까? 네… 그렇습니다. …그럼 나중에…."

"무슨 일이지?" 전화를 끊은 고스기에게 물었다.

"오늘 밤 그 회합이 열린다."

그 회합.

그 말을 듣고 심장이 쿵쾅거렸다.

오늘 밤 드디어 무로이와 아카기 일행이 만난다. 그 자리에서 무로이는 아카기 일행에게 항복하고 조직은 해체된다.

이로써 모든 것이 끝난다.

바라던 대로 미카는 무로이로부터 해방되어 자유의 몸이 된다.

그런데 왜일까….

가슴속에 싹튼 불길한 예감을 도저히 억누를 수가 없다.

그 이야기를 들었더니 입맛이 뚝 떨어져서 젓가락을 대지 못한 채 라면을 쳐다보기만 했다.

"지금 저택으로 돌아가나?" 아마미야는 라면집을 나오자마자 그렇게 물었다.

"아니, 센다이 공항에 헬리콥터를 보냈다고 하니 그걸로 회합 장소까지 간다. 공항에는 5시까지 도착하면 돼."

"그렇군…."

"어쩔 건가? 이대로 미노루를 찾아다닐 텐가? 아니면 어디 가서 한잔 걸치면서 긴장이라도 풀 텐가?" 고스기가 히죽 웃었다.

"뭘 하든 상관은 없는데… 딱히 긴장한 건 아니야."

"그런 것치고는 식욕이 너무 없어 보이던데."

고스기가 다시 웃었을 때 수신음이 울려 휴대폰을 꺼냈다.

"여보세요… 네… 그렇습니다. 정말입니까?"

고스기가 진지한 표정으로 통화를 하더니 흘끗 시간을 확인했다.

"알겠습니다. 미야기노에 있는 공원 말이군요."

고스기의 응답 내용을 듣는 사이 어떤 전화인지 감이 왔다.

"네. 그럼 잘 부탁합니다."

고스기가 전화를 끊고 아마미야를 봤다.

"미노루를 찾아낸 건가?" 아마미야가 단단히 마음을 먹고 물었다.

"찾아낸 건 아니고 미노루를 봤다는 사람이 있는 모양이야. 미야기노에 있는 공원에서 지내는 곤 씨라는 사람과 함께 있었다는군."

공원에 들어가자 구석 풀숲에 남자 세 명이 앉아 있었다.

그들을 주시하며 가까이 갔지만 그중에 미노루가 있는지는 잘 보이지 않았다.

"잠깐 실례합니다."

고스기가 말을 건네자 그들이 움찔 놀라더니 경계하는 눈초리로 아마미야와 고스기를 쳐다봤다. 미노루의 모습은 없었다.

"실례합니다만, 여쭙고 싶은 게 있어서요. 혹시 곤 씨가 어느 분이신지…."

"나요." 가장 나이가 많아 보이는 남자가 말했다.

"이 사람을 찾고 있습니다만… 여기 있다고 들어서 왔습니다." 고스기가 곤 씨에게 사진을 건넸다.

"아, 그래, 분명히 여기 있었지." 사진을 보던 곤 씨가 고개를 끄덕였다.

"있었다고요?"

아마미야가 무심코 되물었다.

"지금은 여기 없습니까?"

고스기가 묻자 곤 씨가 그렇다고 했다.

"어디로 갔습니까?"

"시설에 들어갔지."

"시설이요?"

"그래… 금요일 밤 무료 급식소가 열렸을 때 시설 직원들이 데려갔네."

"어떤 시설입니까?"

"보호시설이라던데."

다른 남자가 대답했다.

"신체나 정신에 장애가 있어서 일상생활이 어려운 사람들을 보호하

는 시설이라고 하던데. 녀석은 지적장애인이었으니 말일세. 그런 사람
이 노숙을 하고 있다는 소문을 듣고 보호하러 왔다더군."

"시설 이름이 뭔지 아십니까?"

아마미야가 묻자 남자들이 서로 얼굴을 쳐다봤다.

"뭐라더라… 분명히 음… 빛의 머시기 복지원이라고 했던가?"

고스기가 휴대폰을 꺼내 인터넷 검색을 하는 듯했다.

"빛의 언덕 복지원?"

고스기가 묻자 남자들이 "맞아, 맞아. 분명히 그 이름이었어" 하고 대
답했다.

"아오바 구에 있는 시설이군."

아마미야는 미노루의 사진 뒤에 '빛의 언덕 복지원'이라고 적었다.

"이러다 늦겠군." 고스기가 손목시계를 보고 말했다.

아마미야는 사진을 주머니에 넣고 남자들에게 인사를 한 뒤 걸음을
옮겼다.

"유감이야." 공원 출구로 향하는 도중 고스기가 말했다.

"그래도 미노루가 어디 있는지 알아냈으니 큰 수확인 셈이지."

미노루가 보호되어 있는 시설을 알아냈으니 내일 찾아가서 확인하면
된다.

"그렇군."

칠흑 같은 해수면을 내려다보는데 저 앞에 어슴푸레한 불빛이 보였다.

"저건가?"

아마미야가 손으로 가리키자 고스기가 그렇다고 했다.

회합은 아카기가 소유한 유람선에서 열린다고 한다.

"자네, 바다 좋아하나?" 고스기가 물었다.

"맥주병이라 별로 안 좋아하는데."

"의외로군."

"뭐든 잘하는 내 유일한 약점이지."

어렸을 때 외삼촌 집에 맡겨졌을 때 하루가 멀다고 욕실에서 학대를 당했다. 뒤통수를 움켜잡은 외삼촌의 억센 힘에 의해 욕조 물에 머리를 처박히며 죽을 고비를 수없이 겪은 바람에 물을 무서워하게 되었다.

불빛이 서서히 커지면서 배의 전모가 드러나자 실소가 절로 나왔다. 개인 소유 유람선이라더니 아주 거대하고 으리으리한 배였기 때문이다. 해수면 위로 우뚝 솟은 유람선의 높이는 4층 건물쯤 되어 보였고 꼭대기에는 헬리콥터 이착륙장까지 갖추고 있었다.

헬리콥터가 착륙하자 고스기가 문을 열었다.

"바람에 날아가지 않도록 조심하게."

고스기의 경고를 들으면서 아마미야도 헬리콥터에서 내렸다.

"이쪽이다."

갑판을 건너 선내 문으로 향하는 사이 헬리콥터가 다시 날아올랐다.

선내에 들어가자 아카기의 저택에서 봤던 경호원 일곱 명이 접근해왔다. 모두 양복을 걸치고 있었고 가슴팍이 불룩한 것으로 보아 위험한 물건을 감추고 있음을 알 수 있었다.

한 경호원이 고스기에게 무전기를 건넸다.

"다 모이셨나?" 고스기가 무전기 이어폰을 귀에 꽂으며 물었다.

"무로이 외에는."

"그 작자 성격에 무슨 짓을 할지 모른다. 빈틈없이 계속 감시하도록."

"알겠습니다."

경호원들이 흩어졌다.

"이쪽이다." 고스기가 아마미야에게 눈짓을 하고 걸음을 옮겼다.

긴 복도를 지나 거대한 문 앞에서 멈췄다. 문 윗부분에는 아카기의 저택에서도 봤던 카메라가 설치되어 있다.

"고스기입니다."

고스기가 카메라를 향해 알리자 문이 열렸다.

"실례하겠습니다."

고스기를 따라 안으로 들어간 순간 여기저기서 일제히 꽂히는 시선에 몸이 경직됐다.

아카기 외에 네 명의 노인이 대리석 테이블을 둘러싸며 소파에 앉아 있었다. 그들 뒤에는 늠름한 경호원이 한 명씩 붙어 있다.

"이 애송이는 뭔가?"

아카기 맞은편에 앉아 있던 노인이 수상해하며 물었다.

이름은 모르지만 전에 뉴스에서 본 적이 있는 사람이었다.

"소개하지요. 내 밀사인 아마미야 가즈마입니다. 자네도 앉게." 아카기가 옆자리를 가리켰다.

고스기와 눈빛을 교환한 뒤 아카기 쪽으로 걸어갔다. 아마미야는 아카기의 옆자리에 앉고 고스기는 그 뒤에 섰다.

"거기서부터 미조구치 씨, 곤도 씨, 쓰노다 씨, 스가이 씨… 자세히는 말할 수 없지만 지금의 일본을 지배하는 실세들이시지. 미리 말해 두지만 여기서의 기억은 하나도 빠짐없이 무덤까지 가져가야 할 걸세."

"밀사라니 무슨 뜻인가?"

아마미야를 줄곧 의심의 눈초리로 보던 미조구치가 물었다.

"이번 회합의 자리를 마련하기 위해 무로이에게 보냈던 자입니다. 원래는 무로이의 조직원이었지요."

"그런 자를 동석시키다니 괜찮은가?" 곤도가 말했다.

"문제없습니다. 이자는 무로이의 조직을 배신하고 달아난 자입니다. 우리 측에 붙어야만 살 수 있는 자이지요."

"무로이의 조직을 배신했다는 자체가 속임수일 가능성은 없는가? 자네한테 접근해서 이번 회합을 꾀하기 위해…."

"그렇고말고, 무로이는 그러고도 남을 자다. 뭘 꾸밀지 모르지 않겠는가?"

"그렇다면 한꺼번에 처리하면 될 일이지요. 만약 이자가 여전히 무로이와 한통속이라 한들 대체 뭘 할 수 있겠습니까? 무로이도 마찬가지일 터. 우리 입장에서 보면 몰래 숨어서 못된 짓을 하는 어린아이에 불과하지요. 게다가 이 방의 창문은 방탄유리로 되어 있고 또 총으로 무장한 부하들이 철저히 경비하고 있습니다. 아무것도 걱정할 것 없지요."

"무로이는 여기에 어떻게 옵니까?" 쓰노다가 물었다.

"20톤 미만의 소형 배로 오겠다고 하더군요. 무로이와 조타수 외에 다른 사람을 발견하면 벌집을 만들겠다고 경고해 두었습니다."

"다 필요 없고 나와 한 약속은 꼭 지키시오."

아마미야가 말하자 모두의 시선이 집중되었다. 버릇없는 말투에 혐오감을 드러낸 것이다. 아카기 혼자 아마미야의 언동에 익숙하다는 듯이 코웃음을 치고 있다.

"나는 당신의 지시대로 무로이를 만나러 갔다. 살해당할 것을 각오하고 말이야. 그러니 당신도 약속을 지켜야 해. 여기 있는 모두에게 약속을 받아야겠군."

"약속?"

아마미야에게 집중되었던 네 명의 시선이 아카기에게 옮겨 갔다.

"이자의 누나에게는 손대지 않겠다는 겁니다."

"누나라니…?"

모두를 대표하듯 곤도가 물었다.

"이자의 누나도 무로이의 조직원으로 현재 사카구치의 정부이지요."

"사카구치라니… 설마…."

아카기가 고개를 끄덕이자 네 명의 표정이 어두워졌다.

"약속해."

아마미야가 말했지만 아무도 대답하지 않았다.

"어이, 약속을 깨겠다는 건가!"

"이쪽으로 배가 접근해 오고 있습니다."

아마미야의 말을 자르듯 고스기가 말했다.

전원의 눈길이 창문으로 쏠렸다. 칠흑의 어둠 속에 다가오는 불빛이 보였다.

"다녀오겠습니다."

창밖을 주시하던 고스기가 문으로 향했다.

고스기가 나가자 아카기는 창가로 가서 불안해하며 창밖을 주시했다. 잠시 후 아카기가 가슴을 쓸어내리며 소파로 돌아왔다.

"고스기입니다."

스피커에서 목소리가 들려왔다.

아카기가 테이블에 놓인 리모컨 버튼을 누르자 벽에 설치된 모니터에 바깥 모습이 비쳤다.

무로이다.

고스기와 두 경호원에게 에워싸여 서 있다.

아카기가 다시 버튼을 누르자 문이 열리는 소리가 났다. 뒤돌아보자 무로이와 눈이 마주쳤다. 얼음장 같은 눈빛에 순간 오싹해져서 고개를 돌릴 뻔했지만 손을 뒤로 한 모습을 보고 마음을 가다듬었다. 수갑을 차고 있는 것이다.

"오랜만이구나."

아카기가 말을 걸었는데도 무로이는 들은 척도 하지 않았다.

"저자가 타고 온 배는 얌전히 돌아간 것 같군."

아카기가 말하자 고스기가 고개를 끄덕였다.

"저자의 얼굴을 가까이서 확인하고 싶네만."

경호원 둘이 무로이를 끌고 들어와 아카기의 정면 소파에 거칠게 앉히고는 방에서 나갔다.

"제법 정중한 대우로군요." 무로이가 말했다.

"입을 놀릴 수 있는 상태로 대면한 것만 해도 고맙게 생각해라."

아카기의 말에 무로이가 엷은 웃음을 띠고 다리를 꼬았다.

"드디어 만났구나. 지난 2년간 어디 숨어 있었느냐?" 아카기가 무로이를 보면서 물었다.

무로이는 입가를 일그러뜨릴 뿐 대답하지 않았다.

"우리 나이쯤 되면 앞으로의 1분 1초가 매우 귀중하지. 따라서 자네한테 그리 많은 시간을 할애할 생각은 없네. 10분 주지. 그 시간 안에 자네의 목숨을 연명하기 위한 이야기를 하는 걸세."

"영상에서 하시던 이야기와는 꽤 다르군요." 무로이가 말했다.

"자네는 너무 까불었네. 머리를 조아리기만 해서 끝날 일이 아니지 않은가."

"거기 그자와 약속을 했다지요? 내게 메시지를 전하면 누나를 살려주겠다고." 무로이가 말했다.

"그야 여자의 태도에 달려 있지. 이 사내처럼 충실한 종으로 지내겠다면 살려 줘도 좋네만, 감히 우리를 거역한다면 그럴 필요 없을 터."

"늙은이는 취향이 아니라 했으니 살기 어려울지도 모르겠군요."

무로이가 입꼬리를 올리며 말하자 분위기가 순식간에 얼어붙었다.

"이 자식, 까불지 마."

옆에 있던 고스기가 무로이의 뺨을 냅다 후려쳤다.

"그렇다면 최대한 고통스럽게 처리해 주지."

독살스러운 아카기의 말에 등골이 서늘해졌다.

무로이가 아마미야에게 고개를 돌렸다. 입가에 피가 묻어 있다.

"들었나?"

"당신은 여기 죽으러 온 건가?" 아마미야가 무심결에 물었다.

"자네도 그리 되고 싶지 않으면 우리가 원할 거라 장담하던 그 정보인지 뭔지를 당장 내놓게."

이 방에 있는 모두가 무로이를 매섭게 노려본다.

목숨을 구걸하기 위해 이 회합을 마련했다면서 무로이는 도대체 무슨 속셈일까.

"그런 거 없습니다." 무로이가 태연히 말했다.

"무슨 소리냐!"

격노한 아카기가 벌떡 일어섰다.

"무슨 소리긴요… 노망난 늙은이들을 만나러 왔을 뿐입니다."

"네 이놈, 무슨 소리를 지껄이는지 알고 그러는 것이냐!"

"몰래 숨어 지낸 건 오히려 당신 아니던가요?"

"무슨 뜻이냐!" 아카기가 노여워하며 말했다.

"전에 틀어박혀 지내던 저택을 버리고 떠나지 않았습니까. 내가 그리 무섭던가요?"

"네 이놈….'

아카기가 참을 수 없다는 듯 소파에서 일어섰다. 아카기가 무로이를 향해 성큼 다가서는 동안 아마미야는 이변을 감지했다.

배의 속도가 급격히 빨라졌는지 바닥이 심하게 흔들렸다. 테이블에 놓인 유리컵과 재떨이가 바르르 떨었다.

사람들이 서로 얼굴을 마주한 다음 순간, 바닥 깊은 곳에서 솟구쳐 오르는 충격을 느끼고 소파에서 굴러 떨어졌다.

사방을 훑어보니 실내에 있던 거의 모든 물건이 바닥에 떨어져 있었다. 특히 서 있던 아카기와 경호원들은 충격을 제대로 받아 가구 따위에 격하게 부딪쳤는지 바닥에 쓰러진 채 움직이지 않았다.

유일하게 무로이만 멀쩡하게 소파에 앉아 있다. 자세히 보니 소파의 팔걸이를 단단히 붙잡고 있었다.

"괜찮나?"

바닥에 쓰러져 있는 고스기에게 달려가자 그가 곧바로 일어났다.

"과연 충격이 어마어마하군."

고스기의 말에 머릿속이 혼란스러워졌다.

마치 예상했다는 듯한 말투.

"이게 대체 무슨 일인가?"

바닥에 나뒹굴던 노인들이 겨우 몸을 추스르고 주변을 훑어봤다.

"이 배는 곧 침몰합니다."

고스기가 그렇게 말하더니 품에서 권총을 꺼내 노인들을 향해 겨누었다.

"무슨 짓이냐!" 곤도가 소리쳤다.

"그렇게 되었습니다. 가시지요."

고스기가 무로이에게 눈짓을 하고 여전히 권총을 겨눈 채 문으로 향했다. 무로이가 여유로운 발걸음으로 방을 나갔다.

"아마미야, 빨리 와!"

고스기가 외치는 바람에 아마미야는 영문도 모른 채 문으로 향했다.

방을 나가자마자 고스기가 문을 닫고 무전기를 꺼냈다.

"나다. 문을 잠가라."

고스기가 무전기에 대고 말하자 문이 잠기는 소리가 났다.

"도대체 어떻게 된 일이지?"

아마미야의 질문에 답하지 않은 채 고스기는 걸음을 옮겼다.

그를 따라 비스듬히 기운 복도를 불안정하게 걸어갔다. 고스기가 복
도에 비치된 상자를 열었다.

"맥주병이라며?"

고스기가 피식 웃으며 아마미야에게 구명조끼를 던지더니 이내 앞으
로 걸어갔다.

"당신, 무로이의 동료였나?"

구명조끼를 입으면서 고스기의 등에 대고 물었다.

"그래. 자네는 처음부터 무로이 씨가 아카기에게 던진 미끼였지. 무로
이 씨의 말대로 아카기는 우리가 두려워서 몸을 숨기고 있었던 거다. 아
카기 하나만 처리한다면 나 혼자로도 가능하지만 무로이 씨의 목적은
그 다섯 명을 한꺼번에 매장하는 거였다."

"어째서…."

"그들은 음지에 숨어 일본을 갉아먹는 해충이기 때문이지. 무로이 씨
와 나는 오랫동안 그 꼴을 지켜봐 왔다."

"오자와 미노루를 찾으라는 명령은…?"

"그건 처음부터 아무래도 좋을 일이었다. 아카기가 조직의 전모를 알
아내기 위해 자네의 동향을 감시시켰지. 그걸 이용해서 놈들을 유인해

낼 수 없을까 하고 생각했던 거다."

선내에서 나가자 눈앞에 거대한 유조선이 보였다. 유조선 앞부분에 흠집이 크게 나 있다. 갑판에는 무로이와 아까 무로이를 끌고 왔던 두 경호원과 한 남자가 있었다. 아마 그 남자가 배를 조종해서 유조선에 처박았을 것이다.

"다른 놈들은?" 고스기가 경호원에게 물었다.

"전원 방 안에 가두었습니다."

"그렇군. 아마미야, 이리 와."

고스기가 불러서 갑판 끝으로 향했다.

"저길 봐라."

해수면에 구명정이 떠 있었다.

"목숨만은 살려 주겠다는 거다. 우리는 유조선에 올라탈 테니 자네는 저 구명정을 타고 한동안 이 부근을 떠도는 거다. 머지않아 구조될 테니 걱정 마. 경고하는데 여기서 있었던 일은 아무에게도 말하지 말 것. 기억을 잃은 연기라도 해서 무조건 모른다고 잡아떼는 거다. 죽고 싶지 않으면 말이야."

"누나는!"

아마미야는 무로이를 향해 소리쳤다.

"유감이지만 이제 헤어져야 한다. 그녀에게는 아직 맡길 임무가 많거든." 무로이가 아마미야를 보면서 말했다.

"약속이 다르잖아!"

"먼저 배신한 건 아마미야, 자네가 아닌가? 게다가 자네가 데려가려

하는 곳에 그녀는 아무런 흥미도 없는 모양이던데. 누군가를 붙잡는 데 필요한 건 핏줄이 아니야. 자네는 스스로에게 졌네."

무로이의 말에 흥분한 아마미야는 옆에 있던 고스기의 얼굴을 팔꿈치로 가격했다. 곧장 고스기의 품에 손을 넣어 권총을 빼내 무로이에게 겨누었다.

다음 순간 귀에 총성이 울렸다.

제3장

1

나이토 신이치는 비즈니스호텔에서 체크아웃을 하고 나와 도보 5분 거리에 있는 사카타 역으로 향했다.

손목시계를 보니 아침 7시 반이 지나 있었다. 시간만 확인하고 얼른 손을 재킷 주머니에 넣었다.

역 앞에 도착해 로터리를 둘러봤다. 공장 셔틀버스가 아직 오지 않았는지 정류장 표지판 앞에 남녀 여섯 명이 서 있었다. 하나같이 나이토처럼 재킷 주머니에 손을 푹 찔러 넣고 제자리에서 가볍게 발을 구르고 있다.

조금 떨어진 곳에서 행인인 척하며 상황을 살폈지만 그 사람의 모습은 보이지 않았다.

잠시 후 셔틀버스가 왔다. 정류장 앞에서 기다리던 사람들이 버스에 올라탄다. 전철역에서 하나둘 사람들이 나오더니 버스 안으로 빨려 들어갔다.

거기에 그의 모습은 없었다.

이윽고 버스 문이 닫히고 출발 신호인 오른쪽 깜빡이가 켜진 것을 보고 나이토는 작게 한숨을 내쉬었다. 아무래도 이 버스를 이용하지 않는 듯하다. 공장에는 승용차 같은 것으로 출근할지도 모른다.

그러나 승용차나 오토바이를 이용할 가능성은 없다는 걸 깨달았다. 그의 주민표는 벌써 몇 년째 그대로다. 운전면허도 취득하지 않았을 것이다.

다른 방법으로 공장에 출근한다면 자전거나 도보일 것이다.

공장 출입구는 세 군데. 이제부터 근무시간 앞뒤로 그 세 군데를 지키고 있다가 그의 모습을 확인하는 수밖에 없을 듯하다.

어쩌면 공장을 그만두었을지도 모른다. 아니, 애초에 TV에서 본 사람이 그를 닮았을 뿐 다른 사람일 가능성도 있다.

그러나 미덥지 못한 단서라도 여기서 단념할 수는 없다. 이 단서에 매달리는 것 말고는 그를 찾아낼 방도가 아예 없기 때문이다.

앞으로 며칠 더 숙박 예약을 해야겠다는 생각에 다시 비즈니스호텔로 발길을 돌리려는데 버스가 조금 달리다가 정차했다. 무슨 일일까 싶어 버스 뒤쪽을 봤더니 몸집이 큰 남자가 손을 흔들면서 정차한 버스를 향해 오고 있었다. 그 남자를 포착한 순간 감전된 듯한 충격이 흘렀다.

아마미야 가즈마.

모자를 깊이 눌러쓰고 입 주변에는 예전에는 없었던 수염을 기르고 있지만 전체적인 분위기에서 그임을 확신했다.

버스 문이 열리자 그는 버스 기사에게 머리 숙여 인사하며 올라탔다. 문이 닫히고 오른쪽 깜빡이를 켜면서 버스가 달려갔다. 나이토는 멀어지는 버스를 보면서 조급해지는 마음을 어찌하지 못했다.

드디어 아마미야를 찾아냈다.

당장에 가서 이야기를 하고 싶지만 이대로 공장에 찾아간다 해도 아마미야를 만나지는 못할 것이다.

공장이 끝나는 시간은 5시 반이다. 6시쯤 여기서 돌아오는 버스를 기다리면 아마미야를 붙잡을 수 있을 것이다. 나이토는 마음을 다잡고 저녁까지 어디선가 시간을 때우려 걸음을 옮겼다.

우선 차가워진 몸을 녹이러 역 앞 카페에 들어갔다. 커피를 마시고 1년 전부터 다시 피우기 시작한 담배를 입에 물어도 좀처럼 흥분이 가시질 않았다.

당연하다. 5년간 찾아 헤맨 사람을 드디어 발견했으니. 아마미야에게 묻고 싶은 것, 아니 반드시 물어야 할 것이 산더미였다.

지난 5년간 나이토는 후회막심한 나날을 보냈다. 계기는 5년 전, 나이토가 근무하던 도치기 현의 소년원에 도착한 연락 한 통이었다. 한때 그 소년원에 입소했던 아마미야 가즈마가 의식불명인 상태로 도쿄 도 내의 병원에 있다는 것이었다.

일반적으로는 소년원에 있던 자가 사고를 당하거나 병원에 입원했다 해도 소년원에까지 연락이 오는 일은 없다. 그러나 아마미야는 특수한 경우였다.

아마미야는 태평양을 표류하던 중 해상보안청의 순시선에 발견되었다. 병원에 실려 간 아마미야는 의식이 없고 신원을 특정할 만한 소지품도 없었지만 경찰이 지문을 조회한 결과 살인 전과가 있는 아마미야 가즈마라는 것이 판명되어 한때 입소했던 도치기의 소년원에 연락한 것이다.

그동안 담당한 수많은 원생 가운데 아마미야 가즈마라는 소년은 특히 인상이 강하게 남아 있었다.

경찰에 따르면 그 부근에서 대형 유조선과 개인이 소유한 대형 유람선의 충돌 사고가 일어나 유람선이 침몰했다고 한다.

구명조끼를 입고 있는 데다 유람선까지 헬리콥터를 조종한 조종사의 증언으로 아마미야가 그 유람선에 탑승했다는 것이 사실로 밝혀졌다. 사고 원인은 유조선의 경보를 무시하듯 유람선이 전속력으로 돌진한 것이었다.

바다 위에 떠오른 여러 구의 시신의 신원은 아직 밝혀지지 않았지만 유람선 소유자로부터 사정을 청취한 결과 탑승했던 사람은 일본을 대표하는 어둠의 권력자인 아카기 시게루와 그 관계자일 가능성이 높다고 했다.

나이토는 그 인물에 대해 잘 몰랐지만 뒷골목 세계에 정통한 사람들 사이에서는 상당한 영향력을 지닌 존재였는지 몇몇 언론에서도 그 일을 다루었다.

아마미야가 어쩌다 그런 인물과 알게 된 걸까. 나이토는 아무래도 마음에 걸려서 아마미야가 입원한 병원에 찾아가기로 했다.

아마미야는 의식이 돌아오지 않은 채 병실 침대에 누워 있었다. 나이토가 몇 번을 불러도 반응이 없었다. 문득 침대 곁에 놓인 사진이 눈에 들어왔다. 담당의에게 물으니 아마미야의 재킷 주머니에 들어 있었다고 한다.

별 생각 없이 그 사진을 집어서 본 순간 나이토는 깜짝 놀랐다.

감시 카메라 영상을 인쇄한 듯 흐릿한 흑백 사진 중앙에 몸집이 큰 남자가 찍혀 있다. 나이토를 놀라게 한 것은 몸집이 큰 남자의 뒤에 작게 찍힌 소년의 모습이었다.

마치다 히로시?

처음에는 반신반의했지만 사진을 뚫어지게 쳐다보는 사이 틀림없다는 확신이 들었다. 사진에 찍힌 사람은 아마미야와 같은 시기에 소년원에 입소한 마치다였다.

아마미야가 왜 마치다의 사진을 가지고 다녔을까.

사진의 뒷면에는 글자 같은 것이 쓰여 있었다. 그러나 번져서 정확히 알아볼 수가 없다. 빛…이라고 쓰여 있는 듯하다.

사진 속 마치다의 모습은 소년원에 들어오기 전인 것 같았다. 소년원에 입소하기 전부터 마치다와 아마미야가 아는 사이였을 리는 없다.

도대체 어떻게 된 일인지 의구심이 드는 동시에 예전에도 느꼈던 불안감이 스멀스멀 올라왔다.

소년원 시절 아마미야는 한방을 썼던 마치다와 이소가이와 함께 탈주를 꾀한 적이 있다. 세 사람은 소년원 행사인 원외 교육으로 양로원을 방문했을 때 탈주했다. 그러던 중 이소가이가 교통사고를 당하고 현장 근처에서 마치다와 아마미야를 붙잡았다. 이소가이는 그 사고로 인해 양팔을 잃었다.

교도관들은 아마미야가 지적장애인이므로 탈주를 주도한 사람은 마치다 혹은 이소가이라고 생각했다. 그러나 나이토는 아마미야야말로 탈주를 주도한 장본인이 아닐까 의심했다.

죽을힘을 다해 이소가이를 구하려는 마치다 옆에서 아마미야는 증오에 찬 눈빛을 하고 있었다. 그 표정을 본 순간 그동안 그 어떤 교도관도 눈치채지 못했던 아마미야의 본성을 엿본 듯한 기분이 들었다. 게다가 아마미야는 나이토가 잠시 한눈을 판 사이 풀숲에 얼음송곳과 휴대폰을 버린 것으로 추측된다.

탈주에 실패하여 다시 소년원에 끌려간 아마미야는 결국 다른 소년원으로 전원되었다. 나이토가 아마미야와 마치다를 떼어 놓아야 한다고 주장했기 때문이다.

전원한 소년원의 교도관에 따르면 아마미야가 그동안 나이토를 비롯한 교도관들에게 보였던 연약한 모습은 온데간데없이 갑자기 난폭해졌으며 지적장애라는 판단도 의심스럽다고 했다.

그 보고를 받은 나이토는 자신이 품고 있던 의구심이 결코 허황되지 않았음을 느꼈다. 아마미야는 마치다의 소중한 존재였을 오자와 미노루와 닮기 위해 일부러 지적장애를 가장하고 사람을 죽여서 소년원에 들어온 것이 아닐까.

모든 것은 마치다에게 접근하기 위한 계획적인 행동이 아니었을까하고.

그뿐만 아니라 세 사람이 탈주한 날 밤에 맞닥뜨린 남자들도 내내 마음에 걸렸다. 형사를 사칭하고 권총을 지닌 채 마치다 일행을 찾아다닌 자들이다. 도대체 그 사람들은 뭐였을까. 경찰 관계자가 아니라면 어떻게 마치다 일행이 탈주한 것을 알고 찾아다녔을까.

일련의 일들을 생각하면 소년원에 들어온 마치다를 탈주시키기 위해 누군가가 짜 놓은 각본이라는 결론에 도달하지 않을 수 없었다.

허무맹랑한 상상이라고 비웃음을 살 것이 뻔하여 지금까지 아무에게도 말하지 않았다. 그러나 그 상상을 뒷받침하듯 아마미야가 소년원에 입소한 시기에 전국의 각 소년원에 경도의 지적장애를 안고 아마미야와 체격이 비슷한 소년들이 열 명 가까이 들어왔다는 정보를 입수했다.

그러나 그 이상을 상상하려 하면 심장을 옥죄이는 공포가 엄습했다. 만약 그 상상이 전부 들어맞는다면 나이토로서는 도저히 이해할 수 없을 만큼 막강하고 사악한 존재가 마치다 주변에 도사리고 있다는 말이 된다.

마치다와 함께 찍힌 이 남자가 혹시 미노루가 아닐까 싶었다.

소년원을 나간 지 1년 남짓한 시간이 흘렀다. 아마미야는 이 사진을 가지고 뭘 하려 했을까. 아마미야의 신변에 도대체 무슨 일이 있었던 걸까. 그의 배후에 있는 자가 누구인지 그 정체를 확인하고 싶어도 지금은 아마미야에게 이야기를 들을 수가 없다.

나이토는 우선 휴대폰 카메라로 그 사진을 찍은 뒤 도치기의 소년원으로 돌아갈 수밖에 없었다. 그로부터 며칠 후 병원에서 연락이 왔다. 아마미야가 종적을 감추었다는 소식이었다.

어떻게든 아마미야로부터 이야기를 들어야 한다.

나이토는 아마미야의 소재지를 알아내기 위해 가족을 찾아갔다. 그러나 소년원에 면회를 왔던 누나 미카도, 중학교 때 잠시 함께 살았던 외삼촌도 행방이 묘연했다. 아마미야에게는 달리 친척도 없다. 고향에서 아마미야의 지인을 찾아다녔지만 누구 하나 소년원을 나온 이후 그의 소식을 아는 자가 없었다.

소년원에 들어가기 전의 아마미야를 아는 사람에게 이야기를 듣는 과정에서 그동안 품어 왔던 의구심이 확신으로 바뀌었다.

아마미야는 초등학교 고학년 때부터 학교에 가지 않았다. 세상과 거의 단절된 생활을 했으므로 가정법원의 조사원도 누나와 외삼촌, 사건을 일으켰을 때 함께 있던 동료들의 진술을 그대로 받아들일 수밖에 없었을 것이다. 아마미야는 지적장애가 아니었다.

게다가 불량한 친구들 꼬임에 넘어가 범죄에 가담할 만큼 어리숙하지 않았다. 오히려 아마미야가 불량 서클의 리더격이었다고 한다.

그리고 아마미야가 사건을 일으키고 소년원에 들어오기 약 1년 전부터 어떤 조직에 소속되어 있었다는 정보를 입수했다. 아마미야는 그 무렵부터 자신은 신 같은 존재를 섬기는 신의 아이라는 이야기를 친한 동료들에게 퍼뜨리고 다녔다고 한다.

신의 아이.

아마미야가 소속해 있던 조직이 어떤 곳인지는 전혀 알지 못한다.

그러나 그때 아마미야의 배후에 불온한 그림자를 감지한 시점에서 그에 관한 조사를 철저히 했어야 했다. 미카의 행방도 찾을 길이 없는 점으로 보아 그녀 역시 조직과 관련되어 있었는지도 모른다.

원래 소년원에서 원생이 면회를 할 때는 교도관 입회하에 해야 하지만 그 당시 나이토는 아마미야가 지적장애인이라는 것과 쉽게 위축되는 성격이라고 판단한 까닭에 누나와 단둘이 면회를 하도록 허락하고 말았다. 혹시 그때 탈주에 관한 협의를 한 것이 아닌가 상상하면 당시 자신의 허술한 행동이 뼈저리게 후회되었다.

그로부터 얼마 후 나이토는 법무교도관직을 그만두었다. 갑작스러운 결정은 아니었다. 마침 그 무렵 아오모리 현으로 발령을 받은 상태였다. 법무교도관을 계속하는 한 전국 각지를 돌게 된다.

그러나 아들 가즈야의 무덤이 있는 요코하마에 정착하고 싶었다. 그만두기 2년 전에 이혼한 시즈에는 벌써 재혼해서 나고야로 거처를 옮겨 살고 있었다. 그래서 전처 대신 아들의 무덤에 매일 찾아가고 싶었다. 아들에 대한 최소한의 속죄로 말이다.

또한 가슴에 박혀 떠나지 않는 무시무시한 의구심을 나름 조사하고 싶다는 생각도 있었다.

나이토는 법무교도관직을 그만두고 요코하마로 이사했다. 아르바이트로 경비 일을 하며 시간이 허락하는 한 아마미야의 배후에 있는 조직의 정체를 밝히는 데 동분서주했다.

소년원에서 나온 뒤의 아마미야의 행동을 조사하면서 몇 가지 알게 된 것이 있다.

아마미야는 바다에서 발견되기 직전까지 사람을 찾아다녔다고 한다. 그가 갖고 있던 사진 속 인물을 찾아다녔는데 나이토가 짐작한 대로 오자와 미노루가 맞았다. 노숙자로 생활하며 미노루를 찾아다닌 아마미야는 자신의 이름을 신지라고 밝혔고 오른 반신이 불편한 몸이었다고 한다. 이미 확인한 아마미야의 모습으로 보아 오른 반신이 불편하다는 건 연기였을 것이다.

나이토는 아마미야를 조사하는 한편 아마미야와 같은 시기에 중등소년원에 들어온 지적장애 원생들을 찾아다녔다.

대부분이 행방불명인 와중에 다행히 몇 명과 접촉에 성공했다. 나이토는 자신이 법무교도관이었다는 사실을 숨긴 채 그들과 대화해 봤고 모두 지적장애와는 거리가 멀었다. 왜 지적장애인 연기를 하고 소년원에 들어왔는지 묻는 순간 하나같이 도망치듯 자리를 떴다. 그들을 다시 만나려 했지만 그 후 갑자기 행방이 묘연해졌다.

아마미야가 사건을 일으켰을 때 같이 있던 동료들도 만나러 갔다. 그중 한 명에게 당시 상황을 들을 수 있었다.

그의 이야기에 따르면 사건을 일으키기 며칠 전 한동안 어울리지 않았던 아마미야에게 갑자기 연락이 와서 한때 어울렸던 동료들이 불려 나갔다고 한다. 그리고 아마미야가 공사 현장에 있는 금속 케이블을 훔치자고 제안했다. 그 자리에 있던 모두가 별로 내키지 않았지만 아마미야가 무서워서 거절하지 못했다.

일을 실행하기 전에 아마미야가 이상한 이야기를 했다고 한다.

아마미야는 일부러 경찰에 붙잡힐 테니 경찰이나 가정법원 조사원이 찾아오면 자신이 지적장애인이라고 증언하라는 것이었다. 그렇게 하지 않으면 무서운 '처벌'을 받을 줄 알라며 협박했다고 한다.

도대체 누구에게 무서운 처벌을 받느냐고 조심스럽게 묻자 아마미야는 "이 일을 절대로 입 밖에 내지 마. 그랬다가는 무서운 일이 벌어질 거야" 하고 운을 뗀 다음 "무로이 씨 조직이다" 하고 대답했다고 한다.

무로이.

그가 무서운 나머지 지금껏 아무에게도 털어놓지 못했지만 벌써 몇 년이나 아마미야가 나타나지 않아 이제는 안심하고 나이토에게 이야기한 듯하다.

그 무로이가 바로 아마미야가 신처럼 떠받드는 인물일까. 죄 없는 사람들에게 해를 가하고 소년들에게 지적장애인 연기를 시켜서 소년원에 보낼 만큼 막강하고 사악한 힘을 지녔다는 걸까.

그런 무시무시한 인물과 마치다 사이에 무슨 관련이 있는 걸까.

마치다에게 물으면 뭔가 알게 되지 않을까 싶어 몇 번이나 물어보려 했지만 그때마다 단념했다.

마에하라 에쓰코에게 마치다의 근황을 정기적으로 연락받고 있다. 마치다는 대학 동료와 회사를 설립해 성공을 거두었다고 한다. 불행했던 과거를 제 힘으로 떨치고 행복하게 살고 있다는 마치다를 괜히 불안하게 하고 싶지 않았다. 에쓰코에게 넌지시 물어봤지만 아직까지 마치다 신변에 나이토가 우려할 만한 일은 아무것도 일어나지 않은 듯했다.

나이토는 독자적으로 무로이라는 인물에 관해 알아보려 했지만 아무것도 알아내지 못한 채 5년이라는 세월이 흘렀다.

그 후 평온한 나날이 이어졌다. 아마미야는 물론 무로이라는 이름도 잊을 뻔하다가 나흘 전 TV 프로그램을 보고 5년 전 일이 기억난 것이다.

그 TV 프로그램은 여러 공장을 방문해 상품이 제조되는 과정을 소개하는 프로그램인데 화면에 언뜻 비친 종업원이 아마미야와 비슷했다. 워낙 한순간이라 확신할 수 없었는데도 나이토는 당장 휴가를 내고 그 공장에 가기로 결심했다.

그곳은 야마가타 현 쓰루오카 시내에 있는 식품 가공 공장이었다. 갑자기 아마미야를 찾아갈 수도 없는 노릇이라 당일에는 공장 출입구 부근에서 퇴근하기를 기다렸다. 그러나 아마미야의 모습은 확인하지 못했다.

상당히 큰 공장이라 출입구가 세 군데나 된다. 게다가 공장 주변을 어슬렁거리면 괜히 의심받을까 봐 이튿날부터 작전을 바꾸었다.

그 공장에서는 종업원을 위해 쓰루오카 역과 사카타 역에서 셔틀버스를 운행한다. 공장이 역에서 멀리 떨어진 곳에 있으니 아마도 대부분의 종업원들은 그 셔틀버스를 이용할 거라는 생각에 어제 아침은 쓰루오카 역에서 아마미야를 기다렸다.

그리고 오늘, 드디어 아마미야를 발견한 것이다.

어둑어둑한 로터리 앞, 나이토는 조금 떨어진 곳에서 셔틀버스를 바라보고 있었다.

버스에서 내리는 사람들을 조급한 마음으로 살피는데 드디어 아마미야가 나타났다. 마지막 승객이었는지 아마미야가 내리자 문이 닫히고 버스는 출발했다. 아마미야는 나이토의 존재를 알아차리지 못한 채 구부정한 자세로 역을 향해 걸었다.

나이토는 적당한 거리를 두면서 아마미야의 뒤를 밟았다. 역 개찰구를 지나 플랫폼에서 기다리자 잠시 후 전철이 왔다.

아마미야가 탄 차량의 옆 칸에 올라타 창문으로 슬며시 상황을 살폈다. 아마미야는 세 번째 정거장인 유자 역에서 내렸다.

전철역에서 나와 걸어가는 아마미야의 뒷모습을 지켜보며 말을 건넬 기회를 살폈다.

나이토의 모습을 발견하면 그는 어떤 반응을 보일까. 도망치려 할지도 모른다. 어느 정도 몸싸움을 할 각오까지 했으나 체격 좋은 이십 대 청년이 마음먹고 덤비면 아무리 유도 유단자인 자신으로서도 과연 당해 낼 수 있을지 알 수 없다.

눈앞의 청년에게 이야기를 듣기 전까지는 그를 절대로 놓쳐서는 안 된다. 그런 생각을 하고 있는데 아마미야가 등불이 걸린 술집으로 들어갔다. 나이토는 긴장을 가라앉히기 위해 잠시 기다렸다가 술집 포렴을 걷고 들어갔다.

카운터석과 테이블석이 두 군데 있는 조촐한 가게였다. 테이블석은 다 차 있지만 카운터석에는 아마미야 혼자였다.

나이토가 옆자리에 앉는데도 아마미야는 다른 손님에게는 관심도 없다는 듯 묵묵히 생맥주만 마셨다.

나이토는 주인장에게 생맥주를 주문했다.

"오랜만이구나." 생맥주를 한 모금 마신 뒤 옆자리에 말을 걸었다.

아마미야가 고개를 돌려 나이토를 봤지만 알아보지 못하는지 의아해하는 표정이다. 잠시 눈빛을 교환하고 나서야 알아차린 듯했다.

"왜… 당신이…."

아마미야는 어안이 벙벙해했다. 다음 순간 일어나려 하는 아마미야의 어깨에 나이토가 손을 얹었다.

"일부러 멀리서 왔다. 내가 낼 테니 천천히 마시자고."

나이토는 그렇게 말하면서 자신의 강한 의지를 전하듯 손에 힘을 주어 아마미야를 앉혔다.

"대체 무슨 용건이지?" 아마미야는 반항하지도 않은 채 코웃음을 치며 물었다.

"TV에서 자네 모습을 보고 만나러 왔지."

나이토의 대답에 아마미야는 가볍게 혀를 찼다.

"아, 난감하더군. TV에 나오는 줄 알았더라면 결근했을 텐데. 그나저나 소년원 교도관도 참 한가하군."

"그만뒀다."

그 말이 의외였는지 아마미야의 눈이 살짝 반응했다.

"흐음. 그래서 지금은 뭘 하는데?"

"경비원."

"당신한테 잘 어울리는군." 아마미야는 그렇게 말하고 고개를 돌렸다.

"5년 전에 하지 못한 이야기를 하러 왔다."

"5년 전? 당신과 마지막으로 만난 건 7년 전인데. 그래… 내가 다른 소년원으로 전원되었을 때."

"그 후에도 자네를 만났지. 바다에 빠져 병원에 입원했을 때다. 아무리 불러도 자네는 계속 잠만 자더군."

"그랬군." 아마미야가 싱겁게 말했다.

"왜 그런 일을 겪었나? 대체 무슨 일이 있었던 거지?"

"글쎄."

"유조선에 충돌한 유람선에 타고 있었다던데. 왜 그 유람선에 탄 거지?"

"유람선이라니 모르겠는데. 해수욕을 즐기던 중 파도에 휩쓸렸나 보더군. 그 후의 일은 전혀 기억이 안 나."

아마미야가 시치미를 뗐다.

"자네는 구명조끼를 입고 해수욕을 하나? 여전히 거짓말만 늘어놓는군." 나이토가 아마미야를 똑바로 쳐다보며 내뱉었다.

"거짓말이라는 말은 별론데. 이왕이면 연기라고 해 줘. 당신은 소년원에 있었을 때부터 내 연기를 눈치챘었지?"

"그래. 그런데 탈주한 날 밤까지는 전혀 눈치채지 못했지. 길을 잘못들지 않았더라면 그 세계에서 활약할 수 있지 않을까 싶을 만큼 명연기더군. 바다놀이를 하기 직전에도 연기를 했던데? 오른 반신이 불편한 노숙자 역할을."

그 말에 아마미야가 깜짝 놀라더니 이내 나이토를 노려봤다.

"왜 오자와 미노루를 찾아다녔나?"

나이토가 주머니에서 사진을 꺼내 아마미야 앞에 던졌다. 아마미야가 가지고 있던 사진을 휴대폰으로 촬영해 인쇄한 것이다.

"자네가 그런 연기를 하며 소년원에 들어온 건 마치다에게 접근하기 위해서가 아니었나? 마치다에게 소중한 존재였던 미노루 흉내를 내서 그의 마음을 끌기 위해."

"모르겠는데."

"그 무렵 전국의 중등소년원에 자네 같은 연기를 한 소년이 많이 들어왔지. 그들도 자네가 소속된 조직과 관계있는 자들인가?"

아마미야의 표정이 순식간에 험악해졌다.

"대답해! 무로이가 도대체 누구인지."

그 이름을 듣자마자 아마미야가 몸서리치듯 어깨를 떨었다.

나이토를 응시하는 사이 아마미야의 얼굴이 핏기를 잃고 창백해졌다. 맥주잔을 쥔 손이 부르르 떨리기 시작했다.

"아카기라는 어둠의 권력자와 관계가 있나? 자네는 그 사람을 알고 있을 텐데. 같은 유람선에 타고 있었잖은가?"

아마미야는 아무 대답도 하지 않았다.

"혹시 무로이가 아카기의 다른 이름인가? 자네는 아카기의 명령으로 소년원에 들어온 건가?"

나이토가 5년 전부터 생각해 온 가능성을 추궁하자 아마미야가 코웃음을 쳤다.

"아카기보다 훨씬 무서운 존재지."

드디어 입을 열었지만 입술이 떨리고 있다.

"무로이는 뭣 때문에 자네한테 그런 일을 시켰나? 그 사람이 마치다와 도대체 무슨 관계이길래? 말해!"

남의 시선에도 아랑곳 않고 아마미야의 양 어깨를 움켜쥐면서 물었다. 아마미야는 공허한 눈빛으로 나이토를 쳐다보다가 이윽고 정신이 들었는지 그의 손을 뿌리치고 일어섰다.

"당신에게 굳이 말해 줄 이유는 없지만 술을 사 준 답례로 이것만은 알려 주지. 오래 살고 싶으면 그 이름을 지금 당장 잊어."

아마미야는 그 말을 남기고 도망치듯 가게에서 나갔다.

2

공항 주차장에 BMW를 세우고 다메이 준은 씩씩하게 차에서 내렸다. 앞으로 반년을 더 초보 운전 스티커를 붙이고 다녀야 하지만 외제차를 타고 내리는 자신의 모습이 제법 그럴듯하여 감탄했다.

도착 로비로 가서 게시판을 확인하니 아직 시간이 많이 남았다. 잡지라도 사서 로비에서 기다릴 생각에 근처 매점에 들어갔다.

잡지만 사려고 했는데 가게에 들어가니 그만 이것저것 훑어보게 되었다. 편의점이나 드럭스토어에 들어가면 늘 이렇게 된다. 지난 4년간 완전히 습관이 되어 버렸다.

작은 매점인데도 STN 상품이 몇 가지 놓여 있었다. 그걸 보고 흐뭇함을 느낀 뒤 잡지를 사서 로비 벤치로 향했다.

잡지를 펼치자 1면에 STN의 신상품 광고가 큼직하게 실려 있다. 가게와 길거리, 잡지에서 자사 상품을 발견할 때마다 감개무량한 나머지 당장에라도 눈물이 나올 지경이다.

다메이와 동료들이 STN을 설립한 지 5년이 지났다.

상품을 개발하고 시장에 유통하기까지 1년간 온갖 고난을 겪었지만 상품을 발표하고 나서부터는 놀랄 만큼 순조롭게 성장 가도를 달렸다.

4년 전 STN이 처음 세상에 내놓은 상품은 '스킨 실'과 '스킨 아이커 버' 두 가지였다. 그것을 시작으로 지금은 셀 수 없이 많은 상품에 STN이 특허를 보유한 합성수지가 사용된다.

처음 출시한 스킨 실은 이름 그대로 시게무라 선배가 발명한 합성수지를 시트 상태로 만든 것이다.

가공 방법에 따라 형태와 강도를 자유자재로 바꿀 수 있고 피부에 붙이면 좀처럼 떨어지지 않는 흡착성은 물론 투습성까지 겸비한 합성수지.

그 특성을 살려 소비자가 원하는 용도에 맞게 사용할 수 있도록 하려는 취지였다. 시트를 가위로 잘라서 흉터나 멍 자국을 가리는 데 사용하는가 하면 안대로 사용하거나 드라이어 열로 형태와 강도를 바꿔서 손톱 스티커로 하는 등 다양하게 사용된다.

그러나 출시 초기에는 그리 좋은 반응을 얻지 못했다. 그런데도 상품이 세상에 나오자 미용 용품과 의료 기기 제조사에서 문의가 쇄도했다.

다메이와 동료들이 생각한 대로 이 합성수지는 그 후 가발이나 깁스 등 다양한 상품으로 활용되어 STN의 큰 수입원이 되었다.

스킨 아이커버는 다메이가 아이디어를 제공해 태어난 상품이다.

다메이는 심한 꽃가루 알레르기 때문에 고생이 많았다. 꽃가루가 흩날리는 계절이 되면 눈물이 쉴 새 없이 흘러서 고글 없이는 외출하지도 못할 정도였다.

합성수지를 투명하게 가공해 고글을 만들 수는 없을까.

고글을 오래 쓰면 피부에 닿는 부분이 쓰라려 온다. 무엇보다 거추장스러워서 견딜 수가 없다. 소형 안경 같은 걸 만들어서 직접 피부에 붙이면 거추장스러움이 훨씬 줄어들 거라 생각했다.

그러나 열성을 기울이는 다메이와 달리 모두의 반응은 냉담했다.

그런 걸 붙이고 창피해서 어떻게 걸어다니겠는가, 하는 것이었다.

다메이를 제외한 네 명은 모두 반대했다. 그러나 이걸 상품화하면 무조건 히트를 친다며 다메이로서는 드물게 의견을 끝까지 밀어붙였다.

그의 예상대로 스킨 아이커버는 폭발적인 인기를 끌었다.

이 합성수지의 피부 흡착성은 대체로 일주일이면 기능을 상실한다. 꽃가루가 흩날리는 계절이면 품절되는 가게가 속출할 정도로 날개 돋친 듯 팔렸다. 길거리에서 수많은 사람들이 스킨 아이커버를 하면서 걸어 다녔다. 해외 언론에서 일본의 진풍경으로 다루기도 했다. 물론 지금은 해외에도 대량으로 수출되고 있다.

다음으로 스킨 아이커버를 응용해 투명한 합성수지에 색을 입혀서 출시했다. 그러자 귀에 걸지 않고도 착용 가능한 선글라스로써 마라톤 선수와 야구선수 등 수많은 스포츠 선수들이 즐겨 사용했고 그걸 계기로 젊은 층의 패션 아이템의 하나로 자리 잡았다.

가정집의 2층을 임대해 다섯 명이서 시작한 회사가 지금은 도쿄 시나가와에 있는 고층 건물의 한 층 전체를 사무실로 사용하며 직원이 2백 명 이상인 우량 기업으로 성장했다.

다메이는 그 회사의 사장으로서 절정기를 맞고 있었다. 자신이 추구하고 원하던 것을 대부분 손에 넣은 덕에 옛날처럼 남에게 무시당하거나 업신여김을 당하는 일도 없었다.

그런데 언젠가부터 마음속에 구멍이 뻥 뚫린 듯한 허전함이 느껴졌다. 그 이유는 스스로 잘 알고 있었다. 가장 원하던 것을 얻지 못했다고 느끼기 때문이다.

나쓰카와 쇼코.

회사를 설립한 뒤 자신이 가장 원하던 것이 무엇이었는지 새삼 깨달았다. 그것은 회사 사장으로서 남들에게 존경받거나 부자가 되는 것이 아니었다. 그렇다고 아버지와 동생인 아키라의 코를 납작하게 해 주는 것도 아니었다. 자신이 가장 원하던 것은 그저 쇼코에게 남자로서 인정받는 것이었다.

"다메이 군."

그 목소리에 고개를 들자 쇼코가 캐리어를 끌고 걸어오는 모습이 보였다.

쇼코의 얼굴을 보는 것은 2년 만이다. 쇼코는 2년 전 미국으로 떠난 뒤 한 번도 귀국하지 않았다. 그뿐만 아니라 친한 사람의 얼굴을 보면 외로워져서 유학을 포기할 것 같다면서 다메이가 만나러 오지도 못하게 했다.

지난 2년간 전화와 이메일로만 연락을 주고받았다. 쇼코가 자신의 마음을 받아들여 주었다는 사실에 다메이는 지금껏 버틸 수 있었다.

"잘 지냈어?"

쇼코가 귀국한다는 소식을 들은 뒤 만나면 처음에 무슨 말을 건넬까 고민했지만 결국 나온 건 멋대가리 없는 대사였다.

"응. 모두 잘 지내지?" 쇼코가 웃는 얼굴로 물었다.

"그럼. 여전하지."

모두가 아닌 연인인 자신의 안부부터 물어 주길 바랐지만 다메이는 미소로 대답했다.

쇼코의 캐리어를 대신 끌면서 주차장으로 갔다.

"BMW로 했구나." 차 앞까지 오자 쇼코가 말했다.

"많이 고민했는데 이게 제일 점잖고 좋은 것 같아서." 다메이는 트렁크에 캐리어를 집어넣으며 말했다.

실은 아키라에게 지기 싫어서 포르쉐나 페라리로 할까도 싶었지만 직원들의 빈축을 살 것이 뻔하여 단념했다.

"집에 가기 전에 잠깐 들를 데가 있어." 운전석에 올라타 조수석의 쇼코에게 일렀다.

"어디?"

"도쿄 타워."

"거긴 왜? 이왕이면 스카이트리가 좋은데." 쇼코가 말했다.

"여기 있는 동안 데려갈게. 오늘은 도쿄 타워에 가자."

옛날부터 그랬지만 쇼코는 남자의 마음에 둔한 편이었다. 다메이는 그 말을 입 밖에 내지 않고 시동을 걸었다.

"그나저나 시게무라 선배랑 리사가 결혼을 한다니 정말 깜짝 놀랐어. 언제부터 사귄 거야?"

"그러니까 말이야. 나도 잘 모르겠는데 아마 몇 달 전부터가 아닐까 싶어."

원래 리사는 마치다를 좋아했다. 창업할 때 무보수라도 좋으니 일하게 해 달라며 부탁한 것도 마치다와 함께 있고 싶어서였다. 석 달 전 회식 자리에서 리사와 이야기했을 때는 5년 가까이 대시했건만 당최 거들 떠보지도 않는다면서 푸념을 늘어놓았다.

다메이와 쇼코는 2년이나 사귀면서도 진전이라고는 전혀 없는데 몇 달의 교제로 결혼까지 골인하다니 부러워서 배가 아플 지경이었다.

다메이는 2년 전 쇼코에게 고백했다. 더 빨리 고백하고 싶었지만 그날 밤의 상처가 오래도록 아물지 않아 결심이 쉽지 않았다.

그날 밤, 회사 설립을 축하하러 다섯이서 술자리를 가진 날, 다메이는 만취한 마치다를 방까지 데려다 주었다. 역으로 향하던 중 두고 온 물건이 생각나 발길을 되돌렸을 때 혼자 사무실로 들어가는 쇼코를 발견했다. 처음에는 쇼코도 잊은 물건이 있나 싶었지만 30분 넘게 기다려도 그녀는 나오지 않았다. 그리고 마치다의 방 불빛이 꺼졌다.

그때 일을 떠올리면 지금도 가슴이 쥐어뜯기는 것 같다. 그 일이 있은 후 줄곧 두 사람의 모습을 살폈지만 사귀는 것 같지는 않았다.

쇼코에게 마음을 전할까 고민하기를 여러 번. 그때마다 주저했다. 창업한 직후였기에 쇼코가 마음을 받아들이든 그렇지 않든 공사 구분을 못하게 될까 봐 염려한 적도 있었고, 스스로에 대한 자신감을 가진 후에 고백하고 싶기도 했다.

다메이가 아이디어를 낸 스킨 아이커버의 선글라스 버전이 선풍적인 인기를 끌었다. 그해에 가장 큰 화제가 된 상품을 선정하는 '올해의 상품' 대상을 수상한 것으로 조금은 자신감이 생겼다.

수상식 날 밤, 쇼코와 따로 마련한 자리에서 그제야 마음을 고백했다.

쇼코는 다메이의 마음을 받아 주었다. 두 사람은 사귀기로 했지만 그 직후에 쇼코가 갑자기 미국에 가겠다는 말을 꺼냈다.

창업 멤버 중 유일하게 자신만 아무 도움도 되지 못한다며 미국에서 공부하여 회사에 쓸모 있는 사람이 되도록 노력하겠다는 것이었다.

다메이는 쇼코의 결심을 말리지 못했다. 동시에 불안감이 엄습했다.

쇼코는 사실 다메이를 좋아하지 않는 것이 아닐까. 다메이의 간절한 마음에 이끌려 고백을 받아 주긴 했지만 가슴속에 도저히 잊을 수 없는 사람이 있는 것은 아닐까. 혹은 다메이의 고백을 거절하면 회사에 있기 거북해질까 봐 일단은 사귀기로 한 것은 아닐까. STN에서 멀어지면 마치다와의 접점이 아주 끊어질까 봐 걱정한 것은 아닐까. 그래서 해외로 가겠다고 한 것은 아닐까.

그런 생각이 가슴속에 소용돌이치며 스스로를 괴롭게 했다.

이 괴로움에 이제 그만 결론을 짓고 싶었다. 만약 도저히 마치다를 잊지 못하겠다면 어쩔 수 없다. 하지만 쇼코가 이 회사를 그만둘 필요는 없다는 것을 제대로 전달할 작정이다.

반년만 지나면 마음의 상처도 조금은 치유될 것이다.

"여기엔 얼마나 머물 계획이야?"

"유학을 끝내고 이대로 여기서 살 거야."

"정말?" 다메이는 놀라서 되물었다.

"응. 리사한테 들었는데 AS 계획이 막바지에 접어들었다며?"

Artificial Skin. 인공 피부 계획.

3년 전부터 시게무라 선배를 필두로 한 STN의 연구개발부에서는 획기적인 인공 피부를 연구하고 있다.

그 이론에 대해서는 시게무라 선배에게 들었지만 다메이는 지금도 잘 이해하지 못하고 있다. 듣자 하니 돼지 DNA를 이용해 인간의 것과 더없이 비슷한 피부를 인공적으로 만들 수 있다는 것이었다. 원래 시게무라 선배와 마치다가 대화를 하면서 완성된 이론이라고 한다.

처음에 시게무라 선배가 STN에서 그 인공 피부 연구를 하자고 제안했을 때 다메이는 사장으로서 난색을 표했다. 선배의 이야기에 따르면 막대한 연구개발비가 필요할 것 같았기 때문이다. 도저히 STN의 자금력으로는 유지하기 힘들 거라 생각했다.

그러나 시게무라 선배는 이 연구가 성공해서 실용화되면 투자금의 수백 배, 아니 수천 배에 달하는 이익을 창출해 낸다며 적극적으로 설득했다. 무엇보다 피부 질환으로 고통받고 있는 수많은 사람들을 구하는 길이라며 물러서지 않았다.

다메이는 그 말에 마음을 움직였다.

사람들에게 도움이 되는 걸 만들어서 사회에 보급하는 것. 그것이야말로 회사를 처음 설립했을 때부터 모두가 바라던 것이었다.

그러나 바람만으로는 자금을 모을 수가 없다.

다메이는 자신이 뭘 할 수 있을까 고민한 끝에 한 가지 가능성을 떠올렸다. 그러나 그 일을 시도하기에는 선뜻 마음이 내키지 않았다. 아버지에게 기대야 하기 때문이다.

그 무렵에는 아버지와 예전 같은 불화도 없었다. 히트 상품 제조사의 사장으로서 아버지도 나름 다메이를 인정하게 되었기 때문이다. 그렇다고 아버지를 의지하는 방법만큼은 쓰고 싶지 않다는 고집도 있었다.

그러나 다메이는 회사의 미래와, 사람들에게 도움이 되는 걸 만들어서 사회에 보급하고 싶다는 모두의 바람을 실현하기 위해 그 고집을 꺾었다. 아버지에게 부탁해 친분이 있는 기업의 경영자들을 모은 뒤 그 자리에서 시게무라 선배가 인공 피부 연구에 관한 프레젠테이션을 한 것이다.

아버지를 비롯한 몇몇 경영자가 그 연구에 큰 관심을 가진 모양이었다. 그 결과 다메이드럭과 몇 군데 회사에서 막대한 연구개발비를 출자 받기로 했다.

아버지는 내심 AS 계획의 성공을 기다렸지만 1년 전에 위암으로 돌아가셨다. 지금 생각하면 STN을 위해 힘써 주신 것은 회사의 이익을 생각하기보다 아들에게 주는 마지막 선물이 아니었을까.

"앞으로 바빠지겠지."

쇼코의 말에 다메이는 "그러게" 하고 말했다.

"나만 여유 부리며 지낼 수야 없지. 다음 주부터 그동안 부린 여유를 갚아 나갈 거야."

그 말을 듣고 단단히 결심한 것이 흔들렸다.

"리사가 웨딩드레스 입은 모습은 정말 아름다울 거야. 아, 부럽다."

다메이는 동요하면서도 그 말을 놓치지 않고 마음에 새겼다.

유료 주차장에 차를 세운 뒤 쇼코와 함께 도쿄 타워로 향했다.

전망대에 내리자 시야 한가득 야경이 펼쳐졌다.

"우리 전에도 왔었지?"

"어. '올해의 상품' 수상식 끝나고."

다메이는 2년 전에 고백했던 장소로 쇼코를 데려갔다.

쇼코가 출근 이야기를 꺼냈을 때는 마음이 흔들렸지만 이곳에 오는 동안 다시 결심을 굳혔다.

역시 지금이 아니면 안 된다.

"쇼코… 할 말이 있어."

"뭔데?"

"나하고… 나하고 결혼해 줘."

고백한 순간 쇼코의 표정이 마치 정지화면 같았다.

아무리 표정을 살펴도 쇼코가 무슨 생각을 하는지 알 수 없었다.

"고마워."

잠시 다메이를 쳐다본 후 쇼코가 빙그레 웃었다.

"정말 기뻐. 하지만 지금은 어느 때보다 회사에 중요한 시기잖아. 일에 집중해야지. 다메이 군 어깨에는 2백 명이 넘는 직원의 생계가 달려 있으니."

쇼코는 그렇게 말하고 다메이의 어깨를 톡톡 토닥였다.

3

마에하라 가에데는 아침에 눈을 떴을 때부터 줄곧 안절부절못하고 있다.

시계를 보니 이제 막 정오를 지난 참이다. 결혼식은 3시라 지금 나가기에는 너무 이르다. 그런데 벌써 꽃단장을 마치고 아까부터 거울 앞을

왔다 갔다 하면서 옷매무새를 가다듬고 있다.

자신이 결혼하는 것도 아닌데 이상할 정도로 진정이 되지 않는다.

축하하는 자리에 참석한다는 것은 당사자와의 친분을 떠나서 이토록 사람의 마음을 조급하게 하는 걸까. 스무 살의 가에데는 이런 느낌을 처음 맛본다.

보름쯤 전에 가에데와 엄마는 생각지도 못한 소식을 접했다. 집으로 결혼식 초대장이 도착했는데 거기에 적힌 신랑과 신부 이름을 보고 순간 눈을 의심했다. 시게무라 가즈히코와 아이하라 리사라고 적혀 있었다.

물론 가에데는 그 두 사람을 잘 알고 있다.

3년 전에 집 2층에 있던 회사가 이전하고 나서는 만날 기회가 적어졌지만 그 전까지는 2년간 매일같이 얼굴을 마주했다. 두 사람 다 매우 인상에 남는 인물이었다. 특히 시게무라는 지나치게 개성이 뚜렷해서 잊으려야 잊을 수가 없다.

가에데의 기억 속에 있는 시게무라의 모습은 머리는 부스스하게 뻗쳐 있고 접착테이프로 둘둘 감은 안경테에 우유병 바닥처럼 두꺼운 안경을 끼고 있다. 집 앞이나 동네를 지나다 보면 늘 혼잣말을 중얼거리면서 몽유병 환자처럼 걸어가고 있었다.

여자 혼자 길을 걸을 때면 결코 마주치고 싶지 않은, 가까이하기 어려운 분위기를 자아냈다. 실제로 이웃 사람들이 동네를 어슬렁거리는 수상한 자가 있다며 경찰에 수차례 신고까지 했었다.

그뿐만 아니라 밑도 끝도 없는 망상에 빠져 CIA니 뭐니 하는 조직에서 자신들의 발명품을 노린다며 2층 사무실에 철벽같은 방범 설비를 갖추었을 정도다.

사장인 다메이에 따르면 회사에 없어서는 안 될 중요한 발명가라고 하는데, 그 무렵 가에데는 이상한 사람의 발명에 기댈 수밖에 없는 회사의 앞날이 걱정되었다.

리사의 경우 다른 의미에서 인상에 남아 있다. 리사는 회사 일이 끝나면 곧잘 가에데의 집을 찾아오곤 했다. 저녁 식사를 만들어 주거나 마치다가 바쁠 때는 대신 가에데의 가정교사 노릇을 해 주기도 했다. 엄마는 싹싹한 성격의 리사를 마음에 들어 하여 회사 사람들 중에서는 가장 친하게 지냈다.

처음에는 가에데가 여동생처럼 귀여워서 이것저것 챙겨 주는 줄 알았지만 차츰 그게 아니란 걸 알게 되었다.

리사는 마치다에게 마음이 있었던 것이다. 마치다가 가에데의 가정교사를 하는 것과 마에하라 모녀와 자주 식사하는 걸 알고 그 테두리에 들고 싶어서 집에 찾아온 것이었다.

리사는 밥 먹는 자리에서도 마치다를 챙겨 주거나 곁에 찰싹 달라붙어 떨어질 줄을 몰랐다. 마치다는 그럴 때에도 평소와 다름없이 싸늘한 표정을 하고 있었지만 그런 모습을 볼 때마다 가에데는 왠지 짜증이 나는 자신이 싫었다.

시계무라와 리사뿐만 아니라 쇼코의 존재도 달갑지 않았다. 그야말로 수많은 남자들의 이상형이라 할 수 있는 용모와 행동거지가 가에데의 신경에 거슬렸다. 천장에서 그들의 흥겨운 대화 소리가 새어 나올 때면 신경이 곤두서곤 했다.

원래 회사가 만들어진 계기는 가에데가 마치다에게 마에하라 제작소를 도산의 위기에서 구해 달라고 부탁한 것이었지만 빨리 없어지면 좋겠다는 생각까지 했다. 마에하라 제작소의 부채는 사무실과 공장의 임대료를 선불로 한꺼번에 받은 것으로 해결했지만 말이다.

가에데는 그런 이상한 사람의 발명품이 성공할 리가 없다고 생각했다. 얼른 망해서 위층에서 나가길 바랐다. 그러나 가에데의 기대를 무참히 저버리듯 회사는 시게무라가 발명한 합성수지 덕분에 순식간에 성장했다.

동시에 가에데가 바라던 바도 이루어졌다.

회사는 스킨 아이커버라는 상품의 히트로 인해 많은 직원을 고용하기에 이르렀다. 2층 사무실이 비좁다면서 3년 전에는 한 정거장 거리에 있는 오이마치 역 앞 건물로 이전했다. 그러더니 1년 전에는 시나가와에 있는 고층 건물의 한 층 전체에 본사를 차렸다.

꼴도 보기 싫었던 사람들이 막상 떠나고 나니 가에데는 조금 쓸쓸했다. 2층에 회사가 있던 2년간은 늘 웃음이 가득했다는 걸 깨달았다. 학교에서 안 좋은 일을 겪고 온 날에도 천장에서는 늘 웃음소리가 새어 나왔다. 시험 점수가 나쁘거나 동아리 활동인 배드민턴 시합에 져서 속상할 때도 2층 회사에 있던 누군가가 가에데를 위로해 주었다.

열심히 하다 보면 언젠가 반드시 좋은 일이 생긴다면서.

그 사람들과 회사를 차린 뒤 마치다는 조금씩이나마 달라지기 시작했다.

변화라고는 없는 딱딱한 표정에서 이따금 미소가 엿보였다. 얼음처럼 싸늘하던 눈길에서 온화함이 묻어날 때도 있었다.

그동안 함께 지내면서 가에데에게는 결코 보인 적 없는 인간적인 표정이었다. 가에데가 그동안 품고 있던 악감정은 마치다를 변화시키는 동료들에 대한 질투였음을 사무실이 없어지고 나서야 깨달았다.

시게무라와 리사가 결혼한다고 한다.

의외의 조합에 잠시 놀랐지만 가에데는 순수하게 축복해 주고 싶은 기분이었다. 결혼식에 참석하는 건 유치원 때 사촌 언니의 결혼식 이후 처음이라 가슴이 설렌다. 게다가 오랜만에 모두와 만날 생각을 하니 더 기대가 되었다.

이제 곧 1시다. 슬슬 나가도 좋을 것 같다.

가에데는 핸드백을 들고 엄마 방으로 향했다. 노크를 하고 문을 열자 엄마는 침대 위에 누워 있었다.

"이제 나갈 건데… 몸은 좀 어때?" 가에데가 엄마에게 물었다.

"괜찮아. 그런데 자꾸 늘어져서 좀 쉬어야겠구나."

"그래…."

웃으면서도 괴로움이 묻어나는 엄마의 얼굴을 보고 가에데는 불안해졌다.

석 달 전부터 엄마의 상태가 이상했다. 일을 마치고 집에 오면 녹초가 된 얼굴로 곧장 침대에 눕는 날이 많아졌다. 본인은 그저 갱년기장애라며 웃어넘기지만 가에데는 몹시 걱정되었다.

엄마 역시 시게무라와 리사의 결혼식에 가고 싶어 했지만 사흘 전부터 몸 상태가 영 좋지 않아 집에서 쉬기로 했다.

"두 사람에게 결혼식에 못 가서 정말 미안하다고 전해 주렴. 축의금은 잘 챙겼지?" 엄마가 물었다.

"응."

"리사가 웨딩드레스 입은 모습 보고 싶었는데…. 사진 꼭 찍어 오렴."

예뻐하던 리사의 결혼식에 참석하지 못해 못내 아쉬운 모양이다.

"알았어. 엄마도 푹 쉬고 있어. 별로 안 늦을 테니 다녀와서 저녁 차릴게. 엄마, 뭐 먹고 싶어?"

"신경 쓰지 않아도 돼. 환자도 아닌데, 엄마가 알아서 먹을게."

"그래도…."

"오랜만에 잔칫집에 가는 거잖니. 마음껏 축하해 주고 느긋하게 놀다 오렴. 그 드레스, 잘 어울리는구나."

엄마의 말에 가에데는 싱긋 웃었다.

"그럼 다녀올게." 가에데는 방문을 닫고 현관으로 향했다.

구두를 신고 2층 계단을 올랐다. 문 옆에 설치된 지문 인식기에 손가락을 대자 잠금이 풀렸다. 마치다의 방문 앞에서 수차례 노크를 했지만 대답이 없다.

어디 간 걸까.

가에데는 혹시나 싶어 공장으로 향했다. 예상대로 셔터가 반쯤 열려 있었다. 공장이 쉬는 일요일이라 도쿠야마 아저씨일 리는 없었다.

셔터 밑을 지나 공장에 들어가자 안쪽에서 기계 소리가 들렸다.

"있어?" 가에데가 안쪽을 향해 외쳤다.

잠시 후 기계 소리가 멎고 안에서 마치다가 나왔다.

"왜?"

기름때 묻은 긴소매 셔츠에 청바지 차림의 마치다가 퉁명스럽게 대답했다.

"왜냐니… 지금 안 가면 늦잖아."

가에데의 말에 마치다가 고개를 갸웃거렸다.

"시게무라 씨하고 리사 언니 결혼식 말이야."

"아아… 오늘이었나?" 마치다가 까맣게 잊고 있었다는 얼굴로 대답했다.

심지어 한 달 치 아르바이트비를 털어서 몇 날 며칠을 고민한 끝에 겨우 구입한 드레스를 보고 있으면서도 아무 말이 없다.

"그럼 갈까?"

마치다가 이마의 땀을 소매로 닦더니 공장에서 나갔다. 셔터를 내리고 자물쇠를 채운 뒤 그대로 역을 향해 걸음을 옮겼다.

"잠깐만. 설마 그 꼴로 가려는 건 아니지?"

"이게 어때서?" 마치다가 태연히 말했다.

"결혼식에 가는 거잖아. 그 꼴은 안 돼."

"그런가?"

마치다가 그렇게 되묻자 가에데는 기가 막혔다.

"아니… 보통 남자는 정장에 넥타이잖아."

"그런 거 없는데."

마치다의 말에 하마터면 머리를 싸쥘 뻔했다.

"내가 결혼하는 것도 아닌데 뭐 어때?"

"그런 문제가 아니야."

가에데는 마치다의 소맷자락을 끌고 역과 반대 방향으로 걸었다.

"어디 가는데?" 마치다가 귀찮아하며 물었다.

"집에."

아마 거실 수납장 안에 아빠가 입던 정장이 있을 것이다. 사이즈가 맞을지 어떨지는 몰라도 이런 차림으로 가는 것보다는 훨씬 낫다.

서둘러 집으로 돌아와 곧바로 거실 수납장을 열었다. 예상대로 정장 세 벌이 유품으로 남아 있었다. 마치다에게 가장 잘 어울릴 것 같은 감색 정장과 흰 와이셔츠를 꺼냈다.

"시간이 없으니까 그냥 우리 집에서 갈아입어."

다짜고짜 정장과 와이셔츠를 내밀자 마치다가 억지로 받아 들고 거실에서 나갔다. 수납장 안을 대강 찾아봐도 넥타이가 보이지 않는다. 넥타이는 결혼식장 가는 길에 사야 할 것 같다.

"이게 웬 소란이니?"

어느새 엄마가 나와 있었다.

"결혼식은 3시잖니. 얼른 안 나가면 늦을 거야."

"그게… 저 사람이 정장 한 벌 없다고 해서."

"히로시 군이?"

가에데가 고개를 끄덕임과 동시에 장지문이 열리고 정장으로 갈아입은 마치다가 나타났다.

"어머, 사이즈가 딱 맞네." 엄마가 깜짝 놀란 표정으로 말했다.

가에데는 정장 차림의 마치다에게서 시선을 떼지 못하고 있었다.

기억 속의 아빠는 훨씬 더 큰 사람이었다.

아빠가 돌아가신 것은 가에데가 열 살 때였다. 눈앞의 마치다를 보고 아빠의 진짜 크기를 실감하고 돌연 그 무렵이 떠올랐다.

"정장이 없으면 당연히 넥타이도 없겠구나."

"식장 가는 길에 사 갈게." 가에데가 말하자 엄마가 수납장 쪽으로 다가왔다.

조금 전까지 자신이 찾던 곳이 아닌 맨 아래 서랍을 열더니 안에서 넥타이 하나를 꺼내 마치다에게 다가갔다.

"남편이 가장 좋아하던 넥타이란다. 어떻게 매는지 아니?"

엄마가 묻자 마치다는 모른다며 고개를 가로저었다.

"그럼 내가 매 줘야겠네."

엄마가 웃으면서 마치다의 셔츠 깃을 세우더니 넥타이를 감기 시작했다.

"언젠가는 필요할 테니 잘 기억해 두렴."

마치다는 엄마의 얼굴에 향해 있던 시선을 내렸다. 넥타이 매는 법을 보려는 게 아니라 처음 겪는 일에 당황해하는 듯했다.

"정말 괜찮나? 그런 소중한 걸 나 같은 놈한테⋯." 마치다가 불쑥 내뱉었다.

"괜찮아. 내가 남편한테 처음 선물한 거니까."

흐뭇해하며 넥타이를 매는 엄마의 손을 가에데는 물끄러미 지켜봤다.

"마치다――."

결혼식장 접수처에 도착하자 마치다를 부르는 소리가 났다.

뒤돌아보니 제일 먼저 산뜻한 블루 드레스가 눈에 들어왔다. 드레스를 입은 쇼코가 다메이와 함께 이리로 오고 있다.

가에데는 순간 쇼코를 향했던 시선을 자신의 가슴으로 옮겼다.

며칠씩 고민하다 겨우 결정한 핑크 드레스가 왠지 존재감을 잃은 듯해 속상했다.

"가에데?"

다메이의 목소리에 가에데는 고개를 들었다.

"우와, 깜짝 놀랐네. 가에데, 못 본 사이에 어른이 되었구나. 하마터면 몰라볼 뻔했어."

다메이가 눈을 휘둥그렇게 뜨고 말했다.

"오랜만이에요." 가에데가 두 사람에게 인사했다.

다메이의 얼굴은 TV와 잡지에서 가끔 봐서 오랜만이라는 느낌은 들지 않았지만 쇼코와는 3년 전에 본 게 마지막이었다. 그 후 미국으로 유학을 떠났다는 소식만 들었다.

"더 예뻐졌구나. 드레스도 아주 잘 어울려. 그렇지?"

다메이가 동의를 구하듯 쇼코에게 눈짓을 하자 그녀가 활짝 웃으며 고개를 크게 끄덕였다.

"정말 예쁘다. 가에데는 원래 예뻤는데 드레스를 입으니까 더 빛나 보여. 같이 있기가 힘들 정도인걸."

"무슨 말씀을. 나쓰카와 씨가 더 근사해요." 가에데는 애써 웃어 보였다.

3년 만에 만났는데도 여전히 부담스럽다. 이 사람은 왜 이리 대하기가 껄끄러울까. 어쩌면 스스로도 알고 있지만… 그뿐만이 아니라는 느낌이 든다. 여자로서의 질투뿐만이 아니다. 쇼코의 본질적인 부분에 뭐라 말할 수 없는 불신감이 들었다.

아무리 듣기 좋은 소리를 하고 누구나 호감을 가질 만한 미소를 머금고 있어도 그 내면에 있는 진실한 마음이 보이지 않는다는 막연한 불안감이 있었다.

어쩌면 그런 건 자신의 착각에 불과할 뿐 단순히 시샘이 나서일지도 몰랐다.

"마치다 씨도 오랜만이야. 정장 입은 건 처음 봤는데 제법 잘 어울린다."

쇼코가 마치다를 보면서 말했다.

"유학 생활은 어때?" 쇼코의 말에는 아랑곳 않고 마치다가 물었다.

"꽤 유익하게 보냈어. 그렇지만 유학을 접고 다음 주부터 회사에 복귀할 생각이야. 잘 부탁해."

"그렇군."

"그러고 보니 아주머니는?" 다메이가 주변을 둘러보며 물었다.

"몸이 좀 편찮으세요…. 오늘 결혼식에 오기만을 손꼽아 기다렸는데."

"저런, 걱정이구나…."

"많이 편찮으신 건 아니고 요즘 들어 금방 피곤해 하시더라고요. 그래서 오늘은 집에서 쉬시기로 했어요."

가에데는 불안한 마음을 감추기 위해 애써 미소를 지었다.

"혹시 그래서 요즘 회사에 안 나오는 거야?" 다메이가 마치다에게 물었다.

"아니, 그냥 사람 많은 곳이 싫어서."

마치다가 그렇게 대답했지만 가에데는 아니라고 생각했다.

몸이 좋지 않은 엄마를 대신해 공장에 남아서 일을 하는 것이다.

"지금부터 결혼식을 거행할 예정이오니 내빈 여러분께서는 예배당으로 모여 주시기 바랍니다."

직원의 안내에 따라 가에데 일행은 예배당 쪽으로 향했다.

예배당 안에 스무 명쯤 되는 사람이 모이자 예식이 시작되었다. 시게무라가 제단 앞에 긴장한 얼굴로 서 있다. 여기서는 잘 안 보이지만 오늘은 접착테이프로 대충 붙인 안경은 안 썼을 것이다.

"선배도 남들처럼 긴장할 때가 다 있네."

가에데는 다메이의 중얼거림에 하마터면 웃음이 터져 나올 뻔한 것을 간신히 참았다.

오르간 연주가 시작되자 부친의 손을 잡은 리사가 입장했다. 순백의 웨딩드레스를 입은 리사의 아름다운 자태에 가에데는 넋을 잃고 무심코 감탄을 내뱉었다.

결혼식을 성당에서 올리면 얼마나 좋을까 하고 막연히 동경해 왔는데 눈앞의 광경을 보고 그 마음이 더욱 간절해졌다.

아빠가 돌아가셨으니 누군가에게 신부 입장을 부탁해야 할 것이다. 누구에게 부탁하면 좋을까 하고 버진로드를 천천히 걸어오는 리사와 부친을 바라보며 상상의 나래를 펼쳤다.

제단 앞에 도착한 리사가 뒤돌아서 방긋 웃었다.

자신에게도 언젠가 이런 날이 올까.

만약 온다면 옆에는 누가 서 있을까?

가에데는 자연스럽게 옆에 있는 마치다를 쳐다봤다. 마치다는 제단

쪽에 시선을 고정한 채 입가에 은은한 미소를 띠고 있었다.

그때 신부 입장을 부탁할 만한 사람이 한 명 떠올랐다.

아빠의 친구인 나이토 아저씨──.

피로연 자리에서 가에데는 마치다와 다메이, 쇼코와 같은 테이블에 앉게 되었다. 다른 테이블에 앉은 사람은 전부 양가 친척인 모양으로 친지들만 초대한 조촐하고 화목한 피로연이었다.

장황한 축하 연설도 없고 그렇다고 축가와 축무 이벤트가 있는 것도 아니었다. 웨딩 케이크 자르기가 끝나자 시게무라와 리사는 각 테이블을 돌며 술을 권하거나 담소를 나누었다.

"가에데, 내년에 졸업하지?"

다메이의 말에 가에데가 고개를 끄덕였다.

"네."

"취직자리는 찾았고?"

"그게… 생각보다 어렵더라고요. 아직 못 찾았어요."

가에데는 어떻게 말해야 할지 고민하다 일단 그렇게 대답했다.

"올해는 일자리 찾기가 쉽지 않은가 보구나."

"그러게요… 여기저기 보고 있긴 한데요."

거짓말이었다. 구직 활동은 전혀 하고 있지 않다.

마음속에 망설임이 있었기 때문이다.

4년쯤 전에 엄마가 마에하라 제작소 직원을 더 고용할까 고민한 적이 있다. 부채를 청산하고 나서는 제작 주문이 제법 들어오는 편이라 공장 운영도 순조롭게 회복되고 있었기 때문이다. 엄마와 마치다, 가끔 아르바이트를 하러 오는 도쿠야마 아저씨, 이렇게 세 사람만으로는 지금의 주문을 소화하기가 힘들다는 판단에서 시작한 고민이었지만 결국 직원을 고용하지는 않았다.

그 이유에 대해 이야기를 나눈 적은 없지만 가에데는 엄마의 진의를 어렴풋이 짐작하고 있었다.

딸의 장래를 속박하고 싶지 않아서가 아니었을까.

직원을 고용하면 공장의 책임 또한 가중된다. 그러면 무의식중에 가에데가 공장을 물려받기를 바랄 것이다.

할아버지 대부터 이어 온 공장을 그만두고 싶지 않다는 생각은 여전할 것이다. 그러나 엄마는 가에데에게 똑같은 고생을 시키고 싶지 않다고 생각한 듯하다.

급기야 엄마는 공장을 물려받을 생각 말고 취직하라면서 공업과는 전혀 상관없는 대학교나 전문대 진학을 권하기에 이르렀다. 가에데는 결국 디자인 관련 전문대에 입학했다.

엄마는 가에데뿐만 아니라 마치다의 장래 역시 속박하고 싶지 않았던 모양이다. 마치다는 다메이 일행과 창업한 뒤 STN의 감사역을 맡으면서도 실제로는 거의 마에하라 제작소에서 붙박이로 지냈다.

엄마는 그것이 마치다 나름의 보은이라고 받아들인 듯하다. 소년원에서 나왔을 때 신원 인수인이 되고 살 곳과 일자리까지 마련해 준 은혜를 갚으려는 것이라고.

그러나 마치다의 장래에 무한한 가능성을 느낀 엄마는 그를 마에하라 제작소 같은 작은 공장에 붙잡아 둬서는 안 된다고 생각했을 것이다. 직원을 고용해 공장의 책임이 가중되면 가에데와 마치다는 마에하라 제작소를 떠나기가 어려워진다. 그렇게 생각한 게 아닐까.

엄마는 할아버지와 아빠에 대한 죄스러움을 홀로 짊어지고 마에하라 제작소의 역사를 자기 대에서 끊으려 한다.

정말 그래도 되는 걸까, 하고 가에데는 오랫동안 고민해 왔다.

"우리 회사에 들어오면 되잖아."

다메이의 말에 가에데는 퍼뜩 정신이 들었다.

"가에데, 디자인 계열 전문대였지? 그쪽 계열에 강한 사람도 필요하거든. 가에데라면 대환영이야."

"그래. 가에데라면 분명히 큰 도움이 될 거야. 게다가 회사를 시작했을 때부터 가족처럼 지내 왔으니 누구보다 믿을 수 있고." 쇼코가 거들었다.

"전부터 아주머니께 은혜를 갚고 싶었거든. 지금의 회사가 존재하는 건 전적으로 아무 실적도 없는 우리한테 흔쾌히 사무실과 공장을 빌려주신 아주머니 덕분이니까. 물론 가에데를 고용함으로써 은혜를 갚는 것처럼 생각하는 건 절대 아니지만, 뭐든 좋으니 마에하라 씨의 도움이 되고 싶어. 만약 우리 회사에 들어온다면 최고로 대우해 줄게."

다메이가 가에데 쪽으로 몸을 내밀면서 열성적으로 설득했다.

"고맙습니다. 그렇게까지 말씀해 주시다니 정말 영광이에요."

쇼코가 양해를 구하고 자리를 떴다. 화장실에 가는지 피로연장 밖으로 나갔다.

"그런데 조만간 주목을 끌 만한 신상품이라도 출시할 계획인가?"

마치다가 쇼코가 나간 문을 보고 있다가 다메이 쪽으로 시선을 옮기면서 물었다.

"아니, 딱히 없는데, 갑자기 왜?"

"최근 몇 달간 STN 주식 거래가 활발해지고 있어."

"그러고 보니 계속 상한가를 치고 있긴 하더라."

"신상품을 출시하는 것도 아니면 AS 계획의 정보가 외부로 유출되었을 가능성은 없나?"

"그럴 리 없어. 책임자가 그 경계심 많기로 유명한 시게무라 선배거든."

"그렇군."

"오늘 하루쯤은 일 생각일랑 말자." 다메이가 그렇게 말하고 마치다의 잔에 맥주를 따랐다.

"가에데, 잘 지냈어?"

그 목소리에 뒤돌아보니 눈앞에 리사가 서 있었다.

"와 줘서 고마워. 가에데를 만나서 얼마나 기쁜지 몰라." 가에데와 눈이 마주치자 리사가 눈물을 글썽였다.

"결혼 축하해요. 엄마도 정말 오고 싶어 하셨는데 몸이 좀 편찮으셔서… 죄송해요."

"아주머니, 많이 안 좋으셔?"

"걱정할 만큼은 아니에요. 엄마가 리사 언니 사진을 꼭 찍어 오라고 했는데, 찍어도 될까요?"

"물론이지."

가에데가 카메라를 들고 일어나 리사의 모습을 사진에 담았다.

"리사 언니, 정말 예뻐요." 가에데가 진심으로 말하면서 사진을 찍었다.

"그렇지? 나 오늘 정말 예쁘지? 날 차 버린 걸 후회하게 해 주려고 한 껏 꾸몄거든."

리사가 농담처럼 말하더니 흘끗 마치다를 살폈다.

마치다는 리사의 말과 시선에도 아랑곳 않고 담담히 맥주를 마시고 있었다.

"이제 술도 마시나 봐?"

리사가 묻자 마치다는 "조금은" 하고 희미하게 웃었다.

가에데는 리사뿐만 아니라 자리에 있는 모든 사람들을 카메라에 담았다. 다들 함박웃음을 짓고 있었다.

마치다는 함박웃음까지는 아니더라도 평상시 별로 보이지 않던 온화한 표정을 짓고 있었다.

가에데도 같이 사진에 찍히고 싶다고 생각한 순간 다메이가 사진사역할을 대신해 주었다.

자리로 돌아온 가에데는 사람들이 혼란한 틈을 타 옆자리 마치다와의 거리를 살짝 좁혔다. 화장실에서 돌아온 쇼코가 마치다 곁으로 와서 같이 사진을 찍었다.

다메이는 사진을 몇 장 찍은 뒤 가에데에게 카메라를 돌려주었다. 그러고는 다른 테이블에 있는 시게무라를 물끄러미 바라봤다.

"그나저나 왜 하필 시게무라 선배야?"

다메이가 도무지 납득이 안 된다는 말투로 물었다.

"다메이 군." 곧바로 쇼코가 나무라듯 다메이의 어깨를 쳤다.

이 자리에서 할 만한 소리는 아닐지 몰라도 궁금해하는 다메이의 기분도 이해가 갔다. 리사는 더 어린 가에데가 보기에도 귀여운 여성이다. 필시 남성들에게 인기가 많을 것이다.

"괜찮아, 나쓰카와. 내가 생각해도 정말 불가사의하거든. 얼마 전까지만 해도 설마 내가 저 사람하고 결혼할 줄은 꿈에도 몰랐는걸. 상상을 초월할 만큼 별난 사람이라 선뜻 다가가기도 힘들고 무슨 생각을 하는지 도무지 알 수 없는 사람인 데다… 별명이 괴짜 시게무라였을 정도잖아." 리사가 시게무라 쪽을 보며 쿡쿡 웃었다.

"그런데 왜?"

다메이가 흥미진진한 얼굴로 몸을 내밀었다.

"종잡을 수 없는 사람이기 때문에, 그래서 더욱 그 사람의 진심을 느꼈을 때 가슴이 찡했다고나 할까."

"흐음."

다메이는 그 대답에 납득하지 않은 듯하나 가에데는 리사의 마음을 조금 알 것 같았다.

"저 사람이 어마어마할 정도로 이상한 사람인 건 맞는데, 많은 사람들에게 도움이 되고 싶다는 마음만큼은 누구보다 강하거든. 돈이나 명예를 위해서가 아니야. 물론 조금은 추앙받고 싶기도 하겠지만 돕고 싶다는 그 마음을 위해 자신의 모든 걸 내던졌어… 그런 점에 끌린 거야." 리사가 흐뭇해하며 말했다.

"다 같이 어디 들어가서 차라도 마시지 않을래?"

결혼식장에서 나오자 다메이가 마치다에게 물었다.

"마저 해야 할 일이 있어서 난 됐어." 마치다가 인정머리 없게 대답했다.

"그렇구나… 가에데는? 모처럼 오랜만에 만나서 하고 싶은 이야기도 많고."

"저도 볼일이 좀….'

피로연 자리에서 다메이와 쇼코가 교제한다는 걸 알게 되었다. 마치다가 가면 따라가고 싶었지만 연인 사이에 혼자 끼는 것은 부담스러웠다.

"둘이서 가. 오랫동안 못 만나서 외롭다고 불평했으면서."

"야, 너, 마치다….'

숨기고 싶은 일이었는지 다메이가 허둥댔다.

"어쨌든 즐거운 시간 보내. 그런데 결혼할 거면 다음 달 이후에 했으면 하는데. 시간도 돈도 없으니."

"안 할 거거든?"

갑자기 날아든 날카로운 목소리에 가에데는 어안이 벙벙해서 쇼코를 쳐다봤다.

"그… 이제 막 돌아왔잖아. 앞으로 회사를 위해 열심히 일해야지."

가에데는 쇼코의 말이 변명처럼 들렸다.

"그럼 우리는 차로 와서. 가에데, 잘 가."

다메이가 어색한 미소로 손을 흔들더니 걸음을 옮겼다. 어깨가 축 늘어져 터벅터벅 걷는 모습을 보면서 쇼코의 말에 충격을 받았음을 알 수 있었다.

쇼코는 잠시 마치다를 바라봤지만 이내 뭔가를 떨치듯이 홱 돌아서서 다메이를 따라갔다.

마치다는 다메이 일행과 반대 방향으로 전철역을 향해 걷기 시작했다.

쇼코는 아직 마치다를——.

가에데는 다메이와 함께 걸어가는 쇼코의 뒷모습을 지켜보며 생각에 빠졌지만 곧바로 마치다 뒤를 따라갔다.

"리사 언니, 정말 예쁘더라." 가에데는 나란히 걷는 마치다의 얼굴을 살폈다.

"그러게."

"결혼식이 이렇게 근사한 거였다니. 마구 동경하게 되었어."

가에데가 대화를 이어 가려 애쓰는 반면 마치다는 아무런 대꾸도 없었다.

"있지, 결혼 같은 거 관심 없어?" 가에데가 넌지시 물었다.

"상상도 못하지."

"히로시 씨는 말이야…."

가에데는 거기까지 말하고 입을 다물었다.

히로시 씨.

처음 만나서 얼마간은 '당신'이라고 불렀다. 그 후 '그쪽'이나 '저기'라고 하다가 지금은 이렇게 부르는 게 일상이다.

오랫동안 까닭 없이 싫은 녀석이라고 생각했다.

그랬는데 왜… 언제부터 마치다에게 이런 감정을 품게 되었을까.

고등학교 2학년 때 요요기의 경기장에서 배드민턴 시합이 있었다.

끝나고 집에 가는 길에 공원에서 뜻밖의 사람과 재회한 것이다.

마치다와 같은 소년원에서 지냈던 이소가이였다.

이소가이는 공원 입구 근처에 정좌를 하고 앉아서 양팔이 없는 자신의 모습을 드러내고 통행인을 멍하니 바라보고 있었다. 이소가이 앞에는 깡통이 놓여 있었다. 깡통 속에 들어 있는 동전을 보고 구걸을 하고 있음을 알아차렸다.

중학생이었을 때 두어 번 만난 적이 있지만 그때와는 사뭇 달라진 이소가이의 모습에 심한 충격을 받았다. 지나가다 눈이 마주쳤는데도 이소가이는 가에데를 알아보지 못했는지 곧바로 시선을 돌렸다.

친구와 같이 있기도 해서 말을 걸지 못한 채 그대로 역으로 향했다. 하지만 너무 신경이 쓰인 나머지 역에서 친구와 헤어진 뒤 이소가이가 있던 곳으로 되돌아갔다.

가에데가 말을 걸자 이소가이가 나른하게 고개를 들었다. 이제야 가에데가 기억이 났는지 얼핏 표정을 바꾸었지만 그 얼굴에 이런 모습을 들켰다는 수치심은 없었다.

이소가이는 자조적인 미소를 머금고 "조금만 적선해 줘" 하고 말했다.

가에데는 돈을 조금은 갖고 있었지만 깡통에 넣기에는 마음이 내키지 않아 잠깐 기다리라고 말한 뒤 자리를 떴다. 근처 편의점에서 샌드위치와 주스를 사서 이소가이에게 돌아갔다.

공원 안 벤치로 자리를 옮기고 샌드위치와 주스를 먹여 주며 이소가이와 잠시 이야기를 나눴다.

이소가이는 가에데도 찾아간 적이 있는 시설에서 1년 전에 나온 뒤 지금까지 노숙자로 살고 있다고 했다. 이소가이 같은 장애인이라면 나라에서 지원을 해 줄 터였다. 왜 시설을 나와야만 했는지 묻자 제 발로 걸어 나왔다는 대답이 돌아왔다.

잘 이해가 가지 않아 다시 묻자 이소가이는 "나 자신에 대한 벌이야" 하고 말했다. 자신의 비참한 모습을 드러내는 것이, 이렇게 살아가는 것이 어떤 사람에 대한 속죄임을 깨달았다고 한다.

여전히 이해하지 못하는 가에데에게 이소가이는 그 심경에 이르기까지 있었던 일을 더듬더듬 털어놓았다. 이소가이는 소년원에 들어가기 전까지 사귀던 여자친구가 있었다. 그러나 소년원에 들어간 사이 과거에 자신이 저지른 악행 때문에 그 여자친구가 평생 치유할 수 없는 상처를 입었다고 한다.

꼭 만나야 할 사람이 있어서 소년원을 탈주했지──.

가에데는 전에 이소가이에게 들었던 이야기를 떠올렸다.

이소가이는 1년 전 용서를 구하고 싶어서 그녀를 만나러 갔다. 그러나 몇 년이 지났어도 상처가 아물기는커녕 끊임없이 고통받고 있음을 알고 그녀를 만날 수가 없었다고 한다.

그녀에게 자신은 꺼림칙한 존재에 불과하다. 그녀를 다시 만날 수도, 그녀를 위해 뭔가 해 줄 수도 없다. 그나마 자신이 할 수 있는 속죄는 그녀보다 더 불행한 삶을 사는 것밖에 없다.

이소가이의 이야기를 듣고 가에데는 참담한 기분이 들었다. 그러나 그때 이소가이에게 어떤 위로의 말을 건네야 할지 몰랐다.

무력감을 맛보며 집으로 돌아온 가에데는 마치다에게 이소가이를 만났으며 그가 여자친구에 대한 죄책감 때문에 노숙자로 지낸다는 이야기를 했다. 마치다라면 지금의 이소가이를 일으켜 세울 수 있지 않을까 기대했지만 돌아온 대답은 "그렇군"이라는 무정한 한마디뿐이었다.

그때는 마치다의 냉담한 태도에 몹시 실망했다.

가에데는 이소가이가 걱정되어 그 공원에 몇 번 찾아갔다. 그러나 그날 이후 이소가이는 모습을 감추었다.

이소가이에 대한 걱정을 마음 한구석에 묻어 둔 채 2년이 흘렀다. 전문대에 입학한 지 얼마 안 되었을 때 길거리에서 우연히 이소가이를 발견하고 가에데는 소스라치게 놀랐다. 그가 정장을 말쑥하게 차려입은 데다 소맷부리에서 손이 뻗어 나와 있었기 때문이다. 언뜻 봐서는 진짜 손으로 보일 만큼 정교한 의수였다. 당당한 모습의 이소가이는 공원에서 노숙자로 지내던 시절과는 완전히 딴사람이 되어 있었다.

이소가이에게 그간의 이야기를 듣고 가에데는 그동안 자신이 마치다를 잘못 보고 있었다는 사실을 깨달았다.

그 사람의 진심을 느꼈을 때 가슴이 찡했다고나 할까──.

리사가 한 말을 되새기며 그 당시 느꼈던 감정을 더듬어 봤다.

가에데는 마치다가 좋았다.

어쩌면 전에도 그런 마음을 품은 순간이 있었을지도 모른다. 스스로 인정하고 싶지 않았을 뿐. 하지만 지금은 마치다에 대한 마음이 숨길 수 없을 만큼 커져 버렸다.

"히로시 씨는… 사귀는 사람 없어?" 가에데는 지금껏 가슴에 담아 온 질문을 과감히 던졌다. 매년 크리스마스와 밸런타인데이, 그리고 진짜인지 알 길이 없는 호적상 생일조차 마치다는 공장에서 묵묵히 일을 했다.

그동안 마치다가 여성과 교제하는 듯한 낌새를 단 한 번도 느낀 적이 없었다.

"없어. 그보다 아까 그 이야기는 어쩔 거지?"

"아까 그 이야기?" 가에데가 되물었다.

"STN에 취직 제안 받았잖아. 사장님이 네 취직 때문에 걱정하시던데."

가에데는 마에하라 제작소를 물려받아야 할지 오랫동안 고민해 왔다. 엄마처럼 잘 해낼 수 있을까, 할아버지 대부터 이어 온 공장이 자기 때문에 잘못되면 어떡하나 싶어 불안하기도 했다.

그러나 공장을 그만두고 싶어 하지 않는 엄마를 생각하면 역시 물려받는 것이 좋지 않을까.

게다가 마치다와 앞으로도 함께 있고 싶은 마음도 간절했다.

"만약…만약에 말이야, 내가 공장을 물려받게 되면… 도와줄래?" 가에데는 기도하는 심정으로 물었다.

"남에게 의지할 생각부터 할 거면 사장은 아예 꿈도 꾸지 마."

마치다의 냉담한 대답에 가에데는 낙심했다.

"나는 그냥 거기 있고 싶어서 있는 거다. 앞으로도 내가 머물고 싶은 곳에 있을 거다."

마치다가 가에데를 보며 말했다.

4

"그럼 먼저 실례하겠습니다."

나이토는 근무복 위로 점퍼를 걸치고 교대 경비원에게 인사한 후 공사 현장을 뒤로 했다.

곧장 가마타 역으로 향했다. 전철역 개찰구를 지나 화장실로 들어가 가방에서 셔츠와 바지를 꺼내 갈아입고 나왔다.

플랫폼에 서서 요코하마 방면 열차를 기다리고 있는데 다음 역명을 알려 주는 전광판이 눈에 들어왔다.

다음 역은 오모리.

그러고 보니 오늘 현장은 마에하라 일가의 근처였다. 문득 마치다가 머리를 스쳤다.

역시 마치다에게 직접 물어보는 수밖에 없나.

나이토는 지난 며칠간 머릿속에 있던 생각을 조금씩 굳혔다.

한 달쯤 전에 줄곧 찾아 헤매던 아마미야를 만났다. 아마미야는 나이토가 무로라는 인물에 대해 묻자 몹시 두려워했다. 그 두려워하던 모습이 예사롭지 않았다.

오래 살고 싶으면 그 이름을 지금 당장 잊어——.

아마미야는 그 말을 남기고 도망치듯 술집에서 나갔다.

나이토는 즉시 계산을 마치고 따라 나왔지만 아마미야는 이미 사라진 뒤였다.

그로부터 일주일간 해고될 각오로 회사에 휴가를 내고 다시 셔틀버스 정류장과 공장 주변을 돌아다니며 아마미야를 찾았다. 그러나 공장을 그만두었는지 어디에서도 아마미야를 찾을 수가 없었다.

무로이란 자는 도대체 정체가 뭘까.

아마미야를 만나고 나서 나이토의 마음은 더욱 불안해졌다.

오모리 방면 열차가 먼저 도착했다. 그 열차에 탈까 싶어 걸음을 옮기려다 그만뒀다.

마치다를 불안하게 하고 싶지 않았기 때문이다. 무로이의 정체가 무엇인지, 마치다와 어떤 관계인지 궁금해서 견딜 수가 없을지언정. 나이토는 미련을 버리듯 이어서 온 요코하마 방면 열차에 올라탔다.

퇴근 시간대라 열차 안은 사람들로 북적였다. 다음 정거장인 가와사키 역에서 승객이 많이 내린 덕에 좌석 앞쪽으로 이동할 수 있었다. 손잡이를 잡고 칠흑 같은 창밖을 내다보는데 이상한 기분이 들었다. 창문에 비친 열차 내부의 광경 속에 낯익은 얼굴이 있었기 때문이다.

손잡이를 잡고 서 있는 정장 차림의 남성.

어디서 봤을까.

전에 나이토가 근무한 소년원에 들어온 이소가이라는 소년과 비슷한 얼굴이다. 그러나 그렇게 생각한 다음 순간 사람을 잘못 봤음을 깨달았다.

이소가이는 탈주를 도모했을 때 교통사고를 당해 양팔을 잃었다.

창문에 비친 남성이 자신을 힐끔거리는 듯하여 나이토는 황급히 시선을 돌렸다. 직접적이진 않더라도 남성을 빤히 쳐다본 것은 충분히 실례되는 행동이었다.

열차가 쓰루미 역에 도착하자 더 많은 승객이 내렸다.

"선생님."

순간 나이토는 고개를 들었다.

아까 그 정장 차림의 남성이 바로 옆에 와서 나이토를 보고 있다.

"나이토 선생님이시죠? 저, 기억 안 나십니까? 이소가이입니다."

그 말에 무심코 남성이 손잡이를 쥐고 있는 것에 눈길이 갔다.

"의수입니다. 꽤 정교하게 만들어졌지요. 손가락을 움직일 수도 있습니다."

다음 순간 미세한 기계음과 함께 손가락이 손잡이를 쥐었다가 놓았다가 했다. 가까이서 봐도 손의 질감이 진짜인 것처럼 보였다.

"학교에 있었을 때 말썽만 피워서 죄송했습니다." 이소가이가 웃으면서 머리를 숙였다.

"설탕하고 우유, 넣어서 마시나?"

나이토는 자신의 커피에 우유를 붓고 맞은편에 앉은 이소가이에게 물었다.

"우유만 넣습니다."

그 말에 나이토는 우유 포트를 쥐고 이소가이의 커피에 따르려 했다.

"괜찮습니다. 직접 할 수 있으니까요."

이소가이의 말에 나이토는 그의 커피 잔 옆에 우유 포트를 내려놓았다.

"신경 써 주셔서 감사합니다. 제가 할 수 있는 건 스스로 하는 습관을 들이고 있거든요."

이소가이는 그렇게 말한 뒤 의수를 들어 올려 우유 포트에 손가락을 가까이 댔다. 상당한 집중력을 필요로 하는지 이소가이의 시선이 우유 포트에 집중되었다. 미세한 기계음과 함께 의수의 손가락이 움직이더니 조그만 손잡이를 쥐었다. 그리고 그대로 들어 올려서 커피 잔에 우유를 붓고 테이블에 도로 내려놓았다.

주변 손님들의 시선이 하나둘 느껴졌지만 나이토는 이소가이의 손에서 눈을 떼지 않았다.

우유 포트에서 손가락을 떼더니 이번에는 잔 받침에 놓인 티스푼을 쥐려 했다. 몇 번 실패를 거듭한 끝에 티스푼을 집어 올려서 천천히 커피를 저었다. 이소가이는 티스푼을 잔 받침에 내려놓은 뒤 작게 한숨을 내쉬었다.

"좀 답답하긴 한데 말입니다."

간신히 커피 한 모금 마시고는 이소가이가 웃어 보였다.

요코하마 역에서 내린 뒤 누가 먼저랄 것도 없이 역구내 카페에서 차 한잔하자는 이야기가 나왔다. 이소가이는 니시요코하마 역 근처에 있는 아파트에 산다고 했다.

몇 년 만의 재회일까.

이소가이가 교통사고로 입원했을 때 마치다와 함께 병문안을 다녀온 후 처음이니 벌써 7년이나 지났다.

이소가이는 퇴원 후 소년원이 아닌 간토 지역에 있는 의료소년원에 수감되었다. 이후 퇴소하여 가족 곁으로 돌아갔다고 들었는데 잘 지내는지 내내 마음에 걸렸다.

눈앞에서 건강하게 웃고 있는 이소가이의 모습에 나이토는 감회에 젖어 버렸다. 주섬주섬 주머니에서 담배를 꺼냈다.

담배를 입에 물자 이소가이가 라이터로 불을 붙여 주었다.

"볼수록 굉장하군." 나이토는 라이터를 켠 의수를 보면서 말했다.

"그렇죠."

이소가이는 고개를 끄덕이더니 왼손에 쥐고 있던 담배를 입에 물었다. 자신의 담배에도 불을 붙인다.

"지포 라이터처럼 문지르는 유형의 라이터나 성냥을 켜기는 어렵지만, 누르는 유형의 라이터라면 간단히 켤 수 있습니다." 이소가이가 담배를 맛있게 피우며 말했다.

"혹시 마치다가 만들었나?"

마에하라 제작소를 찾아갔을 때 본 의수가 떠올랐다.

"네. 기본적인 토대는 마치다가 만들었습니다. 근전의수라고 하더군요."

"근전의수?" 나이토가 되물었다.

"자세한 건 잘 모르지만, 근육이 수축할 때 발생하는 표면 근전위라는 걸 스위치 삼아서 내장된 모터를 움직이는 겁니다."

설명을 들어도 나이토는 그게 뭔지 도통 알 수가 없었다.

"요컨대 자네 뜻대로 움직인다는 건가?"

"네. 물건을 잡거나 놓는 단순한 동작이라면 그리 힘들지 않지만, 세밀한 작업을 하려면 아직 상당한 집중력과 시간이 필요합니다."

"아까 니시요코하마 역 근처 아파트에 산다고 했는데, 누가 같이 살고 있나?"

"아뇨, 혼자 삽니다."

"힘들지는 않나?"

"물론 힘든 점도 있어요. 그래도 이것 덕분에 그럭저럭 해 나가고 있지요. 예전 같았으면 밥을 먹거나 용변을 볼 때도 누군가의 손을 빌려야 했지만… 지금은 숟가락이나 포크를 쥐고 식사를 할 수도 있고, 바지 지퍼를 내리거나 구두끈을 묶을 수도 있습니다. 가장 기쁜 건 밖을 돌아다녀도 옛날처럼 흘깃거리며 쳐다보는 사람이 없다는 거죠."

"나도 전철에서 봤을 때 전혀 몰랐을 정도이니."

"표면은 특수한 합성수지로 만들어졌어요. '스킨 아이커버'에 사용되는 합성수지 말입니다. 물론 알고 계시죠?"

나이토는 고개를 끄덕였다.

스킨 아이커버. 마치다네 회사의 히트 상품이다.

"방수까지 돼서 이걸 착용한 채 샤워도 할 수 있습니다."

"건강해 보여 안심이군. 그동안 어떻게 지내는지 걱정했었는데…."

의료소년원에 전원된 뒤에도 줄곧 이소가이가 걱정되었지만 차마 만나러 갈 수가 없었다. 법무교도관인 자신들의 관리가 부족한 탓에 이소가이가 사고를 당했다는 마음의 빚이 있었다. 앞으로 양손 없이 살아가야 하는 이소가이의 절망적인 고민을 접한다 해도 무슨 말을 해 줘야할지 몰랐다. 그래서 도망쳤다.

"미안했다." 나이토가 이소가이에게 머리를 숙였다.

"선생님이 왜 사과를 하십니까?"

"그동안 아무런 힘도 되지 못했구나. 애초에 우리가 더 제대로 관리했더라면 그런 일은…."

"자업자득이지요. 그때 폐만 끼치고, 오히려 사과를 해야 하는 건 접니다."

소년원에서 지냈을 무렵에는 전혀 보이지 않던 이소가이의 온화한 표정을 보고 나이토는 구원받는 심정이었다.

"그런데 선생님… 이 부근에는 무슨 일로 오셨습니까? 이쪽 학교로 옮기신 건가요?"

주변 사람들을 의식해서인지 이소가이는 소년원을 '학교'로 바꿔 말했다.

"그만뒀어."

"그만두셨다고요?" 이소가이가 놀라며 되물었다.

"지금은 옛날에 살던 요코하마로 돌아와서 경비원 일을 하고 있지."

"선생님이 그만두시다니… 설마 저희 때문입니까?"

이소가이는 그 탈주의 책임을 지고 나이토가 그만뒀다고 생각한 모양이다.

"아니, 그 일은 전혀 관계가 없어. 스스로 내린 결정이다. 내 아들 무덤이 이 근처라 평소 여기로 돌아와야겠다고 생각했을 뿐이야."

"그럼 이제 선생님이 아니시군요…." 이소가이가 쓸쓸하게 말했다.

"그래."

"전 선생님이 정말 좋은 선생님이었다고 생각합니다. 언제 한번 감사와 사죄의 말씀을 드리러 찾아뵤어야겠다고 생각하고 있었어요…."

"나도 훌륭하게 성장한 제자를 만나서 정말 기쁘다. 그 후로 힘들었을 텐데 이를 악물고 해냈구나. 노력이 이만저만한 정도가 아니었을 텐데."

"전부 마치다 덕분이에요."

"그래. 자네를 위해 정교한 의수를 만들어 준 것만 봐도 알지."

마치다 입장에서도 이소가이에게 일종의 죄책감 같은 것을 느끼지 않았을까. 같이 탈주한 동료가 사고로 장애를 입었으니.

"의수만 만들어 준 게 아닙니다." 이소가이가 덧붙였다.

"무슨 말인가?"

"선생님은 아까 아무런 힘이 되지 못했다고 말씀하셨지만, 만약 그 무렵 저를 만나러 오셨어도 어쩔 도리가 없었을 겁니다. 학교를 나온 뒤 저는 엉망으로 살았거든요. 누가 무슨 말을 했어도, 아무리 힘이 되려 했어도 제 마음에는 전혀 와닿지 않았을 거예요."

"학교를 나온 뒤 집으로 돌아갔다고 들었는데." 나이토가 물었다.

"그렇긴 한데 곧바로 장애인 시설에 맡겨졌어요. 어쩔 수 없죠. 엄청난 죄를 범하고 가족들에게 폐만 끼쳤는데 갱생하거나 속죄도 하기 전에 이런 꼴로 나왔으니. 2년 가까이 시설에서 지내고 거길 나와서… 노숙자로 살았습니다."

"노숙자?"

"아, 노숙자라는 말도 저한테는 과분하네요. 제 주변 사람들은 깡통이나 잡지를 주워 모아서 스스로 돈을 벌어 생활했거든요. 저는 거지였습니다. 비참한 몸을 내보이며 길 가는 사람들에게 돈을 구걸했으니까요."

"왜 그런 삶을…?"

"선생님처럼 말하자면 속죄…같은 거죠."

"속죄?" 뜻밖의 대답에 나이토는 무심코 되물었다.

"네. 지금 생각하면 너무 얄팍한 수였지만 그때는 진지하게 그렇게 생각했거든요."

"자네가, 그… 피해자에 대한 속죄를 하려 했다는 건가?"

"그 이유도 있습니다. 제가 한 짓 때문에 많은 사람이 고통을 받고 슬퍼했지요. 소중한 사람을 빼앗기고… 솔직히 학교에 끌려가서 선생님들께 많은 말을 들었지만 죄책감이라고는 털끝만큼도 들지 않았습니다. 그런데 막상 제 소중한 사람이 상처 입었다는 걸 알게 되자 그동안 얼마나 무거운 죄를 저질렀는지 깨달았습니다."

"소중한 사람이 상처를 입었다니…?"

"선생님, 히루미라는 원생을 기억하십니까?" 이소가이가 물었다.

나이토는 기억을 더듬어 이소가이가 소년원에 있었을 무렵에 히루미라는 원생을 담당했던 것을 생각해 냈다. 툭하면 이소가이와 시비가 붙던 원생이었다.

"그 녀석과는 학교에 들어가기 전부터 알던 사이였습니다. 앙숙 관계에 있던 그룹의 멤버로, 패싸움이 붙었을 때 녀석을 흠씬 두들겨 패 준 적이 있지요. 제가 학교에 들어간 사이 녀석이 보복으로 제 여자친구를… 그녀를….' 이소가이는 차마 말을 잇지 못했다.

대강 무슨 일이 있었는지 짐작이 되어 나이토는 더 이상 묻지 않았다.

"제가 한 짓 때문에 소중한 사람에게 평생 지울 수 없는 상처를 준 겁니다."

"혹시 그래서…."

여자친구를 만나기 위해 탈주를 꾀했던 건가.

이소가이가 고개를 끄덕였다.

"꼭 만나고 싶었습니다. 만나서 사과하고 싶었어요. 하지만 그 일의 원인을 제공한 절 만나러 와 줄 리도 없고, 거기서 나갈 때까지 기다릴 수도 없었습니다."

그래서 탈주를 꾀한 이소가이는 너무나 큰 대가를 치르고 말았다.

"시설에 있었을 때 여자친구를 만나러 가려고 한 적이 몇 번 있습니다. 하지만 아무리 세월이 흘렀어도 상처가 아물기는커녕 여전히 고통받고 있다는 걸 알고 결국 만날 용기를 내지 못했지요. 제가 할 수 있는 속죄는 그녀보다 더 불행한 삶을 사는 것밖에 없다고, 불행한 채로 죽어가는 것밖에 없다고 생각했습니다."

"그래서 구걸을 하며 살았다는 건가?"

"그렇습니다. 시설에 있으면 일하지 않아도 나라의 지원으로 먹고살 수 있으니까요. 누군가 절 보호해 주잖아요. 하지만 전 그럴 자격이 없습니다. 제 초라한 모습으로 구걸을 해서 세상 사람들의 조롱을 받으며 살아가야 마땅하다고…."

그 무렵의 이소가이를 상상하려 하자 가슴이 옥죄어 왔다.

"그런 제 앞에 마치다가 불쑥 나타난 겁니다."

"마치다가…."

"마치다는 말도 걸지 않은 채 그저 모멸하는 눈빛으로 보기만 했습니다. 그러고는 1만 엔짜리 지폐를 구깃구깃 구겨서 제 앞에 던지더니 경멸을 담아 이렇게 내뱉었습니다. '이러고 있으니까 좋아?' 하고. 제가 '네가 뭘 알아!' 하고 대꾸했더니 '네가 하는 짓은 속죄도 뭣도 아닌 자기만족일 뿐이다'라고 단언하더군요. 제가 아무리 불행해져도 그녀의 고통을 평생 모를 거라면서. 제가 해야 할 속죄는 그녀보다 불행해지는 게 아니라 그녀를 조금이라도 행복하게 해 주는 거라고 말이에요. 그게 어려울 것 같으니까 편한 쪽으로 도망치는 거라고, 그런 건 속죄도 뭣도 아니라고 말이에요."

"마치다가 그런 소리를?"

너무 뜻밖이라 그렇게 묻자 이소가이가 쓴웃음을 지으며 끄덕였다.

"마치다의 말에 반발하면서도 실은 충격이었습니다. 마치다의 말이 맞았거든요. 제가 하는 일은 아무것도 아니었어요. 여자친구를 만나기가 두려워서 그녀의 고통을 외면하고 전혀 상관없는 짓을 하면서 그녀에게 속죄하고 있다고 스스로를 속였습니다. 하지만 이런 제가 어떻게 그녀를 행복하게 해 주겠느냐고 마치다에게 따지고 들었지요. 그랬더니 마치다가 말하더군요."

이소가이가 눈을 감았다. 마음속으로 그 말을 되새기는지 잠시 말이 없었다.

"마치다가 뭐라던가?"

조바심이 나서 묻자 이소가이가 눈을 떴다.

"행복해지라고요… 제가 행복해지지 않으면 소중한 사람을 결코 행복하게 할 수 없다고 말하더군요. 게다가 행복해지지 않으면 제가 범한 죄의 아픔을 진정으로 느낄 수 없다고도 말입니다."

"그렇군…."

이소가이의 이야기를 듣는 사이 가슴속에서 뜨거운 것이 치밀어 올랐다.

가끔 에쓰코에게 소식만 전해 들었지 벌써 몇 년째 마치다와 만나지 않고 있다. 자신과 마주하면 어두운 과거가 꼬리표처럼 따라다닐까 봐 걱정했기 때문이다.

모르는 사이에 마치다는 사회적으로뿐만 아니라 인간적으로도 크게 성장한 모양이다. 그 사실이 주체할 수 없이 기뻤다.

마치다는 그로부터 이소가이를 위해 집을 얻었다고 한다. 이소가이가 컴퓨터 관련 자격증을 취득하도록 돕는 등 물심양면으로 지원했다.

"정사원은 아니지만 지금은 STN의 의뢰를 받아 집에서 일합니다. 나중에 회사에 도움이 되려면 많은 것을 할 수 있어야 한다면서 수영과 피아노까지 배우게 시키더군요."

"피아노를?" 나이토는 놀라서 물었다.

"어울리지도 않죠." 이소가이가 피식 웃었다.

"그렇군… 그런데 여자친구와는 그 후…."

"관계를 회복한 건 아니지만 조금이나마 거리를 좁힐 수 있었습니다. 아직 속죄하는 중이지만… 게다가 그녀뿐만 아니라 제가 해친 분의 유가족에게도…."

"피해자 가족을 만났단 말인가?"

"네. 2년 전 처음 댁에 찾아가서 피해자의 영정 앞에서 분향한 뒤 정기적으로 찾아가고 있습니다. 제가 아무리 노력해도 다 속죄할 수는 없겠지만 죽을 때까지 최선을 다할 겁니다."

피해자와 유가족에 대한 죄책감이 엿보이면서도 이소가이의 표정에는 미래를 향한 강한 결의가 느껴졌다.

"그 녀석이 약속 이상의 것을 해냈군."

이소가이는 선뜻 알아듣지 못했는지 고개를 갸웃했다.

"그때… 마치다와 함께 병원에 갔을 때 자네가 말했지. 마치다가 빛을 발견했으면 좋겠다고. 그리고 마치다가 발견한 빛을 이야기해 달라고 말이야. 앞으로 자네 인생에는 빛이 없을 것 같다면서."

"그러고 보니 제가 그런 말을 했군요. 마치다는 자신이 발견한 빛을 제게 들려주었을 뿐만 아니라 그 빛을 제게도 비추어 줬습니다. 마치다는 역시 굉장한 녀석이에요. 저보다 나이는 어려도 그 조직에 있었을 때부터 보통내기는 아니라고 생각했거든요."

그 조직.

이소가이의 말에 나이토는 심장이 튀어나올 것만 같았다.

"그 조직이란 대체 뭔가?"

나이토가 몸을 앞으로 불쑥 내밀며 묻자 이소가이는 아차 싶은 표정으로 시선을 피했다.

"조직에 대해 알려 주게. 자네는 학교에 들어오기 전부터 마치다를 알고 있었어, 그렇지? 그 조직은 대체 뭔가?"

소년원에 있었을 때도 과거의 마치다에 대해 물어보려 한 적이 있었지만 연이은 사건들 때문에 결국 묻지 못했다.

나이토가 아무리 물어도 이소가이는 시선을 피한 채 입을 굳게 다물었다.

"가르쳐 주게! 그걸로 마치다를 어떻게 하겠다는 게 아니야. 다만 그

곳에 들어오기 전의 마치다에 대해 알고 싶을 뿐이다. 아니, 꼭 알아야
하는 중요한 일이야. 부탁한다."

나이토의 심상치 않은 모습 때문인지 이소가이가 드디어 시선을 마
주쳤다.

"자리를 옮길까요?" 이소가이가 주변을 신경 쓰며 말했다.

"그게 좋겠군."

나이토가 계산서를 들고 일어섰다. 계산을 마치고 카페에서 나와 역
구내를 걸어가면서 이야기를 듣기로 했다.

"마치다와는 보이스피싱 사기 조직에서 알게 되었습니다."

"보이스피싱 사기 조직?"

"네. 선생님은 모르셨습니까? 마치다가 죽인 사람은 그 조직 사람이
었습니다. 마치다는 시나리오를 짜는 조직의 두뇌 같은 존재였고, 살해
당한 다테라는 남자는 행동대장이었어요."

소년원에 도착한 조사기록에는 마치다와 피해자가 보이스피싱 사기
조직에 있었다는 사실은 한마디도 쓰여 있지 않았다. 게다가 마치다와
피해자는 사건이 있던 당일에 처음 만났다고 쓰여 있었다.

"마치다는 그 조직에 얼마나 있었나?" 나이토가 물었다.

"그건 저도 잘 모릅니다. 저는 그냥 배우 중 하나라… 아, 배우란 호구
에게 전화를 거는 사람을 뜻합니다. 그런데 일을 잘 못해서 한 달 만에
잘렸거든요. 다만 마치다가 열네 살 때 가출했다고 하니 거기서 몇 년쯤
지내지 않았을까요?"

"그때 마치다는 어떤 느낌이었나?"

"느낌이라… 소년원에 있었을 때와 똑같았습니다. 말이 없고 무슨 생각을 하는지 전혀 모르겠고, 그런데도 머리 하나는 잘 돌아가는. 저보다 어리다는 게 믿기지 않을 만큼 초연한 존재였어요. 그래도 미노루하고 함께 있을 때만큼은 가끔 순진한 미소를 보이곤 했지요. 평범한 소년처럼 말이에요."

미노루라는 이름에 나이토가 반응했다.

"오자와 미노루 말인가?"

나이토가 묻자 이소가이가 고개를 끄덕였다.

"미노루는 지적장애인이었다고 하던데 그런 인물이 보이스피싱 사기에 가담했다는 건가?"

"미노루는 일은 하지 않았습니다. 마치다가 일하는 사이에는 옆에서 놀기만 했거든요. 두 사람은 같이 살았고 마치다가 미노루를 돌봐 주는 모습이 꼭 형제 같더군요."

"돌봐 주다니… 그 무렵 마치다에게 남을 돌봐 줄 여유가 있었다는 건가? 제 몸 하나 건사하기도 어려웠을 텐데."

열네 살 소년이 집을 나와 호적도 없이 살았을 때였다.

"그 두 사람은 기브 앤드 테이크 관계였거든요."

"기브 앤드 테이크라고?"

"네… 부디 마치다를 나쁘게 생각하지 않으셨으면 합니다. 그 녀석은 경찰에 붙잡히기 전까지 미노루 행세를 하며 살았습니다."

"미노루 행세를 하다니… 대체….

그 말에 경악해 갑자기 걸음을 멈추고 이소가이를 빤히 쳐다봤다.

"미노루의 호적을 사용한 겁니다. 그 대신 보이스피싱 사기로 번 돈을 미노루를 부양하는 데 썼던 거고요. 저도 한때는 마치다에게 악감정을 품었지만 호적이 없는 소년이 살아가기 위해서는 어쩔 수 없었다고 생각합니다."

미노루…미노루… 미안….

소년원에서 악몽에 시달려 신음하던 마치다의 모습이 뇌리에 되살아났다.

"소년원에서 나온 뒤 마치다는 미노루와 만났나?"

"아마 못 만났을 겁니다. 마치다한테 그런 이야기는 못 들었거든요. 아마 녀석 성격에 찾고 있긴 할 겁니다."

"왜 찾고 있다고 생각하나?"

"아까 말씀드린 마치다의 말 때문입니다. 행복해지지 않으면 자신이 범한 죄의 아픔을 진정으로 느낄 수 없다는 말이요. 그건 분명히 저뿐만 아니라 마치다 자신에게 한 말이기도 하지 않을까 싶습니다. 마치다는 어떻게 보면 성공을 거두었고 뭐 하나 불편할 것 없는 삶을 살고 있지만 미노루는 어디서 어떻게 살고 있을지… 애초에 살아 있는지 여부도 모르잖습니까. 어쩔 수 없었다고는 해도 결과적으로 미노루의 호적을 빼앗은 채 오늘날에 이르렀으니. 마치다가 내색은 안 해도 미노루에 대한 죄책감에 여전히 고통받고 있지 않을까 싶습니다."

이소가이가 제 일처럼 쓸쓸한 표정을 지었다.

"여기서 말씀드린 이야기는 아무에게도 하지 말아 주세요. 물론 마치다도 포함해서 말입니다."

"물론이지. 한 가지 더 궁금한 게 있는데." 나이토가 말했다.

"말씀하세요."

"그 조직에 있었을 때 '무로이'라는 이름을 들어 본 적이 있나?"

"무로이…."

"조직의 우두머리가 아닐까 싶은데."

"마치다와 다테 위에 더 높은 사람이 있었을지도 모르지만, 제가 워낙 말단이었던 터라 잘 모릅니다…."

"그렇군."

이소가이의 옆얼굴을 보며 나이토는 낙담의 한숨을 삼켰다.

이소가이의 입에서 조직이라는 말을 들었을 때는 어쩌면 무로이라는 인물의 실마리를 잡을 수 있지 않을까 기대했건만.

이소가이는 생각에 잠긴 듯했다. 그리곤 뭔가 퍼뜩 생각났다는 얼굴로 나이토를 쳐다봤다.

"그러고 보니 전에 똑같은 질문을 받은 기억이 있습니다. 마치다의 지인 중에 무로이라는 사람을 아느냐고요."

"누가 묻던가?" 나이토가 덤벼들 듯이 물었다.

"마에하라 가에데라는 소녀입니다. 마치다가 신세지고 있는 집의 딸아이예요."

이소가이의 말에 나이토는 말문이 콱 막혔다.

5

주머니 속에서 휴대폰이 진동했다. 다메이 준은 발신자를 확인하고 웬일인가 싶었다.

마치다 히로시가 먼저 연락해 오는 일은 거의 없다. 5년간 알고 지내면서 이번이 두 번째다. 첫 번째는 창업하기 전에 시게무라를 데려오라는 전화였다.

"여보세요⋯."

다메이는 긴급한 일이라도 생겼나 불안해하며 전화를 받았다.

"지금 어디지?"

전화를 받자마자 마치다가 물었다.

"메구로에 있는데. 집에 가는 길이야."

"만날 수 없나?"

"지금?"

"1분 1초를 다투는 일은 아닌데, 어서 후련해지고 싶어서 이야기해 두려고."

그 말이 왠지 마음에 걸렸다.

"알겠어. 그럼 내가 그쪽으로 갈게. 오랜만에 만나면 좋지."

"아니, 내가 가지. 네 아파트 앞에 공원이 있던데 거기서 한 시간 후에 만나."

"그럼 차라리 집으로 와. 배도 고픈데 초밥이라도 배달시켜서 같이 먹자."

"한 시간 후 공원에서 본다."

마치다는 무뚝뚝하게 말하더니 멋대로 전화를 끊었다.

어둑어둑한 공원에서 잠시 기다리고 있자 마치다가 들어오는 것이
보였다.
"여기."
다메이는 벤치에서 일어나 마치다에게 손을 흔들었다.
"대체 무슨 일이야?"
마치다는 대답 대신 캔 커피를 던졌다.
"이 시간이면 맥주가 더 고마운데."
다메이는 농담으로 답하고 마치다와 함께 벤치에 앉았다. 흘끗 마치
다의 모습을 살폈지만 여느 때와 다름없는 표정이었다.
전화가 왔을 때는 무슨 일인가 싶어 불안했지만 중대한 일은 아닌 것
같아 안심하고 커피를 마셨다.
"이런 데로 불러내다니 혹시 연애 상담?"
좀처럼 말을 꺼내지 않는 마치다에게 다메이는 농담을 건넸다.
"다메이드럭과의 관계는 괜찮나?"
갑작스러운 질문에 다메이는 고개를 갸우뚱했다.
"그럼… 지극히 괜찮지."
"사장과는?"
그 질문에는 바로 대답할 수가 없었다.
1년 전 아버지가 돌아가신 뒤 동생인 아키라가 사장으로 취임했다.
아버지는 돌아가시기 전에 경영의 자질은 갖추었지만 독단적이고 거만

한 아키라를 염려했다. 그런 아키라를 형으로서 지켜 달라고 부탁받았
지만 사장으로 취임하고 나서 거의 만나지 않고 지낸다.

"무난하게 괜찮아."

다메이의 대답에 마치다가 정말이냐고 확인하듯 빤히 쳐다봤다.

"갑자기 왜? 그런 이야기하려고 불러낸 거야?" 다메이가 물었다.

"회사에 별일은 없나?"

마치다의 질문에 의아한 생각이 들어 쳐다봤다.

"별일은 없는데… 신경 쓰이는 일이라도 있어?"

"아니, 그럼 됐어… 마지막 확인을 했을 뿐이다."

"마지막?" 다메이는 눈살을 찌푸리며 커피를 마셨다.

"오늘로서 STN을 그만두겠다."

다메이는 경악한 나머지 마시던 커피를 뿜어냈다.

"너한테는 취했을 때 빚을 하나 졌지. 빚 갚는 셈치고 그 커피를 산 거
다. 그럼…." 마치다가 벤치에서 일어났다.

"자, 잠깐만… 왜 이상한 소리를 하고 그래? 오늘이 4월 1일도 아닌데."

다메이는 바로 일어나서 마치다의 어깨를 잡았다.

"농담 아니다." 마치다가 그 손을 뿌리쳤다.

"도대체 뭐가 불만이야? 급여? 아니면 감사역 말고 너도 이사가 되고
싶어? 그거라면…."

"그런 게 아니다." 마치다가 싸늘한 눈빛으로 말했다.

"설마 어디서 스카우트 제안이라도 받은 거야?"

다메이의 말에 마치다는 냉소했다.

"놀이는 이걸로 끝이라는 거다. 슬슬 모든 게 귀찮아졌어."

"무슨 말이 그래… 우리를 저버리겠다는 거야?"

"5년 전부터 너희는 내 안중에도 없었어."

워낙에 차가운 녀석이었지만 이 말만큼은 충격이었다.

"놀이긴 해도 나름 재미있었어. 그런데 이제 끝이다. 이제부터 너희 마음대로 해. 나도 내 마음대로 할 테니."

마치다는 그렇게 말하고 다메이를 내버려 둔 채 걸음을 옮겼다.

다메이는 도저히 납득이 가지 않아 마치다를 급히 따라갔다.

"그런 말을 납득할 수 있을 것 같아?! 우리의 5년이 겨우 그 정도였어? 사실대로 말해 줘. 대체 무슨 불만이….."

"나는 살인자다."

억양 없는 목소리와 자신을 꿰뚫는 듯한 눈빛에 다메이는 얼어붙었다.

"살인자라고…?"

"그래. 그 집에서 신세지기 전까지 사람을 죽여서 소년원에서 지냈어."

너무 엄청난 일이라 머릿속이 혼란스러웠다.

여태껏 신뢰해 온 마치다가 살인자라니 믿고 싶지 않았다.

"그런 거다. 그럼."

"잠깐만!"

다메이는 매달리듯 마치다의 등에 대고 소리쳤다.

"옛날 일이잖아. 만약 그게 사실이라 해도 상관없어. 왜냐하면… 우린 동료잖아… 5년간 함께 꿈을 꿔 온 동료잖아!"

마치다가 걸음을 멈추고 다메이를 돌아다보았다.

"너 바보냐? 시시껄렁한 감상에 젖지 말고 회사 지키는 데나 신경 써."

마치다는 다메이의 마음을 외면하고 그대로 가 버렸다.

6

현관문을 잠그고 집을 나서자 공장 쪽으로 향하는 마치다 히로시의 뒷모습이 보였다.

마에하라 가에데는 자연스럽게 마치다에게 달려갔다.

"좋은 아침——."

마치다가 걸음을 멈추고 가에데를 쳐다봤다.

"그래." 마치다가 무뚝뚝하게 대답했다.

"어제는 고마웠어."

가에데의 말에 마치다가 무슨 뜻이냐는 듯 고개를 갸웃거렸다.

"엄호사격 해 준 거."

거기까지 말해도 마치다는 못 알아듣는 듯했다.

"지금 공장에 가는 거야?" 가에데가 물었다.

일요일이라 공장이 쉬는 날이지만 마치다라면 남은 일을 하러 가는 게 아닐까 싶었다. 마치다는 고개를 끄덕이고 "집에 있어 봤자 할 일도 없고" 하고 변명하듯 말한 뒤 앞서 걷기 시작했다.

"난 서점에 가는데."

살 책을 정한 것은 아니지만 앞으로의 일에 도움이 될 만한 책을 찾을 작정이었다.

"그렇군."

"다녀와서 공장에 가도 돼?"

가에데가 묻자 마치다는 "뭐 하러?" 하고 퉁명스럽게 물었다.

"그야… 졸업할 때까지 공장 기계에 조금이라도 익숙해져야지."

"알겠어."

공장 앞에 도착해 마치다가 셔터를 반쯤 올렸다.

"있잖아."

가에데가 불쑥 말을 건넸다.

"뭐 먹고 싶은 거 있어? 오늘 저녁은 내가 만들 거라서."

"아무거나 상관없어." 마치다가 무뚝뚝하게 말하더니 몸을 굽혀 셔터 밑을 지나갔다.

가에데는 사라지는 마치다의 뒷모습을 바라보며 작게 한숨을 내쉰 뒤 역을 향해 걸어갔다.

어제 가에데는 처음으로 엄마에게 본심을 털어놓았다.

저녁 식사 자리에서 엄마가 취업 활동은 어떻게 되어 가느냐고 물은 것과 더 진지하게 임하지 않으면 취업 재수생이 된다고 주의를 준 것이 계기였다.

가에데는 전문대를 졸업하고 나면 마에하라 제작소를 물려받겠다고 말했다. 예상대로 엄마는 달갑지 않은 표정을 짓고 그리 간단한 일이 아니라며 가에데의 말을 일축했다.

가에데는 엄마가 무슨 걱정을 하는지 알고 있고 고생은 이미 각오했다고 설득했다. 할아버지 대부터 이어 온 공장을 앞으로도 계속 보전하고 싶다고 진심을 다해 호소했다.

전부터 그 생각을 해 왔기에 취업 활동은 전혀 하지 않고 있다고 고백하자 엄마는 머리가 아픈 듯 땅이 꺼져라 한숨을 내쉬었다.

그 후에도 가에데는 생각해 온 것을 필사적으로 전했지만 딸에게 고생을 시키고 싶지 않다는 엄마의 마음도 완고하여 아무리 이야기를 해도 두 사람의 의견은 좁혀지지 않았다.

그 상황을 바꾼 것은 함께 식사를 하던 마치다의 말이었다.

시켜 보면 될 텐데──.

마치다가 엄마를 향해 태연히 말했다.

당장 취업 활동을 시작한다 해도 좋은 회사를 찾을 수 있을지 모른다. 취업 재수생이나 프리터(특정한 직업 없이 아르바이트로 생활하는 젊은 층)가 될 바에야 마에하라 제작소에서 아르바이트 겸 일을 시키면 된다고.

말로 단념시키기보다는 실제로 시켜 보는 편이 빠르지 않나──.

마치다의 마지막 말이 엄마에게 먹힌 듯했다. 잠시 고민에 잠겨 끙끙거리던 엄마는 조건부로 공장 일을 시키는 것에 마지못해 동의했다. 졸업 후 반년쯤 가에데의 일솜씨를 보고 적성에 맞지 않다고 판단되면 즉시 취업할 곳을 찾아본다는 조건이었다. 엄마와 마치다는 가에데의 결심이 일시적인 변덕이며 조만간 두 손을 들 거라고 예상할지도 모르겠지만, 결코 그런 일은 없을 것이다.

나는 그냥 거기 있고 싶어서 있는 거다. 앞으로도 내가 머물고 싶은 곳에 있을 거다──.

가에데는 앞으로 마에하라 제작소의 일을 열심히 배워서 마치다가 계속 있고 싶어 하는 공장으로 만들겠다고 결심했다.

그것이 지금의 가에데에게 새로운 목표이자 바람이었다.

저 앞에서 낯익은 얼굴이 오는 것이 보였다. 누구였더라 싶어 잠시 쳐다보는 사이 나이토 아저씨라는 걸 기억해 냈다.

나이토도 가에데를 알아봤는지 조금 놀란 표정으로 손을 흔들었다.

"오랜만이에요, 아저씨." 가에데가 인사했다.

"가에데, 어른이 다 되었구나. 하마터면 몰라볼 뻔했어."

나이토가 멋쩍게 웃으며 말했다.

얼마 만에 보는 걸까.

마치다를 마에하라 제작소에 맡기고 한동안은 상황을 살피러 드나들었지만 벌써 몇 년이나 얼굴을 보지 못했다.

직접 집에 찾아오는 일은 없어도 엄마와 전화로는 여전히 연락하는 모양이었다. 필시 마치다가 대학 동료와 함께 창업을 했다는 것과 충실한 나날을 보내고 있음을 알고 소년원 원생이었던 그에 대한 걱정도 얼마간 덜어 낸 것이리라.

어른스러워진 가에데를 몰라볼 뻔했다고 말한 나이토 본인도 그 무렵과는 분위기가 많이 달라져 있었다.

전에는 없었던 콧수염 때문에 그렇게 보이는 걸지도 모른다.

"엄마 만나러 오셨어요?"

가에데의 질문에 나이토는 바로 대답하지 않았다.

"엄마는 집에 계세요."

이어서 말했지만 나이토는 선뜻 말이 나오지 않는 것 같았다.

엄마가 아니라 마치다를 만나러 온 걸까.

"히로시 씨는…."

거기까지 말한 순간 나이토가 가에데에게 시선을 고정했다.

"가에데, 너하고 할 이야기가 있는데, 혹시 지금 시간 있니?"

생각지도 못한 말에 가에데는 조금 당황했다.

"저하고요…?

나이토 아저씨가 자신에게 무슨 할 말이 있다는 걸까.

"갑자기 찾아와서 미안하구나…. 볼일이 있으면 다음에 다시 오마."

"아뇨, 뭐… 급한 일은 아니라 시간은 있는데요."

"다행이구나."

"그럼 집으로 가시죠. 엄마도 좋아할 거예요."

집으로 가려 하자 나이토가 가에데를 붙잡았다.

"가급적 밖에서 이야기하고 싶구나." 나이토는 말하기 어려운 듯 머리를 긁적였다.

"그럼 근처 카페로 갈까요?"

"이 근처에 공원은 없을까?"

"공원이요?" 가에데는 의아해하며 나이토를 쳐다봤다.

"아니… 너무 소란스럽지 않은 곳이었으면 하는데…." 가에데의 마음을 알아차렸는지 나이토가 얼버무리듯 말했다.

"바로 저쪽에 공원이 있긴 해요…."

"시간 많이 안 뺏으마. 잠시 이야기할 수 있겠니?"

"좋아요."

가에데는 미심쩍은 생각을 떨치지 못한 채 공원을 향해 갔다. 나이토가 공원 밖에 있는 자판기 앞에서 멈췄다.

"가에데, 뭐 마실래?"

"저는 밀크티 마실게요."

나이토는 캔 밀크티와 커피를 사서 공원에 들어갔다. 벤치에 나란히 앉아 가에데에게 밀크티를 건넸다.

"이것밖에 못 사 줘서 미안하구나."

"아니에요…."

그 후 잠시 대화가 끊겼다.

나이토는 정면에 보이는 그네를 물끄러미 바라보며 커피를 마셨다. 가에데에게 할 이야기가 있는데도 좀처럼 꺼내지 못하는 듯 보였다.

도대체 무슨 이야기일까.

가에데는 갈수록 긴장되는 것을 느끼며 밀크티를 마셨다.

"마치다는 잘 지내니?"

불쑥 들려온 목소리에 가에데는 순간 나이토를 쳐다봤다. 그가 미소를 머금고 가에데를 보고 있다.

"네."

나이토의 말과 미소에 가에데는 안도의 한숨이 나왔다.

자신에게 할 이야기가 뭘까 싶어 경계하고 있었지만 단순히 마치다의 근황을 물으려 한 걸지도 모른다.

마치다가 여기서 생활한 지도 6년이 넘었다. 괜히 남의눈이 있는 곳에서 이야기를 했다가 소년원에 갔다 왔다는 사실이 지인에게 알려지면 안 된다고 우려한 것은 아닐까.

"여전해요. 오늘도 공장에서 일하고 있는걸요."

"오늘은 일요일인데 공장도 쉬는 날 아니었나?"

"맞아요. 그런데 엄마가 요새 일을 많이 못 하셔서 그만큼 히로시 씨가 더 많이 일해요."

안심해서인지 쓸데없는 말까지 했다고 후회가 되었다.

"에쓰코 씨가 일을 많이 못 하다니 무슨 뜻이냐?!"

아니나 다를까 나이토가 걱정스럽게 되물었다.

"아, 그게… 나이 때문인지 피로가 잘 안 풀리나 봐요. 옛날처럼 힘차게 하지 못하는 것뿐이에요."

"괜찮은 거냐?"

"네. 정말 별일 아니에요…. 그보다 일부러 여기까지 오셨는데 히로시 씨 만나고 가시면 어때요?"

가에데는 공연히 걱정을 끼치지 않으려 화제를 돌렸다.

"아니, 마치다는 됐다. 잘 지내는 걸 알았으니 그걸로 충분해." 나이토의 표정이 문득 쓸쓸해졌다.

"아저씨가 찾아오신 걸 알면 아마 기뻐할 거예요."

"마치다는 새 인생을 걸고 있어. 이제 와서 내가 나타난들…."

거기서 말끝을 흐렸지만 가에데는 나이토가 무슨 생각을 하는지 알 수 있었다.

"소년원 시절이나 옛날 일을 떠올리게 할까 봐 그러세요?"

가에데의 물음에 나이토가 고개를 살짝 끄덕였다.

"지금의 히로시 씨는 그런 거 전혀 신경 쓰지 않을 거예요."

"그런가?"

"옛날의 그를 아는 사람들은 배려하느라 멀리서 지켜보는 모양인데… 오히려 지금 그의 모습을 가까이서 봐 주셨으면 해요. 제 말이 건방지게 들릴지 모르지만…."

마치다가 호적이 없었던 과거와 소년원에 갔다 왔다는 과거를 극복하고 훌륭하게 살고 있는 모습을 알아주길 원했다.

"옛날의 그를 아는 사람들…이란 나 말고도 그런 사람이 있다는 말이니?"

나이토가 고개를 갸웃거리며 물었다.

"네, 꽤 오래전 일인데요… 공장 근처에서 히로시 씨에 관해 물어본 사람이 있었어요."

그때가 STN을 차리느라 준비하고 있을 무렵이니 5년 전의 이야기다.

고급 승용차에 탄 신사적인 남성이 "히로시 군은 잘 지내는가?" 하고 물어봤다. 남성은 마치 자기 아이를 사랑스러워하는 듯한 다정한 목소리로 잠시 가에데와 마치다에 관한 이야기를 나누었다.

"그분은 마에하라라는 이름과 저에 대해서도 알고 있었어요. 히로시 씨한테 친구가 생긴 걸 기뻐하던데요…. 제가 히로시 씨를 불러 드릴까 물었더니 자기 얼굴을 보면 괴로운 기억을 떠올릴지도 모른다면서 말하지 말라고 하더라고요. 키다리 아저씨 같은 역할을 얼마간 더 하고 싶다면서요."

"마치다의 키다리 아저씨 같은 역할이라고…?"

이야기를 듣고 있던 나이토가 수상쩍다는 표정으로 물었다.

"네… 운전사까지 있는 차에 타고 있었고, 옷차림과 행동거지로 보아 히로시 씨가 체포되었을 때 담당했던 변호사가 아닐까 했는데요…."

나이토는 가에데의 이야기를 들으며 생각에 잠겨 있다.

"왜 그러세요?"

말실수라도 했나 싶어 걱정이 되어 물었다.

나이토가 정신이 들었는지 가에데를 향해 "아니, 아무것도 아니다" 하고 손을 내젓다가 "그 사람 이름은?" 하고 물었다.

"못 들었어요. 그냥 엄청나게 예의 바르고 상냥해 보이는 분이었어요."

"그렇군… 실은 오늘 네게 꼭 물어보고 싶은 게 있어서 왔단다."

나이토의 절박한 표정을 보고 가에데는 갑자기 숨이 막혀 왔다.

"가에데는… 마치다의 지인 중 무로이라는 사람에 대해 짚이는 바가 있지?"

무로이.

그 이름을 듣고 심장이 요동쳤다.

가에데의 기억에 깊이 남아 있는 이름이다. 그런데 나이토 아저씨가 그 이름을 어떻게 아는 걸까.

"짚이는 바가 있지?"

나이토가 거듭 물었지만 가에데는 대답하지 않았다.

5년 전에 본 DVD 영상이 뇌리에 되살아날 것만 같다. 오랫동안 기억 속에 봉인해 둔 무시무시한 광경.

"며칠 전 전철 안에서 우연히 이소가이를 만났단다. 이소가이는 알지? 마치다와 같은 소년원에서 지냈던… 옛날에 네가 마치다의 지인 중에 무로이라는 사람을 아느냐고 물었다던데."

"기억 안 나요." 가에데는 얼른 대답했다.

나이토가 왜 무로이의 이름을 입에 담았는지 몹시 신경 쓰였지만 그 영상에 비친 사건은 아무에게도 알려져서는 안 된다고 생각했다.

"잘 생각해 보렴. 이소가이는 네가 미노루와 무로이라는 사람을 아느냐고 물었다고 분명히 말했거든. 미노루는 이소가이가 알고 있어서 네게 말해 주었지만, 무로이라는 사람은 모르겠다고 대답했다더구나."

"몰라요." 가에데는 딱 잡아뗐다.

"가에데, 네가 아는 걸 말해 주었으면 한다. 어디서, 어떻게 마치다의 지인 중에 무로이라는 사람이 있다는 걸 알게 되었는지. 아주 중요한 일이란다." 나이토가 필사적으로 호소했다.

아무리 부탁해도 그 영상에 관해 이야기할 수는 없다.

가에데도 줄곧 신경이 쓰였다. 그 영상에 비친 광경이 도대체 무엇이었는지. 다테라는 남자와 마치다가 언급한 무로이라는 사람이 도대체 누구인지.

하지만 가에데는 여태껏 마치다에게도 그 이야기를 하지 못했다.

가에데가 그 일에 대해 묻는다면, 그 영상을 봤다는 것을 마치다가 알게 된다면, 그 순간 지금까지의 관계가 깨질 것 같아 두려웠던 것이다.

"아저씨는 무로이라는 사람을 아세요?"

끝까지 모르는 척하고 싶었지만 가에데는 무로이라는 사람이 신경 쓰여서 견딜 수가 없었다.

"이름만 알지 어떤 사람인지는 전혀 모른다." 나이토가 대답했다.

"아저씨는 왜 그 사람에 대해 알려고 하세요?"

가에데가 물었지만 나이토는 입을 꾹 다문 채 아무 대답도 하지 않았다.

"아저씨가 말씀 안 해 주시면 저도 말씀드리지 않겠어요."

가에데의 단호한 말에 나이토가 무거운 한숨을 내뱉었다.

"마치다가 걱정되는구나." 나이토가 하는 수 없다는 듯 말했다.

"히로시 씨가 걱정되다뇨… 무슨 일인데요?"

나이토가 다시 입을 다물었다.

아무래도 가에데가 모르는 걸 많이 아는 듯했다.

마치다가 걱정되다니 도대체 무슨 상황일까. 혹시 무로이나 그 영상 속에서 언급된 조직이 마치다에게 위해를 가하려는 걸까.

여기서 이 녀석을 죽이지 않으면 무로이 씨한테 넌 배신자야. 평생 도망 다닐 수 있을 거라는 생각은 아예 접어라──.

그때 마치다에게 미노루를 죽이라고 한 남자의 말이 떠올랐다.

"가르쳐 주세요!" 이번에는 가에데가 호소했다.

"미안하지만 자세한 이야기는 할 수가 없구나. 아니… 듣지 않는 편이 좋겠다. 하지만 반드시 무로이라는 사람에 대해 알아봐야 해."

"아저씨는 뭔가 알고 계시죠? 그게 뭔지 가르쳐 주세요! 히로시 씨한테 나쁜 일이 일어날 것 같아서 그걸 멈추기 위해 무로이라는 사람을 조사하시는 거죠? 도대체 무슨 일이 있었는지, 앞으로 무슨 일이 일어날지 저에게도 말씀해 주세요!"

"내 상상이지만 무로이는 상당히 위험한 사람인 것 같구나. 나도 네게 이런 걸 묻고 싶지는 않았다. 괜한 일에 휘말리게 하고 싶지 않거든. 그런데 무로이의 단서가 전혀 없으니까 지푸라기라도 잡는 심정으로 널 만나러 온 거란다. 네가 아는 것만 말해 주면 충분해. 나머지는 내가 알아서 할 일이니. 이 아저씨를 이해해 주면 좋겠구나. 아무것도 묻지 말고 네가 아는 것만 말해 다오. 널 이런 일에 관여하게 할 수는 없어."

"이미 관여하고 있어요!"

가에데의 외침에 압도되어 나이토는 흠칫 놀랐다.

"그 사람을 좋아하게 된 시점에서 이미 관여하고 있다고요. 아저씨가 그 사람을 걱정하듯이… 아니, 전 훨씬 더 그 사람을 걱정하고 있어요. 과거에 무슨 일이 있었는지를 포함해서 그 사람한테 무슨 일이 일어나려는 건지 꼭 알고 싶어요. 아니, 알아야만 해요. 그 사람 일에 관여하지 말라니, 이제 불가능해요!"

나이토가 어리벙벙해하며 가에데를 봤다.

"아저씨가 아시는 걸 전부 말씀해 주세요. 그럼 저도… 제가 아는 걸 다 말씀드릴게요."

"알겠다…."

나이토가 체념한 듯 중얼거렸다.

"몇 가지 약속을 해 다오."

"네, 말씀하세요." 가에데가 말했다.

"나한테 들은 이야기는 절대로 다른 사람에게 말해서는 안 된다. 물론 마치다에게도."

"알겠어요."

"하나 더… 이야기를 들으면 바로 잊어라. 뭔가를 하려고 생각하지 마라. 너 자신을 위해. 만에 하나라도 네게 무슨 일이 생기면 저세상에 가서 네 아빠를 대할 낯이 없다."

가에데는 고개를 끄덕였다.

"뭐부터 이야기하면 좋을까…." 나이토가 생각에 잠겼다.

"시간은 얼마든지 있어요."

굳이 마시고 싶지는 않았지만 긴장한 탓에 밀크티를 한 모금 마셨다. 입 속이 건조했다.

"5년 전… 마치다와 같은 시기에 소년원에 들어온 아마미야라는 남자가 바다에서 조난당해 병원에 입원했다는 연락을 받았다. 소년원 원생 중에서도 특히 기억에 남는 소년이었지. 아마미야는 마치다와 이소가이와 함께 소년원을 탈주한 원생이었어."

나이토가 병원에 찾아갔을 때 아마미야는 의식이 없는 상태였다고 한다. 그때 나이토는 아마미야가 가지고 있던 어떤 남자의 사진을 봤고, 그 남자 뒤에 마치다가 찍힌 것을 보고 영 수상쩍었다고 한다.

"나중에 알게 되었는데 사진에 찍힌 사람은 미노루였어. 미노루는 알지?"

가에데는 고개를 끄덕였다.

"소년원에 들어가기 전까지 히로시 씨하고 같이 살던 사람이죠?"

다테가 마치다에게 죽이라고 명령한 사람이다. 그리고 마치다는 다테를 배신하고 자신을 희생해 미노루를 지키려 했다.

"히로시 씨는 소년원에 들어가기 전까지 미노루라는 사람인 척 살았죠. 그 사람의 호적을 빼앗아서…."

이소가이에게 그 이야기를 들었을 때 큰 충격을 받았었다. 마치다는 자신이 당한 것과 마찬가지로 미노루의 호적을 가로채 사회에서 말살한 거라고.

그러나 그 영상에서 마치다는 자신을 희생해서 미노루를 지키려 한 것처럼 보였다.

어느 쪽이 진짜 그의 모습인지 고민한 시기가 있었다.

"그 대신 마치다는 미노루를 부양한 모양이다. 둘 다 혼자서는 살아가기 힘든 상황이라 서로에게 없는 것을 보완하며 살았을지도 모르겠구나."

가에데는 끄덕였다.

1년쯤 전에 길거리에서 이소가이와 우연히 재회했을 때도 같은 이야기를 들었다. 처음 만났을 때는 마치다를 헐뜯었지만 지금 생각하면 그렇게 할 수밖에 없었던 마치다의 마음도 이해할 수 있다고.

"소년원에서 마치다는 잠을 자면서 자주 가위에 눌렸단다. 미안…미안해… 하고, 미노루에게 용서를 비는 잠꼬대를 하면서. 미노루의 호적을 빼앗은 죄의식 때문인지, 달리 이유가 있는지는 몰라도… 어쨌든 마치다에게 미노루는 특별한 존재였던 거지."

가에데도 똑같은 잠꼬대를 들은 적이 있다. 꽤 오래전 마치다가 취해서 다메이에게 업혀 왔을 때였다.

"아까 이야기로 돌아가자면 왜 마치다의 사진을 갖고 있었는지 궁금했지만 아마미야는 그 후 병원에서 빠져나가 종적을 감추고 말았어. 소년원에 있었을 때부터 나는 아마미야가 몹시 마음에 걸렸지."

"소년원을 탈주한 사람이라서요?" 가에데가 물었다.

"그뿐만이 아니란다. 아마미야는 미노루와 비슷한 연기를 해서 소년
원에 들어왔거든."

"미노루 씨와 비슷한 연기요?" 무슨 뜻인지 몰라 되물었다.

"그래. 미노루는 몸집이 크고 지적장애를 안고 있어 언동이 어린아이
같았다고 하더구나."

지적장애라는 말을 듣고 미노루의 사진을 끼워 둔 책이 떠올랐다.
《전국 장애인 시설 일람》이라는 책에는 군데군데 가위표가 쳐 있었다.

그때는 이소가이가 있는 시설을 찾는 줄 알았는데 어쩌면….

"겉모습이 미노루와 닮았던 아마미야는 지적장애까지 연기해서 소년
원에 들어왔지."

"그게 가능해요?"

"물론 간단하지는 않지. 미성년자가 경찰에 붙잡히면 소년 분류 심사
원과 가정법원에서 교우 관계나 가정환경을 비롯해 여러 조사를 받는
단다. 보통은 연기를 하면 들통나기 마련인데 아마미야의 경우는 일시
적인 연기가 아니라 보호자와 지인에게 미리 말을 맞추도록 협박하는
등 철저히 준비한 상태에서 범죄를 일으켜 소년원에 들어왔어."

나이토의 이야기를 들으며 선뜻 믿지 않았다.

"왜 그렇게까지 해서 소년원에 들어가야 하는데요?" 가에데는 저도
모르게 끼어들었다.

"마치다에게 접근하기 위해서가 아닐까… 나는 그렇게 생각한다."

"히로시 씨한테 접근하기 위해서요?"

"그래… 마치다의 소중한 존재였던 미노루 흉내를 내서 그의 마음에 파고들어 탈주하도록 조장한 게 아닐까 싶다. 실제로 아마미야는 마치다와 이소가이와 함께 소년원을 탈주했어. 그때 소년원 관계자들은 마치다 아니면 이소가이가 주도했다고 생각했는데, 나는 아마미야야말로 마치다에게 탈주를 부추겼다고 생각한다."

"그런데 이소가이 씨도 소년원을 나가야 하는 이유가 있었어요."

이소가이가 저지른 일 때문에 상처를 받게 된 여자친구를 만나기 위해.

"그래. 결과적으로는 이소가이도 탈주에 가담하게 되었지만 원래 아마미야가 소년원에서 나가고 싶다고 마치다를 부추겼다고 하더구나. 어머니가 위급하다며 병원에 가고 싶다고 마치다에게 울며 매달려서… 불과 며칠 전에 이소가이를 만났을 때 들었다. 그런데 아마미야에게는 부모님이 안 계셔."

"하지만… 왜 히로시 씨를 소년원에서 탈주시켜야 했던 건데요?"

"모르지… 한 가지 말할 수 있는 건, 그건 아마미야의 의지가 아니라 누군가 뒤에서 조종했다는 거지."

"누군가…."

나이토는 그가 무로이가 아닐까 짐작하는 것이다.

"마치다가 소년원에 들어온 시기에 전국 소년원에 미노루와 비슷한 소년이 많이 들어왔지. 몸집이 크고 지적장애를 안고 있는 소년 말이다. 나는 그게 우연이라고는 생각하지 않아. 누군가가 마치다를 차지하기 위해 미노루와 비슷한 소년을 전국 소년원에 잠입시킨 게 아닐까 하고… 마치다가 어느 소년원에 들어갔는지는 관계자 외에 알 수가 없으니."

"설마…."

너무 엄청난 이야기에 어안이 벙벙했다.

"나는 법무교도관을 그만두고 아마미야와 그 외에 지적장애를 안고 소년원에 들어왔던 사람들을 조사했지. 모두 만난 건 아니지만 접촉에 성공한 몇 명은 전혀 지적장애인으로 보이지 않더구나. 그들을 조사하다 보니 어떤 조직에 속해 있다는 걸 알아냈다. 그 조직의 두목이…."

"무로이라는 이름이군요."

가에데의 말에 나이토가 고개를 힘차게 끄덕였다.

"아마미야는 바다에서 조난당하기 직전까지 미노루를 찾아다녔어. 왜 그랬는지, 무로이의 정체가 무엇인지, 마치다와 무슨 관계인지 알고 싶어서 행방이 묘연한 그를 내내 찾아다녔지. 한 달쯤 전에 아마미야를 발견해서 겨우 만났다."

"그래서요?"

"아마미야는 내 질문에 아무 대답도 하지 않았다. 다만 내가 무로이가 도대체 누구냐고 물었더니, 오래 살고 싶으면 그 이름을 지금 당장 잊으라는 말을 남긴 채 다시 종적을 감추고 말았어."

나이토가 무거운 한숨을 내뱉었다.

오래 살고 싶으면 그 이름을 지금 당장 잊어——.

무로이의 정체가 대체 뭐길래.

"이게 지금까지 내가 알아낸 전부다. 누군가에게 이런 이야기를 해 봤자 터무니없는 망상 취급이나 받겠지. 마치다를 구슬려 탈주시키기 위해 열 명에 가까운 소년에게 죄를 짓게 하고 소년원에 잠입시키다니… 가에데, 너도 이런 이야기를 듣고 어지간히 당황스러울 거다. 이 아저씨가 이상하다고 생각할 테지?"

가에데는 고개를 끄덕이지 않았다.

확실히 나이토의 이야기는 자신의 상상을 훨씬 초월해서 선뜻 받아들이기 어려웠다.

하지만 그 DVD 영상을 본 가에데로서는 나이토의 이야기를 터무니없는 망상으로 취급할 수는 없었다.

"하지만 난 그간의 경험으로 보아 그 일들이 시시한 망상이라고는 생각하지 않는다. 마치다의 과거에는 내가 상상도 못할 만큼 무시무시한 존재가 관여되어 있어. 그리고 지금도 마치다가 모르는 곳에 그 존재가 도사리고 있는 게 아닐까 싶다…."

"저도 망상이라고 생각하지 않아요."

나이토는 흠칫 놀라며 가에데를 쳐다봤다.

"아는 걸 이야기해 주겠니?"

가에데는 고개를 끄덕였다.

"옛날에… 히로시 씨가 갖고 있는 어떤 DVD를 몰래 훔쳐본 적이 있어요."

무엇부터 이야기해야 좋을지 모른 채 가에데는 입을 열었다.

"DVD?"

"네. 거기에는… 히로시 씨가 사건을 일으켰을 때 영상이 담겨 있었어요."

나이토가 놀란 듯 숨을 삼켰다.

"사건을 일으켰을 때라면…."

"히로시 씨가 소년원에 간 계기가 된 살인 사건이요."

"누군가 두 사람의 싸움 현장을 촬영했다는 거냐?"

"아뇨. 게다가 그건 신문 기사에 실린 사건이랑은 달랐어요."

"무슨 뜻이지?"

나이토는 가에데의 말이 이해되지 않는지 고개를 갸웃거렸다.

"카메라를 갖고 있던 사람은 피해자인 다테예요. 창고인지 공장인지
모를 어두운 곳에서 다테가 히로시 씨와 미노루 씨를 카메라로 찍고 있
었어요."

"잠깐만… 사건 현장에 미노루도 있었단 말이냐?"

"네. 미노루 씨는 카메라에 찍히기 전에 다테한테 폭행당했던 것 같아
요. 바닥에 웅크려서 울고 있었거든요. 다테는 히로시 씨한테 직접 미노
루를 죽이라고 협박했어요. 무로이의 명령이라면서. 무로이에게 충성을
다하는지 확인하는 테스트라면서…."

"방금 무로이라고 했지?" 나이토의 표정이 험악해졌다.

"네. 히로시 씨가 칼을 들고 미노루 씨한테 다가갔어요. 다테는 그 모
습을 뒤에서 카메라로 찍고 있었고요."

"마치다가 사람을 죽이는 순간을 영상에 담으려 했다는 건가?"

나이토가 믿기지 않는 듯 표정을 일그러뜨리며 물었다.

"그렇다고 생각해요. 뭣 때문에 그런 짓을 하는지는 몰라도… 아니,
알고 싶지도 않아요. 그러자 갑자기 히로시 씨가 뒤돌아서 다테에게 칼

을 겨누었어요."

"그런 사정이 있었다니. 그래서…?"

나이토는 착각을 하는 모양이다.

"아뇨, 히로시 씨가 다테를 찌른 게 아니에요. 히로시 씨는 그 자리에서 도망칠 생각이었는지 다테에게 차 키를 내놓으라고 했어요."

다테는 차 키를 던지고 곧바로 칼을 쥔 마치다의 손을 발로 차서 반격에 나섰다.

"그때 다테가 카메라를 떨어뜨렸는지 그 후의 영상은 뚜렷하지가 않았어요. 다만 몸이 삐걱대는 소리와 구타당해서 괴로워하는 소리가 들렸어요. 구타당한 건 히로시 씨예요. 두 사람의 모습이 직접 보인 건 아니지만, 목소리와 그림자로 알 수 있었어요. 히로시 씨는 일어서지 못할 만큼 두들겨 맞은 것 같았어요. 다테가 막대 같은 걸 쥐고 히로시 씨 앞에 섰어요. 무로이한테 혼날지도 모르지만 마지막으로 히로시 씨의 머리를 박살 내 주겠다며 막대를 높이 치켜든 순간, 그 그림자가 화면에서 사라졌어요."

가에데는 그때 기억을 애써 회상하며 말했다.

"어떻게 된 거냐?"

"미노루 씨가 뒤에서 칼로 다테를 찌른 것 같아요."

나이토가 눈을 휘둥그렇게 떴다.

"다테를 죽인 사람이 마치다가 아니라 미노루라고?" 나이토가 믿기지 않는 눈빛으로 쳐다봤다.

"영상으로 직접 확인한 건 아니에요. 다만 그 상황에서는 그렇게밖에 생각할 수가 없어요. 화면에 비친 히로시 씨의 그림자는 움직이지 않았거든요."

"이게 도대체… 마치다가 미노루 대신 경찰에 붙잡혔다는 건가."

나이토가 그렇게 말하면서 무거운 한숨을 토해 냈다.

마치다는 사람을 죽이지 않았다.

지금껏 아무에게도 털어놓지 못한 비밀을 말해서인지 가에데의 입에서도 깊은 한숨이 터져 나왔다. 혼자 가슴에 묻고 숨겨야 한다는 사실이 내내 괴로워서 견딜 수 없었다.

마치다의 태도로 보아 소년원에 갔다 왔다는 사실에 자격지심을 느끼는 것 같지는 않았다. 그래도 하지도 않은 살인죄를 뒤집어쓰고 살아야만 한다는 것은 본인에게도 괴로운 일이 아니었을까.

"왜 그동안 말하지 않았니?" 나이토가 온화한 말투로 물었다.

가에데를 탓하는 것 같지는 않았다.

"줄곧 누군가한테 말하고 싶었어요. 하지만…."

가에데는 그 이야기를 털어놓지 못하는 죄책감에 내내 괴로워하며 지냈다.

특히 마치다에게 마음을 품게 되고부터는 그 죄책감이 나날이 심해졌지만 그런데도 아무에게도 말하지 못했다.

"마치다가 갖고 있던 DVD를 몰래 봐서 털어놓지 못했던 거니?"

"그것도 있어요." 가에데는 고개를 끄덕였다.

"그것도?"

"여러 의미에서 용기가 나지 않았어요. 그동안 숨겨서 죄송해요."

"딱히 가에데, 너를 탓하는 게 아니란다. 다만 놀랐을 뿐이지. 그다음에 어떻게 되었는지도 말해 주겠니?" 나이토가 재촉했다.

"미노루 씨는 계속 울기만 했어요. 히로시 짱…히로시 짱… 하고 부르면서. 그때 무로이에게 전화가 걸려 왔어요. 히로시 씨는 그 자리에서 무로이에게 거래를 제안했고요."

"거래?"

"자신들을 이제 내버려 두라고요. 그렇게 해 준다면 경찰에 가서도 무로이와 조직에 관해서 함구하겠다고요. 그리고 당신을 따르지 못하겠다고 말하고 전화를 끊었어요. 잠시 후 화면에 피투성이인 히로시 씨의 얼굴이 비치고 거기서 영상이 끝났어요. 이게 제가 아는 전부예요."

"말해 줘서 고맙다."

나이토가 무릎 위에 놓인 가에데의 손을 바라보며 말했다. 가에데도 자신의 손을 쳐다봤다. 그때의 소름끼치는 광경을 기억해 낸 탓인지 손을 바들바들 떨고 있었다.

"그나저나 마치다는 왜 그런 DVD를 갖고 있었지? 붙잡혔을 때는 갖고 있지 않았을 테니 어딘가에 숨겨 놓았을 테지만." 나이토가 고개를 갸웃거리며 말했다.

"어쩌면 미노루 씨를 찾기 위해 사진이 필요했을지도 몰라요."

"무슨 뜻이냐?" 나이토가 물었다.

"히로시 씨 방에 장애인 시설 일람이라는 책이 있었거든요. 시설 목록 군데군데에 가위표가 쳐 있고 책 속에는 영상 속 미노루 씨 모습을 인쇄한 사진이 끼워져 있었어요."

"그랬구나… 이소가이가 말하기를 아직 만나지 못한 것 같다던데, 마치다가 줄곧 미노루를 찾고 있을지도 모르겠구나."

나이토가 저 앞의 그네를 바라보며 생각에 잠겼다.

"히로시 씨 나름대로 생각이 있어서 미노루 씨를 대신했는지도 몰라요. 아저씨는 앞으로 어떻게 하실 거예요?"

나이토가 천천히 고개를 돌렸다.

"제 이야기만으로는 무로이라는 사람의 정체를 모르잖아요. 게다가… 아저씨가 생각하는 게 맞다면 엄청나게 위험한 인물이잖아요."

"그렇구나. 더 이상은 파고들지 않는 게 좋겠다. 네 엄마에게 들은 바로는 마치다 주변에 딱히 별일은 없는 듯하구나. 너도 그렇게 생각하지?"

가에데는 애매하게 끄덕였다.

"서로 오늘 이야기는 잊도록 하자꾸나."

나이토의 얼굴을 보고 거짓말이라는 걸 알 수 있었다.

"다만 마치다 주변에 뭔가 이상한 일이 생기면 연락해 다오."

"알겠어요. 연락처를 알려 주세요."

가에데가 가방에서 볼펜과 수첩을 꺼냈다. 휴대폰 번호를 적어서 건네자 나이토 역시 연락처를 적어서 가에데에게 주었다.

"시간 내 줘서 고마웠다."

나이토가 일어섰다.

"아까도 말했지만 뭔가 하려고 생각하지는 마라. 네 안전을 위해."

아저씨야말로.

가에데는 그 말을 삼킨 대신 눈빛으로 전했다.

"일찍 왔네."

공장에 들어가자 기계 앞에서 작업하던 마치다가 말했다.

"응…." 가에데는 마치다에게 가까이 다가갔다.

"근무 시간에는 여유가 없으니 끝나고 나서든 아니면 쉬는 시간에 조금씩 사용법을 알려 주지."

마치다가 다른 기계 앞으로 이동했다.

"일단 제일 간단한 기계부터. 그런데 넌 듣기만 해서는 외우지 못할 테니 꼼꼼히 메모하고."

가에데는 가방에서 볼펜과 수첩을 꺼냈다. 수첩을 펼치자 아까 나이토가 적어 준 휴대폰 번호가 눈에 들어왔다.

서로 오늘 이야기는 잊자고 했지만 그럴 마음이 없다는 걸 안다.

나이토는 앞으로도 계속 무로이에 대해 조사할 작정인 것이다.

자신은 이대로 있어도 될까. 아무것도 모른 척하며 안온하게 지낼 수 있을까.

그러지 못할 것이다.

그렇다고 뭔가 할 수 있는 것도 아니다. 마치다를 소년원에서 탈주시키기 위해 열 명에 가까운 소년에게 죄를 범하게 한 사악한 존재가 이 주변에 꿈틀대고 있을지도 모른다. 그 생각을 하는 것만으로 무서워서 견딜 수가 없다.

실제로 지금도 온몸이 떨리는 걸 참느라 애쓰고 있다.

"그럼 한 번 작동해 볼까."

마치다의 말에 가에데는 정신이 돌아왔다.

"어?"

"설명했잖아. 네가 작동해 봐." 마치다가 수첩을 가리켰다.

수첩에는 마치다의 설명을 일단 적어 두었지만 머리에는 한마디도 들어오지 않았다.

"미안… 몸이 좀 안 좋아. 다음에 다시 가르쳐 줄래?"

"뭐, 어쩔 수 없지…."

마치다가 나직이 중얼거리더니 아까 일하던 기계 쪽으로 향했다.

"저기."

무심코 불러 세우자 마치다가 멈춰 섰다.

꼭 물어보고 싶은 게 있었는데 마치다가 자신을 쳐다본 순간 역시 묻지 못하겠다는 생각이 들었다.

마치다는 지금도 잠꼬대를 할까.

지금도 미노루에게 용서를 빌고 있을까.

미노루를 다시 만나길 원할까.

"히로시 씨는 지금 행복해?" 가에데는 그렇게 물었다.

"글쎄."

싸늘함 속에 쓸쓸함이 묻어나는 마치다의 눈빛을 보고 가에데는 자신이 해야 할 일이 무엇인지 깨달았다.

직접 미노루를 찾아야겠다──.

7

오야마 역에서 내린 나이토는 주소를 적은 메모지를 들고 역 앞 파출소로 향했다. 파출소 지도에서 마스자와 변호사 사무실의 위치를 확인했다.

그저께 가에데에게 이야기를 듣고 집으로 돌아가서 소년원 전 동료에게 전화를 걸었다. 마치다 사건을 담당했던 변호사를 알아봐 달라고 부탁하자 이튿날 변호사의 이름과 주소를 가르쳐 주었다.

나이토는 곧바로 변호사 사무실에 연락해 자신은 예전에 소년원 교도관이었으며 담당했던 소년이 일으킨 사건에 대해 알고 싶다고 부탁했다. 마스자와는 나이토의 부탁에 당황한 모양이었다. 아무리 소년원 교도관이었다 해도 의뢰인의 사생활이라는 게 있어서 어디까지 이야기할 수 있을지 모른다고 대답했다.

나이토가 자신의 이야기만이라도 들어 달라고 부탁하자 우선 만나는 것은 허락해 주었다. 무로이의 단서를 어디까지 끌어낼 수 있을지는 모르지만 한 가지는 확실해질 터였다.

마스자와 변호사 사무실은 역에서 도보로 5분 거리에 있는 건물 4층에 있었다.

접수 담당 여성에게 찾아온 뜻을 전하자 응접실로 안내되었다. 잠시 후 나이토와 동년배로 보이는 남성이 들어왔다. 나이토는 소파에서 일어섰다.

"기다리게 해드려 죄송합니다. 마스자와입니다."

"바쁘실 텐데 시간 내 주셔서 감사합니다."

마스자와가 앉으라고 손짓하자 나이토는 소파에 앉았다. 마스자와도 맞은편에 앉았다.

"일단 도치기 현에 있는 소년원에 연락을 해서 나이토 신이치라는 분이 교도관으로 있었다는 사실을 확인했습니다."

"원하시면 면허증을 보여 드리겠습니다."

"아니, 그렇게까지 하실 필요는 없습니다. 전화를 받은 분이 나이토 씨에게 제 정보를 알려 주셨다고 하더군요. 실례인 줄은 알지만 온갖 직업을 사칭해서 의뢰인의 사생활을 조사하려는 작자들이 워낙 많아서…."

"지당한 말씀입니다."

"전화상으로 소년원 분과 잠시 이야기를 나누었습니다만, 나이토 씨가 그 호적 없는 소년의 담당이었다고 하더군요."

"그를 기억하십니까?"

"기억하다마다요… 그런 경우는 처음이었으니까요. 제가 변호한 사람 중에서 순위를 다툴 정도로 선명하게 기억에 남아 있습니다. 호적이 없다는 사실이 판명되어 바로 새 호적을 발급받았지요. 워낙 독특한 분위기의 소년이라 소년원에 들어가서도 제대로 갱생할지 몹시 염려되었습니다."

"소년원에 들어간 후에도 만나셨습니까?" 나이토는 궁금했던 것을 물었다.

"아뇨, 만나지 않았습니다."

"직접은 아니더라도 소년원을 나온 후 그가 사는 모습을 멀리서 확인하신 적은…."

"솔직히 그가 지금 어디서 뭘 하는지도 모릅니다."

그 말에 나이토의 심장이 쿵쾅거렸다.

마치다의 키다리 아저씨는 눈앞의 변호사가 아니었다.

그럼 가에데가 만났다는 사람은 도대체 누구란 말인가.

그 사람이 마치다의 근황을 알고 있는 것 같다고 했다.

소년 분류 심사원의 심사관이거나 아니면 가정법원의 조사원? 아니면 재판관? 그러나 아무리 특이한 경우일지라도 그 사람들이 소년원을 나온 후의 마치다의 모습을 살피러 올 가능성은 거의 없다.

그 사람이야말로 무로이가 아닌가 마음이 술렁거린다.

"소년원에서 그는 어땠습니까?"

그 목소리에 나이토는 정신이 들어 마스자와를 쳐다봤다. 마스자와가 아까보다 몸을 내밀고 있었다. 마스자와도 마치다가 여전히 마음에 걸리는 모양이다.

"제법 만만치 않은 원생이었습니다." 나이토가 쓴웃음을 지었다.

"그랬겠지요. 붙잡히기 전까지 18년간 사회와 접점이 거의 없었으니까요."

마치다는 경찰의 취조는 물론 소년 분류 심사원과 가정법원의 조사에서도 보이스피싱 조직에 속해 있었다는 사실을 밝히지 않았다.

"마치다가 체포되기 전까지 어떻게 생활했다고 하던가요?" 나이토가 물었다.

"그러고 보니 이름이 마치다였지요. 마치다는 말을 많이 아꼈습니다만, 열네 살 때 가출을 한 뒤 길거리에서 살았다고 말했습니다. 도둑질이나 소매치기를 하며 하루하루를 견뎠다고 하더군요. 피해자와는 사건 당일 처음 만났다고 합니다. 일자리를 소개해 준다고 하여 피해자의 차를 타고 와코 시내에 있는 폐공장에 도착한 순간, 갑자기 그가 폭력을 행사하며 가진 돈을 내놓으라고 협박했다고 합니다. 그래서 마치다가 호신용으로 갖고 있던 칼로 상대를 찔러 버렸다고… 그 말대로 경찰에 붙잡힌 마치다는 피해자에게 심하게 얻어맞아서 늑골과 코뼈가 부러지는 중상을 입고 있었습니다."

"피해자를 찌른 칼에는 마치다의 지문밖에 없었습니까?"

나이토가 묻자 마스자와가 약간 수상쩍어하는 표정을 지었다.

"네… 그건 왜 물으십니까?" 마스자와가 물었다.

"아뇨."

미노루 씨가 뒤에서 칼로 다테를 찌른 것 같아요──.

가에데의 말이 사실이라면 마치다는 경찰이 오기 전에 미노루의 지문을 지웠을 것이다.

"마치다와 피해자의 소지품 중에 비디오카메라는 없었습니까?"

이 질문이 수상쩍게 들렸는지 마스자와가 나이토를 빤히 보며 의도를 모르겠다는 듯 고개를 갸웃거렸다.

"비디오카메라를 본 기억은 없군요. 왜 그런 걸?"

마스자와가 되묻자 어떻게 대답해야 할지 몰랐다.

가에데가 봤다는 영상 이야기를 해야 할지 말아야 할지.

만약 그것이 공개되면 사건의 재조사가 이루어져 마치다가 사람을 죽이지 않았다는 것이 증명될 수도 있다. 그러나 동시에 마치다를 그 무렵으로 되돌리고 만다.

어떻게 해야 할지 판단이 서지 않았다.

게다가 미노루 대신 죄를 뒤집어쓴 것이라면 마치다 나름대로 생각하는 바가 있어서 한 일이다. 마치다의 허락 없이 그 이야기를 밝히는 것도 꺼려진다.

"죄송합니다. 딱히 깊은 의미는 없습니다만… 마치다가 경찰에 신고해서 자수를 했다던데요?"

화제를 바꾸자 마스자와가 "맞습니다" 하고 고개를 끄덕였다.

"휴대폰으로 했습니까?"

"아뇨, 공중전화였다고 기억합니다. 그 당시 마치다는 호적이 없었으니 휴대폰 계약도 불가능했을 테지요." 마스자와가 대답했다.

마치다는 미노루의 이름으로 살아왔다는 것도 경찰에 밝히지 않았다. 마치다는 어째서 그 일을 경찰에 밝히지 않았을까.

이제 와서 그 의문이 머리를 스쳤다.

마치다가 미노루 대신 경찰에 붙잡힌 것이 맞다면 미노루를 위해 자신을 희생한 마치다의 마음도 어쩐지 알 것 같았다. 미노루의 호적을 가로챘다는 죄책감에서였으리라.

경찰에 붙잡혔을 때 미노루의 이름으로 살아왔다고 밝혔다면 마치다에게 새 호적이 주어짐과 동시에 미노루의 호적도 정상적으로 정리되었을 것이다. 그랬다면 이소가이가 말하던 미노루에 대한 죄책감에 시달리는 일도 없었을 것이다.

그때 마치다는 미노루의 앞날은 안중에도 없었던 걸까.

아니면 거기까지 미처 생각하지 못한 걸까.

혹은 달리 이유가 있어서였을까.

"피해자는 휴대폰을 갖고 있지 않았습니까?"

나이토는 머릿속에 소용돌이치는 의문을 일단 가라앉히고 궁금했던 것을 물었다. 다테의 휴대폰이 어떻게 되었는지 신경 쓰였다. 그 사건이 있었을 때 무로이가 다테의 휴대폰에 연락했다.

만약 그 휴대폰을 손에 넣는다면 무로이에 대한 단서를 얻을 수 있지 않을까. 물론 수신 번호를 통해 무로이의 정체를 손쉽게 알아내리란 생각은 하지 않는다.

다테가 경찰에 붙잡힐 가능성을 생각해서 무로이는 추적 불가능한 전화로 연락했을 것이다. 그럼에도 휴대폰에 등록된 다테의 교우 관계를 통해 무로이에 관한 정보를 얻을 수 있지 않을까 기대했다.

"글쎄요…. 그런데 나이토 씨가 하고 싶다고 하신 이야기는…."

이상한 질문만 한 탓인지 마스자와가 당혹스러워하며 물었다.

"이야기가 옆길로 새고 말았군요. 제가 궁금했던 건 피해자의 가족에 관해서입니다."

"피해자의 가족이요?"

나이토의 말이 의외였는지 마스자와는 다시 관심이 생긴 듯했다.

"그렇습니다. 피해자인 다테 쇼헤이 씨는 결혼을 하지 않은 걸로 압니다만." 알면서도 일단 확인했다.

"네. 사망 당시에 신주쿠에서 혼자 살았습니다."

"부모님이나 형제는?"

"다테 씨는 어렸을 때부터 할머니 손에 컸습니다. 그 외에 친척은 안 계신다고 들었습니다."

"피해자의 할머니가 사시는 곳을 알려 주실 수 있습니까?"

"그걸 왜 알려고 하십니까?"

진의를 파악하려는 듯 마스자와의 눈초리가 날카로워졌다.

"이야기를 다시 되돌리자면… 마치다가 소년원에 있었을 때 처음에는 애를 많이 먹었습니다. 아까 말씀드렸다시피 마치다에 대한 교육도 만만치 않아 고생깨나 했지요. 그래도 소년원에서 생활하며 비행성이 개선되어 무사히 퇴소했습니다."

"퇴소해서 부모 곁으로 돌아가진 않았겠지요?"

그것을 우려하듯 마스자와가 어두운 표정을 지었다.

"부모 곁에는 돌아가지 않았습니다. 변호사님도 아시겠지만 그의 모친이 자식을 거둘 만한 상황이 아니었으니까요. 제 친구… 이미 죽은 친구이긴 하지만, 그의 아내에게 신원 인수인이 되어 줄 것을 부탁했습니다. 매우 신뢰가 가는 훌륭한 분이거든요."

"나이토 씨가 직접 신원 인수인을 구했다는 겁니까?"

소년원 교도관이 신원 인수인을 구하는 일은 흔치 않아 놀란 모양이다.

"그의 형편 때문인지, 몹시 애를 먹어서인지 모르겠습니다만, 왠지 다른 원생보다 더 끈끈한 마음이 싹트는 바람에… 소년원에서 나온 뒤에도 정기적으로 그의 모습을 살피고 있습니다. 신원 인수인이 공장을 운영하시는 분입니다만, 마치다는 그 집에 살며 소년원에서 취득한 자격증을 활용해 공장에서 성실하게 일하고 있습니다."

마치다가 요즘 한창 주가를 올리고 있는 기업의 간부라는 것은 밝히지 않았다.

"그렇군요. 의무교육조차 받지 못한 열악한 환경에서 자랐는데도 훌륭하게 일어섰군요." 마스자와가 온화한 표정으로 말했다.

"네. 사회적으로는 훌륭하게 일어섰습니다. 다만 사람을 죽였다는 죄의식에 시달리는 것 같습니다. 그와 만날 때마다 그런 느낌이 들곤 합니다."

"그래서 피해자의 유족에게 사죄를 시키려는 겁니까?"

"마치다가 그렇게 하고 싶다고 말한 건 아닙니다. 다만 그렇지 않을까 하고 짐작했을 뿐입니다."

이야기를 하는 사이 점점 가슴이 옥죄어 왔다. 무로이의 단서를 얻기 위함이긴 하나 이렇게 거짓말을 하다니 양심의 가책을 느꼈다.

"물론 갑자기 마치다를 보내거나 하지는 않을 겁니다. 제가 먼저 이쪽 의사를 전달한 뒤 유족의 마음을 존중하겠습니다."

"알겠습니다. 나이토 씨는 사람의 마음을 소중히 여기는 우수한 교도관이라고 들었습니다." 마스자와가 소파에서 일어나 책장으로 향했다.

사람의 마음을 소중히 여기는 우수한 교도관——.

마스자와의 말이 죄책감을 더 부채질했다.

"사건 당시의 상황밖에 알지 못하므로 아직도 그쪽에 사시는지는 모릅니다다만…."

마스자와는 책장에 진열된 파일을 찾아보기 시작했다.

나이토는 오케가와 역에서 내려 휴대폰을 꺼냈다. 마스자와 변호사에 대해 알려 준 소년원 전 동료에게 전화를 걸었다. 마치다를 담당했던 가정법원 조사원과 재판관을 알고 싶었기 때문이다.

가에데가 말한 인물이 그 사람들일 가능성은 한없이 낮지만 절대로 아니라고는 할 수 없었다.

근무 중인지 전화는 음성 사서함으로 연결되었다. 나이토는 마치다의 소년 재판에 관여한 사람들을 알려 달라고 메시지를 남긴 뒤 전화를 끊었다.

휴대폰을 주머니에 넣으며 마스자와에게 받은 종이를 꺼냈다. 다테의 할머니가 사는 집 주소를 적은 메모였다. 역에서는 꽤 멀어 택시를 타려고 정류장에 가는 길에 갑자기 오금이 저렸다.

무로이의 단서를 찾고 싶다는 충동으로 여기까지 왔지만 앞으로 다테의 친족을 만난다는 생각을 하자 마음이 무거워졌다. 무슨 이유를 대며 다테의 할머니를 만나야 할지조차 떠오르지 않았다.

아까 마스자와에게 이야기한 것은 어디까지나 거짓말이었다.

마치다가 피해자 유족에게 사죄를 하고 싶다는 이야기를 다테의 할머니에게 할 수는 없는 노릇이다.

게다가 만약 적당히 이유를 만들어서 이야기를 나눈다 해도 다테의 휴대폰을 보기는 어려울 것이다.

다테의 소지품은 유족인 할머니에게 돌려보내졌을 테지만 나이토가 잘 둘러댄다 해도 그 휴대폰을 보여 달라는 것은 너무나 이상한 이야기다.

그런데도 할머니를 만나서 다테의 이야기를 듣는 수밖에 없다. 지금으로서는 무로이에게 접근하는 유일한 길이다. 다테의 휴대폰을 얻지 못한다 해도 그의 교우 관계나 활동한 지역에 관한 이야기를 이끌어 낼 수는 없을까.

나이토는 스스로를 격려하며 다시 택시 정류장을 향해 걸었다. 택시에 올라타 운전사에게 메모를 건넸다.

빌라는 상당히 낡은 건물이었다.

다테의 할머니는 이 빌라 203호실에 살았다고 한다. 나이토는 계단을 올라 집 앞으로 갔지만 203호실 문패에 이름은 없었다.

어떤 이야기를 할지 정하지도 않은 채 무작정 초인종을 눌렀다.

"네."

잠시 후 나른한 여성의 목소리가 들렸다.

"여기가 다테 씨 댁이 맞습니까?" 닫힌 문에 대고 물었다.

"아닌데요."

"전에 여기 사시던 다테 씨라는 분을 모르십니까?"

"몰라요." 귀찮아하는 목소리였다.

"혹시 집주인은?"

"이 빌라 옆 건물의 사이다 씨요."

"고맙습니다."

나이토는 인사를 하고 계단을 내려갔다. 빌라 옆에 있는 단독주택으로 가니 명패에 '사이다'라고 적혀 있었다.

명패 밑에 있는 인터폰을 누르자 여성의 목소리가 들렸다.

"갑자기 죄송합니다. 옆 빌라에 사셨던 다테 씨에 관해 여쭙고 싶습니다만…."

"다테 씨?"

"네. 203호실에 사셨던… 기억하십니까?"

"기억은 하는데 무슨 일로 그러세요?" 미심쩍어하는 목소리였다.

"저는 나이토라고 합니다. 다테 씨를 꼭 뵙고 싶어서 찾아왔습니다만, 지금은 다른 분이 살고 계셔서… 혹시 어디로 이사 갔는지 모르십니까?"

"잠깐만 기다리세요."

잠시 후 문이 열리고 초로의 여성이 느릿느릿 걸어 나왔다.

"그 할머니는 3년 전에 돌아가셨어요."

"그렇습니까…." 낙담이 이만저만이 아니었다.

"무슨 용건이신데요?"

"손자분 일로 이야기를 들을 수 없을까 했습니다만…."

"쇼헤이 말이에요?" 여성의 표정이 살짝 험악해졌다.

"아십니까?"

"알다마다요…. 죽은 사람을 이런 식으로 말하긴 좀 그렇지만 변변찮은 녀석이었죠."

"그렇습니까?"

"그럼요. 중학교 때부터 못된 짓만 골라 해서 이 동네 사람들이 다 싫어했어요. 밤마다 빌라 앞에서 동료하고 오토바이 소리로 아주 난리를 떨어서 주의 좀 줬더니 '시끄러워, 이 거지 같은 할망구야' 하고 눈을 부

라리더라고요. 쇼헤이의 할머니한테 이 빌라에서 나가 달라고 누차 말
씀드렸는데 그때마다 울면서 매달리는 바람에….”

“쇼헤이 씨의 부모님은?”

“둘 다 쇼헤이가 어렸을 때 돌아가셨어요. 아마 교통사고였을 거예요.
그래서 할머니가 거두었는데 부모님이 안 계셔서인지 너무 오냐오냐
키워서 말이죠. 그러다 고등학교도 중퇴했어요.”

“쇼헤이 씨는 여기서 언제까지 살았습니까?”

“고등학교 1학년 중퇴할 때까지요. 중퇴하고 나서는 발걸음도 안 하
더라고요. 그래서 살 만했죠.”

“쇼헤이 씨가 집을 나가서 어디서 살았는지 아십니까?”

“정확히는 모르는데 들리는 소문에 의하면 오미야 부근이었던 것 같
아요.”

“오미야 말입니까?”

“동네 사람들이 쇼헤이가 오미야의 번화가에서 불량스러운 패거리하
고 같이 기세가 등등해서 걷는 모습을 봤다고 했거든요. 죽었을 때는 신
주쿠 고급 아파트에서 살았다고 하던데요? 대체 무슨 일을 해서 돈을
벌었는지… 그런데 아무리 폐를 끼쳐도 손자는 손자더라고요. 쇼헤이가
죽고 나서 할머니도 금세 기력이 빠지고 몰골이 말이 아니었어요.”

“그가 다녔던 중학교와 고등학교는 이 근처입니까?”

“중학교는 바로 저쪽이고, 고등학교는 아게오에 있다던데요.”

여성이 학교 이름을 말해 주었다.

“정말 감사합니다.”

나이토는 여성이 가르쳐 준 학교 이름을 외우면서 그 집을 뒤로 했다.

역으로 향하는 도중 주머니에서 휴대폰이 진동했다. 가에데였다.

"여보세요… 무슨 일이니?" 나이토는 전화를 받았다.

"갑자기 전화해서 죄송해요. 아저씨하고 이야기를 하고 싶어서요…."

"이야기라니…."

불길한 예감이 들었다.

"마치다한테 무슨 일이 있니?" 나이토는 즉시 질문했다.

"아뇨, 그런 건 아닌데요… 그냥 히로시 씨하고 아예 상관없는 일도 아니어서… 시간 나실 때 뵙고 이야기하고 싶은데요. 오늘은 바쁘세요?"

"아니, 이제 가려던 참이라 시간은 있는데, 지금 사이타마 오케가와에 있단다…."

거기까지 말하고 아차 싶었다.

무로이에 관한 것은 잊자고 제 입으로 말해 놓고, 뭔가 조사하고 다닌다는 걸 간파당하게 생겼다.

"사이타마 오케가와요?" 가에데의 목소리가 달라졌다.

"오늘 현장이 오케가와였거든. 회사가 이렇게 멀리까지 사람을 부려 먹는구나."

"그렇군요."

"그쪽에 도착하면 8시쯤 될 것 같은데."

"아저씨만 괜찮으시면 저야 상관없어요."

어차피 집에 가는 길에 지나는 역이다. 게다가 마치다하고 아예 상관없지 않다는 말도 신경 쓰인다. 나이토는 오모리 역 건물 안에 있는 카페에서 만날 약속을 하고 전화를 끊었다.

카페에 들어가자 가에데가 안쪽 자리에서 기다리고 있었다.

"기다리게 해서 미안하구나."

나이토가 가까이 가자 가에데가 일어섰다.

"저야말로 갑자기 오시라고 해서 죄송해요."

"괜찮다."

종업원에게 음료를 주문한 뒤 가에데가 슬쩍 고개를 숙였다. 좀처럼 말을 꺼내지 못하는 듯 보였다.

조급해할 필요 없으므로 나이토는 가에데의 표정을 살피며 기다렸다. 심각해 보이지는 않으나 표정이 약간 굳어 있다.

주문한 음료가 나와 두 사람 다 한 모금 마셨다.

"미노루 씨는 지금쯤 어디에 있을까요?"

"모르겠구나. 5년 전까지는 노숙자로 지냈던 것 같은데."

"노숙자요?"

"그래. 일전에 말했다시피 아마미야는 소년원을 나온 후 미노루를 찾아다녔거든."

"그래서 히로시 씨와 함께 찍힌 미노루 씨의 사진을 갖고 있었던 거네요."

가에데의 말에 나이토가 고개를 끄덕였다.

"그 사진을 갖고 노숙자들에게 묻고 다녔던 모양이야. 스스로 노숙자가 되면서까지 말이다."

"아마미야라는 사람이 미노루 씨를 찾아냈을까요?"

"본인이 아무 말도 하지 않아서 모르겠지만, 아마 못 찾아냈을 거다."

"노숙자라는 것 말고 다른 단서는 없나요?"

"모르겠구나. 그런데 그건….."

"저, 미노루 씨를 찾고 싶어요."

가에데가 나이토의 말을 자르고 말했다.

눈빛에서 강한 의지가 느껴진다.

"마치다를 위해서?"

나이토가 묻자 가에데가 고개를 끄덕였다.

"그 사람의 고통을 없애고 싶어요."

"나도 할 수만 있다면 미노루를 찾고 싶구나. 그런데 아무런 단서가 없어. 이소가이에 따르면 마치다도 미노루를 계속 찾고 있을 거라고 하더구나. 그런데도 찾지 못했어."

"쉽지 않다는 건 저도 알아요. 하지만 혼자 찾기보다는 둘이서 찾는 편이 가능성이 커지지 않겠어요?"

"그렇겠구나. 둘이서 찾기보다 셋이서 찾으면 더 나을 테지."

"아저씨가 갖고 계신 미노루 씨 사진을 저한테도 주세요."

"문자로 첨부해서 보내마." 나이토가 휴대폰을 꺼내 미노루의 사진을 가에데의 휴대폰으로 전송했다.

"고맙습니다."

휴대폰에 사진이 도착한 것을 확인하고 가에데가 말했다.

"가에데, 지난번에도 말했다시피 부디…."

"알아요. 아저씨 말씀대로 괜히 위험한 일에 끼어들 생각은 없어요. 그냥 사람을 찾을 뿐이에요."

"약속할 수 있지?"

가에데가 고개를 끄덕였다.

"부탁이 하나 더 있어요."

"뭐지?"

"히로시 씨가 어렸을 때 살던 동네를 알려 주세요. 아저씨는 알고 계시죠?"

"그게 왜 궁금하니?"

뜻밖의 부탁에 나이토는 무심코 그렇게 물었다.

"제가 모르는 그에 대해 알고 싶어졌거든요. 호적도 없이 학교에도 가지 못하고, 아마도 집 안에만 틀어박혀 살아온… 더없이 괴로웠을 때 히로시 씨가 어떤 광경을 봤는지, 어떤 공기를 마셨는지 조금이나마 느끼고 싶어요."

나이토는 가에데가 마치다에게 품은 마음이 자신이 상상한 것보다 훨씬 크다는 걸 깨달았다.

나이토 역시 교도관이었을 때 마치다에 대해 조금이라도 알고 싶어서 그 동네를 찾아간 적이 있다. 자세한 주소는 기억나지 않지만 마치다가 미노루와 함께 있었다는 공원의 위치와 그 근처에 있는 연립주택 이름을 가르쳐 주었다.

가에데가 나이토를 역 개찰구까지 배웅한다며 따라왔다.

"너도 조심히 들어가거라." 나이토는 가에데에게 손을 흔들고 개찰구 안으로 들어갔다.

전철에 올라타 손잡이를 잡고 이제부터 할 일을 생각했다.

유일한 친족인 할머니가 돌아가신 이상 다테의 휴대폰을 조사하기가 어려워졌다. 다테가 다녔다던 학교 동급생을 샅샅이 뒤져서 정보를 수집하는 수밖에 없어 보인다. 만만치 않을 거라는 생각을 하면서 집으로 돌아갔다.

빌라에 도착해 우편함 안에 있는 것을 끄집어냈다. 신문과 전단지에 섞여 스마트폰이 들어 있었다.

나이토는 수상한 느낌이 들어 스마트폰을 보며 고개를 갸웃했다.

왜 이런 게 자신의 우편함에 들어 있을까.

자리에 우두커니 서서 온갖 가능성을 생각해 봤다. 혹시 이 빌라 주민의 것일까. 그런데 실수로 다른 집 우편함에 잘못 집어넣었을까. 애초에 스마트폰을 우편함에 넣어야 할 이유가 뭘까.

스마트폰은 전원이 꺼진 상태였다. 스마트폰 내용을 살펴보면 주인의 번호를 알 수 있을 것이다. 그러나 나이토는 일반 휴대폰을 사용하기 때문에 스마트폰의 전원을 켜는 법이나 조작법도 모른다. 어쨌든 집에 들어가 인터넷으로 검색해 봐야겠다는 생각에 스마트폰을 갖고 빌라 계단을 올라갔다.

집에 들어오자마자 컴퓨터가 놓인 책상 앞에 앉았다. 스마트폰을 책상 위에 올려놓고 컴퓨터를 켰지만, 마음을 고쳐먹고 일단 부엌으로 향했다. 주전자를 불에 올리고 인스턴트커피를 준비했다.

옛날 사람이라 새 기계의 사용법을 조사하려니 영 귀찮았다.

책상 앞에 앉아 커피를 한 모금 마신 뒤 인터넷 창을 띄웠다. 스마트폰 사용법을 검색하고 거기에 쓰인 대로 전원을 켜 봤다.

아무것도 등록되어 있지 않았다. 하는 수 없이 통화 이력을 조회했다. 거기에 있는 번호로 전화를 걸면 이 스마트폰의 주인을 알 수 있지 않을까. 그러나 이력이 전혀 남아 있지 않았다.

완전히 새 스마트폰인 듯했다.

아직 개통되지 않았나 싶어 시험 삼아 자신의 휴대폰에 전화를 걸어 봤다. 잠시 후 주머니에서 휴대폰이 진동했다. 휴대폰을 꺼내 화면을 보니 이 스마트폰의 번호가 표시되어 있었다.

나이토는 전화를 끊고 손에 든 스마트폰을 빤히 쳐다봤다.

수상함을 넘어 어쩐지 으스스했다.

이 스마트폰은 대체 뭘까.

이 정체 모를 물건을 어딘가에 버리고 싶었지만 빌라 주민의 것이 잘못 들어 있었던 게 아닐까 생각하면 쉽게 버릴 수도 없었다.

내일 우편함 위에 스마트폰을 보관하고 있다는 메모라도 써 붙여야겠다고 생각했다.

나이토는 컴퓨터 전원을 끄고 욕실로 향했다. 샤워를 하면서 내일 할 일을 생각하는데 불현듯 머릿속에 번뜩이는 것이 있었다.

혹시.

스마트폰은 아마미야가 넣은 것이 아닐까?

그런 엉뚱한 생각이 뇌리를 스쳤다.

그날 아마미야에게 무로이가 대체 누구냐고 묻자 그가 갑자기 겁먹은 듯 경고의 말을 내뱉고 도망치듯 사라졌다. 혹시 무로이에 관해 조사하는 나이토에게 뭔가 전하려 했을 가능성은 없을까.

뭔가 전하고 싶었지만 그 자리에서는 이야기할 수 없는 이유가 있었던 것이다. 가령 무로이의 조직에서 아마미야 자신을 감시할지도 모른다는 경계심에서 그 자리에서는 아무 이야기도 할 수가 없었던 것이다.

그래서 나이토의 우편함에 스마트폰을 집어넣고 언젠가 연락을 취하려 한 것이다. 그렇게 생각하면 스마트폰이 나이토의 우편함에 들어 있었던 것이 납득이 간다.

그러나 나이토는 아마미야에게 자신이 어디 사는지 알려 주지 않았다.

나이토는 해답을 찾지 못한 채 샤워 수도꼭지를 잠갔다.

8

책상 위의 전화가 울려 다메이 준은 수화기를 들었다.

"다메이드럭의 야스우라 님께서 전화하셨습니다." 비서의 목소리가 들렸다.

"연결해 주세요."

다메이가 말하자 전화가 연결되었다.

"도련님, 바쁘실 텐데 죄송합니다. 야스우라입니다…."

그 호칭을 듣고 다메이는 절로 쓴웃음이 났다.

옛날부터 아버지의 오른팔이었으며 다메이를 어렸을 때부터 지켜봐 온 야스우라는 아무리 세월이 흘렀어도 자신을 그렇게 부른다.

"별고 없으신지요?" 다메이가 물었다.

얼마 전 아버지의 일주기는 가족끼리 치렀기 때문에 야스우라의 목소리를 듣는 것은 1년 만이었다.

"네, 뭐…." 어쩐지 말끝을 흐리는 것처럼 들렸다.

"야스우라 씨가 제게 연락을 주시다니 별일이군요. 무슨 바람이 부신 겁니까?"

"도련님께 말씀드리고 싶은 것이 있습니다…."

"AS 계획 때문입니까?"

다메이드럭의 전무가 다메이에게 할 이야기라면 연구 자금을 지원하고 있는 그 일밖에 떠오르지 않았다.

"아뇨, 실은… 뭐라 말씀드려야 할지… 회사에 관한 일이긴 합니다만…." 야스우라가 선뜻 입이 떨어지지 않는다는 듯 말했다.

"회사라면 다메이드럭 말씀입니까?"

"네."

다메이는 무슨 일일까 싶어 고개를 갸웃했다.

"도련님도 바쁘신 줄은 충분히 압니다만, 시간을 내 주실 순 없겠습니까?"

"시간이야 낼 수는 있지만."

"그럼 지금은 어떠십니까?"

"4시에 손님이 오기로 되어 있으니 그 전까지라면….."

"지금 도련님 회사 근처에 있습니다. 찾아봬도 되겠습니까?"

"네, 괜찮습니다… 그럼 기다리겠습니다."

다메이는 전화를 끊고 불안한 마음에 사로잡혔다.

지금껏 야스우라가 다메이에게 연락한 적은 한 번도 없었다. 게다가 다메이드럭 일로 외부인이나 마찬가지인 다메이에게 할 이야기가 있다고 한다. 도대체 무슨 이야기란 말인가.

당장에라도 다메이와 만나서 이야기하고 싶다는 야스우라의 절박한 모습도 영 마음에 걸렸다.

소파로 옮겨 앉아서 진정되지 않는 마음으로 기다리고 있자니 문을 노크하는 소리가 들렸다.

"야스우라 님께서 오셨습니다." 비서의 목소리가 들렸다.

"들어오세요."

"갑자기 시간을 빼앗아 죄송합니다."

야스우라가 몹시 미안해하며 들어왔다.

"아닙니다, 자… 앉으시지요." 다메이가 소파를 권했다.

야스우라가 소파에 앉은 뒤 비서가 차를 내오기까지 세상 이야기를 하며 적당히 이야기를 나누었다. 그러나 야스우라는 왠지 마음이 딴 데가 있는 듯 힘없이 맞장구만 칠 뿐이었다. 역시 심상치 않은 일이 있음을 확신하고 다메이는 마음을 다잡았다.

비서가 차를 내온 다음 다시 나갔는데도 야스우라는 좀처럼 입을 열지 못했다.

"도대체 무슨 일입니까?" 답답함에 못 이겨 다메이가 먼저 물어봤다.

"그게…."

그런데도 야스우라는 입을 굳게 다물고 있었다.

"다메이드럭 일로 말씀하실 게 있다고 하셨잖습니까…."

"솔직히 말씀드리면 다메이드럭의 일이라기보다는 사장님 일입니다." 야스우라가 어두운 표정으로 말했다.

"아키라 말씀입니까?"

야스우라가 고개를 끄덕였다.

"이 일을 도련님께 말씀드려야 할지 고민이 많았습니다. 아버님께서 일궈 오신 회사이긴 합니다만, 도련님과는 직접 관련이 없기 때문입니다. 도련님은 가뜩이나 STN의 일로 바쁘실 텐데… 다만 도련님 외에 누구와 의논해야 할지 몰라 부끄러움을 무릅쓰고 이렇게 찾아뵈었습니다."

"도대체 무슨 일입니까?" 다메이가 몸을 내밀고 재차 물었다.

"사장님의 모습이 심상치 않습니다."

"심상치 않다고요?" 심각해 보이는 야스우라의 눈빛을 쳐다보며 물었다.

"네… 어떻게 설명을 드려야 할지… 지금까지와는 달리 냉정을 잃은 언동이 많아졌다고 할까요…."

"이런 말씀드리기는 좀 그렇습니다만, 그건 어떤 의미에서는 어쩔 수 없지 않겠습니까. 그 녀석이 사장으로 취임한 지 아직 1년도 되지 않았습니다. 사회에 갓 나온 젊은이가 갑자기 사장이라는 중책을 맡게 되어 녀석도 여러모로 혼란스럽지 않겠습니까. 부족한 점이 많겠지만 모쪼록 녀석을 잘 이끌어 주시기 바랍니다. 아버지도 그러길 바라셨을 겁니다."

"물론 저를 포함해 다른 중역들도 그럴 작정입니다. 사장님이 큰 압박과 불안을 느끼는 것도 잘 알고 있습니다. 그런데 요즘 사장님의 언동은 도저히 두고 볼 만한 수준이 아닙니다. 냉정을 잃었다고 점잖게 표현했습니다만, 확실히 말씀드리자면 거의 폭주에 가깝다고 할 수 있습니다."

"폭주라니…" 다메이가 얼굴을 찌푸렸다.

아무리 사이가 나쁠지언정 친동생을 그렇게까지 말하자 기분이 좋지는 않았다.

"저희 눈에는 사장님이 회사를 사유화하려는 것으로밖에 보이지 않습니다."

"회사를 사유화하다니… 무슨 일이 있었는지 모르겠지만 말씀이 좀 지나치신 것 아닙니까? 물론 아버지도 아키라가 아버지를 닮아 독단적이고 거만하다고 말씀하신 적이 있습니다. 하지만 경영에는 자질이 있다고 장담하셨습니다. 야스우라 씨도 아버지 장례식 때 녀석의 일솜씨를 두고 높이 평가하지 않으셨습니까?"

"물론 그렇습니다. 아키라 도련님을 사장 자리에 앉힌 것은 아버님의 유지일 뿐 아니라 저희 이사들의 공통된 의견이었습니다. 아키라 도련님이 사장으로 취임한 뒤 모두가 한마음으로 지지해 왔습니다. 그런데 지금 사장님의 행보에는 도저히 따를 수가 없습니다."

야스우라가 몹시 난처하다는 듯 고개를 절레절레 흔들며 한숨을 내쉬었다.

"그 녀석의 뭐가 불만이십니까?" 다메이가 물었다.

"본인의 뜻에 따르지 않으면 아무리 우수한 인재라도 한직으로 좌천

시키고 있습니다. 그것도 한두 명이 아닙니다. 지난 반년간 본사 관리직이 잇달아 지방의 창고 작업원으로 강등되었지요. 사장님이 생각하는 경영전략도 어찌나 무모한지 신입 사원이 듣기에도 대번에 엉성하다고 여길 정도입니다."

"설마…."

야스우라의 이야기는 쉬이 믿기지가 않았다.

"지난 반년간 생긴 일 때문에 다메이드럭의 실적은 10년 전 수준으로 후퇴하고 말았습니다."

"야스우라 씨는 어떻게 하고 계십니까? 줄곧 아버지의 오른팔이셨던 야스우라 씨가 타이른다면 녀석도 너무 무모한 일은…."

"사장님은 제 말을 들으려고도 하지 않습니다. 저는 물론 다른 중역들의 의견도 완전히 무시하고 있지요. 아니, 그보다는… 저희를 적으로 간주하는 것 같습니다."

"적으로 간주하다니요…." 다메이는 기가 막혔다.

"사장님은 자신의 의견에 반대하지 않는 사람만 곁에 두고 자신이 생각하는 무모한 경영을 밀어붙이려 합니다. 사장으로 취임하고 반년쯤은 저희 의견에 귀를 기울여 주었지만 지금은 완전히 딴사람처럼 변하고 말았습니다. 마치 누군가에게 세뇌된 것처럼."

"세뇌라고요…?"

"네, 그렇습니다. 저는 결코 사장님의 뜻을 거역하려는 게 아닙니다. 하지만 이대로 가다가는 회사가 망하고 말 겁니다."

오랫동안 아버지의 오른팔로 다메이드럭을 지탱해 온 야스우라의 말이 가슴에 깊숙이 박혔다.

"아키라가 왜 그런…." 다메이는 하늘을 향해 탄식했다.

"한 가지 짚이는 바가 있다면 사장님의 비서입니다."

"비서요?" 다메이가 야스우라에게 시선을 되돌리고 물었다.

"구보 레이코라는 스물여덟 살의 젊은 여자입니다."

"어떤 여자입니까?" 다메이가 물었다.

"아키라 도련님은 해외사업부에 있었을 때 아시아의 새 점포 개척을 도맡았습니다. 그때 현지 코디네이터가 구보 씨였다고 하더군요. 어학 능력이 뛰어나고 코디네이터로서 꽤 우수했는지 그녀 덕분에 다메이드럭의 아시아 실적이 크게 신장할 수가 있었다고 아키라 도련님이 아버님께 보고했습니다. 아버님도 구보 씨를 만나 대화한 뒤 교양 있고 우수한 인재라며 마음에 들어 하셔서 다메이드럭의 정사원으로 영입했습니다. 해외 사업부에서 1년쯤 일하다가 아키라 도련님이 사장으로 취임한 지 반년 후 사장 비서가 되었습니다."

"아키라가 그 여자에게 세뇌되었다고 생각하시는 겁니까?"

"물론 상상에 불과합니다만… 구보 씨가 사장님께 이상한 소리를 하는 게 아닐까 하고…."

야스우라 본인도 그리 확신하는 것 같지는 않았다.

"그런데 아버지가 마음에 들어 하시고 인정한 사람이 아닙니까?"

"그것 말고는 아키라 도련님이 그렇게까지 변할 이유가 없습니다. 지금 아키라 도련님은 사장실에 틀어박혀서 저희 앞에 거의 나타나지도 않습니다. 사장님과 이야기를 하는 것도, 결재를 받는 것도 구보 씨를 통하지 않으면 아무것도 못하는 상황입니다. 도련님이 이야기 좀 해 주시면 안 되겠습니까. 가족의 말이라면 어쩌면 깨닫는 바가 있을지도 모릅니다."

"갑자기 그러셔도…." 다메이는 머리를 싸쥐고 싶어졌다.

야스우라를 비롯해 중역들의 의견을 듣지 않는다면, 형의 말은 귓등으로도 안 들을 것이 뻔했다.

그때 갑자기 노크 소리가 났다.

"사장님, 마루모토 제약에서 오셨습니다." 문밖에서 쇼코의 목소리가 들렸다.

"알겠네. 잠시만 기다려 줘."

다메이는 그렇게 대답한 뒤 야스우라에게 미안한 얼굴로 말했다.

"죄송합니다. 지금부터 중요한 협의가 있습니다만."

"아니… 저야말로 갑자기 이런 용건으로 찾아뵈어 죄송했습니다."

"그 건은 저 나름대로 생각해 보겠습니다. 야스우라 씨도 아시다시피 저희가 아무리 형제이긴 해도 사이가 돈독하다고는 말하기 어렵습니다. 제가 말한들…."

"무슨 말씀이신지 잘 압니다. 다만 부디 제가 여기까지 와서 이런 이야기를 해야만 하는 심정도 헤아려 주십시오."

그만큼 다메이드럭이 심각한 상황이라고 말하고 싶은 것이리라.

"알겠습니다."

"그럼 잘 부탁드립니다."

다메이는 엘리베이터 앞에서 마루모토 제약 임원을 배웅한 뒤 사장실로 발길을 돌렸다.

"사장님, 무슨 일 있으세요?" 쇼코가 다메이에게 물었다.

회사 내부인 만큼 쇼코가 깍듯하게 존댓말을 했지만 그녀 나름대로 아까부터 다메이의 모습이 걱정되었던 모양이다.

"의논할 게 있는데 시간 괜찮아?"

손가락으로 사장실을 가리키자 쇼코가 알겠다며 따라왔다.

"아까 오셨던 분, 다메이드럭의 야스우라 전무님 맞지?"

사장실에 들어와 둘만 있게 되자 쇼코가 스스럼없는 말투로 물었다.

"그래."

과연 쇼코는 기억력이 좋다. 2년 전 '올해의 상품' 수상 파티에서 야스우라를 소개했을 때 처음이자 마지막으로 봤을 터였다.

"여기까지 오시다니 별일이네." 쇼코가 말했다.

"별일 정도가 아니라 처음이야."

"무슨 일로 오셨어?"

"회사에 위태로운 일이 있다면서 의논하러 오셨더라고."

타사의 내부 사정을 공유하기가 조심스러웠지만 다메이는 솔직히 말했다.

"회사에 위태로운 일이라니… 다메이드럭에?" 쇼코가 놀라서 되물었다.

"아키라가 난처하게 되었나 봐."

"아키라 씨라면… 다메이 군의 동생?"

다메이는 고개를 끄덕인 뒤 아까 야스우라에게 들은 이야기를 털어놓았다.

야스우라가 다메이 외에 누구에게 의논해야 할지 모르겠다고 말한 것처럼 다메이는 이런 가족 이야기를 할 수 있는 상대가 쇼코밖에 없었다.

"그래서 어떻게 할 거야?"

"어떻게 해야 할지 전혀 모르겠지만… 내버려 둘 수도 없잖아. 우선 야스우라 씨의 말이 진짜인지 아닌지 내 나름대로 알아볼 생각이야."

"어떻게?"

"아키라를 찾아가서 그 여자에 대해 떠보는 수밖에 없을 것 같아…."

"그래서 나한테 같이 가자는 거야?"

쇼코는 기억력이 좋을 뿐 아니라 이해도 빠르다.

"그 녀석은 나한테 유난히 뻣뻣하게 굴거든… 나하고 둘만 있으면 이성적인 대화가 전혀 되지 않을 거야. 네가 함께 있어 주면 정말 고맙겠는데…."

쇼코가 물끄러미 쳐다본다.

"이런 너저분한 집안일에 어울려 달라니, 말 같지 않은 소린가?"

다메이는 쇼코가 거절할까 두려워 그녀가 대답하기도 전에 농담조로 말했다.

"아니, AS 계획에 투자해 주는 다메이드럭의 경영이 기울면 우리 회사에도 큰 영향을 줄 거야." 쇼코가 고개를 가로저은 뒤 말했다.

어디까지나 기업인으로 걱정하는 말이었지만 그 말을 듣고 마음이 조금이나마 편해졌다.

"고마워. 그럼 지금 바로 전화해서 약속을 잡아 볼게."

쇼코가 사장실에서 나간 뒤 다메이는 책상 앞으로 갔다.

수화기를 들고 다메이드럭의 사장실 직통 번호를 눌렀다.

"네, 다메이드럭 사장실입니다." 부드러운 여성의 목소리였다.

야스우라가 말한 비서 구보 레이코일까.

"저는 STN의 다메이라고 합니다." 물어보고 싶은 충동을 억누르며
다메이가 말했다.

"STN의 다메이 님이라면…."

"네, 맞습니다. 아키라와 통화하고 싶은데 자리에 있습니까?"

"잠시 기다려 주십시오."

통화 대기음으로 바뀌었다.

"무슨 용건인데?"

통화 대기음이 끊긴 순간 퉁명스러운 목소리가 들렸다.

"안부차 걸었어. 잘 지내?" 다메이가 부드럽게 받아넘겼다.

"고작 그런 일로 전화하다니. 내가 얼마나 바쁜 줄 알아?" 아키라가
험악하게 말했다.

"바쁠 때 전화해서 미안하다. 나도 바빠서 당최 시간을 낼 수가 있어
야지. 그래도 AS 계획의 진척 상황은 직접 보고하고 싶은데, 보고서가
이제 곧 완성될 것 같거든."

"난 됐으니 담당자한테 보고해."

"다메이드럭은 우리 연구에 거액의 자금을 투자해 주는 소중한 존재
야. 최고 책임자에게 제대로 설명하고 싶어. 스케줄은 우리가 맞출게."

"스케줄은 비서한테 물어 봐."

전화가 다시 통화 대기음으로 넘어갔다.

택시에서 내린 순간 다메이는 오금이 저렸다. 다메이는 쇼코가 그것을 알아차리지 못하도록 애써 태연히 걸으며 건물 입구로 향했다.

다메이드럭 본사는 신주쿠의 수많은 건물 중에서도 가장 눈에 띄는 타워빌딩의 상층 4개 층을 차지하고 있다.

"동생을 만나러 왔는데 너무 긴장하는 거 아냐…?" 쇼코가 어이없어 하는 목소리로 말했다.

아무리 감추려 애써도 다메이의 긴장이 그대로 전해진 모양이다.

"아키라 때문에 긴장하는 게 아니라 그 비서가 어떤 사람인지 걱정돼서 그래." 다메이는 괜히 허세를 부렸다.

물론 구보 레이코가 어떤 여자인지 걱정은 되지만 그래 봤자 생판 남이다. 그녀보다는 혈육인 친동생이 야스우라가 말한 것처럼 심각하게 변했을까 봐 우려스러웠다.

엘리베이터를 타고 다메이드럭의 안내 데스크가 있는 52층으로 향했다.

다메이 일행은 안내 데스크에 방문 의사를 밝히고 기다렸다. 잠시 후 정장 차림의 늘씬한 여성이 오는 것이 보였다. 길고 검은 머리에 또렷한 이목구비를 가진 미인이었다.

"STN의 다메이 님과 나쓰카와 님이시군요. 일부러 걸음해 주셔서 감사합니다."

다메이 일행 앞에 나타난 그 여성이 머리를 깊이 숙였다.

"저는 사장님 비서인 구보 레이코라고 합니다."

"다메이입니다. 동생이 신세지고 있습니다." 다메이는 명함을 교환하며 가볍게 머리를 숙였다.

"형님 말씀은 전부터 사장님께 들었습니다. 만나 뵙게 되어 영광입니다."

다메이는 구보 레이코를 대면하고 맥이 빠졌다.

야스우라가 말한 것처럼 아키라를 세뇌할 만한 무시무시한 여자로는 보이지 않았다. 사근사근한 말투에 단정한 몸가짐이 그녀에 대한 다메이의 첫인상이었다.

"상품개발부 나쓰카와입니다. 잘 부탁드립니다."

쇼코와 명함 교환을 마치고 레이코가 "이쪽으로 오시죠" 하고 엘리베이터로 안내했다.

55층에서 엘리베이터를 내려 사장실로 향했다. 비서용 자리를 지나 사장실 앞에 서서 레이코가 문을 두드렸다.

"사장님, 형님과 나쓰카와 님이 오셨습니다."

그러나 안에서는 대답이 없었다.

"죄송합니다."

레이코가 다메이와 쇼코에게 얼버무리듯 미소를 지은 뒤 문을 열었다.

책상에는 아무도 보이지 않았다. 그러나 사장실로 들어가자 소파에 몸을 깊숙이 파묻고 다리를 벌린 채 앉아 있는 아키라의 모습이 눈에 들어왔다. 넥타이를 풀고 셔츠를 두 번째 단추까지 풀어헤친 모습은 대기업 사장과는 거리가 멀었다.

"아무리 가족이라도 너무 편하게 있는 거 아닌가?" 다메이가 부드럽게 타일렀다.

"앉으세요."

아키라가 아무 말이 없자 레이코가 다메이 일행에게 자리를 권했다. 두 사람이 아키라의 맞은편에 앉자 레이코가 나가며 문을 닫았다.

"아키라 씨, 오랜만이에요. 이거 나중에 드세요." 쇼코가 아키라 앞에 아까 구입한 과자 상자를 놓았다.

"고마워요."

다메이에게는 비아냥대기나 하면서 쇼코에게는 친절했다.

"그럼 바로 귀사에서 자금을 투자받고 있는 AS 계획에 대해 설명하도록 하지. 연구개발 책임자는 시게무라라는 사람인데 성격이 워낙 독특해서… 그 대신 나쓰카와하고 같이 왔어."

다메이의 말과 동시에 쇼코가 가방에서 자료를 꺼내 아키라 앞에 놓았다. 쇼코가 설명하기 시작하고 아키라가 자료를 손에 들고 진지하게 살펴봤다.

"순조롭게 진행되는 것 같군요."

대강 설명을 마치자 아키라가 자료를 테이블 위에 올려놓으면서 말했다.

"그래. 상품화까지는 다소 시간이 걸리겠지만 골이 보이기 시작했다는 뜻이다." 다메이가 말했다.

"잘 부탁한다고 시게무라라는 분에게 전해 주세요. 우리도 투자한 자금을 회수하지 못하면 큰일이니까."

노크 소리가 나고 문이 열렸다. 레이코가 들어와 세 사람 앞에 각각 차를 놓았다.

"구보 씨, 이거 나쓰카와 씨가 준 거야."

아키라가 레이코에게 과자 상자를 건넸다.

"선물로 주신 것이라 죄송하지만 다과상에 올려도 될까요?"

"물론이죠."

레이코가 쇼코의 승낙을 얻고 나서 사장실을 나갔다.

"근사한 분이네요."

문이 닫히자 쇼코가 아키라를 보며 말했다.

"네. 최고의 비서죠. 거래처에서도 평판이 아주 좋습니다."

"그럴 것 같아요…. 제가 그동안 이곳에 여러 번 방문했는데 오늘 처음 뵈었어요."

"우리 회사 직원이 된 건 1년 반쯤 전이거든요. 반년 전에 사장 비서로 발탁되었지요. 제가 구보 씨 도움을 많이 받고 있습니다. 사장으로 취임한 뒤 한동안 몹시 혼란스러웠거든요…."

"그렇겠네요. 젊은 나이에 이만한 대기업 사장님이 되셨으니까요." 쇼코가 맞장구를 쳤다.

"주위에서 제대로 도와주지도 않더군요…. 아버지 유지니까 일단 절 사장 자리에 앉히긴 했지만 실수라도 하는 날에는 내쫓을 속셈이었던 거예요. 유일하게 구보 씨만 제게 적확한 조언을 해 주었어요."

과연 사실일까 하는 마음으로 아키라의 말을 주의 깊게 들었다.

"구보 씨는 전에는 어떤 일을 하셨나요?" 쇼코가 물었다.

"해외 진출을 도모하는 기업을 위해 코디네이터를 했어요. 현지에서 통역이나 시장조사 같은 거 말이에요. 어찌나 우수한지 아버지께 소개해 드렸지요."

"그랬군요."

쇼코가 처음 듣는 것처럼 장단을 맞추더니 아키라의 눈을 물끄러미 바라보고 살짝 미소 지었다.

"혹시 교제하시는 거 아닌가요?"

쇼코가 장난스럽게 묻자 아키라가 약간 당황한 듯 자세를 바로 했다.

"아니, 그렇지는…."

"숨길 거 뭐 있어요? 다메이 군은 둔감해서 전혀 모르는 눈치지만, 저는 두 분의 눈빛을 보니 알겠던데요."

"그런 거야?"

쇼코의 절묘한 도움을 받아 다메이도 갑자기 관심이 일었다는 듯 물었다.

"이거 난감한데…." 아키라가 희미하게 미소를 지었다.

다메이에게는 오랜만에 보이는 부드러운 표정이었다.

"그렇긴 한데… 그렇다고 착각하진 말아 줘. 교제하는 사이라서 아버지께 소개해 드린 것도, 비서로 뽑은 것도 아니야. 구보 씨가 워낙 우수해서 장차 다메이드럭에 없어서는 안 될 인재라서 그렇게 한 거라고."

"물론 잘 알죠. 혹시 시간 있으시면 회의 끝나고 같이 식사 어떠세요?"

쇼코가 묻자 아키라가 걱정스러운 표정을 지었다.

"어쩌면 앞으로 아주 오랫동안 어울리게 될지도 모르잖아요. 빨리 친해지고 싶어요. 그렇지?"

쇼코가 다메이에게 의미심장한 미소를 던졌다.

"구보 씨는 정말 굉장하군요… 그렇게 오랫동안 혼자 해외에 계셨던 거
예요? 저는 향수병을 이기지 못하고 일정을 당겨서 귀국해 버렸거든요."

쇼코가 맞은편에 앉은 레이코에게 상냥하게 웃으며 말했다.

"굉장하다뇨, 과찬이세요. 달리 할 일이 없어서 그냥 눌러앉은걸요.
저는 나쓰카와 씨의 결심이 더 굉장하다고 생각해요. STN을 설립한 멤
버인데 더 도약하기 위해 해외로 유학을 떠나다니… 저 같았으면 그대
로 안주해 버렸을 거예요."

레이코가 감탄의 눈길로 쇼코를 보고 있었다. 나이가 비슷해서인지
가게에 들어온 지 얼마 되지도 않았는데 두 사람은 완전히 마음을 터놓
은 듯했다.

각각 옆에 앉은 두 남자는 이십여 년의 세월이 무색할 정도로 마음이
통하지 못해 이렇게 얼굴을 맞대도 변변히 할 말도 없건만.

"그나저나 가게가 참 근사해요. 이런 가게 오랜만이에요." 쇼코가 휘
황찬란한 실내를 둘러보며 말했다.

"저도 사적으로는 처음인걸요."

"정말요?"

"거래처를 접대할 때만 오거든요. 아키라 씨가 이런 격식 있는 가게나
공들인 음식을 별로 안 좋아해요. 그래서 늘 라면집이나 패밀리 레스토
랑 같은 곳만 데려가죠…."

"어쩜, 저희랑 똑같네요. 역시 형제는 어쩔 수 없나 봐요."

쇼코가 까르르 웃었다.

두 남자는 완전히 대화에 뒤처져서 쓴웃음만 지을 뿐이었다.

"아래층에 바 카운터가 있더라고요. 큰 수조가 눈앞에 있고."

"나쓰카와 씨, 와인 말고 다른 술도 하세요?"

"그럼요, 얼마나 좋아하는데요. 특히 럼주를 가장 좋아해요."

"저도 럼주 좋아하는데, 아래층에 제법 다양한 종류가 있어요."

"와, 정말요?! 다메이 군, 구보 씨하고 둘이서 내려갔다 와도 될까?"

쇼코가 다메이의 소맷부리를 잡아당기며 졸랐다.

"좀 있으면 디저트가 나올 텐데?"

"바 카운터로 가져다주겠지. 안 되면 내 몫까지 먹어도 돼."

쇼코는 다메이의 대답을 기다리지도 않고 일어섰다.

"구보 씨, 갈까요?"

레이코를 데리고 둘이서 계단으로 향했다.

쇼코 나름의 작전일 테지만, 이렇게 둘만 남기고 떠나지 말라고 소리치고 싶었다. 예상대로 아키라는 두 사람이 없어지자마자 불편한 심기를 드러냈다. 형제 사이에 답답한 침묵이 흘렀다.

"야스우라가 형을 찾아갔겠지."

동생이 불쑥 내뱉은 말에 다메이는 놀라서 멈칫했다.

"그 늙은이가 형을 찾아가서 우리를 살피라고 했을 게 뻔하지." 아키라가 험상궂은 눈빛으로 쳐다봤다.

"무슨 말을 그렇게 해?"

"아니면 형이 갑자기 만나자고 할 리가 없잖아."

"그게 아니라, 야스우라 씨더러 늙은이라니… 어떻게 그런 소리를 하느냔 말이다. 아버지와 함께 다메이드럭을 성장시켜 온 분이잖아."

"다메이드럭은 원래 다메이 일가의 가업이었어. 다메이드럭을 여기까지 성장시킨 건 전적으로 아버지 힘이야."

"물론 아버지의 능력이 있어서 가능했겠지만, 혼자서는 회사를 이만큼 키우지 못하셨을 거다. 지금의 다메이드럭이 있는 건 많은 사람들이 도와준 덕분이야."

"어쨌든 형하고는 관계없는 일이야."

도끼눈을 뜨고 자신을 노려보는 아키라를 보고 속일 수 없다는 것을 알았다.

"네 말대로 야스우라 씨가 날 찾아온 건 맞아. 지난 반년간 네 모습이 심상치 않다고 걱정하시더라."

"걱정은 무슨, 어차피 변변찮은 놈이라며 험담이나 했을 테지." 아키라가 코웃음을 쳤다.

"그렇지 않아. 지금의 네가 냉정을 잃고 행동하는 것 같다고… 우수한 인재인데도 너와 의견이 맞지 않는다는 이유로 본사에서 쫓아내고 있다고 하시던데, 정말이야?"

야스우라가 한 말 중에 더 심한 이야기는 일부러 하지 않았다.

"문제가 있는 사람이라 좌천시켰을 뿐이야."

"문제가 있다고…?" 다메이가 되물었다.

"그래. 자기 지위를 이용해서 회사에 손해를 끼쳤어. 그걸 알았기 때문에 쫓아낸 거다. 해고하지 않은 것만으로 감지덕지해야 할 판이야."

"사실이야? 회사에 손해라니 도대체…."

"우리는 대기업이야. 수많은 곳과 신용 문제가 얽혀 있고, 수천 명에 달하는 직원의 생활이 걸려 있어서 아무리 형제 사이라도 내부 사정을 함부로 밝힐 수는 없어. 하지만 이것만은 말해 두지. 아버지가 입원하셔서 생사의 기로에 계셨을 때 이놈이고 저놈이고 다 멋대로 굴더군. 특히 이사라는 빌어먹을 놈들이!"

"야스우라 씨는 사장이 된 널 중역 모두가 한마음으로 지지해 왔다고 하시던데."

"아까도 말했다시피 그놈들은 사리사욕에 눈이 멀어 날 내쫓을 궁리만 하고 있어. 다메이 일가의 가업인, 아버지가 쌓아 올린 회사를 빼앗으려 한다고. 하지만 그렇게는 안 되지. 나와 구보 씨가 아버지 회사를 지키기 위해 죽기 살기로 싸우고 있거든. 쥐뿔도 모르는 외부인은 좀 빠져 줘." 아키라가 거칠게 내뱉었다.

"무슨 일이야?"

순간 정신이 들어 옆자리의 쇼코를 쳐다봤다.

"아니… 잠깐 생각을 하느라고."

"다메이드럭 일로?"

"그래."

아키라와 야스우라 중 누구의 말이 옳을까. 다메이드럭의 내부에 있지 않은 다메이로서는 도무지 판단이 서지 않았다.

오랜 세월 아버지가 절대적으로 신뢰한 야스우라가 사리사욕 때문에 회사를 빼앗으려 하다니, 생각하기도 싫다. 그렇다고 해서 가장 존경하는 아버지가 온 힘을 다해 이룩한 회사를 아키라가 파멸로 이끌려 한다는 것도 믿기지가 않는다.

이제 어떻게 해야 할까.

"여기서 세워 주세요."

쇼코가 말하자 택시 기사가 차를 세웠다.

"오늘 고마웠어. 쉽게 해결될 것 같지는 않지만, 네가 있어서 큰 도움이 되었어."

다메이는 택시에서 내린 쇼코에게 말했다.

"응."

"메일 주소까지 교환하고, 오늘 하루 만에 구보 씨와 많이 친해졌나 봐."

다메이는 그렇게 말하면서 레이코를 통해 실상을 파악할 수는 없을까 생각하고 있었다.

"느낌이 좋은 사람이던데."

아키라의 이야기가 옳다면 고립무원한 상태에서 그녀 같은 존재가 곁에 있다는 것이 그나마 다행으로 여겨졌다.

"구보 씨는 위험한 여자야."

쇼코는 그 말을 남기고 다메이에게 눈길을 거두고 걷기 시작했다.

9

"다테 씨를 기억하긴 하는데… 워낙 옛날 일이라."

술집 주인은 나이토가 대접한 맥주를 한 모금 마셨다.

"이런 말 하긴 좀 그렇지만, 별로 깊이 관여하고 싶지도 않은 사람이었고."

"깊이 관여하고 싶지 않다니, 왜입니까?"

대화의 실마리를 찾아낸 나이토가 술집 주인에게 물었다.

"평범한 손님이 아니었으니까요." 술집 주인이 쓴웃음을 지으며 대답했다.

나이토는 고개를 갸웃거렸다.

"자릿세를 뜯으러 왔다고 하면 아시려나."

아, 그런 뜻이었군.

"지금이야 그런 게 없어졌지만, 그 무렵에는 이 구역을 관할하는 조직에 무조건 자릿세를 지불해야 했거든요. 대놓고 돈을 요구하지는 않더라도 물수건을 턱없이 비싼 값으로 주문하게 한다든가. 그 수금원이 다테 씨였지요."

"그랬군요…."

"조직 관계자라 별로 깊이 관여하고 싶지는 않았지만, 이제 와서 생각하면 그리 나쁜 사람도 아니었네요. 사적으로 왔을 때는 술값을 제대로 내 주었고, 내가 도저히 자릿세를 마련하지 못했을 때는 기한을 더 주도록 윗선에 잘 이야기해 주었지요."

"무슨 조직이었습니까?" 나이토가 물었다.

"미야지회(会)라는 조직이었는데 6년쯤 전에 해산했습니다. 덕분에 이 부근도 평화로워졌고요."

"다테 씨가 거기 조직원이었던 겁니까?"

다테의 동급생들을 찾아가 이야기를 듣던 중 그가 이 술집에 있는 것을 봤다는 증언을 얻고 찾아온 것이다. 다테가 폭력단에 속해 있었다는 이야기는 여기서 처음 들었다.

"아뇨, 술잔을 받지 않았으니 정식 야쿠자가 되기 전인 준(準)구성원이었을 겁니다."

"다테 씨가 사망한 건 알고 계십니까?"

"그럼요, 알죠." 술집 주인이 고개를 끄덕였다.

"2년쯤 못 보고 지냈는데 갑자기 신문에 실려서 깜짝 놀랐다니까요. 미성년자와 싸우다 찔렸다면서요? 게다가 그 소년이 호적이 없는 아이라 뉴스와 신문에서도 한동안 떠들썩하게 다루었지요."

"네, 그랬지요." 나이토는 맞장구를 쳤다.

"그 후로 세월이 꽤 흘렀는데 또 기사로 쓰시려고요?"

아무래도 나이토의 직업을 착각하는 듯했다.

"다테 씨와 2년쯤 못 보고 지내셨다는 말씀은?" 나이토는 바로잡지 않고 질문을 계속했다.

"미야지회하고 관계를 끊어서 그 무렵부터 우리 가게에도 안 나타났거든요."

"조직에서 무슨 일이 있었던 겁니까?" 나이토가 물었다.

"아뇨, 정확한 건 모르지만… 다테 씨 나름대로 이래저래 불만이 많았나 봅니다. 자기한테는 실력이 있는데 위에서는 심부름꾼으로만 부린다며, 언제까지 말단에서 썩어야만 하느냐고 여기서 술을 마실 때 가끔 푸념을 했거든요."

"조직과 관계를 끊고 나서 어떻게 하겠다는 이야기를 하지는 않았습니까?"

"제대로 들은 게 없어서."

"그렇군요…." 나이토는 맥주를 마셨다.

"그러고 보니 우리 가게에 발길을 끊기 조금 전이었나… 이상한 소리를 하긴 했습니다."

술집 주인이 생각났다는 듯 말했다.

"이상한 소리요?"

"그날 무슨 좋은 일이라도 있었는지 여기 오기 전부터 들떠서는 술을 진탕 마시고 취하더군요. 검사에 합격해서 신의 아이가 될 자격을 얻었다나 뭐라나… 자꾸 이상한 소리를 내뱉더군요."

"신의 아이…."

그 말을 듣고 나이토는 가슴이 술렁거렸다.

"사건 소식을 듣기 전까지는 뒷골목 세계에서 발을 빼고 종교 단체에 들어간 줄 알았는데." 술집 주인이 그렇게 말하면서 탄식했다.

10

"아니… 미안하지만 본 적이 없는데."

남자가 고개를 저으며 휴대폰을 되돌려 주었다.

"그렇군요…." 가에데는 휴대폰을 가방에 넣었다.

"저 공원에 노숙자들이 눌러 산 건 사실인데, 반년쯤 전에 구청에서 강제 철거를 하는 바람에 다들 어디론가 없어졌지."

"그 사람들이 어디로 갔는지는 모르세요?"

"글쎄." 남자가 다시 고개를 가로저었다.

"혹시 좀 전에 보신 사진 속 남자를 발견하시거나, 저 공원에서 살았던 사람을 만나시면 저한테 연락해 주시겠어요?"

가에데의 부탁에 남자가 당황한 눈길로 쳐다봤다.

"딱히 상관은 없는데… 댁처럼 젊은 아가씨가 왜…."

"부탁드립니다."

가에데는 남자의 말을 뿌리치듯 머리를 숙이고는 가방에서 펜과 수첩을 꺼냈다. 메일 주소를 적어 남자에게 건네고 다시 머리를 숙이고 나서 술집을 나왔다.

가게 앞에 있는 공원을 바라보니 한숨이 절로 나올 것 같았다. 오자와 미노루의 단서가 쉽게 잡힐 거라는 생각은 처음부터 하지 않았다. 가에데는 목구멍까지 올라온 한숨을 꾹 참고 공원 반대쪽에 보이는 빵집으로 향했다.

"어서 오세요."

빵집에 들어가자 계산대에 서 있던 중년 여성이 인사를 건네 왔다. 다른 손님은 없었다.

"죄송합니다… 빵을 사러 온 게 아니라 잠깐 여쭙고 싶은 게 있는데요."

가에데가 계산대로 다가가며 여자에게 말했다.

"어머, 무슨 일일까?" 여자가 상냥하게 웃으며 물었다.

가에데는 가방에서 휴대폰을 꺼내 미노루의 사진을 불러온 뒤 여자에게 보여 주었다.

"혹시 이런 남자를 모르시나요?"

길을 물어볼 거라 생각했는지 여자가 뜻밖이라는 표정을 짓고 휴대폰 화면을 들여다봤다.

"여기 앞에 있는 남자?" 여자가 가에데를 쳐다보고 물었다.

"네… 이름이 오자와 미노루인데요. 저쪽 공원에서 닮은 사람을 봤다는 이야기를 듣고 이 동네에 사시는 분들께 여쭙고 있어요."

"아가씨 지인이야?"

사람을 찾는다는 걸 알고 관심이 생긴 모양이다.

"네, 뭐… 사진이 꽤 옛날 것이라 머리 모양이나 분위기가 바뀌었을지도 몰라요."

"옛날이라니 어느 정도?"

"8년 이상은 되었어요."

마치다가 체포되기 전에 찍은 것이니 그쯤 되었을 것이다.

"우리 동네 사람은 대부분 얼굴을 아는데… 잘 모르겠네." 여자가 고개를 갸웃거리며 대답했다.

"이 동네의 집에서 살았다고만은 할 수 없지만…."

"무슨 뜻일까?" 여자가 되물었다.

"얼마 전까지 저쪽 공원에서 노숙하던 사람이 있지 않았나요?"

"이 남자가 노숙을 했을지도 모른다는 소리?"

여자의 물음에 가에데는 고개를 끄덕였다.

"얼마 전까지 노숙자들이 있긴 했지. 그런데 그 사람들이라면 나도 몰라. 우리 가게에 빵을 사러 오는 것도 아니고, 웬만하면 섞이지 않으려 하니까…."

"공원에 있던 노숙자들이 어디로 갔는지 모르세요?"

"거기 있던 사람들인지는 몰라도, 바로 저 아라카와 하천 부지에 노숙자가 산다는 이야기라면 들은 적이 있는데…."

"아라카와 하천 부지요?"

"그래. 철교 아래 상자로 만든 집이 있다더구나. 그런데 아가씨… 아무리 사람을 찾기로서니 거기에는 가지 않는 편이 좋겠어. 우리 동네 사람들도 접근하지 않고 있거든." 여자가 걱정스럽게 말했다.

"네…."

가에데도 그만한 용기는 없었다.

"만약 이 남자를 보시면 저한테 연락해 주시겠어요?"

아까 술집 주인에게 했던 것과 똑같이 부탁하자 여자는 "그러지 뭐…" 하고 동정인지 호기심인지 모를 눈빛으로 고개를 끄덕였다.

가에데는 메일 주소를 적은 메모를 여자에게 건넨 뒤 가게에 진열된 빵을 둘러봤다.

점심도 거르고 미노루 소식을 묻고 다녔더니 배가 고팠다. 샌드위치와 우유를 구입한 뒤 여자에게 "잘 부탁드립니다" 하고 인사하고 빵집을 나왔다.

공원에 들어가 벤치에 앉아 늦은 점심을 먹었다.

사진 속 남자와 닮은 사람을 본 적이 있어요──. SNS 댓글에서 그 메시지를 발견했을 때는 뛰어오를 듯이 흥분했지만 과연 그리 쉽게 해결될 일이 아님을 지난 일주일간 절절히 느꼈다.

마치다를 위해 오자와 미노루를 제 손으로 찾아내고 싶었다.

마음은 간절했어도 실제로 어떻게 찾으면 좋을지 전혀 아는 바가 없었다. 고민 끝에 한 가지 생각해 낸 것이 평소 즐겨 쓰던 소셜 네트워크 서비스를 이용해 보면 어떨까 하는 것이었다.

가에데가 SNS에 사진과 글을 올리면 수백 명에 달하는 친구가 그것을 본다. 그렇다면 SNS에 미노루에 관한 것을 올려서 친구들에게 물어보면 어떨까 하는 생각에 이른 것이다.

물론 그렇게 결정하기까지 고민에 고민을 거듭했다.

본인의 승낙을 얻은 것도 아닌데 생판 남인 가에데가 인터넷상에 미노루의 이름과 사진을 올리는 것은 옳지 않다고 생각했기 때문이다. 게다가 수백 명의 친구가 자신의 SNS를 본다고 해도 실제로는 대부분 만난 적도 없는, 인터넷상에서만 알고 지내는 사람들이다. 가에데의 호소에 과연 진심으로 귀 기울여 줄지도 모르는 노릇이다. 조롱하는 글이나 무책임한 정보가 쏟아질 것도 어느 정도 예상이 되었다.

무엇보다 가에데의 SNS에 미노루에 관한 것을 올리는 데 가장 망설였던 이유는 마치다의 존재였다.

마치다는 가에데가 미노루의 존재를 모른다고 생각한다. 만약 마치다가 가에데의 SNS를 볼일이 있어서 미노루를 찾는다는 사실을 알게 되면 그를 어떻게 아는지 추궁당할 것이다.

하지만 아무리 생각해도 달리 제 손으로 미노루를 찾기 위한 수단은 떠오르지 않았다. 어떻게 해서든 미노루를 찾아내서 마치다와 만나게 해 주고 싶었다.

마치다가 어렸을 때 살았던 동네를 찾아갔을 때 그 마음이 더 강해지더니 마침내 가에데를 움직였다.

일주일 전에 가에데는 나이토가 가르쳐 준 사이타마 현 아사카라는 곳을 찾아갔다.

마치다와 어머니가 살았다던 낡아 빠진 연립주택을 멀리서 바라보고, 그가 놀았던 동네 공원에 가기도 하면서 그가 어렸을 때 봐 왔던 풍경이나 느꼈던 것을 나름대로 상상하려 했다.

우연히 공원에서 게이트볼을 하던 노인들과 이야기를 나눌 기회가 있었다. 가에데는 자신이 대학에서 인권을 공부하는 학생이라고 거짓말을 하고, 경찰에 붙잡힌 호적이 없는 소년에 대해 조사하고 있다며 운을 떼웠다.

몇몇 노인이 마치다를 기억하고 있었다. 마치다가 체포된 후 경찰과 구청 사람들이 동네 주민에게 탐문 수사를 벌인 탓에 가끔 공원에서 보던 소년에게 호적이 없음을 알게 되었다고 한다.

그리고 그 소년이 공원 근처에 살던 오자와 미노루라는 지적장애 청년과 함께 있는 모습을 여러 번 봤다는 이야기도 들었다.

오자와 미노루.

가에데는 노인들에게 오자와 미노루에 대해 더 자세히 물었다.

노인들의 이야기에 따르면 벌써 10년 넘게 그 청년을 보지 못했다고 한다. 그 청년은 이 동네에 사는 오자와 부부의 친자식은 아니지만 거둘 사람이 없는 친척 아이라 부득이하게 거두었을 뿐이라고 한다. 친자식이 아니라도 한때 보살폈던 친척이라면 그 청년의 소재지를 알고 있지 않을까.

가에데는 희미하게나마 희망을 갖고 노인에게 들은 그 집을 찾아갔다.

대문 밖으로 나온 여자에게 미노루의 사진을 보여 주자 '확실히 한때 같이 살았던' 친척 아이가 맞다고 했다. 미노루가 지금 어디에 사는지 묻자 여자는 모른다며 남의 일처럼 대답했다. 십수 년 전에 기숙사가 완비된 공장에 고용되었지만 거기서 도망친 후로는 행방을 모른다고 했다.

어쩌면 친부모 곁으로 돌아가지는 않았을까.

괜히 주제넘게 끼어들어 화를 돋울까 각오하면서 미노루의 친부모에 관해 묻자 아버지는 미노루가 태어났을 때 이미 없었고 어머니는 친척에게 억지로 아이를 맡긴 채 외간 남자와 증발해 버렸다며 여자는 꺼림해했다. 미노루가 어머니 곁에 있을 리는 없다는 여자에게 그가 현재 있을 만한 곳을 물었지만 알 리가 있겠느냐는 무심한 대답이 돌아왔다.

미노루를 걱정하는 눈치가 털끝만큼도 없는 여자의 태도에 그가 여기서 푸대접을 받으며 살았음을 어느 정도 짐작할 수 있었다.

여자는 몇 년 전에도 미노루를 찾아온 남자가 있었다며 귀찮다는 듯 말하더니 "이제 미노루와 아무 관계도 아니에요" 하고 못을 박은 뒤 허둥지둥 집 안으로 들어갔다.

호적이 주어지지 않아 의무교육조차 받지 못하고 살아온 마치다와, 부모에게 버려져 친척에게 구박을 받으며 살았던 미노루.

두 사람은 이 마을에서 어떤 시간을 보냈을까. 그리고 이 꽉 막힌 곳에서 도망친 두 사람 사이에 어떤 유대감이 싹텄을까.

둘 다 혼자서는 살아가기 힘든 상황이라 서로에게 없는 것을 보완하며 살았을지도 모르겠구나──.

나이토의 말을 가슴속에 되새기며 반드시 미노루를 찾아야 한다고 다시금 마음을 굳게 먹었다.

집으로 돌아온 가에데는 가슴에 들러붙었던 망설임을 뿌리치고 SNS에 미노루의 이름과 사진을 올리고 정보를 구했다.

일단 함께 찍혀 있는 마치다의 얼굴에는 모자이크 처리를 했다. 가에데는 SNS를 닉네임으로 등록해서 사용하고 있었다. 그리 걱정하지 않아도 마치다가 가에데의 SNS를 볼일은 없을 거라 생각했다.

지난 일주일 동안 미노루와 닮은 사람을 봤다는 댓글이 세 건 올라왔다. 그러나 발바닥에 땀이 나도록 그 장소를 찾아다녔는데도 단서가 될 만한 것은 전혀 얻지 못했다.

애초에 그 목격 정보를 댓글로 달아 준 사람과 일면식도 없다. 과연 신빙성이 있는 정보인지도 확실치 않았다. 가에데가 올린 간절한 글을 보고 장난삼아 엉터리 댓글을 썼을지도 모른다. 그런데도 지금으로서는 그 정보에 매달리는 것 말고는 달리 방법이 없다.

쉽게 찾을 수 없을 거라고 단단히 각오했다. 무슨 일이 있어도 낙담하지 않으려 애썼지만 지난 일주일 동안 헛수고를 하며 돌아다녔다고 생각하니 그만 한숨이 새어 나올 것만 같았다.

이 공원은 몰라도 아라카와 하천 부지에 노숙자가 산다는 이야기라면 들은 적이 있다고 빵집 여자가 말했다. 빵집 여자가 걱정했다시피 인적이 드문 하천 부지에 가기에는 도무지 내키지가 않았다. 하지만 여기까지 왔는데 쉽게 포기할 수도 없는 노릇이었다.

가에데는 우유를 다 마시고 먹던 샌드위치를 봉지에 넣은 뒤 벤치에서 일어났다.

하천 부지를 걸어가며 노숙자를 찾는 사이 사방이 어둑어둑해졌다. 슬슬 돌아가는 편이 낫지 않을까 망설이는 와중에 저 앞에서 띠 형태의 빛이 눈에 띄었다. 전철이 철교 위를 통과하는 모양이다.

빵집 여자에 따르면 철교 아래에 상자 집이 있다고 했다.

우선 그 철교 아래로 가서 미노루에 관해 물어본 다음 돌아가기로 했다. 가에데는 약간의 망설임과 경계심을 품고 걸음을 옮겼다.

철교 아래에 도착해서 사방을 둘러보니 바깥보다 더 어두워서 거의 아무것도 보이지 않았다. 그저 벽을 따라 상자 집이 죽 이어져 있다는 것만 알 수 있었다.

"실례합니다…." 가에데는 불안해하며 소리를 내 봤다.

자신의 목소리가 메아리칠 뿐 아무런 반응도 없었다.

어둠에 눈이 익숙해지자 상자 곁에 자전거와 냄비 같은 일용품이 어질려져 있는 것이 보였다. 확실히 사람이 사는 것 같지만 어디론가 다 나간 모양이었다. 그렇다고 이렇게 어두운 곳에서 사람이 돌아올 때까지 마냥 기다릴 수도 없었다.

내일 낮에 다시 찾아오는 편이 나을 듯했다.

그렇게 생각하고 발길을 되돌리려는 순간 등 뒤에서 나는 바스락거리는 소리에 깜짝 놀랐다.

상자 집 하나가 바스락바스락 움직였다. 안에서 사람이 나온 듯했다. 다음 순간 눈부신 빛이 시야를 뒤덮어 눈을 질끈 감았다.

"댁은 뉘시오?"

남자의 목소리가 들려 가에데는 천천히 눈을 떴다.

남자가 손전등 불빛을 가에데에게 비추면서 가까이 오기에 가에데는 조금 뒤로 물러섰다.

반다나(인도 풍 사라사 무늬가 있는 커다란 손수건)를 두른 긴 머리에 수염이 덥수룩하게 난 남자였다. 나이가 그리 많아 보이지는 않았다. 삼십 대 초반쯤 되었을까.

남자의 얼굴이 드러남과 동시에 가에데를 쳐다보며 어리둥절해하고 있음을 알았다. 가에데처럼 젊은 여자가 왜 이런 곳에 있는지 이상하게 여기는 것이었다.

"저… 실례합니다. 이 근처에서 사람을 찾고 있는데요." 가에데는 허둥대며 가방을 열어 휴대폰을 꺼냈다.

미노루의 사진을 화면에 띄워 눈앞의 남자에게 보여 주었다.

"이 남자를 혹시 모르시나요? 요 앞 히라이 공원에서 봤다는 사람이 있어서 이 주변을 찾아다니고 있거든요."

"사람을 찾고 있다니, 우리처럼 사는 사람인가?" 남자가 물었다.

"지금 어떻게 살고 있는지 모르지만 그럴지도 몰라요."

"그래서 여기까지 왔다는 건가?"

남자는 이제야 알겠다는 듯이 웃음을 짓더니 가에데에게 한 발짝 더 다가와 휴대폰 화면을 들여다봤다.

"이름은 오자와 미노루이고 지적장애인이에요. 이 사진은 옛날에 찍은 거고요…." 쉰내가 코를 찔렀지만 얼굴에 드러내지 않도록 애쓰면서 설명했다.

"알아."

남자의 말에 가에데는 놀라서 쳐다봤다.

"정말이에요?!"

"그럼, 미노루잖아. 반년쯤 전까지 나와 함께 공원에서 살았는데 지금은 다른 곳에 있어." 남자가 대답했다.

"어디에 있어요?"

"말로 설명하기는 어려워. 주소가 있는 것도 아니니."

"무슨 말씀이세요?"

"하천 부지 풀숲에 작은 천막집을 지어서 살고 있거든."

남자가 철교 밖을 가리켰다.

"그렇군요…."

"좀 걸어야 하는데, 아마 이 시간이면 천막집에 있을걸. 안내해 줄까?"

"부탁드립니다." 가에데는 흥분을 감추지 못하고 바로 대답했다.

남자가 손전등 빛을 철교 밖으로 향하면서 걸음을 옮겼다. 가에데는 그 뒤를 따라갔다.

드디어 미노루를 찾았다는 흥분에 휩싸여 잠시 걸었지만 모르는 남자와 단둘이 암흑 속에 있다는 꺼림칙함도 느껴졌다.

"미노루 씨는 건강하게 잘 있나요?"

가에데는 꺼림칙함을 견디다 못해 남자에게 말을 건넸다.

"그래. 잘 있지. 그나저나 그 녀석한테 댁처럼 예쁜 지인이 있다니 놀랐네. 도대체 무슨 사이지?" 남자가 가에데를 보면서 물었다.

"지인의 친구예요."

"호오. 그 지인에게 부탁받아서 이런 데까지 찾으러 왔다는 건가?" 남자가 히죽히죽 웃으면서 물었다.

딱히 부탁받아서 찾아다니는 것은 아니지만 그 말은 입에 담지 않았다.

잠시 걷다가 남자가 멈춰 섰다. 손전등 빛을 강으로 향하자 사방에 풀이 우거진 곳이 보였다.

"저기."

남자가 손으로 가리킨 곳을 보니 풀을 밟아 다져서 만든 듯한 좁다란 길이 있었다.

"저 길을 지나면 녀석의 천막집이 있어. 말이 길이지 나란히 걸을 만큼 넓지는 않은데, 어떡할래?"

남자의 질문에 가에데는 영문을 몰랐다.

"애석하게도 손전등이 하나밖에 없거든. 뒤에서 따라오면 시커메서 발밑이 보이지도 않아. 손전등을 빌려줄 테니 댁이 앞장설래?"

그런 뜻이었구나.

가에데는 풀숲을 보며 경계심을 품었다.

친절한 남자인 것 같고 혼자 이런 풀숲을 걷기에는 불안했지만, 남자와 단둘이 풀숲에 들어가기에는 거부감이 들었다.

"너무 폐를 끼치기도 죄송하니 여기서부터는 저 혼자 갈게요."

가에데는 최대한 본심이 드러나지 않도록 신중히 말했다.

"그래? 그럼 난 아까 거기로 가 있을 테니 미노루를 만나면 손전등이나 돌려주러 와."

남자가 웃으면서 가에데에게 손전등을 건넸다.

"네. 정말 여러모로 감사합니다." 가에데는 손전등을 받아 들었다.

"어제 비가 와서 땅이 질퍽거리니 조심하고."

그 말에 조금이나마 남자를 의심했던 자신이 죄스러웠다.

"저… 술 같은 거 드세요?"

갑작스러운 질문이었는지 남자가 고개를 갸우뚱했다.

"술이야 좋아하지." 잠시 후 남자가 대답했다.

미노루를 만난 후 편의점을 찾아서 답례로 맥주라도 살 생각이었다.

가에데는 남자에게 머리를 숙여 인사한 뒤 풀숲 길에 손전등 불빛을 비추면서 걸었다.

남자의 말대로 길이라고 하기에는 너무 좁았다. 아무리 손전등을 들고 있어도 양옆에 초목이 무성하게 자란 곳이라 발밑을 비추기도 버겁고 눈앞은 어둠에 뒤덮여 있었다. 풀숲을 한 걸음 나아갈수록 불안하고 두려운 마음이 커져 갔다.

이제 곧 미노루를 만날 수 있어.

심장을 쥐어짜는 듯한 공포를 느끼면서도 오직 그 생각만 하며 한 걸음씩 나아갔다.

미노루를 만나면 무슨 이야기부터 해야 할까.

자신은 마치다와 친한 사이인데 마치다가 줄곧 만나고 싶어 해서 당신을 찾아다녔다고 할까.

하지만 마치다 곁으로 미노루를 데려갈 수는 없다.

미노루에게 마치다가 있는 곳을 알려 주고 가에데와 만난 사실은 비밀로 하자고 부탁해야 할 것이다.

문득 쉰내가 콧구멍에 흘러들어 와서 가에데는 순간 뒤를 돌았다. 바로 뒤에 남자의 얼굴이 있었다.

아까와는 딴판인 핏발이 선 눈에 놀랄 틈도 없이 가에데는 남자의 손에 쓰러졌다.

손전등을 놓치는 바람에 눈앞이 온통 캄캄했다. 암흑 속에서 남자에게 짓눌리는 압박감과 쉰내 때문에 옴짝달싹할 수 없었다.

"뭐 하는 거예요!"

무슨 일이 일어났는지도 모른 채 소리쳤다.

"뭐 어때, 닳는 것도 아닌데. 금방 끝날 거야."

귓가에 거친 숨결이 느껴져 등골에 오스스 소름이 끼쳤다.

"웃기지 마! 그만둬! 저리 가라고!"

가에데는 양손이 세게 붙들린 탓에 몸부림을 치며 반항했다.

"하게 해 주면 나도 친구 찾는 데 협조해 줄게."

오른손에 압박이 없어졌다. 대신 치마 속에 불쾌한 감촉이 느껴지더니 남자가 속옷 근처를 더듬거렸다.

가에데는 몸이 짓눌린 채 빛을 찾아 고개를 이리저리 돌렸다. 약간 위쪽 풀숲에서 손전등 빛을 발견했다. 풀려난 오른손을 힘껏 뻗어 손전등을 잡은 뒤 곧장 남자의 얼굴을 향해 내리쳤다.

"아얏!"

비명과 함께 온몸을 누르고 있던 압박감이 사라졌다. 남자가 비켜난 듯했다.

손전등을 비추자 눈앞에서 남자가 손으로 관자놀이를 누르고 있었다. 가에데는 쓰러진 채로 남자의 사타구니를 향해 다리를 힘껏 차올렸다. 심상치 않은 비명이 울려 퍼졌다.

곧바로 자리에서 일어선 가에데는 바닥에 쓰러진 남자를 밟고 넘어 냅다 달렸다.

가에데는 오모리 역 개찰구를 빠져나가 곧장 역 건물로 들어갔다.

전철을 타고 오는 동안 몸에 불쾌한 냄새와 감촉이 들러붙은 것 같아서 도저히 견딜 수가 없었다.

조금이라도 빨리 집에 가서 옷을 갈아입고 샤워를 하고 싶었지만, 재킷의 등 부분과 치마가 진흙으로 얼룩지고 스타킹도 군데군데 찢어졌다는 것을 알아차렸다.

이 꼴로 집에 가면 엄마가 괜한 걱정을 할지도 모른다.

가에데는 스타킹과 저렴한 치마를 구입해 화장실로 들어갔다. 화장실 칸에서 스타킹과 치마를 갈아입고 역 건물에서 나왔다.

새 재킷도 사고 싶었지만 그 정도 돈은 없었다.

역 근처에 있는 세탁소에 재킷과 치마를 맡긴 뒤 무거운 발걸음으로 집으로 향했다.

정말 엄청난 하루였다.

가에데는 다시는 떠올리고 싶지 않은 광경을 뇌리에 되살리고 말아 깊은 한숨을 내쉬었다.

평소 자신이었다면 그 상황에 더 경계심을 품었을 테지만 이제 곧 미노루를 만난다는 흥분이 빈틈을 만들고 말았다. 나이토의 이야기를 듣고 미노루가 지금도 길거리 생활을 하고 있을 가능성이 높다고 생각했다. 미노루를 찾기 위해서는 앞으로도 그런 사람들을 찾아다녀야 할 것이다. 그런 경험은 이제 질색이지만 그렇다고 미노루 찾기를 포기할 수도 없다. 정신을 더 바짝 차리고 다녀야 한다.

가방 속에서 진동음이 들려 휴대폰을 꺼냈다.

발신자는 나이토 아저씨였다.

"여보세요….."

마침 나이토 아저씨를 생각하던 참이라 조금은 신기해하면서 전화를 받았다.

"여보세요, 지금, 통화 괜찮니?" 나이토의 목소리가 들렸다.

"네, 괜찮아요. 무슨 일이세요?"

"그날 이후 미노루를 찾고 있는 모양이구나. 우연히 이름을 검색해 봤더니 SNS 페이지가 떴어. 그거 가에데, 네 것 맞지?"

나이토에게 받은 사진을 올렸으니 바로 알아봤을 것이다.

"네. SNS에 이름이랑 사진을 멋대로 올려도 되나 싶었지만 달리 좋은 방법이 떠오르지 않았어요…."

"목격 정보가 몇 가지 올라왔더구나."

"솔직히 지금으로서는 전부 허탕이에요."

"그래? 부디 무리하지 말거라."

오늘 있었던 일을 꿰뚫어 보는 듯하여 바로 대답할 수가 없었다.

"말은 이렇게 하면서 이 아저씨도 널 부추기는 전화를 걸었지만 말이다."

"절 부추기다니요?" 무슨 뜻인지 몰라 되물었다.

"미노루의 행방을 알아낼 수도 있는 정보야. 미덥지 못하긴 하다만."

"무슨 정보인데요?"

가에데는 귀를 쫑긋 세웠다.

"너한테 보낸 사진 말인데… 사진 뒤에 글자가 쓰여 있었어. 필시 아마미야가 썼겠지. 글자가 번져서 잘 보이지 않았는데 빛이라고 쓰여 있었을지도 모른다는 게 생각났단다."

"빛이요?"

"그래. 빛이라는 글자 말이다. 어쩌면 아마미야가 사고를 당하기 전에 미노루가 그런 이름의 학교나 시설에 있다는 걸 알아내서 사진 뒤에 적어 놓지 않았을까 하고… 어디까지나 상상이지만 말이다."

"아뇨, 알아볼 가치가 있다고 생각해요."

미노루를 찾아낼지도 모르는 새 단서가 나왔다. 가라앉기 시작한 마음이 단숨에 회복된 것 같았다.

"직접 알아보면 좋겠지만, 공교롭게도 지금은 일이 바빠서 움직일 수가 없구나." 나이토가 변명하듯 말했다.

일이 바쁘다는 건 사실일까.

가에데한테는 관여하지 말라면서 나이토 본인은 무로이라는 인물을 조사하는 게 아닐까 걱정이 되었다.

"괜찮아요. 미노루 씨는 저한테 맡겨 주세요. 그런 학교나 시설이 있는지 제가 알아볼게요. 아저씨야말로 모쪼록 무리하지 마세요."

나이토에게 물어도 적당히 얼버무릴 거라는 생각에 다만 진심을 담아 말했다.

"그래. 일이 안정되면 또 보자. 그럼…." 나이토가 전화를 끊었다.

가에데는 가방에서 펜과 수첩을 꺼내 잊어버리지 않도록 '빛'이라고 적었다.

펜과 수첩을 가방에 넣은 순간 누군가 어깨를 두드렸다. 뒤돌아보니 마치다가 서 있어서 깜짝 놀랐다.

방금 통화 내용을 들은 것은 아닐까.

"꽤 늦게 다니네." 마치다가 말했다.

"어, 그렇지 뭐…."

시간이 있을 때 공장 일을 가르쳐 달라고 부탁했으면서 지난 일주일간 미노루를 찾느라 학교 공부 때문에 시간이 없다는 핑계로 공장에는 발걸음도 하지 않았다.

"공부하느라 바쁘다고 해 놓고 실은 놀러 다니는 거 아닌가?"

마치다의 의미심장한 눈빛을 보고 설마 미노루 일을 눈치챈 것이 아닐까 불안해졌다.

"제대로 공부하고 있어. 졸업을 앞두고 해야 할 일이 많단 말이야."

"그래?"

가에데의 말에는 별로 관심이 없다는 듯한 말투였다.

"공부가 좀 안정되면 다시 공장 일 가르쳐 줘." 가에데가 말했다.

"시간 나면. 나도 여러모로 할 일이 있어서."

마치다가 무심하게 대답하더니 가에데를 두고 혼자 걸어갔다.

눈을 뜨자 가슴이 세차게 두근거렸다.

가에데는 황급히 침대에서 일어나 불을 켰다.

무서운 꿈이었다.

남자가 자신의 몸을 덮치고 폭행하는 꿈이었다.

가에데는 마음을 가라앉히기 위해 의자에 앉았다. 손목에 남은 멍 자국이 그것이 단순히 꿈만은 아니었음을 다시 일깨워 주었다.

남자의 몸에서 나던 쉰내, 땀으로 미끈거리던 손의 감촉, 짐승처럼 거친 숨결이 가에데의 오감에 들러붙어 떨어질 줄을 몰랐다.

시계를 확인하니 새벽 1시 20분이었다. 이불 속에 들어간 지 한 시간도 지나지 않았다. 하루 종일 걸어 다닌 데다 그런 경험까지 해서 심신이 몹시 지쳤지만 다시 잠들지는 못할 것 같았다.

가에데는 조금이나마 마음을 달래기 위해 책상 위에 놓인 노트북을 열어 인터넷에 접속했다. '빛'이라는 글자가 들어가는 학교와 시설, 그리고 나이토는 말하지 않았지만 공원이나 단체 같은 곳도 조사해 봤다.

조금 조사했을 뿐인데 제법 많은 곳이 나왔다. 이 전부를 찾아가려면 엄청난 품과 시간이 들 것이다.

하지만 사진 뒷면에 쓰여 있었다는 것은 SNS의 목격 정보보다 훨씬 유력한 단서처럼 여겨졌다.

가에데는 인터넷에 나온 곳의 명칭을 노트에 옮겨 적었다.

잠시 그 작업에 열중하고 있는데 멀리서 사이렌 소리가 들려와 손을 멈췄다.

불이라도 난 걸까. 여러 대의 사이렌 소리가 서서히 커졌다. 집에서 가까운 곳인 듯했다.

가에데는 자리에서 일어나 커튼을 걷고 밖을 살펴봤다.

대각선 맞은편에 있는 집의 지붕 너머로 붉게 일렁이는 것이 보였다. 상당히 큰불이 난 듯했다. 방향으로 봐서는 공장 근처인 것 같았다.

걱정스러운 마음에 방에서 나가자 복도에서 엄마와 마주쳤다.

"어디서 불이 났나 보구나." 엄마가 어두운 표정으로 말했다.

"그러게… 공장 쪽인 것 같은데."

가에데의 말에 엄마는 더 심각한 표정으로 침실로 돌아갔다.

상황을 살피러 밖에 나가려는 것임을 알고 가에데도 방으로 돌아와 옷을 갈아입었다. 엄마와 함께 밖으로 나갔을 때 마치다도 2층에서 내려오고 있었다.

"공장 근처인 것 같구나." 엄마가 마치다에게 불안한 표정으로 말했다.

"공장에서는 불을 사용하지 않으니 아닐 거야. 근처 주택이나 음식점일 것 같은데."

"그렇지. 다들 괜찮을까."

공장 이웃과 오래도록 알고 지내 왔기에 걱정이 많을 것이다.

엄마를 따라 마치다와 함께 공장 쪽으로 향했다.

공장에 가까워질수록 칠흑 같은 밤하늘에 솟구친 불기둥이 점점 커졌다. 불기둥을 바라보면서 정체 모를 불안감에 휩싸였다.

공장이 있는 큰길로 나가자 수많은 소방차가 보였다. 그 주변을 에워싸듯 동네 주민들이 빼곡히 자리하고 있었다.

"에쓰코 씨… 큰일 났어, 이를 어째!"

공장 맞은편의 상점 주인이 엄마를 알아보고 불쌍하게 쳐다봤다.

그 말을 들은 엄마가 느닷없이 인파 속을 헤치고 나아갔다. 가에데도 황급히 엄마를 뒤따랐다.

가에데는 눈앞의 광경을 보고 숨을 삼켰다.

동시에 엄마의 비명 소리가 들렸다.

마에하라 제작소가 불타오르고 있었다.

공장 창문에서 불길이 뿜어져 나와 사방으로 검은 연기가 퍼졌다.

"어떻게! 어떻게 우리 공장이…"

엄마가 정신을 놓은 듯 공장으로 가려 하자 소방대원이 "가까이 가지 마세요!" 하고 되돌려 보냈다.

"엄마…"

가에데가 손을 잡자 엄마는 무너지듯 땅에 무릎을 꿇었다.

오열을 삼키는 엄마의 떨림을 손바닥으로 고스란히 느끼면서 눈앞의 믿기지 않는 광경을 그저 바라볼 수밖에 없었다.

옆을 보니 마치다가 서 있었다.

그는 증오에 찬 눈길로 불길을 보며 입술을 굳게 다물고 있었다.

"벌써 시간이 이렇게 되었구나."

그 목소리에 가에데는 엄마를 쳐다봤다.

엄마가 꿈에서 막 깬 듯이 멍한 눈길로 창가를 보고 있다. 엄마의 시선을 따라가자 부엌 창문에서 밝은 햇살이 비쳐 들고 있었다.

시계를 확인하니 아침 8시가 지났다.

공장이 겨우 진화되어 가에데는 마치다와 함께 집으로 돌아왔다. 소방대원에게 사정을 설명하고 엄마가 돌아온 것이 4시가 넘어서였다. 그로부터 몇 시간이나 셋이서 말없이 식탁에 둘러앉아 있었다.

"너희도 피곤할 텐데 그만 자려무나." 가장 피곤해 보이는 엄마가 말했다.

"엄마, 그런데 소방관은 화재 원인이 뭐래?"

엄마가 돌아오면 바로 물어보려 했지만 너무 초췌한 모습에 지금껏 말을 붙이지 못하고 있었다.

"자세히 조사하지 않은 이상 확실히 말할 수는 없지만, 방화일 가능성이 높다고 하더구나…."

"방화라니, 누가 불을 질렀다는 거야?"

엄마가 힘없이 고개를 끄덕였다.

"이제 어떻게 해?"

"어떻게 하긴… 지금은 아무 생각도 안 드는구나. 공장이 전소해서 들여 놨던 기계도, 주문을 받았던 상품도 전부 못 쓰게 되었어. 그래도…
다친 사람이 없고 옆집에 불길이 번지지 않아 불행 중 다행이지."

엄마는 마지막 힘을 쥐어짜듯이 말하더니 느릿느릿 일어섰다.

"미안한데, 엄마는 이제 쉬어야겠다. 너희도 어서 자렴." 엄마가 부엌
에서 나갔다.

잠시 후 마치다도 일어서서 문으로 향했다.

"저기."

가에데가 부르자 마치다가 감정이 보이지 않는 눈빛으로 돌아봤다.

"마에하라 제작소를 다시 일으킬 수 있는 거지?"

간절함을 담아서 물었지만 마치다는 대답하지 않았다.

"보험도 들었고 다 같이 힘을 합하면 다시 마에하라 제작소를…."

"그만두는 게 낫겠어." 마치다가 가에데의 말을 자르듯이 말했다.

"보험금이 얼마나 되는지 몰라도 전과 똑같은 상황으로 만들기는 어
려울 거다. 보험금이 들어오면 그곳을 싹 밀어서 빌라를 짓든지 팔아 버
리는 편이 나을걸."

"세상에…."

전혀 상상하지 못했던 마치다의 될 대로 되라는 말에 충격을 받았다.

"마침 좋은 기회잖아."

"무슨 뜻이야?" 마치다의 말에 화가 치밀었다.

"사장님은 계속 일을 할 만한 몸 상태가 아니야. 대대로 이어 내려온
공장을 직접 닫을 수는 없다는 일념으로 계속해 왔을 뿐이지."

"그래서 내가 엄마 대신 마에하라 제작소를 물려받겠다는 거잖아."

"네가 뭘 할 수 있지?!"

마치다가 쏘아붙이자 할 말을 잃었다. 아니 할 말이 없었다.

"너 같은 어리광쟁이가 뭘 할 수 있지? 네 힘으로 공장을 처음부터 다시 세울 수 있다고 진심으로 믿는 건가?"

"물론 지금의 나한테는 그럴 힘이 없다는 거 알아. 하지만… 내가 공장을 물려받으면 히로시 씨도 도와주겠다고 했잖아."

"남에게 의지할 생각부터 할 거면 공장을 물려받지 말라고 했을 텐데." 마치다가 싸늘하게 대답했다.

"왜…."

얼마 전까지는 가에데가 공장을 물려받는 일에 협조적이지 않았던가. 왜 갑자기 싸늘하게 돌아선 걸까.

"히로시 씨는 분하지 않아?" 가에데가 물었다.

"분해?"

"그래. 엄마가 말했잖아. 그 화재는 아마 방화범의 짓일 거라고. 생판 남 때문에 우리 소중한 보금자리를 빼앗겼다고. 그런 녀석 때문에 인생이 틀어졌는데 분하지도 않아?"

가에데가 감정을 오롯이 드러내고 말하자 마치다의 표정이 확연히 달라졌다.

"히로시 씨한테 공장은 계속 머물고 싶은 곳 아니었어? 그래서 STN에서 일하면서 고액 급여를 받을 수 있는데도 공장에서 일하는 걸 선택한 거 아니었냐고!"

불길을 증오에 찬 눈으로 노려보던 마치다의 눈빛이 떠올랐다.

"그래서 충고하는 거다." 마치다가 말했다.

"무슨 뜻이야?"

마치다는 아무런 대답도 하지 않고 밖으로 나갔다.

11

나이토는 이케부쿠로 역 서쪽 출구에 내려섰다. 주머니에서 메모를 꺼내 '복숭앗빛 하이스쿨'이라는 업소명과 '혼다 도모코'라는 이름을 보면서 잠시 그 자리에서 머뭇거렸다.

어떤 서비스를 하는 업소인지는 아까 이치카와를 찾아갔을 때 이야기를 듣고 대충 감이 왔다. 이치카와는 다테의 고등학교 동창이다. 다테가 고등학교를 중퇴하고 미야지회 준구성원이 되어서도 얼마간 교류가 있었던 모양이다.

그러나 다테가 미야지회에서 나가고 나서는 연락이 뚝 끊겼다고 한다. 이치카와는 다테가 그곳에서 나간 경위에 대해 전혀 모른다고 했다.

다테가 말한 '신의 아이가 되는 자격'이라는 것이 어떤 의미인지도, 그것을 위해 어떤 검사를 받았는지도 모른다고 한다.

나이토는 나흘 전에 찾아간 술집 주인에게 그 이야기를 들은 이후 다테의 지인들을 찾아다니고 있지만 그 의미를 아는 사람은 아무도 없었다.

또다시 막다른 길인가 싶어 낙담하고 있는데 이치카와가 대뜸 업소에 갔을 때 이야기를 하기 시작했다. 그 업소에서 자신을 상대해 준 여성이 예전에 다테의 애인이었다는 것이다. 이치카와와 서로 안면이 있었기에 아무래도 민망해서 다른 여성으로 교체했다고 쓴웃음을 지으며 말했다.

이치카와는 1년 전에 있었던 일이라 지금도 그 업소에서 일하는지는 모르겠다고 했지만 나이토는 그 업소와 여성의 이름이라도 물어 메모해 두었다. 그 업소는 로사회관(1968년 도쿄 이케부쿠로에 들어선 상가건물) 근처에 있고 주소는 모른다고 했다.

나이토는 역 앞 파출소 지도에서 로사회관이 있는 위치를 확인한 뒤 걸음을 옮겼다. 로사회관 주변을 둘러보니 뒷골목의 낡은 잡거빌딩 3층에 '복숭앗빛 하이스쿨'이라는 간판이 눈에 들어왔다.

업소 안으로 들어가기에는 영 내키지 않았지만 혼다 도모코가 어떻게 생겼는지 알지 못하는 까닭에 밖에서 기다렸다가 말을 걸 수도 없었다. 이치카와에 따르면 혼다 도모코의 가슴 언저리에 문신이 있다고 하지만 과연 그 문신을 확인할 만한 복장인지도 알지 못한다.

나이토는 업소에 들어가기로 결심하고 잡거빌딩의 좁은 계단을 올라갔다. 3층에 도착해 문을 열자 정면에 작은 창구가 있었다.

"어서 오세요. 지명하실 아가씨가 따로 있으신가요?"

뭘 어떻게 해야 할지 몰라 멀뚱히 서 있자 창구 안쪽에서 남자 종업원이 얼굴을 내비치고 물었다.

"저… 혼——." 거기까지 말하고 입을 다물었다.

이런 업소에서 본명으로 일할 것 같지는 않았기 때문이다. 괜히 본명을 말했다가 경계심을 품을지도 모른다. 이치카와에게 여기서 쓰는 가명까지는 듣지 못했다.

"친구에게 괜찮은 아가씨가 있다고 들었는데 이름을 잘 모릅니다." 나이토가 말했다.

"어떤 아가씨인데요?"

"가슴 언저리에 문신이 있다고 합니다."

"어떤 문신인데요?"

"그건 잘⋯."

이치카와도 곧바로 다른 여성으로 바꾸었기 때문에 무슨 문신이었는지는 기억하지 못한다고 말했다.

"가슴에 문신이 있는 아가씨가 두 명 있거든요. 지금 자리에 있는 아가씨는 루리라는 아가씨인데, 어떻게 하시겠어요?"

"그 아가씨는 나이가 몇입니까?" 나이토가 물었다.

"스물다섯 살이에요."

이치카와에 따르면 혼다 도모코는 서른 살 안팎이지만 나이를 속였을 가능성도 있다.

"그럼 그 아가씨로 부탁합니다."

"코스는 뭘로 하시겠어요?"

종업원이 창구에서 손을 뻗어 벽에 붙은 종이를 가리켰다. 30분짜리부터 90분짜리 코스가 있고, 다양한 옵션이 표시되어 있었다.

"그럼 60분짜리 코스로 하겠습니다."

그 정도 시간이면 다테에 관한 이야기를 끌어낼 수 있을 것 같았다.

"선불이고 1만 5천 엔입니다."

지갑을 꺼내 대금을 치른 뒤 종업원을 따라 대기실로 들어갔다. 소파에 앉아도 마음이 진정되질 않아 담배와 라이터를 꺼냈다. 담배에 불을 붙이고 가슴속의 긴장감을 밀어내듯 연기를 뿜어냈다.

이런 곳에 있다는 거북한 감정이 서서히 줄어드는 것도 잠시, 피어오르는 연기를 보는 사이 에쓰코의 지친 목소리가 떠올라 기분이 가라앉았다.

나이토는 그저께 석간에 실린 기사를 보고 눈을 의심했다.

그날 새벽 오모리에 있는 마에하라 제작소에 불이 났다는 기사였다.

나이토는 걱정이 되어 당장 에쓰코에게 전화를 걸어 상황을 물었다.

화재 때문에 다친 사람이 없다는 말을 듣고 조금이나마 안도했지만, 공장이 전소했고 방화일 가능성이 높다는 말을 듣고 나이토는 에쓰코에게 무슨 말을 해야 할지 막막해졌다.

남편을 잃고 에쓰코가 얼마나 고생했는지 누구보다 잘 안다. 에쓰코는 여자 혼자의 힘으로 대대로 이어 내려온 공장을 지키기 위해 죽기 살기로 노력해 왔다. 그뿐만 아니라 생판 남인 마치다를 거두어 달라는 나이토의 염치없는 부탁도 흔쾌히 들어주었다.

그렇게 좋은 사람이 왜 이런 불합리한 재난을 당해야 하는지 참으로 안타까운 심정이었다.

에쓰코는 나이토의 절친한 친구였던 남편이나 오랫동안 공장을 지켜온 시부모님에게는 면목이 없지만 마에하라 제작소를 재건하기는 어렵다고 힘없이 말했다.

가에데가 걱정되어 상태를 묻자 충격을 많이 받았다고 했다.

나이토는 묻지 않았지만 가에데는 대학을 졸업하면 공장을 물려받을 생각에 의욕이 넘쳐 있었던 모양이다.

가에데에게 직접 연락할까 하다가 그만두기로 했다. 지금은 내버려 두는 편이 나을 것 같았고 설령 가에데와 이야기를 한다 해도 어떤 위로의 말을 건네야 할지 당장은 몰랐기 때문이다.

"오래 기다리셨습니다."

그 목소리에 나이토는 정신이 들어 입구를 쳐다봤다.

"3번 방으로 가시면 돼요." 대기실 밖에서 종업원이 말했다.

나이토는 담배를 재떨이에 비벼 끄고 일어섰다. 종업원이 가리킨 좁은 복도를 걸어가 3번 팻말이 붙은 방 앞에 서서 노크를 했다.

"네에."

목소리와 함께 문이 열리고 머리가 긴 여자가 얼굴을 내밀었다.

실내가 어둑어둑해서 확실히는 모르지만 나이가 스물다섯 이상은 되어 보였다.

"안녕하세요. 들어오세요."

세일러복을 입은 여자가 해맑게 말하더니 나이토의 손을 잡고 방 안으로 끌어들였다. 다다미 두 장 크기의 좁은 방에 침대가 놓여 있었다.

"신발부터 벗고 앉으세요."

나이토가 신발을 벗고 침대에 걸터앉자 여자가 눈앞에 쭈그려 앉았다. 앞섶 사이로 장미 문신이 보였다.

옆방에서 여자의 신음소리가 들렸다. 얇은 벽 하나를 사이에 두고 방이 다닥다닥 붙어 있는 듯했다.

"처음 뵙는 분이네요. 소개받고 절 지명하신 거예요?" 여자가 나이토의 양말을 벗기면서 물었다.

나이토는 어떻게 해야 할지 몰라 여자가 하는 대로 가만히 있었다. 양말을 벗긴 여자의 손이 바지 벨트로 뻗어 와 나이토는 화들짝 놀라 벌떡 일어섰다.

"여자가 벗겨 주는 건 싫으세요?" 여자가 나이토를 올려다보며 물었다.

"아니, 그게 아니라… 뭐라 말해야 할지… 실은 당신에게 묻고 싶은 게 있어서 여기에 왔습니다."

나이토의 말에 여자는 무슨 뜻이냐는 듯 고개를 갸웃거렸다.

"실례입니다만, 혼다 도모코 씨입니까?"

여자가 소스라치게 놀란 표정을 지었다.

틀림없다. 이 여자는 혼다 도모코다.

"어떻게… 당신, 누구야?"

도모코가 표독스럽게 물은 다음 일어서서 벽에 걸린 전화기로 다가갔다.

"잠깐만요. 이야기만이라도 들어 주십시오." 나이토가 옆방에 들리지 않도록 나직하게 말했다.

"이야기라니 무슨… 종업원을 부를 거야."

도모코가 수화기를 들었다. 호출음이 새어 나왔다.

"잠깐만 기다려 주십시오. 저는 결코 수상한 사람이 아닙니다. 다테 쇼헤이 씨에 대해 알고 싶을 뿐입니다."

도모코는 그 이름을 듣고도 모르는 눈치였다.

"다테 쇼헤이 씨와 교제한 적이 있다고 들었습니다. 7년쯤 전에 미성년자의 칼에 찔려 사망한 사람 말입니다."

"다테… 다테 쇼헤이라면…." 도모코는 그제야 기억이 났는지 중얼거렸다.

"여보세요."

도모코가 쥔 수화기에서 남자 종업원의 목소리가 새어 나왔다. 도모코는 나이토를 빤히 쳐다볼 뿐 아무 말도 하지 않았다.

나이토는 도모코를 간절히 쳐다보는 것밖에 할 수가 없었다.

"여보세요, 무슨 일이야?"

도모코가 수화기로 시선을 옮기고 얼른 귀를 갖다 댔다.

"미안, 아무것도 아니야. 손님이 라이터를 빌려 달라고 하셨는데, 갖고 계셨나 봐."

도모코는 수화기를 제자리에 놓은 뒤 나이토를 다시 쳐다봤다.

"쇼헤이에 대해 알려 달라니… 당신, 쇼헤이하고 아는 사이야?" 도모코도 옆방이 신경 쓰였는지 목소리를 낮췄다.

"아뇨, 다테 씨와 만난 적은 없습니다." 나이토는 솔직히 대답했다.

"그럼 신문사나 방송국 기자야?"

도모코의 날카로운 눈빛에는 미심쩍어하는 기색이 역력했다.

"기자도 아닙니다. 평범한 경비원입니다."

그렇게밖에 대답할 수가 없었다.

"평범한 경비원이 왜 쇼헤이에 대해 알려 달라는 건데?"

"다테 씨와 만난 적은 없지만 간접적으로나마 알게 되었습니다."

"무슨 뜻인지 모르겠네." 도모코가 내뱉듯이 말했다.

"당연히 그렇겠지요. 간단히 설명드릴 수는 없지만 그에 대해 조사하다 보니 여러모로 이상한 것이 나와서….'

"이상한 거라니….'

"저는 다테 씨의 죽음의 진상을 밝히기 위해 그를 아는 사람들을 찾아다니고 있습니다.'

"쇼헤이의 죽음의 진상…?"

"그렇습니다.'

"진상이고 뭐고… 쇼헤이는 미성년자한테 찔려서 죽었잖아. 범인한테 호적이 없다면서 뉴스에서 떠들었는데.'

"물론 사건 진상의 절반은 그렇습니다. 그런데 표면화되지 않은 진상도 있지요. 저는 그걸 조사하고 있습니다.'

일부러 에둘러서 말하자 도모코가 관심이 생긴 것 같았다.

"표면화되지 않은 진상이 뭔데?"

"여기는 벽이 얇은 것 같군요. 오늘이 아니라도 괜찮으니 밖에서 이야기할 수 없겠습니까?" 나이토가 벽을 흘끗 쳐다본 뒤 물었다.

"설마 내가 모르는 작업 거는 수법인가? 아니지?"

나이토는 그렇지 않다며 고개를 가로저었다.

"일이 10시에 끝나는데.'

"기다리겠습니다. 휴대폰 번호를 알려드릴 테니 편한 시간에 연락해주십시오.'

나이토는 가방에서 펜과 수첩을 꺼내 휴대폰 번호를 적은 뒤 도모코에게 건넸다.

침대에 앉아 양말과 신발을 신고 일어섰다.

"아직 40분이나 남았는데 그냥 가려고?" 도모코가 슬쩍 웃으며 말했다.

"네. 앞으로 할 이야기에 설득력이 떨어질 것 같아서… 그냥 가겠습니다."

"이렇게 금방 나가면 스카우트하러 왔다고 의심받을 텐데."

"그럼 여기서 잠시 선잠을 자고 싶군요. 요즘 들어 잠을 못 자고 있어서. 괜찮습니까?"

"돈도 냈겠다, 뭔들 못 할까."

기이한 것이라도 보는 눈빛으로 도모코가 말했다.

밤 10시 30분을 지나 나이토의 휴대폰에 모르는 번호로 전화가 왔다.

"방금 가게에서 나왔는데, 아저씨는 어디야?" 도모코의 목소리가 들렸다.

"로사회관 근처에 있습니다."

"알겠어. 그럼 로사회관 앞에서 기다려."

전화를 끊고 잠시 기다리고 있자 도모코가 나타났다. 아까와 달리 노출을 자제한 옷차림이었다.

자연스럽게 도모코의 주변을 살폈지만 누군가와 함께 온 것 같지는 않았다.

나이토는 다가오는 도모코를 보면서 가슴을 쓸어내렸다. 휴대폰 번호를 알려 주면서도 도모코가 연락하리라는 확신이 없었기 때문이다. 남들 눈에 나이토가 하는 행동은 확실히 수상하게 비칠 것이다. 도모코에게 무시당해도 어쩔 수 없고 심지어 업소 사람이나 동료에게 흠씬 얻어맞아 내쫓겨도 이상할 것이 없었다.

"이케부쿠로를 잘 몰라서 그러는데, 어디 조용히 이야기할 수 있는 곳이 없겠습니까?"

"남들이 들으면 안 되는 이야기구나?" 도모코가 물었다.

"그렇게까지 예민하게 굴 필요는 없지만 조심해서 나쁠 것은 없습니다."

"마침 좋은 데가 있어. 여덟 시간이나 육체노동을 했더니 배가 너무 고파. 물론 아저씨가 사는 거지?"

"그럼요."

나이토가 고개를 끄덕이자 도모코가 걸음을 옮겼다.

도모코를 따라 바로 근처에 있는 선술집에 들어갔다. 가게 안은 손님으로 북적였다. 떠들썩한 손님 사이를 지나 도모코와 안쪽으로 향했다. 빈자리에 마주 앉았지만 사방으로 손님이 있어서 도저히 조용히 이야기할 만한 분위기가 아니었다.

"일단 식사부터 하려는 겁니까?"

나이토는 사방의 떠들썩한 소리에 묻혀 들리지 않을까 봐 몸을 살짝 내밀고 물었다.

"여기서 이야기하면 돼. 남들이 들으면 안 되는 이야기를 할 때는 이런 데가 최고야." 도모코가 대답했다.

"하긴 그렇군요."

점원이 주문을 받으러 왔다. 나이토는 생맥주만 주문하고 나머지는 도모코에게 맡겼다.

"그러고 보니 아직 아저씨 이름도 못 들었네."

주문한 생맥주가 나와 한 모금 마시자 도모코가 말했다.

"나이토… 나이토 신이치입니다."

"아까 말이야, 쇼헤이를 만난 적은 없지만 간접적으로 알게 되었다고 했잖아. 그게 무슨 뜻이야?" 도모코가 물었다.

"저는 예전에 소년원에서 교도관으로 근무했습니다. 다테 씨를 칼로 찌른 소년이 제 담당이었지요."

나이토의 말에 도모코의 눈이 반응했다.

"당신 말대로 그 소년은 경찰에 붙잡혔을 때 사정 청취에서 자신이 찔러 죽였다고 자백했습니다. 다만 그가 소년원을 나온 뒤 마음에 걸리는 것이 이것저것 나와서 그 사건을 제 손으로 조사하게 된 겁니다."

"마음에 걸리는 거…?"

"소년의 자백에 따르면 두 사람은 모르는 사이인데 우연히 그날 알게 되었고 몸싸움을 하다 우발적으로 찔렀다고 합니다만, 제가 조사한 바로는 다테 씨와 그 소년은 동료였습니다."

"동료였다고?"

"네. 같은 조직에 속한 동료였습니다."

"조직이라니…."

"다테 씨가 한때 미야지회라는 조직의 준구성원이었다는 사실을 아십니까?"

나이토의 물음에 도모코가 고개를 끄덕였다.

"그 무렵에 교제했던 겁니까?"

"사귀기 시작한 건 미야지회에 들어가기 전이었어. 나는 그때 룸살롱에서 일했는데, 손님이 너무 끈질기게 굴어서 문제가 생겼거든. 그 손님은 자기가 그 지역 조폭과 친하니 자기랑 사귀지 않으면 험한 꼴을 당할 줄 알라면서 협박하고 막무가내로 접근했는데…."

"그가 도와주었군요?"

도모코가 고개를 끄덕였다.

"룸살롱을 옮기고 집을 이사했는데도 스토커처럼 따라오니까… 어떻게 해야 할지 몰라서 친구한테 의논했더니 쇼헤이를 소개해 줬거든. 쇼헤이는 조폭은 아니었는데 조직 관련 사람들이 인정할 만한 실력자였던 거야. 그 손님이 조폭과 아무 상관없다는 사실을 알아내서 두 번 다시 내 앞에 나타나지 못하게 위협했어. 문제를 해결해 준 걸 계기로 내 월세방에 들어와 같이 살게 되었지."

이야기하는 사이 다테와의 기억이 선명하게 되살아났는지 도모코의 표정이 갈수록 쓸쓸해졌다.

"그런데 1년쯤 동거하다 홀쩍 사라졌어."

"사라지다니, 당신 집에서 나갔다는 겁니까?"

"응. 집에 왔더니 그 사람 짐도 싹 다 없어졌더라. 휴대폰에 전화해도 안 받고…."

"그때가 그가 사망하기 2년쯤 전입니까?"

"아마 그럴 거야…."

다테가 미야지회에서 나간 뒤 행방이 묘연해졌을 무렵이다.

"그보다 아까 말한 조직은 또 뭐야? 미야지회하고는 다른 조직이야?"

"솔직히 저도 실태를 잘 모릅니다."

나이토는 고개를 내저으며 대답했다.

"저는 그 조직에 대해서도 조사하고 있습니다만, 조사하면 할수록 정체를 알 수 없는 무시무시한 조직이 아닌가 하고… 다테 씨는 미야지회의 준구성원을 그만둔 후에 그 조직에 들어갔을 겁니다."

"쇼헤이가 싸우다 죽은 게 아니라, 그 조직 사람이었던 무호적 소년의 손에 죽었다는 거야?"

"그것까지는 알 수 없습니다. 다만 그가 살해된 원인의 일부를 그 조직에서 제공했을 가능성은 있지요. 어둠에 모습을 감춘 것처럼 조직의 실태를 전혀 알 수 없지만, 분명히 존재합니다. 그런 정체 모를 조직을 이대로 놔둬서는 안 됩니다. 그래서 이렇게 다테 씨에 대해 조사하는 겁니다."

도모코에게는 너무나 엉뚱한 이야기이리라. 그녀는 고개를 숙이고 입을 다물었다.

"터무니없는 망상으로 여겨질지도 모르지만…."

나이토가 쓴웃음을 머금고 말하자 도모코가 고개를 들어 나이토를 물끄러미 쳐다본다.

"그를 죽인 소년이 조직에 보복당할까 두려워서 경찰한테 거짓 자백을 했다는 거야?" 도모코가 물었다.

"글쎄요…."

나이토는 나직하게 중얼거리며 그럴지도 모른다고 생각했다.

만약 가에데의 말대로 다테를 죽인 사람이 마치다가 아닌 미노루였다면 마치다는 조직의 눈을 미노루에게서 딴 데로 돌리기 위해 스스로 죄를 뒤집어쓰고 붙잡힌 것이 아닐까.

그러나 조직은 마치다를 결코 놔줄 생각이 없는지 소년원에서 탈주시키기 위해 아마미야를 보냈다.

마치다와 아마미야는 왜 그렇게까지 해야만 했을까.

무로이. 조직의 내부 사정을 아는 사람에게는 그만큼 무서운 존재일지도 모른다.

"한 가지 묻고 싶은 게 있습니다."

"뭔데?"

"다테 씨에게서 무로이라는 이름을 들은 적이 있습니까?" 나이토는 가장 궁금했던 이야기를 꺼냈다.

"무로이…."

도모코는 그렇게 말하고 시선을 테이블 한곳에 고정했다. 다테와의 기억을 상기하고 있는 듯하다.

"딱 한 번, 그 사람이 잔뜩 취했을 때 그 이름을 들은 적이 있어."

"정말입니까?"

나이토는 눈이 번쩍 뜨이는 기분이었다.

"웬만해서는 남을 칭찬하는 일이 없었거든. 그래서 그 사람 이름이 인상에 깊이 남아 있어. 무로이 진이라는 사람."

"무로이 진… 어떤 사람이라고 하던가요?" 나이토가 물었다.

"아무튼 굉장한 사람이라고."

"굉장하다고요?"

"그래… 언젠가 일본을 움직이는 사람이 될 거라던데."

"일본을 움직이는 사람이라니… 대체 뭐 하는 사람입니까?"

"몰라. 그냥 자기는 그 사람을 알게 돼서 정말 행복하다고… 그 사람한테 깊이 빠진 것 같았어. 처음에는 무슨 종교에 빠졌나 싶었는데, 그랬으면 나한테도 열심히 권했겠지. 그런데 안 그러더라고."

조금은 무로이의 윤곽이 잡히기 시작했으나 아직 한참 부족하다.

"다테 씨는 어디서 무로이를 알게 되었다고 하던가요?" 나이토가 더 자세히 물었다.

"글쎄… 그건 못 들었는데."

"그렇군요." 무로이에게 이어질 실마리가 끊어져 낙담의 한숨을 토했다.

"그 무렵에 쇼헤이는 입만 열면 불평을 쏟아 냈어. 시골 조폭의 심부름꾼 노릇도 이제 지긋지긋하다고. 못 해 먹겠다고."

"미야지회 말입니까?"

도모코가 고개를 끄덕였다.

"무로이라는 사람 곁에서 일하고 싶다고… 일본을 바꿀 만한 큰일을 하고 싶다고 술주정을 하더라."

"그래서 미야지회를 나와 무로이의 조직에 들어갔군요. 일본을 바꿀 만한 큰일이라, 실제로 한 일은 보이스피싱 같은 비열한 범죄였습니다."

"진짜?"

"네. 무로이는 다테 씨처럼 자리를 잡지 못한 젊은이들을 끌어모아 온갖 범죄를 시킨 겁니다. 일본을 바꾸겠다며 큰소리쳐서 젊은이들을 범죄의 길로 몰아가는 수법이 꼭 사이비 종교의 교주 같군요. 그런 놈의 헛소리에 걸려드는 것도 어리석긴 마찬가지라고 생각합니다만."

나이토가 역정을 참지 못해 속마음을 그대로 내뱉자 도모코가 고개를 숙였다.

옛 애인 앞에서 다테를 나쁘게 말해 버린 것 같았다.

"미안합니다… 다테 씨를 나쁘게 말하려던 건 아닙니다. 어디까지나 그도 피해자인데 무로이에 대한 분노로 그만 말실수를 했습니다."

나이토의 사과에 도모코가 고개를 들었다.

"그건 괜찮아. 단지 이야기를 듣다 보니 내가 받은 인상하고 달라서 말이야…."

"무슨 뜻입니까?"

"쇼헤이가 무로이 곁에서 일하고 싶어 한 건 맞아. 그런데 그것도 간단하지 않다고 했어. 선택받은 사람이 아니면 무로이와 함께 있을 수 없다나 뭐라나. 그건 자신의 노력으로 되는 게 아니라 그야말로 신이 내려주신 것으로 판단된대. 만 명에 한 명꼴로 있는 그 능력을 지닌 사람만이 무로이와 함께 일본을 바꿀 수 있다고…."

"다테 씨가 그렇게 말했습니까?"

도모코가 고개를 끄덕였다.

"쇼헤이는 자기한테는 그런 능력이 없으니까 지금처럼 살 수밖에 없다면서 한숨을 내쉬곤 했어. 그런데 내 곁을 떠나 그 조직에 들어갔다는 건, 만 명에 한 명꼴로 있는 능력을 지녔다는 말이잖아. 그런데 고작 보이스피싱이나 했다는 소리를 들으니까 맥이 빠졌어."

검사에 합격해서 신의 아이가 될 자격을 얻었다——.

다테가 술집에서 기분 좋게 취해 있을 때 했다는 말이 생각났다.

"자신의 노력으로 되는 게 아니라 신이 내려 주신 것으로 판단되다니, 무로이가 동료를 선택한 기준이 뭐였을까….'

"쇼헤이한테 정확히 듣지는 못했지만 아마도 지능지수겠지.'

"지능지수요?" 나이토가 되물었다.

"쇼헤이가 사라지기 전에 언뜻 말한 적이 있어. 둘이서 TV 퀴즈 프로그램을 보고 있었는데, '나는 정답은 몰라도 저기 나와 있는 놈들보다 훨씬 똑똑해' 하고 으스대더라니까. 그 전까지는 자기 주먹이 얼마나 센지, 여자한테 인기가 얼마나 많은지 그런 자랑은 했어도 머리가 좋다는 이야기는 한 적이 없었어. 나도 그렇지만, 공부를 못해서 고등학교를 중퇴한 것이 나름 콤플렉스였거든."

지능지수.

아닌 게 아니라 마치다의 지능지수는 월등히 높다.

아마미야의 정확한 지능지수는 모른다. 소년 분류 심사원에서 측정했을 때 57이라는 낮은 수치가 나왔지만, 미노루를 흉내 내기 위한 연기였다고 생각해야 맞다.

아니, 지능지수를 스스로 조작할 수 있다는 자체가 지능이 매우 높다는 뜻이 아닌가.

"높은 지능지수가 조직에 들어가기 위한 조건이었다면, 어디서 누가 그런 측정을 한 건지….'

그 장소나 인물을 특정할 수 있다면 무로이로 이어지는 큰 단서가 될 것이다.

"몰라. 지능지수가 그 조건인지도 확실치 않고…."

"그 무렵에 뭔가 생각나는 일은 없습니까? 사람이든 장소든 아무리 사소한 것이라도 괜찮습니다."

"혼다…." 도모코가 생각났다는 듯 불쑥 내뱉었다.

"당신 말입니까?"

나이토는 무슨 뜻인지 몰라 물었다.

"아니, 나 말고. 언제였더라, 집에 있을 때 쇼헤이가 휴대폰으로 통화하는 걸 들은 적이 있어. 혼다 선생님이라는 사람하고 통화했던 것 같은데."

"혼다 선생님이요?"

"나하고 성이 똑같은 데다 쇼헤이 입에서 선생님이라는 말이 나온 게 신기해서 기억나."

"그럼 이름이나 성별은 모르고요?"

도모코는 시선을 돌린 채 대답하지 않았다.

나이토의 말이 들리지 않을 만큼 그 당시 기억을 더듬는 데 집중한 듯했다.

"학교 선생님일 리는 없고 병원에 다닌 것도 아니었는데… 그러고 보니 그 전화를 끊고 아주 들떠 보였는데. 좋은 일이라도 있냐고 물었더니 별거 아니라며 얼버무렸지만…."

혼잣말처럼 말하더니 나이토에게 시선을 되돌렸다.

"그 며칠 후에 사라졌어." 도모코가 말했다.

"혼다 선생님이 그의 지능지수를 측정한 건가…."

"확실치는 않지만 그럴지도 몰라."

"이름이나 성별은 모릅니까?"

조금 전 대답을 듣지 못해 다시 한번 물었다.

"그건 잘…." 도모코가 고개를 가로저었다.

혼다 선생님.

흔한 성이라 힘겨운 작업이 될 테지만 그 사람을 반드시 찾아내야 한다.

12

어느덧 오후 2시를 넘었다. 다메이는 벽시계를 확인한 뒤 수화기를 들어 쇼코의 내선번호를 눌렀다.

"네, 상품개발부입니다."

쇼코가 아닌 다른 여자의 목소리였다.

"다메이입니다만, 나쓰카와 쇼코 씨 출근했습니까?" 다메이가 물었다.

"오늘 출근하지 않았습니다."

"연락은요?"

"없었습니다."

"그렇군요…." 불안에 사로잡힌 다메이는 수화기를 내려놓았다.

"쇼코, 아직 안 왔어?"

그 목소리에 다메이는 소파로 시선을 옮겼다. 시게무라와 리사가 다메이의 표정을 살피듯 보고 있었다.

"그런가 봐요. 연락도 없다고 하고… 무단결근을 하다니… 그동안 한 번도 이런 적이 없었는데."

"몸이 너무 안 좋아서 깊이 잠든 게 아닐까?" 리사가 걱정스럽게 말했다.

"그러게…."

"슬슬 가야겠는데, 안 그러면 늦을 거야. 5시에는 연구실로 돌아가야 해." 시게무라가 손목시계를 확인했다.

"전화 한번 해 봐."

아침부터 몇 번을 해 봤지만 쇼코는 휴대폰을 받지 않았다.

"알겠어. 이번에 연결이 안 되면 우리끼리 가요."

다메이는 쇼코의 휴대폰에 전화를 걸었다. 여전히 연결되지 않았다. 이번에는 집 전화로 걸었지만 자동 응답기로 넘어갔다. 걱정되니 연락해 달라는 메시지를 남기고 전화를 끊고 자리에서 일어났다.

"그럼 갈까요?"

다메이는 시게무라와 리사에게 말한 뒤 사장실에서 나왔다.

"아주머니와 가에데를 만나면 무슨 말을 해야 할까…." 리사가 복도를 걸으면서 힘없이 말했다.

"그러게. 어쨌든 위로의 말을 건넬 수밖에. 그곳은 우리의 출발선이니 STN에서 최대한 지원하겠다고 말씀드려야지."

사흘 전 저녁 뉴스를 통해 마에하라 제작소가 화재로 전소했다는 사실을 알게 되었다. 곧바로 에쓰코에게 연락해서 상황을 묻자 다친 사람이 없으니 걱정 말라며 씩씩하게 대답했다.

다메이는 회사 창업 멤버들에게 에쓰코 가족을 만나서 위로와 격려를 하자고 제안했다. 당연히 모두 찬성했지만 주부인 리사를 제외한 세

312

명은 업무가 과중하다 보니 좀처럼 시간을 맞추지 못했다. 넷이서 겨우 맞춘 것이 오늘 이 시간이었다.

"공장을 먼저 둘러보고 갈까요? 상황을 알아 두면 이야기하기도 괜찮을 것 같거든요."

택시 조수석에서 다메이가 뒷좌석의 두 사람을 돌아보며 물었다.

"그러지, 뭐."

시게무라의 동의를 얻은 다메이는 택시 기사에게 행선지를 다시 일러 주었다.

창밖으로 그리운 풍경이 흘러갔다. 그러나 그 아련한 향수는 마에하라 제작소가 눈에 들어오자 가슴을 찢는 아픔으로 변했다.

마에하라 제작소 바로 앞에서 택시를 세웠다. 다메이는 참담한 심정으로 택시에서 내렸다.

회사를 시작했을 무렵 문턱이 닳도록 드나든 공장은 온데간데없었다. 외벽이 거의 타고 건물을 지탱하던 철골만이 앙상하게 남아 있었다.

5년 전 자신들의 꿈을 걸었던 낙원은 상점가 한구석에 방치된 거대한 철골 쓰레기로 변해 있었다.

"말도 안 돼…." 리사가 비명에 가까운 소리를 냈다.

전소했다는 소식은 들었지만 상황은 상상하던 것보다 훨씬 참혹했다.

"철거할 수밖에 없겠어."

다메이도 시게무라의 말에 동감했다.

눈앞의 철골 쓰레기처럼 무겁게 느껴지는 발걸음을 애써 옮겼다.

마에하라 일가의 집 앞에 도착해 다메이는 심호흡을 한 뒤 초인종을
눌렀다.

"네."

잠시 후 에쓰코의 목소리가 들리고 문이 열렸다.

"오랜만이구나. 다들 건강해 보이네. 자, 들어오렴."

에쓰코는 환한 웃음으로 다메이 일행을 맞이해 주었다.

그러나 몹시 무리하고 있다는 것이 빤히 보여 되레 그 웃음이 애처롭
게 느껴졌다.

"힘드실 텐데 갑자기 찾아뵙겠다고 해서 죄송합니다."

"왜들 그래? 초상난 얼굴을 하고. 오랜만에 만나서 얼마나 반가운지
모른단다." 에쓰코는 애써 미소를 유지했다.

에쓰코는 다메이 일행을 거실로 안내한 뒤 몸이라도 움직이지 않으
면 진정이 되지 않는다는 듯이 바지런히 다과를 준비했다.

"그런데 쇼코 씨가 안 보이네?"

에쓰코는 그제야 발견한 듯 물었다.

"죄송해요. 몸 상태가 안 좋거든요… 본인은 몹시 오고 싶어 했는데
말이에요." 다메이는 일단 그렇게 대답했다.

"그래? 오랜만에 일본 생활에 적응하느라 피로가 쌓였나 보구나. 몸
조리 잘하라고 전해 주렴."

"네. 그런데… 이런 이야기를 해도 될지 모르겠지만, 공장은 앞으로
어떻게…."

"이대로 접기로 했어."

생각지도 못한 시원스러운 대답에 다메이뿐만 아니라 시게무라와 리사도 놀란 듯했다.

"평생 꾸려 오신 공장이잖아요. 그곳이 없어지다니…" 리사가 다른 두 사람의 마음을 대변하듯 눈물을 글썽이며 말했다.

"불탄 자리를 봤니?"

"네." 다메이가 고개를 끄덕였다.

"건물뿐만 아니라 수백만 엔을 들여 설치한 기계까지 죄다 못 쓰게 되었어. 공장을 재건하는 건 아마 불가능할 거야."

"하지만 보험을 들어 놓으셨을 거 아니에요?"

"우리는 영세기업이라 전부 보상받을 수 있는 보험은 들어 놓지 않았거든. 나도 어리석었지만 워낙 빠듯하게 운영하는 바람에… 발주를 해 준 회사에만큼은 폐를 끼치지 않도록 보험금을 그쪽에 사용할 생각이야."

"STN에서도 최대한 지원해 드리겠습니다."

"마음은 고마운데… 너희들에게는 이미 도움을 받았잖니. STN이 우리 공장과 사무실을 사용해 준 덕분에 마에하라 제작소가 도산 위기에서 벗어날 수 있었어. 염치없이 계속 기댈 수야 없지."

"그렇지 않아요. 그때 도움을 받은 건 저희예요. 공장이 있었기 때문에 지금의 STN도 있는 겁니다. 그곳은 저희에게 소중한 뿌리나 다름없어요. 이번에는 저희가 은혜를 갚게 해 주세요. 그만두시겠다니, 쉽게 결론 내지 말아 주세요."

"쉽게 낸 결론이 아니란다."

에쓰코가 엄한 표정으로 딱 잘라 말했다. 그러고는 바로 웃음을 지었다.

"그렇게 말해 줘서 고맙구나. 하지만 이제 때가 왔다는 생각이 들어. 나도 나이 때문에 예전처럼 일할 수가 없거든. 지금까지는 공장을 계속해야 한다는 의무감에 얽매였지만 이렇게 되고 보니 긴장의 끈이 뚝 끊기고 말았어. 가에데는 공장을 물려받을 생각이었던 터라 조금 충격을 받았지만…."

가에데가 공장을 물려받으려 했다니 뜻밖이었다.

"그런가요?"

"그 아이가 원래 하고 싶어 했던 건 아니란다. 나와 돌아가신 어른들을 생각하다 보니 물려받아야 하는 줄 알았던 거지. 여자가 하기에는 힘든 가업이야. 딸을 옭아매기 위해 일부러 위험 부담이 큰 일을 하지는 않을 거야. 게다가 너희들 뿌리는 이제 다른 곳에 있잖니. 한때나마 세상을 향해 날갯짓하는 기업의 성장을 가까이서 봐서 기뻤단다."

에쓰코는 후련하다는 듯 말했지만 표정에는 쓸쓸함이 절절하게 배어 있는 느낌이었다.

"아주머니는 마음을 굳히셨나 봐."

마에하라 일가의 집에서 나온 뒤 리사가 불쑥 내뱉었다.

"아주머니 말씀도 틀린 건 아니니까. STN이 성장한 덕분에 한때는 회복한 모양인데, 그 전까지는 경영 상태가 어려웠을 거 아냐. 현명한 선택이지."

다메이는 담담하게 말하는 시게무라를 쳐다봤다.

"그럴지도 모르지만… 공장이 없어지다니 역시 서운하네요. 설득할 방법이 없을까요?" 다메이가 본심을 털어놓았다.

"공장은 아주머니 것이야. 우리가 괜히 감상에 젖어서 어떻게든 하려는 건 당치도 않아."

"하긴… 아주머니도 신중히 고민한 끝에 내리신 결론이겠지." 리사가 맞장구를 쳤다.

"이러다 늦겠다. 얼른 가자." 시계무라가 시계를 보고 걷기 시작했다.

"먼저 가세요. 저는 마치다 좀 보고 갈게요."

"알겠어."

역으로 향하는 시계무라와 리사를 배웅한 뒤 다시 마에하라 일가의 집 대문을 열었다.

마지막으로 보았던 마치다의 차가운 모습을 떠올리고 발길이 떨어지지 않았지만 애써 계단을 올라 2층으로 향했다. 지문 감식기에 손가락을 대고 안으로 들어가 마치다의 방으로 향했다.

"마치다, 안에 있어?"

노크를 하자 문이 열렸다.

"무슨 일이지?" 마치다가 찌를 듯이 쳐다봤다.

"잠깐 이야기 좀 하고 싶은데, 시간 있어?"

"없어."

차가운 태도에 기가 죽어 시선을 돌리자 침대 옆에 놓인 큰 배낭이 눈에 들어왔다.

아무것도 없는 방이라 그 커다란 짐이 더욱 눈에 띄었다.

"여행 가려고?"

"그래. 공장이 불에 탄 덕분에 이제야 여유가 생겼거든. 실컷 즐기고 오려고."

"아무리 네 방식대로의 농담이라고 해도 그렇지, 그런 말이 어디 있어?" 다메이가 쓴소리를 했다.

"용건이나 말해."

"아주머니의 진의를 확인해 줬으면 해."

"뭐?" 생뚱맞게 무슨 소리냐는 듯한 말투였다.

"아주머니와 이야기를 하고 오는 길이야. 아주머니는 공장을 재건할 생각이 없다고 하시더라. 일을 계속하기도 힘들고 가에데를 가업으로 옭아매기가 싫다고 하셨는데, 가장 큰 이유는 돈 문제가 아닐까 싶어서. 그렇다면 우리 회사에서 얼마든지 지원할 수 있어. 아주머니와 가에데가 공장을 재건하고 싶어 한다면…."

"안이하군." 마치다가 가로막듯이 말했다.

"안이하다고?"

무슨 뜻인지 몰라 되물었지만 마치다는 다메이를 싸늘하게 보기만 할 뿐이었다.

"무슨 뜻이야?"

"지금 STN에 그만한 여유가 있다고 생각해?"

"여유라니… 당연히 있지. 경영 상태도 매우 양호하고."

"그래? 다행이군."

마치다는 그렇게 말하더니 등을 돌려 침대로 향했다. 커다란 배낭을 짊어지고 다메이의 옆을 그냥 지나쳐 밖으로 나갔다.

"잠깐 기다려."

다메이는 마치다의 어깨를 잡았다.

"무슨 말이 하고 싶은 거야? 할 말 있으면 확실히 말해."

마치다의 의미심장한 말이 몹시 신경 쓰였다.

"넌 경영자의 그릇이 못 돼."

마치다의 말에 심하게 동요했다.

"무, 무슨 뜻이야?" 다메이는 저도 모르게 눈을 부라렸다.

"지금 STN에는 이 조그만 동네 공장을 도울 힘조차 없다는 뜻이다."

"무슨 근거로 그런 소리를… 너, 뭔가 감지한 거지? 지난번 만났을 때도 회사에 별일 없냐고 물었잖아. 왜 STN에 여유가 없다는 말을….."

"그건 경영자인 네가 스스로 생각해. 나는 거기든 여기든 이제 상관없는 사람이니."

마치다가 다메이의 손을 뿌리치고 현관으로 향했다. 신발을 신고 나가서 문을 닫았다. 다메이는 심하게 동요한 나머지 마치다를 따라갈 기력조차 일지 않았다.

주저앉을 것만 같아서 벽에 손을 짚었다.

도대체 무슨 소리인지.

최근 회사의 상황을 돌이켜 생각해 봤지만 마치다가 말한 불온한 일에는 짚이는 바가 전혀 없었다.

주머니에서 진동이 느껴졌다.

쇼코에게 문자가 와 있었다. 제목은 '다메이 군에게'였다.

'사회인으로서 몹시 부끄러운 행위임을 알지만 이렇게 문자로 말할

게. 일신상의 문제로 STN을 그만두게 되었어. 폐를 끼쳐 미안해. 안녕,
나쓰카와 쇼코.'

문자 내용을 보고 견디지 못한 다메이는 바닥에 주저앉았다.

13

부엌에 들어가니 엄마가 식탁 앞에 앉아 있었다.

"좋은 아침."

가에데가 말을 건네자 신문을 읽고 있던 엄마가 천천히 뒤돌았다. 뭐
라 말할 수 없는 침울한 표정에 하마터면 뒷걸음질할 뻔했다. 공장이 불
에 탄 이후 줄곧 넋 나간 표정을 짓고 있어서 걱정하고 있었지만 지금
엄마의 눈빛은 그걸 넘어서 너무 어둡고 흐리멍덩했다.

"무슨 일이야?"

엄마는 입을 다물고 다시 신문으로 시선을 되돌렸다.

가에데는 식탁으로 걸어가 엄마 뒤에서 신문을 들여다봤다.

헤드라인에 STN이 큼직하게 박혀 있었다. 또 획기적인 신상품이라
도 발표했나 싶었지만 '부작용 속출'이라는 글자가 눈에 들어와 놀라서
소리를 질렀다.

"어떻게 이런 일이…"

가에데는 엄마의 손에서 신문을 빼앗아 기사를 훑어봤다.

STN에서 출시한 선글라스 타입의 스킨 아이커버를 사용한 사람들로

부터 피부에 이상이 생겼다는 불만이 다수 제기되었다는 기사였다. 지난 반년간 소비자와 피부 이상을 진찰한 의사들이 피해를 호소해 왔지만 STN에서 클레임을 공표하지 않은 탓에 피해가 확산되었다고 강하게 비난하고 있었다.

"이거, 진짜야…?" 가에데가 믿기지 않는 심정으로 엄마를 봤다.

"모르겠어. 그런데 실제로 피해를 호소하는 사람이 있는 모양이야. 큰일이구나…." 엄마가 어두운 표정으로 말했다.

스킨 아이커버는 STN의 주력 상품이다. 아니, 스킨 아이커버가 있었기에 지금의 STN이 있다고 해도 과언이 아니다. 그 상품에 이런 결함이 있다는 것이 사실이라면 STN은 상당한 타격을 입을 것이다.

"히로시 씨는 아무 말 없었는데." 가에데가 말했다.

"엊그제 다메이 군 일행이 우리 집에 왔을 때도 이런 이야기는 전혀 하지 않았단다."

"그 사람들이 왔었어?"

몰랐다.

"그래. 이삼일 전에 시게무라 씨와 리사와 같이 위로해 주러 왔었어. 회사에 문제가 있다는 소리는 한마디도 하지 않은 데다 되레 공장 재건을 위해 지원하겠다고 하던데?"

"안 그래도 심란한 엄마한테 괜히 걱정 끼치고 싶지 않아서 말하지 않았을지도 몰라."

"그럴지도 모르지만. 그나저나 소비자의 클레임을 숨겨서 피해를 확산했다니, 다메이 군 일행이 불성실하게 대응할 리가 없지 않니?"

"그러게 말이야." 가에데가 맞장구를 쳤다.

"아니면 회사가 너무 커져서 다메이 군을 비롯한 경영진도 모든 사안을 두루 살피지 못했을지도 모르고."

"앞으로 어떻게 되는 거야?"

사회면에 대문짝만하게 실린 기사를 보며 불안에 사로잡혔다. 가에데의 가족과는 직접 관련이 없긴 해도 오랫동안 알고 지낸 사람들의 일이었다.

"글쎄… 히로시 군도 이 일을 수습하느라 회사에 갔나 보구나."

그러고 보니 요 며칠 마치다를 보지 못했다.

"어쨌든 아무리 걱정해도 우리가 할 수 있는 일은 없단다. 우리는 우리 나름대로 앞으로의 일을 생각해야 해."

엄마 말이 맞았다.

"아까 다메이 씨가 공장 재건을 위해 지원해 주겠다고 했잖아." 엄마의 말을 떠올리고 말했다.

"감사한 호의였지만 거절했어."

"왜?" 시원하게 말하는 엄마에게 물었다.

"그만둘 수 있는 기회라고 생각했거든. 엄마도 이 나이 먹도록 공장일을 해 온 게 고단하고."

"내가 물려받겠다고 했잖아."

"말이야 쉽지, 공장 운영하기가 얼마나 힘든지 아니? 하물며 지금은 그 공장조차 없잖아. 게다가 이 기사만 봐서는 STN이 앞으로 어떻게 될지 확실히는 몰라도 우리 공장을 지원할 여유는 없어 보이는구나."

"그래도⋯."

"취업 활동에 나서도 좋은 회사를 금방 찾을 수 있을지 모르겠지만, 너도 앞으로는 진지하게 임하렴." 엄마가 가에데의 말을 자르듯이 말했다.

공장 재건을 포기하지는 않았지만 엄마에게 솔직히 말하지 못한 채 고개를 애매하게 끄덕였다.

"아침 준비는 안 했어. 미안한데 어제 만든 카레를 데워서 먹으렴." 엄마는 그렇게 말한 뒤 부엌에서 나갔다.

공장의 화재에 이어 STN까지 위기에 직면했다. 주변에서 일어난 연쇄적인 불행에 가에데는 한숨을 깊이 내쉬었다.

엄마의 말대로 STN의 앞날을 염려한들 가에데가 할 수 있는 것은 아무것도 없다. 공장 재건도 마찬가지다. 포기할 수 없다 한들 지금의 자신이 뭘 할 수 있을지 머리를 짜내도 답이 보이지 않는다.

지금의 자신이 할 수 있는 것.

공장의 화재 때문에 그럴 때가 아니었지만 다시금 그 일을 떠올리고 방으로 들어갔다.

외출 준비를 하고 책상 서랍에서 종이 여러 장을 꺼냈다.

'빛'이 들어가는 이름의 학교와 시설을 인터넷에서 검색한 뒤 옮겨 적은 것이었다. 그 글자가 들어가는 학교와 시설은 상당히 많았다. 그러나 미노루가 학교에 들어갔을 리는 없다고 생각했다. 또 미노루의 나이는 마치다와 비슷하게 보일 테니 어린이나 노인용 시설을 제외해 후보를 좁혔다. 그러고 나니 도쿄를 비롯한 주변 간토 지역에 시설이 다섯 군데 정도가 있었다.

가장 가까운 곳은 요코하마 시에 있는 '숲의 빛 쉼터'인데, 노숙자의 자립을 지원하는 NPO법인에서 운영하는 시설이다. 나이토는 미노루가 노숙자로 지냈을 거라고 했다.

가에데는 우선 이 시설부터 알아보기로 하고 방을 나섰다.

버스에서 내려 주소를 적은 메모를 꺼내 확인하며 잠시 걸어갔다.

곧 문패에 '숲의 빛 쉼터'라고 새겨진 건물이 보였다.

문 너머 주차장 안쪽에 2층짜리 건물이 있었고 그 앞을 남자 여럿이 오가고 있었다. 그들은 문밖에 서서 시설 안을 살펴보는 가에데를 발견하자 날카로운 시선을 보내왔다.

하천부지에서 노숙자에게 습격당한 기억이 뇌리를 스쳐 몸이 움츠러들었지만 마음을 굳게 먹고 안으로 들어갔다.

남자들의 의심스러운 눈초리를 받으며 건물을 향해 걸어갔다. 안으로 들어가니 정면에 접수처인지 직원용 방 같은 작은 창구가 있었다. 그 옆에 커다란 신발장이 있고 신발이 여러 켤레 들어 있었다. 창구 안쪽에는 아무도 없었다.

"실례합니다." 가에데는 조심스럽게 사람을 불렀다.

반응이 없다. 몇 번 더 부른 뒤에야 복도 안쪽에서 백발이 듬성듬성한 중년 남자가 나타났다. 티셔츠에 잠방이를 입은, 속옷 차림이나 다름없는 남자의 등장에 그만 시선을 피했다.

"당신, 뭐요?"

의심 가득한 목소리였다.

"저… 여기에 입소하신 분에 대해 여쭙고 싶은 게 있는데요, 직원은 안 계실까요?"

"지금 없는데." 남자가 퉁명스럽게 대답했다.

"어디 멀리 가셨나요?"

"아니, 점심 먹으러 갔으니 1시쯤이면 돌아올 거요."

가에데는 휴대폰 속 미노루 사진을 내보이며 "혹시 이 남자, 보신 적 있으세요?" 하고 물었다.

"이 사람이 누구길래?" 남자가 가에데를 향해 물었다.

"제가 찾고 있는 사람인데요, 이름은 오자와 미노루, 체격이 크고 지적장애인이에요."

"여기엔 없는데. 나도 한 달 전에 오긴 했지만."

"여기가 아니더라도 다른 데서 보신 적은 없으시고요?"

"무슨 소리지?"

"저… 이 사람이 노숙자로 지낸 것 같거든요. 혹시 시설에 들어갔나 싶어서…."

"호오, 그래서 여기까지 왔다 이건가?"

이제야 알겠다는 남자의 표정에 가에데는 고개를 끄덕였다.

"미안한데, 본 적이 없어." 그러더니 안쪽으로 돌아갔다.

가에데는 남자의 뒷모습에 가볍게 인사를 하고 시간을 확인했다. 12시 반이다. 점심을 먹고 다시 와야겠다는 생각으로 시설을 뒤로 했다.

편의점에서 샌드위치와 홍차를 사서 앉을 만한 곳을 찾고 있는데 가방 속에서 휴대폰이 진동했다. 나이토 아저씨였다.

"가에데니? 아저씨인데, 지금 통화 괜찮니?"

"안녕하세요. 괜찮아요."

일주일 만에 받는 나이토 아저씨의 전화였다.

지난번에는 아마미야가 갖고 있었던 미노루의 사진 뒷면에 '빛'이라는 글자가 쓰여 있다는 것을 알려 주었다. 그 후 이런저런 일이 있어서인지 꽤 오랜만인 것처럼 느껴졌다.

"공장 소식 들었다, 큰일이구나. 생활하는 데 불편한 건 없고?" 걱정스러운 목소리였다.

그것 때문에 일부러 전화를 한 걸까.

"네… 화재 직후에는 저랑 엄마랑 충격이 컸는데요, 이제 조금 진정되었어요." 가에데가 대답했다.

"그렇구나."

"화재 때문에 경황이 없었는데 오늘부터 아저씨가 알려 주신 이름의 시설을 돌아보고 있어요."

"그래?" 나이토가 놀란 듯이 물었다.

"저 나름대로 범위를 좁혀 봤는데요, 전국에 시설이 꽤 많더라고요. 시간이 걸려도 빠짐없이 다 알아볼 거예요."

"무리하지 말거라. 안 그래도 마음고생이 심할 텐데, 지금은 엄마하고 푹 쉬는 게 좋겠구나."

"괜찮아요. 생각해 둔 취직자리가 없어져서 당분간 자유로운 몸이거든요." 가에데가 애써 씩씩하게 말했다.

"그래도…."

"실은 뭐라도 하지 않으면 우울해질 것 같아서 그래요."

"아저씨가 괜히 너한테 연락해서는, 어쨌든 너무 무리하지 마라."

"네, 걱정 마세요."

"마치다는 어떻게 지내냐?"

"요 며칠 집에 안 들어오는 것 같아요. 아마 STN 일 때문에… 아시죠?"

"알다마다. 오늘 아침 신문하고 뉴스를 보고 아저씨도 깜짝 놀랐단다. 기사에 실린 내용이 어디까지 진짜인지 몰라도 단단히 큰일이 났더구나."

"그러게 말이에요."

아마 그 일 때문에 연락했을 것이다.

"히로시 씨가 돌아오면 말씀 전해 드릴까요?"

"아니, 딱히… 내가 말할 필요도 없이 그 녀석이라면 회사의 위기를 좋은 방향으로 바꿀 수 있을 거다."

가에데도 그렇게 되길 진심으로 바랐다.

"그런데 가에데, 혹시 마치다의 사진 같은 거 갖고 있니?"

"히로시 씨 사진이요?"

뜻밖의 말에 가에데는 이상해서 되물었다.

"그래. 갖고 있으면 아저씨 휴대폰으로 전송해 줄래?"

왜 마치다의 사진이 필요한 걸까.

어쩌면 무로이에 대해 조사하는 과정에서 필요한 게 아닌가 싶어 불안해졌다.

"히로시 씨 사진이 왜 필요하신데요?"

나이토는 아무 대답도 하지 않았다.

"설마, 무로이와 히로시 씨가 있었다는 조직에 대해 조사하시는 건 아니죠?"

"네가 걱정할 만한 일은 하지 않았단다." 나이토가 달래듯이 말했다.

"그런데 왜….'

"위험한 일은 하지 않았어. 한 가지 확인할 게 있는데 마치다의 사진이 필요해서 그런 거란다."

"뭘 확인하시려는 건데요?"

나이토의 말을 듣고도 안심이 되지 않아 더 집요하게 물었다.

"쉬는 시간이 거의 끝나가는구나. 다음에 만나면 설명해 주마. 가능하면 최근 사진이 아니라 옛날 사진이면 좋겠는데. 그럼 부탁하마."

그렇게 얼버무리더니 전화가 일방적으로 끊겼다. 가에데는 휴대폰을 귀에서 뗐다.

나이토 아저씨는 대체 뭘 하려는 걸까.

가에데는 불길한 예감에 사로잡혔다.

건물에 들어가니 아까는 아무도 없었던 작은 창구에 남자의 얼굴이 보였다.

"실례합니다."

나이는 마흔쯤 되었을까, 안경을 쓴 남자가 가에데를 보고 고개를 갸웃거렸다.

"여기 직원이세요?"

남자가 고개를 끄덕이는 것을 보고 가에데는 신발을 벗고 창구 쪽으로 다가갔다.

"무슨 일입니까? 권유 같은 건 전부 거절하고 있는데요."

"그게 아니라, 여쭙고 싶은 게 있어서 왔어요. 혹시 이런 사람을 모르시나요? 오자와 미노루라고 하는데요…."

가에데는 가방에서 휴대폰을 꺼내 직원에게 보여 줬다.

"이 남자를 찾고 있다는 겁니까?"

가에데가 고개를 끄덕이자 직원이 휴대폰을 자세히 들여다봤다.

"체격이 제법 크고 키는 180센티미터가 넘어요. 지적장애인이라 말과 행동이 어린아이 같다고 해요…."

"으음? 가족이 아닌가 보네요?"

"네. 솔직히 말씀드리면 저도 이 사람을 만난 적은 없어요. 친구의 친구인데 8년쯤 전에 행방불명이 되었거든요."

"댁이 친구와 함께 찾고 있다는 겁니까?"

그렇지는 않지만 설명하기가 까다로워 그냥 그렇다고 했다.

"사진은 꽤 옛날 사진이에요. 외모가 달라졌을지도 몰라요."

"그나저나 왜 여기로 찾으러 왔는지…?" 직원이 의아하다는 듯 고개를 갸웃했다.

"5년쯤 전에 오자와 씨가 노숙자로 지내는 걸 봤다는 사람이 있어서요."

"그래서 여기로 왔군요."

가에데는 고개를 끄덕였다.

"그리고 정확한 정보는 아닌데요, 그 무렵에 '빛'이 들어간 이름의 시설에 들어갔을지도 모른다고 해서요."

"오호라, 그런데 여기에는 없습니다."

"꼭 지금이 아니더라도 옛날에 여기 있었을 가능성은 없을까요?"

"나도 여기 온 지 2년밖에 안 돼서 옛날 일은 잘 몰라요."

"혹시 알 만한 분 안 계실까요?" 가에데는 쉽게 물러나지 않았다.

"지금 있는 직원들은 5년이 넘은 사람이 없을 거예요. 그래도 입소자 명부는 작성해 놓았으니 이 이름으로 들어왔으면 적혀 있을지도 모르겠군요."

"알아봐 주시겠어요?"

가에데가 코가 땅에 닿도록 부탁하자 의자를 뒤로 빼는 소리가 났다. 고개를 들자 남자가 방 안쪽에 있는 선반으로 향하는 것이 보였다.

남자는 선반에서 명부를 꺼내 다시 의자에 앉았다. 가에데의 눈앞에서 페이지를 넘기며 손가락으로 이름들을 더듬어 갔다. 이름이 쓰여 있는 마지막 페이지까지 넘긴 다음 직원이 고개를 들었다.

"안타깝지만 그 이름은 없군요."

"아, 네…."

"다른 시설 사람들에게도 물어봐 줄게요."

가에데의 낙심한 모습이 딱했는지 직원이 상냥하게 말해 주었다.

"정말 부탁드려도 될까요?"

"그런데 간토 지역에서 '빛'이 들어가는 이름의 자립 지원 시설은 여기밖에 없지만요."

"상관없어요."

미노루가 그 후에도 노숙자 생활을 계속했다면 어딘가의 시설에 신세를 지고 있을지도 모른다.

"뭐라도 알게 되시면 이쪽으로 연락 부탁드릴게요." 가에데는 직원에게 이름과 휴대폰 번호를 적은 메모를 건넸다.

"아까 그 남자가 지적장애인이라고 했죠? 그럼 노숙자 자립 지원 시설이 아니라, 장애인 시설에 들어갔을지도 모르겠군요."

듣고 보니 사이타마 현 한노 시에 '빛의 동산 복지원'이라는 장애인 시설이 있던 것이 떠올랐다.

"고맙습니다." 가에데는 직원에게 인사를 하고 시설을 나왔다.

오모리 역에 도착했을 때는 밤 9시가 넘은 시각이었다.

가에데는 개찰구를 빠져나와 무거운 발걸음으로 집으로 향했다.

요코하마의 시설을 나와 사이타마의 한노까지 가서 미노루를 찾아봤지만 아무것도 알아내지 못했다.

시설 이름에 '빛'이 들어가는 곳은 그 밖에도 많이 있다. 그렇게 생각하며 애써 기운을 차리려 했지만 소용없었다. 같은 간토 지역인 사이타마에 다녀왔을 뿐인데 괜히 헛걸음을 한 것 같아 허탈했다. 더 멀리 갔다가 미노루의 단서를 찾아내지 못할 경우를 생각하니 기분이 가라앉았다.

집 앞에 도착하자 누군가 2층 문 앞에 우두커니 서 있는 것이 보였다.

누구일까.

어두운 가운데 아무리 살펴봐도 남자라는 것 말고는 알아낼 수 없었다.

"저기…."

가에데가 말을 건네자 움찔하는 것이 느껴졌다.

"가에데."

다메이였다.

다메이가 계단을 천천히 내려왔다. 대문 외등에 비친 다메이의 얼굴이 놀랄 만큼 수척했다.

"대체 무슨 일이에요?"

이런 데 있을 때가 아니라는 생각에 가에데는 그렇게 물었다.

"마치다는 아직 여행에서 안 돌아왔나?" 다메이가 2층을 보며 물었다.

"네? 여행이라뇨?"

"며칠 전에 그 녀석을 만나러 왔을 때 여행을 떠난다고 했거든. 꼭 연락할 일이 있는데 전화를 받지 않아. 어디로 갔는지 짚이는 데 없니? 최소한 숙박처라도 알면…."

가에데는 모른다며 도리질했다.

"워낙 심각한 상황이라 당연히 회사에 간 줄 알았죠."

그 말을 듣고 다메이가 휘청거리더니 거의 쓰러질 뻔했다.

"괜찮아요?" 순간 가에데가 다메이의 몸을 떠받쳤다.

"큰일이야…."

다메이의 무거운 한숨이 귓가에 닿았다.

여자에게 기대고 있기가 민망한지 다메이가 애써 몸을 가누고 똑바로 섰다.

"히로시 씨와 꼭 연락할 일이 있다니, 신문에 나온 일 때문이죠?"

다메이가 겨우 고개를 끄덕였다.

"뭐가 뭔지 도무지 모르겠어."

"모르다뇨, 그 일이 사실이 아니란 말이에요?"

"모든 언론에서 기사를 단정적으로 쓴 만큼 완전히 사실무근이지는 않을 거야. 그런데 난 전혀 몰랐어."

"무슨 뜻이에요?"

회사 사장이 전혀 몰랐다니 믿기지가 않았다.

"어제 저녁에 갑자기 취재진이 회사에 몰려와서 그 일에 대해 추궁하는 거야. 스킨 아이커버를 사용한 탓에 피부에 이상이 생겼다는 사람들의 증언이며 증거가 되는 사진, 진료 기록부까지 나한테 보여 주더라. 피해를 입었다는 사람들과 진찰한 의사가 그 일을 우리 회사에 거듭 호소했다고 하는데 난 아무것도 보고받지 못했어."

"그게 말이 돼요?"

선뜻 믿기지 않는 이야기였다.

"명색이 사장인데 아무것도 모른다고 변명할 수도 없었지. 그렇게 말했다가는 그야말로 STN은 회사로서 기능하지 못한다고 더 비난받을 거야. 사태를 자세히 파악할 시간을 조금만 달라면서 일단 돌려보냈어."

"그래서…."

"회사 고객상담실에서 그런 문제를 담당하는데, 상담원들을 모아서 그런 일이 실제로 있었는지 물어봤어. 그랬더니 그런 불만이 많이 접수되었고 자기들은 부서 책임자에게 분명히 보고를 했다는 거야. 부서 책임자는 사장인 나한테 보고해서 대책을 협의하겠다고 말했대."

"그런데 다메이 씨한테 보고되지 않은 거네요?"

다메이가 고개를 끄덕였다.

"그렇게 중요한 일을 깜빡 잊고 보고하지 않다니…."

부서를 책임지는 사람으로서 있을 수 없는 실수라고 생각했다.

"잊어버렸는지는 알 수 없어." 다메이가 험악한 눈빛으로 내뱉었다.

"무슨 말이에요?"

"책임자가 일주일 전에 회사를 그만뒀거든. 설명을 들으려고 집에 찾아갔더니 이사 갔더라. 어디로 갔는지도 몰라."

"혹시 회사를 함정에 빠뜨리기 위해 일부러 보고하지 않았다는 거예요?"

가에데의 말에 다메이가 머리를 싸쥐고 고개를 내저었다.

"그렇게 생각하고 싶지는 않아. 창업 초기 멤버는 아니지만 회사가 작았을 무렵부터 힘써 준 사람이야. 그런데… 뭔가 정체 모를 존재가 우리가 소중히 여기는 걸 빼앗으려는 것 같아서 불안해 미치겠어."

"그게 무슨…."

"회사를 그만두고 행방불명이 된 사람이 더 있거든. 요 며칠간 중역 대부분이 한꺼번에 출근하지 않게 되었어."

가에데는 말문이 막혔다.

"일반적으로 있을 수 없는 일이잖아."

가에데는 고개를 끄덕였다.

"그뿐만이 아니야…." 다메이는 입술을 꽉 다물며 괴로워했다.

"또 무슨 일이 있어요?"

다메이의 물기 어린 눈을 보고 깜짝 놀랐다.

"쇼코도 사라졌어."

"쇼코 씨가요?" 가에데가 놀라서 되물었다.

"그래… 사흘 전에 회사를 그만두겠다는 문자가 왔어. 안녕, 이라고. 그 후 연락이 되질 않아." 다메이는 애써 눈물을 참는지 얼굴을 일그러뜨렸다.

가에데는 그런 다메이를 바라보며 아무 말도 할 수 없었다.

"물론 쇼코가 이번 일과 관련 있다고는 생각하지 않아. 아니, 절대로 그럴 리 없어. 하지만… 갑자기 회사를 그만두겠다는 이유를 전혀 모르겠어."

"쇼코 씨의 본가에는 가 봤어요?"

"교제하는 사이인데도 쇼코의 본가에는 가 본 적이 없어. 주소하고 전화번호도 몰라."

"그렇군요….."

"마치다밖에 의논할 사람이 없어. 아주머니는 마치다가 어디 있는지 모르시나?"

"모를 거예요. 오늘 아침에 신문 기사를 봤을 때 분명히 그 일로 요즘 집에 안 들어오는 거라고 했거든요."

"그랬구나….." 다메이가 어깨를 축 늘어뜨렸다.

"시게무라 씨는요? 시게무라 씨한테 의논해 보면….."

"그 선배는 연구자야. 회사 경영이나 실무에는 일절 관여하지 않아. 이제 어떻게 하면 좋을지….."

갑자기 문이 열리는 소리가 나기에 대문을 쳐다봤다.

"가에데, 왔니?"

밖으로 나온 엄마가 다메이를 알아봤다.

"어머, 다메이 군, 어쩐 일이야?"

심각한 다메이의 표정에 엄마도 순간 움찔했지만 곧바로 미소를 머금고 말했다.

"엄마, 히로시 씨한테 연락 없었어?" 가에데가 서둘러 물었다.

"없었는데. 회사에 있는 거 아니었니?"

다메이는 말없이 고개만 가로저었다.

"여기서 이럴 게 아니라 집에 들어가자."

"아뇨… 회사에 돌아가야 해요."

다메이는 공허한 눈빛으로 말하더니 힘없이 발걸음을 옮겼다.

"괜찮을까?"

생기라고는 전혀 없는 다메이의 뒷모습을 보고 엄마도 몹시 걱정하는 듯했다.

"우리가 예상한 것보다 훨씬 복잡한 사정이 있나 봐." 가에데는 엄마와 함께 집으로 들어갔다.

"복잡한 사정이라니?"

가에데는 다메이에게 들은 이야기를 해도 될지 망설여졌다.

"걱정되니까 엄마한테도 알려 줘."

가에데는 주저하면서도 다메이에게 들은 이야기를 털어놓았다.

하지만 쇼코의 이야기는 할 수 없었다. 다메이에게 그 이야기를 듣고 가에데도 큰 충격을 받았지만, 창업 멤버를 아이처럼 예뻐하던 엄마로서는 훨씬 더 마음이 안 좋을 것이다.

"엄마, 어떻게 이런 일이 생겨…?"

다메이의 이야기가 너무 꺼림칙해서 그만 엄마에게 물었다.

"그러게 말이다… 다메이 군이 거짓말을 할 리는 없는데."

가에데는 고개를 끄덕였다.

"신문이나 뉴스를 보면 히로시 군도 금방 연락해 오겠지."

엄마는 그렇게 말하고 아침보다 더 힘없는 발걸음으로 부엌으로 향했다.

마치다는 지금 어디에 있을까.

정말 여행을 떠났을까. 하필 같은 시기에 쇼코까지 사라지고 말아 그동안 상상하지 못했던 이상한 생각이 슬그머니 고개를 쳐들었다.

그럴 리 없다고 곧바로 그 생각을 머리에서 떨쳐 냈다.

가에데는 쇼코가 왜 갑자기 사라졌는지 짐작도 가지 않았다. 어떤 사정이 생겨서 급하게 회사를 그만둬야 했을까, 아니면 쇼코가 이번 일과 관련이 있을까. 적어도 마치다는 다메이 일행과 STN을 배신할 리가 없다.

부엌에 들어가니 엄마가 식탁 앞에 멍하니 앉아 있었다.

역시 지금의 엄마에게는 너무 충격적인 이야기였던 것이다.

뭔가 정체 모를 존재가 우리가 소중히 여기는 걸 빼앗으려는 것 같아서 불안해 미치겠어──.

엄마도 소중한 것을 잃은 지 얼마 되지 않았다.

거기까지 생각했을 때 문득 그때 마치다의 얼굴이 뇌리에 되살아났

다. 불에 휩싸인 공장을 극심히 증오하는 눈빛으로 노려보던 마치다의
표정이.

잇따라 닥친 재앙은 그저 우연에 불과할까.

아니면….

"왜 그러고 서 있니?"

엄마의 목소리에 가에데는 정신이 들었다.

"아니, 나쁜 일이 계속되니까… 아빠하고 할머니, 할아버지한테 기도
해야겠다."

가에데는 불단 앞에 무릎을 꿇고 앉아 눈을 감고 두 손을 모았다.

부디 더 이상 나쁜 일이 생기지 않도록 우리를 지켜 주세요.

가에데는 아빠와 조부모님께 간절히 기도하고 일어섰다.

"엄마, 히로시 씨 사진 가지고 있지? 히로시 씨가 우리 집에 온 며칠
후에 셋이서 오다이바에 놀러갔었잖아. 그때 사진을 찍은 것 같은데."

가에데와 마치다가 빨리 친해지길 바라는 엄마의 손에 이끌려 거의
억지로 갔었다.

"사진은 갑자기 왜?" 엄마가 이상하다는 듯 물었다.

"기도하려고. 사진 보면서 빨리 돌아오게 해 달라고 빌어 볼게."

엄마가 희미하게 웃었다.

"거실 수납장 맨 위 서랍에 있을 거야."

가에데는 수납장 서랍을 열어 사진을 찾았다. 안에 들어 있던 사진들
을 살펴봤다. 엄마는 웃는 얼굴로 찍혀 있지만 가에데와 마치다는 시무
룩한 얼굴이었다.

가에데는 사진을 가지고 방으로 들어갔다. 마치다의 얼굴이 가장 잘 찍힌 사진을 책상에 올려놓고 휴대폰으로 사진을 찍었다.

나이토에게 문자로 사진을 보내려는 순간 겁이 났다.

이 사진을 보내면 나이토가 무로이 또는 조직의 핵심에 접근해 위험 해지지 않을까.

가에데는 휴대폰을 쳐다보며 송신 버튼을 누르지 못하고 있었다.

14

나이토는 주머니에서 진동이 느껴져 휴대폰을 꺼냈다.

문자가 도착했다. 열어 보니 가에데가 사진을 첨부해 보낸 것이었다.

마치다의 사진이다.

나이토는 귀염성이라고는 없는 표정으로 정면을 향하고 있는 마치다를 보면서 어쨌든 늦지 않아 다행이라며 미소를 머금었다.

지금 만나러 가는 혼다 구니요시가 그동안 찾던 인물인지는 알지 못한다. 혼다라는 성과, 지능지수의 전문가라는 단서밖에 없는 상황에서 우연히 걸려든 인물이었다. 예상이 빗나갈 가능성이 더 높았지만 인터넷에서 발견한 혼다의 논문을 읽고 마음에 걸린 것도 사실이다.

가에데는 사진과 함께 메시지도 보내왔다.

'아저씨, 모쪼록 직장 일을 우선시하셨으면 좋겠어요.'

사흘 전에 실직한 터라 그 메시지를 읽고 쓴웃음이 절로 나왔다.

휴가를 자주 낸 탓인지 결국 경비 회사에서 해고를 당했다.

이제 곧 나고야에 도착한다는 신칸센 안내 방송이 흘러나왔다. 나이토는 휴대폰을 주머니에 넣고 그물 선반에 올려 둔 가방을 내려 승강구로 향했다.

나고야 역에서 나온 뒤 인쇄소를 찾아 주변을 둘러봤다.

가에데가 보내 준 마치다의 사진과, 사흘 전에 도모코가 보내 준 다테의 사진을 출력한 뒤 인쇄소에서 나와 택시 정류장으로 향했다.

"손님, 어디로 모실까요?" 택시에 올라타자 기사가 물었다.

"사카에홀 아십니까?"

택시 기사가 고개를 끄덕이고 문을 닫았다.

혼다 구니요시가 사카에홀에서 강연을 하기로 되어 있다.

이번에는 꼭 무로이에 대한 단서를 얻으면 좋으련만.

나이토는 조급한 마음을 다스리며 창밖으로 눈을 돌렸다.

2백 명쯤 들어갈 만한 홀의 좌석은 80퍼센트쯤 차 있었다.

"지금부터 제6회 시민을 위한 공개 강연회를 시작하겠습니다. 오늘 주제는 발달장애아를 대하는 마음가짐과 태도로, 강사는 혼다 구니요시 교수님께서 맡아 주시겠습니다. 혼다 교수님은 게이호쿠 의과대학 대학원 의학 연구소 교수로 재직 중이시며 오랫동안 자폐 스펙트럼을 중심으로 한 발달장애아 연구 및 지원에 힘쓰고 계십니다. 여러분, 박수로 맞이해 주시길 바랍니다."

여성 사회자가 소개하자 객석에서 박수가 일었다. 동시에 무대 가장 자리에서 양복 차림의 체구가 작은 백발의 남자가 나타났다.

나이토는 박수를 치면서 무대 중앙으로 향하는 혼다를 주시했다.

"소개받은 혼다입니다. 이곳에 모이신 여러분께 발달장애에 관한 다양한 이야기를 들려드리겠습니다. 부디 마지막까지 함께해 주시기 바랍니다."

혼다 도모코가 다테에게 들은 '혼다 선생님'이 과연 눈앞의 혼다 교수가 맞을까.

혼다 교수는 사회자가 소개했듯이 오랜 세월 발달장애에 관한 연구를 해 왔다. 발달장애에 관해 연구하는 의사나 학자는 많겠지만, 혼다 교수는 특히 발달장애와 지능지수의 관계에 주목하여 그 두 가지의 상관관계의 유무에 관한 연구를 해 왔다.

혼다 교수의 연구소는 도쿄 신주쿠 요쓰야의 게이호쿠 의과대학 안에 있다. 그곳에서 아이들뿐만 아니라 수많은 피험자를 모집하여 지능지수에 관한 방대한 데이터를 수집하는 모양이다.

선택받은 사람이 아니면 무로이의 조직에 들어갈 수 없다.

자신의 노력으로 되는 게 아니라 그야말로 신이 내려 주신 것으로 판단된대―.

그것은 도모코의 짐작대로 지능지수를 가리키는 걸까.

또한 다테가 전화 통화를 하고 그의 지능지수를 측정한 사람이 과연 혼다 교수가 맞을까.

강연 주제는 오랜 세월을 소년원 법무교도관으로 지내며 수많은 소년들과 접촉해 온 나이토에게 참으로 흥미진진한 것이었지만 줄곧 딴 생각을 하고 있어서인지 통 머릿속에 들어오질 않았다.

어느덧 강연이 끝나고 혼다 교수가 객석의 박수를 받으며 무대 가장자리로 퇴장했다. 객석에 있던 사람들이 하나둘 자리를 떴다. 나이토도 자리에서 일어나 어떻게 하면 혼다 교수와 이야기할 수 있을까 생각하며 밖으로 나갔다.

무대 뒤로 이어지는 문 앞에서 걸음을 멈추었다. 여기로 들어가면 대기실이 나오지 않을까. 그러나 갑자기 모르는 사람이 찾아가면 쫓겨날 것이 뻔하다.

양복을 입은 남자가 다가오는 것이 보였다. 완장을 두른 것으로 보아 여기 관계자가 틀림없었다.

"저….."

나이토가 부르자 남자가 멈춰 섰다.

"강연 관계자이십니까?"

나이토가 묻자 남자가 "그렇습니다만" 하고 대답했다.

"혼다 교수님의 말씀을 듣고 깊은 감명을 받아서 그럽니다만, 인사 좀 드릴 수 있겠습니까?"

이렇게 말해도 쉽사리 만나게 해 주지 않을 테지만 밑져야 본전이니 말이라도 던져 봤다.

그런데 남자는 거절하기는커녕 웃으면서 로비 한쪽을 가리켰다.

"잠시 후 저쪽에서 혼다 교수님의 저서를 판매할 예정입니다. 교수님도 참석하실 테니 그때 말씀해 보시면 어떻겠습니까?"

남자가 가리킨 쪽에는 테이블 위에 책이 쌓여 있고 판매원 같은 두 여성이 서 있었다. 그 앞에 벌써 몇 명이 줄을 서고 있었다.

"그렇군요. 고맙습니다." 남자에게 인사를 하고 나이토는 그쪽으로 향했다.

줄을 서서 잠시 기다리고 있자니 혼다 교수가 관계자 여러 명을 데리고 나타났다. 나이토는 조금이라도 느긋하게 이야기할 수 있도록 맨 뒤로 가서 다시 줄을 섰다.

줄을 선 사람들이 혼다 교수와 이야기를 나누거나 악수를 하면서 책을 구입했다. 30분쯤 기다리자 드디어 맨 마지막인 나이토의 차례가 되었다. 테이블 위에 놓인 여러 종류의 책 가운데 두 권을 골라 판매원 여성에게 책값을 지불했다.

"교수님 말씀을 흥미롭게 경청했습니다. 도쿄에서 온 보람이 있군요."

그 말에 혼다 교수가 조금 놀란 표정을 지었다.

"도쿄에서 여기까지 오시다니 고맙습니다. 혹시 의료업에 종사하십니까?"

"아뇨, 지금은 아니지만 전에 소년원에서 법무교도관으로 일했습니다."

"오, 소년원에서…." 혼다 교수가 관심이 일었는지 나이토를 보며 고개를 주억거렸다.

"네. 발달장애가 있는 것으로 보이는 소년들과 접하다 보니 교수님의 연구에 관심이 생겼습니다. 발달장애와 지능지수의 관계를 연구하신 교수님 논문도 인터넷에서 봤습니다."

"논문까지 읽으시고 고맙습니다." 혼다 교수가 싱글벙글하며 흡족해했다.

다테의 이야기를 꺼내고 싶었지만 주변에는 혼다 교수와 함께 온 관계자가 여럿 있어서 더 깊은 이야기를 하기가 어려운 상황이었다. 그 일을 어떻게 물으면 좋을까.

"도쿄에서 먼 걸음 해 주셔서 감사합니다." 혼다 교수가 대화를 끝내려는지 손을 내밀어 왔다. 이야기할 계기도 만들지 못한 채 악수를 한 뒤 혼다 교수는 관계자와 함께 자리를 떴다.

나이토는 미련이 남아 혼다 교수를 계속 쳐다보고 있었다.

혼다 교수는 관계자와 두세 마디 나누더니 혼자 로비 안쪽으로 걸어 갔다. 화장실로 가는 것을 확인한 뒤 나이토는 혼다의 뒤를 쫓았다.

잠시 기다렸다가 화장실로 들어가자 혼다 교수가 세면대 앞에서 손을 씻고 있었다. 나이토가 들어온 것을 보고 가볍게 인사를 한다.

"대단히 실례인 줄 알지만 조금만 더 교수님과 이야기하고 싶습니다…. 실은 교수님께 보여 드릴 사진이 있습니다."

나이토가 상의 주머니에서 사진 두 장을 꺼냈다.

"이 사람을 모르십니까?"

다테의 사진을 내밀며 묻자 여태껏 미소를 띠고 있던 혼다의 얼굴에 의아해하는 기색이 떠올랐다.

"이 청년을 왜…?" 사진을 보던 혼다 교수가 나이토에게 시선을 되돌리고 물었다.

"교수님 연구소에서는 많은 피험자를 통해 데이터를 수집하는 걸로 알고 있습니다. 혹시 이 사람도 검사를 한 적이 있는지요?"

순간 혼다 교수의 눈빛이 수상해하는 기색으로 바뀌었다.

"죄송합니다만, 개인 정보 보호차 피험자에 대해서는 아무것도 말씀
드릴 수 없습니다."

예상한 대로 거절을 당했다.

수상한 사람이라 여겼는지 혼다가 나이토에게 사진을 되돌려 주었다.
그러고는 화장실에서 나가려다 거울을 보고 멈칫했다. 거울의 한 점을
응시하고 있었다. 나이토가 왼손에 든 마치다의 사진을 보는 것 같았다.

"이거 말입니까?"

마치다의 사진을 내밀자 혼다 교수가 받아 들고 뚫어져라 쳐다봤다.

"그를 아십니까?"

혼다 교수가 고개를 들어 나이토에게 시선을 고정했다.

"이 사람과 어떤 관계입니까?"

혼다 교수가 나이토의 질문에는 대답하지 않고 되물었다.

"제가 담당했던 원생입니다."

"당신이 담당했던 원생이라면… 설마 소년원에서?"

나이토가 고개를 끄덕였다.

"제게도 교수님처럼 비밀 준수 의무가 있습니다. 원래 이런 이야기를
해서는 안 된다는 것도 잘 압니다만, 교수님께 꼭 여쭐 것이 있어서 여
기까지 왔습니다."

"내게 물어볼 것이라니…?"

나이토의 말에서 심상치 않은 기운을 감지했는지 혼다 교수의 표정
이 험악해졌다.

"이 사람에 대한 겁니까?" 혼다 교수가 마치다의 사진으로 시선을 떨

구며 물었다.

"그와 관련된 것이기도 합니다. 조금만 시간을 내 주실 수는 없겠습니까."

혼다 교수가 마치다의 사진을 보며 고민하고 있다.

"알겠습니다. 그런데 잠시 후 이쪽 의사회 분들과 회식이 있습니다. 밤 9시쯤이면 끝날 것 같습니다만…"

"괜찮습니다."

"오늘은 이 근처에 있는 사카에 그랜드 호텔에 숙박합니다. 9시 반에 호텔 라운지에서 어떻습니까?"

"고맙습니다."

라운지에 약속 시간보다 일찍 도착해 보니 혼다 교수가 벌써 안쪽 자리에서 기다리고 있었다.

"기다리게 해서 죄송합니다."

나이토가 가까이 가서 말을 건네자 혼다 교수가 고개를 들었다.

"아니, 술을 좀 마셔서 커피라도 마시고 술을 깨려고 일찌감치 왔습니다."

"제가 회식을 방해하고 말았군요. 죄송합니다." 나이토가 머리를 숙이고 맞은편에 앉았다.

종업원에게 커피를 주문한 뒤 가방 속에서 사진과 지갑을 꺼냈다. 지갑 속에서 면허증을 빼내 사진과 함께 혼다 교수 앞에 놓았다.

"소개가 늦었습니다만, 저는 나이토 신이치라고 합니다. 5년 전까지 도치기 현의 소년원에서 근무했습니다. 이쪽 사진이 의심스러우시면 직접 소년원에 연락해 보셔도 괜찮습니다."

사진은 소년원에서 근무했을 때 교도관실에서 동료와 함께 찍은 것이다. 최대한 의심을 사지 않도록 미리 준비해 두었다.

"못 미더웠으면 아예 약속을 잡지도 않았습니다. 아까 그 사진을 다시 보여 주시겠습니까?"

나이토는 마치다와 다테의 사진을 꺼내 혼다 교수 앞에 놓았다.

혼다 교수는 그쪽에만 관심이 있다는 듯 마치다의 사진을 냉큼 손에 들었다.

"그는 마치다 히로시라고 합니다."

"마치다 히로시….". 혼다 교수가 사진을 보며 낮게 읊조렸다.

"이름은 모르셨습니까?"

"어찌나 흥미로운 소년이었던지 '히로시'라는 이름은 기억합니다. 성은 몰랐지만요."

"마치다와 언제 만나셨습니까?"

나이토가 물어도 혼다 교수는 입이 무거웠다.

소년원에서 근무했다는 것은 믿어 준 듯하지만 그렇다고 나이토의 모든 것을 신뢰하지는 않는 듯하다. 어디까지 털어놓아야 할지 고민하는 기색이 역력했다.

"마치다에게는 그동안 호적이 없었으니 아마 혼다 교수님과 만났을 때는 성이 없었을 겁니다."

나이토는 혼다 교수의 입을 조금이라도 열기 위해 자신이 가진 패를 먼저 내보였다.

"호적이 없었다고요?"

그 말에 놀랐는지 혼다 교수가 고개를 들었다.

"네. 경찰에 붙잡힐 때까지 호적이 없었습니다. 소년 분류 심사원에 수용된 시기에 호적이 생겼습니다."

"그랬군요…."

"소년 분류 심사원에서 실시한 조사를 통해 마치다의 지능지수가 믿기지 않을 만큼 높다는 것을 알게 되었습니다. 호적이 없는 탓에 의무교육조차 받지 못했건만 소년원에 들어온 지 불과 1년 남짓한 기간에 교육과정을 이수하고 고등 검정고시에도 합격했습니다."

나이토의 이야기를 들으며 혼다 교수가 고개를 주억거렸다. 예상대로 혼다 교수는 마치다의 지능지수를 측정한 적이 있는 것이다.

"그런데 왜 경찰에 붙잡힌 겁니까?" 혼다 교수가 물었다.

"살인죄입니다."

그 대답에 혼다 교수가 미간을 찌푸렸다.

"피해자는 다른 사진 속 남자입니다."

혼다 교수가 다테의 사진으로 시선을 옮겼다.

"이름은 다테 쇼헤이, 사건은 7년쯤 전에 일어났고 깡패끼리 싸우다 저지른 범행으로 알려졌습니다."

"아까… 이 남자가 내 연구소에서 검사를 받지 않았느냐고 물으셨지요. 그건 무슨 뜻이었습니까?"

"그 남자가 기억나지 않으십니까?"

혼다 교수가 기억나지 않는다며 고개를 내저었다.

"그는 사망하기 전까지 어떤 범죄 조직에 속해 있었습니다."

"범죄 조직이라뇨?"

혼다 교수가 소스라치게 놀라며 눈을 동그랗게 떴다.

"네. 거기서 보이스피싱을 했던 모양입니다. 당시 다테 씨와 사귀던 여성에 따르면 그는 조직에 들어가기 전에 어떤 검사를 받았다고 합니다. 조직에는 선택받은 사람밖에 들어갈 수 없었다는데… 자신의 노력으로 되는 게 아니라 그야말로 신이 내려 주신 것으로 판단된다고 하더군요. 단언할 수는 없지만 그건 아마도 지능지수가 아닐까 하는 생각이 들었고, 조직을 다스리는 인물이 지능지수가 높은 사람만 동료로 선택하는 것 같다고도 했습니다. 다테 씨의 전 애인에게 그가 '혼다 선생님'이라는 분과 전화 통화를 했다는 말을 듣고 혹시 교수님이 그의 검사를 한 것이 아닌가 싶어 실례를 무릅쓰고 찾아뵌 것입니다."

"나와 내 연구소가 범죄 조직과 일했다는 말씀입니까?" 혼다 교수의 말투가 거칠어졌다.

"아뇨, 다만 대상자를 선별하는 데 교수님의 연구소가 이용되었을 가능성이 있다고 생각합니다."

"맙소사…."

"실제로 교수님은 마치다 히로시를 알고 계셨잖습니까. 마치다는 경찰에 붙잡힐 때까지 틀림없이 그 조직에 속해 있었습니다."

"아까 그가 붙잡혔을 때 깡패끼리 싸우다 저지른 범행이라고…."

"경찰서에서는 그렇게 진술했지만 그렇지 않다는 것이 나중에 밝혀졌습니다. 마치다는 조직의 보복이 두려운 나머지 경찰서에서 거짓 진술을 했을 겁니다. 교수님은 마치다를 어떻게 알게 되신 겁니까?" 나이토가 물었다.

"어떤 사람에게 소개를 받았습니다."

"그 사람 이름이 무로이가 아니었습니까?"

"무로이? 아닙니다."

정말일까 싶어 혼다 교수의 표정을 살폈다.

"우리는 범죄 조직과 전혀 관련이 없습니다. 무슨 목적으로 그런 말씀을 하시는지는 모르겠으나 매우 불쾌하군요. 이만 실례하겠습니다."

"잠깐만 기다려 주십시오!"

순간 자리에서 일어나려던 혼다 교수의 손을 붙잡았다.

"중요한 이야기입니다. 아까 보이스피싱 조직이라고 말씀드렸지만 제 생각에는 그보다 더 위험한 수준입니다. 조직을 다스리는 사람이 지능지수에 따라 동료를 선택해서 엄청난 일을 도모할 위험성이 있습니다. 과거에 이 나라를 충격으로 몰아넣었던 조직처럼…."

"어처구니가 없군."

"제 이야기를 들으신 후에 부정하셔도 늦지 않습니다."

종업원이 커피를 가져오는 것이 보여 혼다 교수를 붙잡았던 손을 놓았다.

"제발 부탁드립니다." 나이토가 머리를 숙였다.

"커피 한 잔 더 주십시오."

혼다 교수가 마지못해 종업원에게 커피를 주문한 뒤 주머니에서 담배를 꺼내 불을 붙였다.

그의 커피가 올 때까지 나이토는 잠시 쉬기로 하고 커피를 홀짝였다.

이제부터 해야 할 이야기를 머릿속에서 정리했다.

두 사람 사이에 무거운 침묵이 흘렀다.

종업원이 혼다 교수 앞에 새 커피를 놓고 가자 나이토는 커피 잔을 내려놓고 몸을 조금 앞으로 내밀었다.

"제가 그 조직의 존재를 알아차린 것은 마치다가 탈주를 도모했기 때문입니다."

나이토는 마치다가 소년원의 원외 활동 중에 탈주했다는 것과 당시 상황을 설명했다.

"그게 어떻다는 말씀이신지…." 혼다 교수가 답답해하며 담배를 재떨이에 비벼 껐다.

"탈주 중인 그들을 찾아다닐 때 권총을 품에 숨긴 형사와 맞닥뜨렸습니다. 형사는 마치다 일행을 발견하면 다시 신고하지 말고 자신에게 연락해 달라며 휴대폰 번호를 알려 주었지만, 그런 이름을 가진 형사는 없었습니다."

"요컨대 형사를 사칭한 사람은 그 조직의 일원이며, 마치다의 탈주를 돕기 위해 당신에게 그렇게 말했다는 겁니까?"

곤혹스러워하며 묻는 혼다 교수에게 나이토는 그렇다고 했다.

"그뿐만이 아닙니다. 경찰에게 체포될 때까지 마치다에게는 유일하게 마음을 허락한 친구가 있었습니다. 그 친구는 지적장애인입니다만."

"지적장애인 친구라…."

나이토는 가방에서 미노루의 사진을 꺼내 혼다 교수에게 건넸다.

"오자와 미노루입니다."

"기억나지 않는군요…."

"그렇습니까…. 마치다가 소년원에 입소한 직후 오자와 미노루와 체격이 비슷한, 지적장애를 가진 소년이 들어왔습니다. 그런데 알고 보니 그 소년은 지적장애인이 아니었습니다. 마치다에게 접근하기 위해 소년 분류 심사원을 속이고 지적장애인인 것처럼 연기한 겁니다. 마치다에게 탈주하자고 부추긴 사람도 그 소년일 겁니다."

"고작 그 일 때문에 죄를 범하고 소년원에 들어갔다는 겁니까?" 혼다 교수가 믿기지 않는다는 듯 말했다.

"조직 흑막의 지시였겠죠. 심지어 같은 시기에 전국의 소년원에 오자와 미노루와 체격이 비슷하면서 지적장애를 가진 소년들이 열 명 가까이 들어왔습니다."

나이토의 필사적인 호소에 혼다 교수는 실소로 대답했다.

"당신 이야기가 너무 황당무계해서 도저히 따라갈 수가 없군요."

"마치다를 교수님께 소개한 사람에 대해 알려 주십시오. 그 사람이 바로 조직의 흑막일지도 모릅니다."

"그가 범죄 조직의 우두머리일 리는 없습니다. 미안하지만 도저히 당신 이야기를 믿지 못하겠군요." 혼다 교수는 그렇게 말하고 계산서에 손을 뻗었다.

"당연히 제 이야기가 믿기지 않으시겠지요. 하지만 열심히 다니던 직장을 뛰쳐나와 5년간 조사한 결과 그렇게 확신하게 되었습니다."

그 말에 혼다 교수가 계산서를 손에 쥔 채 나이토를 쳐다봤다.

"그렇게까지…. 피험자 데이터를 살펴보겠습니다. 피험자의 이름과 생년월일 같은 자료를 따로 남겨 둔 게 있을 겁니다. 아까 다테 씨라고 했습니까? 그의 생년월일을 아십니까?"

"지금은 모르지만 알아보고 바로 연락드리겠습니다."

혼다 도모코나 마스자와 변호사에게 물으면 알 수 있을 것이다.

"이대로라면 당신은 물론 나도 뒷맛이 개운치 않을 테니 조사해 보겠습니다만, 만약 우리 연구소 피험자가 아닐 경우에는…."

"압니다. 그때는 모든 것을 제 망상으로 여기겠습니다. 다만 피험자로서 기록이 남아 있다면 마치다를 교수님께 소개한 사람에 대해 알려 주십시오."

혼다 교수는 그 사람에 대해 알려 주는 것에 대해서는 망설이는지 확답은 하지 않았다.

"그리고… 아마미야 가즈마라는 사람도 알아봐 주십시오."

"누구입니까?"

"아까 말씀드린, 지적장애인 연기를 하고 소년원에 들어왔던 사람입니다. 사진은 없지만 생년월일은 압니다."

아마미야의 기록을 수없이 살펴봤기에 기억하고 있었다.

"알겠습니다."

혼다 교수가 알 수 없는 표정으로 수락했다.

15

수화기를 내려놓자마자 전화벨이 울렸다.

"네, 사장실입니다." 다메이가 넌더리를 내며 전화를 받았다.

"홍보실 다나베입니다. 언론사마다 사장님 기자회견은 언제 열리느냐며 난리도 아닙니다. 뭐라고 설명하면 될까요?"

어제 급히 홍보 책임자로 발탁한 다나베가 우는소리를 했다.

홍보실은 화살받이가 되어 언론의 맹공격을 받고 있을 것이다.

다나베가 감당하기에는 버겁다는 것을 알지만 전임자가 업무를 내팽개쳤기 때문에 어쩔 수 없다.

"사실관계를 파악할 테니 시간을 좀 달라고…."

"여태껏 그렇게 대응했지만 기자들이 납득하지 않습니다. 빨리 기자회견을 열지 않으면 더 불리한 기사가 나갈 수밖에 없다고 난리예요!"

다나베가 절박하게 사정했다.

그것은 다메이가 가장 잘 알고 있다. 그러나 지금 기자회견을 연다 한들 세상 사람들과 언론이 납득할 만한 것은 아무것도 밝힐 수가 없다.

회사의 우두머리인 다메이가 현 상황을 전혀 파악하지 못하고 있기 때문이다. 이런 상황에서 기자회견을 열면 기자들에게 규탄될 뿐만 아니라 STN의 신용도 땅에 떨어질 것이다.

"아무튼 좀 더 기다려 달라고 하세요. 사실관계가 확인되면 즉시 기자회견을 열겠다고!" 그것밖에 할 말이 없었다.

잠깐이라도 전화에 방해받지 않고 생각할 시간을 갖고 싶었다. 다메이는 수화기를 제자리에 놓지 않고 살짝 옆에 내려놓은 뒤 머리를 싸쥐었다.

언론에서 스킨 아이커버의 부작용을 보도한 후 STN은 회사로서의 기능을 완전히 상실했다.

언론의 문의와 소비자의 클레임 대응에 많은 인원을 할애할 수밖에 없는 상황이었다. 나머지 직원들은 거래처에 설명하느라 눈코 뜰 새 없이 바빴다. 시게무라가 지휘하는 연구실에는 이제껏 진행하던 연구를 전면 중단시켰다. 부작용의 원인을 속히 규명하기 위해서다.

각 부서를 진두지휘해야 할 임원이 시게무라를 제외하고는 죄다 사라졌기 때문에 다메이가 모든 부서를 도맡아 관리해야 했다. 사흘간 한숨도 못 잔 탓에 정신이 몽롱했다.

문득 책상 위에 놓인 액자가 눈에 띄어 원통함이 밀려왔다.

창업 멤버 다섯이서 찍은 사진이다.

쇼코와 마치다는 왜 하필 이럴 때 사라졌을까.

두 사람이 이번 사건과 관련되어 있다는 생각은 하고 싶지 않다. 그러나 다른 임원들이 사라진 것과 타이밍이 너무 딱 들어맞았다.

지금 STN에는 이 조그만 동네 공장을 도울 힘조차 없다는 뜻이다─.

마치다는 STN이 궁지에 빠질 것을 예견했을까. 그렇다면 왜 그때 다메이에게 한마디도 하지 않았을까. 모르겠다. 마치다가 무슨 생각을 하는지 쇼코가 왜 사라졌는지 아무리 생각해도 도저히 모르겠다.

시계를 보니 곧 7시였다.

두려워서 하루 종일 뉴스를 전혀 보지 않았지만 어떤 식으로 보도되는지 걱정되어 견딜 수가 없었다.

다메이는 소파로 이동해 TV 전원을 켰다. 마침 7시 뉴스가 시작된 참이었다. 톱뉴스로는 역시 STN의 부작용 문제를 다루었다. 뉴스 진행자가 그동안의 경위와, 여전히 STN 측에서는 기자회견을 열 기미가 안 보인다는 것을 비판적인 논조로 전했다.

화면이 스튜디오에서 다른 곳으로 전환되어 깜짝 놀랐다. 화면에 아키라가 나왔기 때문이다. 비서인 구보 레이코와 회사를 나왔을 때 취재진에 둘러싸인 듯하다.

'이 문제에 대해 STN의 사장 다메이 준 씨의 동생이자 대기업 드럭스토어인 다메이드럭의 사장 다메이 아키라 씨는 이렇게 말했습니다.'

'고객의 건강을 책임지는, 같은 업계 사람으로서 이번 일을 심히 유감스럽게 생각합니다.'

아키라가 카메라를 향해 온순한 표정으로 머리를 숙였다.

'STN의 사장이 친형입니다만, 이번 일로 대화를 나누셨습니까?'

기자들로부터 질문이 쏟아졌다.

'아뇨… 형과는 전혀 연락이 닿지 않아서.'

아키라의 말을 듣고 가슴에 쓰디쓴 감정이 치밀어 올랐다.

이번 일로 아키라의 휴대폰에 수없이 연락해 봤지만 소용없었다. 회사로 전화해도 부재중이라며 연결해 주지 않았다.

'다메이드럭은 향후 어떻게 대응하실 계획입니까?'

'다메이드럭의 모든 매장에서 STN의 상품을 전부 철수시키고 향후

절대로 판매하지 않기로 오늘 임원회에서 결정했습니다.'

다메이는 화면 속 아키라를 보며 경악을 금치 못했다.

'향후 판매하지 않겠다는 것은 형제로서 매우 어려운 결단이라고 생각합니다만.'

'형제이기 때문에 어려운 결단을 해야만 고객의 신용을 얻을 수 있을 거라 생각합니다.'

아키라는 그렇게 말한 뒤 구보 레이코와 함께 차에 올라탔다.

화면이 스튜디오로 전환되기 직전 차에 올라타는 레이코의 얼굴이 비쳤다. 그 얼굴을 보고 등골에 소름이 끼쳤다. 구보 레이코는 웃고 있었다.

구보 씨는 위험한 여자야──.

기억에서 좀처럼 사라지지 않는 그 냉소의 의미를 생각하며 쇼코의 말을 곱씹었다. 그 말이 무슨 뜻이었는지 묻기도 전에 쇼코는 모습을 감추고 말았다.

도대체 무슨 뜻이었을까.

넷이서 식사를 했을 때 느낀 점이었을까. 아니면 예전부터 레이코를 알고 있었을까.

아버지의 오른팔이었던 야스우라에 따르면 아키라는 레이코가 비서가 된 후 세뇌된 것처럼 딴사람으로 변했다고 한다.

아키라를 만났을 때 다메이 역시 그렇게 느꼈다.

새삼스럽게 쇼코가 한 말의 뜻과 레이코라는 존재가 신경 쓰였다.

다메이는 휴대폰으로 아키라에게 전화를 걸었다.

"여보세요."

이번에도 전화를 받지 않을 줄 알았는데 곧바로 들려온 아키라의 목소리에 조금 당황했다.

"나야… 방금 뉴스 봤어." 다메이는 마음을 다잡고 말했다.

"그래? 꽤 볼만하지 않았어?"

아키라의 말에 발칵 성질을 낼 뻔한 것을 간신히 참았다. 지금 아키라가 전화를 끊으면 다음에 언제 또 이야기할 수 있을지 모른다.

"이야기 좀 하고 싶은데." 다메이가 감정을 억누르고 말했다.

"좋아."

너무 쉽게 승낙해서 오히려 맥이 빠질 것 같았다.

"나도 형한테 할 이야기가 있었거든. 형이 회사 밖으로 나오면 엄청난 소란이 일 테니 내가 그쪽으로 가 주지."

"알겠어. 기다릴게."

다메이는 전화를 끊고 무거운 한숨을 토해 냈다.

술렁이는 마음을 억누르며 한 시간쯤 기다리고 있자니 문을 노크하는 소리가 들렸다.

"다메이드럭의 다메이 아키라 님께서 오셨습니다."

"들이세요."

이윽고 문이 열리고 아키라가 들어왔다.

"바로 나갈 테니 차는 됐습니다."

아키라가 비서에게 쌀쌀맞게 말하더니 문을 닫고 걸어왔다.

"아까 인터뷰… 왜 그랬지?"

다메이가 분노를 억누르고 애써 냉정하게 말했다.

"뭘 말이야?" 아키라가 은근히 조소를 흘렸다.

"나와 전혀 연락이 닿지 않다니⋯ 나는 분명히 수없이 전화했어."

"형한테서 연락이 없었다는 말은 하지 않았는데."

그 인터뷰를 본 사람들은 다메이가 아키라의 연락을 피했다고 생각할 것이 틀림없다.

"그동안 왜 전화를 안 받았지?"

"우리도 형네 회사 때문에 정신없이 바빴거든."

"STN의 상품을 향후 절대로 판매하지 않겠다는 건 네 생각인가?"

"임원들 의견이야."

"야스우라 씨 일행도?"

"노인네들 의견은 무시하고 있어. 그 사람들은 현재에 안주하려고만 하지 앞일은 전혀 생각하지 않거든. 무엇보다 곧 은퇴할 노인장과는 관계없는 일이겠지만. 오늘 임원회에서 STN 상품을 배제하기로 하면서 몇 가지 결정을 함께 내렸어."

"결정이라니?"

"형네 회사에 투자하던 것을 일체 중단하기로."

"무슨⋯."

다메이는 기가 막혀서 말도 나오지 않았다.

"AS 계획의 투자를 중단하겠다는 건가?"

"그래."

"지금 다메이드럭이 투자를 중단하면 AS 계획은 실패로 돌아가."

"내 알 바 아니야." 아키라가 매정하게 대답했다.

"웃기지 마! 그 계획은 아버지의 염원이기도 했어. 다메이드럭뿐만 아니라 다른 기업에서도 투자를 받고 있다고. 아버지께서 친분이 있는 기업들에 말씀해 주신 덕분에 투자를 받았는데. AS 계획이 실패하면 아버지 얼굴에 먹칠을 하는 셈이라고."

"어쩌라고? 세상에 있지도 않은 사람인데 알 게 뭐야."

아키라의 얼음장 같은 눈빛을 보고 야스우라가 옳았다는 확신이 들었다.

아키라는 세뇌되었다.

전부터 다메이를 모욕하는 일은 있었어도 아버지에게만큼은 절대적 존경심을 품고 있었다.

"STN과 같이 죽을 수는 없어."

"그 말이 통할 거라 생각해? 아버지 뜻을 거역하고 그런 짓을 했다가는 너는… 아니, 다메이드럭은 아버지와 친했던 기업들을 적으로 돌리게 될 거다."

"아버지와 친했던 기업? 형은 회사 경영을 놀이로 착각하는구나?" 아키라가 피식 웃음을 흘렸다.

"놀이라니 말도 안 돼. 하지만 주변과의 관계성은 중요해. 너 혼자 뭘 할 수 있다는 거지?"

"주변과의 관계성? 죄다 피라미 같은 기업이잖아. 감히 우리 회사에 이빨을 드러내면 짓밟아 주겠어."

제정신이 아니다.

다메이드럭이 아무리 대기업 드럭스토어 체인이라 할지라도 그 기업들을 적으로 돌리면 제대로 장사를 할 수가 없다.

"다메이드럭은 기가드럭과 합병할 거야."

그 말을 듣고도 무슨 말인지 선뜻 이해할 수가 없었다.

"기가드럭도 몰라?" 아키라가 어이없어하며 물었다.

"기가드럭이라니… 미국의?"

반신반의하며 묻자 아키라가 그렇다고 했다.

기가드럭은 세계 최대의 드럭스토어 체인이다.

"왜… 왜 다메이드럭이 합병되어야 하지? 실적이 나쁜 것도 아니잖아."

기가드럭에 비하면 다메이드럭은 보잘것없는 기업이다. 합병은 곧 흡수된다는 뜻이리라.

"기가드럭은 세계적으로 가장 유명한 드럭스토어 체인이지만 유일하게 아시아권에서만 타사의 공세에 고전하고 있지. 다메이드럭을 흡수해서 본격적으로 아시아권 공략에 나설 거야."

"그게 다메이드럭에 무슨 이득이 되지?"

"이득…? 세계적인 드럭스토어 체인이 될 수 있잖아." 멍청한 질문 좀 그만하라는 말투였다.

"아버지가 사람들과 함께 애써 쌓아 올린 다메이드럭의 이름을 잃는데도?"

"그래 봤자 다메이드럭은 일본에서 두세 번째 기업일 뿐이야. 그런 간판에 무슨 가치가 있다는 거지? 나는 세계적인 드럭스토어 체인의 일본 CEO가 될 거야."

"이상한 여자하고 사귀더니 정신이 어떻게 된 건가?"

다메이가 그렇게 내뱉자 아키라의 눈빛이 싹 바뀌었다.

"넌 구보 레이코에게 세뇌되었어. 제정신이 아니야…."

"웬 개소리야!"

"나쁜 말은 안 할 테니 당장 그 여자와 헤어지고 야스우라 씨에게 다메이드럭의 실권을 넘겨. 그렇지 않으면 우리 가족에게 소중한 것을 잃게 될 거다."

"야스우라 씨가 그렇게 말하라고 부탁하던가?"

"아니, 모두가 널 그렇게 생각할걸. 그 비서가 나타난 뒤 사장이 이상해졌다고 말이야."

"까불지 마! 그녀에 대해 멋대로 지껄이지 말란 말이야."

"쇼코도 그녀를 위험한 여자라고 하더군. 여자의 감으로 알아차린 거야."

다메이가 그렇게 말하자 여태껏 얼굴을 붉히고 화내던 아키라의 표정이 묘하게 풀어졌다.

"여자의 감이라… 보답하는 셈 치고 나도 좋은 걸 가르쳐 주지. 형은 그 여자한테 이용당하고 있어."

"그 여자?" 다메이가 아키라를 매섭게 노려봤다.

"나쓰카와 쇼코 말이야. 형, 그 여자와 사귀지?"

"그게 왜?"

"레이코 외에 누굴 믿어야 할지 몰라서 흥신소에 주변 사람들 뒷조사를 의뢰했거든. 그랬더니 재미있는 정보가 나오더라."

조소를 머금은 아키라를 보며 다메이는 정체 모를 불안감에 휩싸였다.

"나쓰카와 쇼코는 갓난아기였을 때 부모에게 버림받아 시설에서 자랐어. 열두 살 때 입양되었고. 알고 있었어?"

몰랐다.

"역시 몰랐구나."

아키라의 목소리에 다메이는 정신을 차렸다.

"그래서… 그게 뭐 어쨌다고…."

쇼코가 그런 이야기를 털어놓지 않은 건 못내 서운했지만 그렇다고 그녀에 대한 마음이 변하지는 않았다.

친부모에게 버림받아 시설에서 자란 과거를 좋아서 이야기하는 사람은 없다.

"설마 그 일로 쇼코를 추궁한 건 아니겠지?"

다메이는 증오심에 불타 아키라를 노려보았다. 쇼코가 갑자기 회사를 그만두고 사라진 것이 그 때문이 아닐까 싶었다.

"그런 짓을 뭐 하러 해?" 아키라가 빈정거렸다.

"쇼코가 입양이든 아니든 내 마음은 변치 않아."

"사랑꾼 납셨네."

"너하고는 더 이상 대화가 안 되는군. 돌아가."

지금의 아키라에게는 무슨 말을 해도 소용없다는 것을 깨달았다.

STN의 부작용 문제는 스스로 해결할 수밖에 없지만 다메이드럭에 관해서는 야스우라 씨와 협의하는 편이 나을 것이다.

"바쁜데도 시간 내서 왔더니. 내 이야기를 끝까지 들어."

"내가 너보다 훨씬 바빠. 안 가겠다면 경비원을 불러서 끌어내지!" 다메이는 그렇게 말하고 책상으로 향했다.

"나쓰카와 쇼코의 아버지가 시부야에서 디자인 사무실을 운영한다던데."

"그게 왜?"

아버지를 포함해 직원이 다섯 명밖에 안 되는 작은 회사라고 수줍게 말한 적이 있다.

"2년 전에 회사를 접고 세이조 지역에서 이사 갔다는 건 알아?"

다메이가 미간을 찌푸렸다.

"나쓰카와 쇼코의 양부모가 그 후 행방불명이 되었다던데. 대체 어디로 갔을까?"

그 말을 듣고 왠지 모를 불안감에 휩싸였다.

16

나이토는 주머니에서 진동이 울려 휴대폰을 꺼냈다. 화면에 '혼다 구니요시'라고 표시된 것을 보고 얼른 전화를 받았다.

"여보세요, 나이토입니다."

"아아… 게이호쿠 의대의 혼다입니다. 연락이 늦어져 죄송합니다."

그저께 혼다 교수에게 혼다 도모코가 알려 준 다테의 생년월일을 문자로 보냈다.

"아닙니다, 어떻게 되었습니까…?"

"두 사람 다 피험자였습니다."

얼굴은 보이지 않았어도 혼다 교수의 일그러진 표정이 느껴졌다.

"마치다를 소개한 사람에 대해 알려 주시겠습니까." 나이토가 거절을 허락하지 않겠다는 듯 단호하게 말했다.

"게이호쿠 의대 연구실로 오실 수 있겠습니까?"

"물론이죠. 몇 시에 찾아뵈면 되겠습니까?"

"다들 점심 먹으러 나갈 테니 1시쯤에 와 주십시오."

시계를 보니 11시 반이었다. 요쓰야라면 1시까지 도착할 수 있을 것이다.

"알겠습니다."

나이토는 전화를 끊고 재빨리 외출 준비를 했다.

게이호쿠 의과대학에 도착한 것은 1시가 되기 10분 전이었다.

캠퍼스를 지나가는 학생에게 물어 혼다 교수의 연구실로 향했다. 연구실에 도착했을 때 마침 문이 열리고 남녀 여럿이 나왔다. 혼다 교수 곁에서 연구를 하는 대학원생일 것이다.

"나이토라고 합니다만, 혼다 교수님 계십니까?"

남자 한 명이 연구실 안으로 나이토가 왔다는 것을 알렸다.

"들어오세요."

안으로 들어가자 중앙에 놓인 널찍한 테이블에 앉아 있던 혼다 교수가 눈앞의 TV에서 나이토에게로 고개를 돌렸다.

"이쪽에 앉으시지요."

혼다 교수의 권유에 나이토는 옆 의자에 앉았다.

TV 화면을 흘끗 봤다. 책상을 마주하고 앉은 두 남자의 모습을 천장에서 내려다보며 찍은 영상이었다. 한 명은 손에 스톱워치를 쥐고 있고 또 한 명은 종이에 뭔가를 쓰고 있었다. 종이에 뭔가를 쓰고 있는 남자의 얼굴이 낯이 익었다.

아마미야 가즈마가 아닐까.

"저 사람이 아마미야입니까?" 나이토가 묻자 혼다 교수가 고개를 끄덕였다.

영상이 선명하지는 않았지만 자신이 알고 있는 아마미야와 인상이 꽤 달라 보였다.

"생년월일에 따르면 그는 17세 3개월 때 우리 연구실의 피험자가 되었습니다."

"어떻게 여기 피험자가 된 겁니까?" 나이토가 물었다.

"어떤 사람의 소개로 왔습니다."

"이름이…."

"기자키 이치로라는 남자입니다." 혼다 교수가 나이토를 보며 대답했다.

"기자키 이치로?"

나이토가 혼다 교수에게 되물었다.

"네, 그렇습니다."

"마치다 히로시를 교수님께 소개한 사람도 기자키 씨입니까?"

혼다 교수가 그렇다고 했다.

"기자키 씨는 어떤 사람입니까?"

나이토의 질문에도 혼다 교수는 쉬이 입을 열지 않았다. 나이토를 가만히 쳐다보면서 어디까지 이야기해야 할지 고민하는 것 같았다.

"여기서 들은 이야기는 남에게 발설하지 않겠다고 약속드리지 않았습니까. 적어도 제 예상이 맞는다고 확신하기 전까지는 말입니다." 나이토가 혼다 교수를 똑바로 쳐다보며 말했다.

"나이토 씨는 역시 그가 범죄 조직의 우두머리일 거라 생각하십니까?"

"제가 알아낸 정보에 따르면 조직 우두머리의 이름은 무로이입니다. 기자키 씨가 무로이라는 이름을 쓰는 건지, 아니면 완전히 다른 사람인지는 모릅니다. 다만 교수님께 소개한 마치다와 아마미야, 다테가 그 조직에 속했고 범죄를 일으켰다는 것은 확실합니다. 기자키 씨가 그 조직과 관련이 있다고 생각되지 않으십니까?"

나이토가 거기까지 말하자 혼다 교수가 탄식을 하며 고개를 숙였다. 잠시 후 결심이 섰다는 듯 고개를 들었다.

"커피라도 내와야겠군요." 혼다 교수가 의자에서 일어섰다.

"신경 쓰지 않으셔도 됩니다."

"내가 마시고 싶어서 그럽니다. 옛일을 생각하느라 너무 신경을 썼더니 긴장을 풀고 싶군요."

혼다 교수가 쓸쓸하게 웃으며 선반에서 머그잔 두 개를 꺼내더니 연구실 안쪽에 있는 싱크대로 향했다. 머그잔에 인스턴트커피를 넣고 뜨거운 물을 부은 다음 양손에 하나씩 들고 테이블로 돌아왔다. 혼다 교수가 나이토 앞에 머그잔을 놓고 다시 의자에 앉았다.

"고맙습니다. 잘 마시겠습니다." 나이토는 인사를 하고 커피를 마셨다.

"내가 이치로를 만난 건 33년 전입니다."

혼다 교수가 잔에서 입을 떼고 불쑥 내뱉었다.

그렇게 오래전부터 알고 지낸 사이였다니.

"당시 나는 교수는 아니었지만 현재와 마찬가지로 발달장애아 연구에 종사했습니다. 연구를 진행하다 보니 발달장애와 지능지수의 관계에 주목하게 되었고 많은 아이들을 피험자로 하여 지능지수에 관한 데이터를 수집하기 시작했습니다."

"그중 한 명이 기자키 이치로였다는 겁니까?"

나이토가 묻자 혼다 교수가 고개를 끄덕였다.

"처음에는 발달장애가 의심되는 아이들을 대상으로 데이터를 뽑았지요. 그다음에는 비교 및 대조를 위해 그렇지 않은 아이들의 데이터도 수집하게 되었습니다. 그러다 더 다양한 환경에 있는 아이들까지 대상을 넓힌 겁니다."

"다양한 환경이라 하시면?"

"예를 들어 부모에게 버려지거나 학대로 인해 시설에서 지내는 아이들 말입니다. 우리는 지바 현의 시설에 협력을 요청해 그곳에서 생활하는 아이들의 지능지수 데이터를 뽑았습니다. 그때 만난 소년이 바로 이치로입니다."

"그가 몇 살 때였습니까?" 나이토가 물었다.

"열 살, 초등학교 4학년 때였습니다."

33년 전이면 기자키 이치로는 현재 43세다.

"지능지수를 측정하는 검사에는 여러 종류가 있습니다. 시설에서 지내는 모든 아이들을 대상으로 그중 두세 가지 검사를 진행했지요. 그런데 이치로의 검사 결과를 보고 모두가 깜짝 놀란 겁니다. 믿기지 않을 만큼 높은 수치였거든요. 우리는 우연이 아닐까 싶어 그 결과를 순순히 받아들일 수가 없었습니다. 그렇다고 없던 일로 할 수도 없는 노릇이었지요. 마침 여름방학이라 그를 일주일쯤 도쿄에서 지내게 했습니다. 우리 집에서 머물게 하고 이 연구소에서 다른 검사도 해 봤지요. 그랬더니 우연은커녕 그가 정말 무서울 만큼 높은 지능지수를 갖고 있다는 사실이 밝혀졌습니다."

아마 나이토가 소년원에서 마치다의 지능지수에 관한 기록을 봤을 때와 같은 놀라움이리라.

"지능지수가 비정상적으로 높다는 것 외에 그는 어떤 소년이었습니까?" 나이토가 관심을 갖고 물었다.

"뭐랄까… 발달장애와는 다르지만 다른 아이들에게서 보지 못한 독특한 인상을 받았습니다."

"독특한 인상이라…."

"이치로와 일주일 동안 한 지붕 밑에서 지낸 결과 그에게는 감정이 결여된 것 같았습니다. 묻는 말에 척척 대답은 잘하더군요. 아니, 오히려 또래 아이들보다 훨씬 어른스러웠습니다. 그런데 이치로의 말과 표정, 몸짓에서 감정이 전혀 수반되지 않아 보였던 겁니다. 그 무렵에는 없었지만 이제 와서 생각해 보면 마치 프로그래밍된 로봇이 상대방의 말과 표정을 감지해서 적합하게 반응하는 듯한… 그런 인상 말입니다. 시설 관계자에게 이치로가 시설에 들어오기 전에 어떤 환경에서 살았는지 듣고 어느 정도 납득하긴 했습니다만."

"부모에게 버려지거나 학대를 당해서 생긴 마음의 상처가 원인이었던 겁니까?"

"그 시설에서 지내는 아이들은 대부분 그 비슷한 환경에서 자랐습니다. 그런데 이치로는 조금 특수했지요."

"무슨 뜻입니까?"

"이치로는 여덟 살 때 경찰에게 발견되어 시설에 들어가게 된 겁니다. 경찰이 발견하기 전까지 그가 어디서 어떻게 살았는지 전혀 모릅니다."

"경찰서에서 자기 부모에 대해 아무 말도 하지 않았던 겁니까?"

"아무것도 기억나지 않는다고만 대답했던 모양입니다. 자기 이름조차 모른다고. 경찰은 이치로의 신원에 대해 철저히 조사했습니다. 같은 또래 아이의 실종 신고가 접수되었는지 조사하고, 발견된 지역뿐만 아니라 전국의 학교 및 시설에 조회해 봤지만 결국 아무것도 알아내지 못했지요."

"기자키 이치로라는 이름은 어떻게?"

"새 호적을 받았거든요. 기자키는 그가 발견된 지역 시장의 이름입니다. 이치로는… 그냥 외우기 쉬운 이름이었을 겁니다."

새 호적을 받았다는 점에서 마치다와 처지가 비슷하다고 느꼈다.

마치다의 경우는 제 발로 집을 뛰쳐나왔지만 기자키 이치로는 어디서 어떻게 살았는지 그 기억조차 없다고 한다.

"몹시 흥미가 당기더군요. 원래는 발달장애에 관한 연구를 해야 해서 방향이 다른 줄은 알지만 이치로에 대해 더 자세히 조사하고 싶었습니다. 그런데 그 직후 이치로가 시설에서 사라진 겁니다."

"사라졌다고요?"

"네, 경찰이 수색했지만 그의 행방을 알아내지는 못했습니다. 이치로가 머릿속에서 떠나지 않던 나는 이따금 전국의 시설에 연락해서 비슷한 소년이 입소했는지 물었지요. 결국 15년 전까지 그의 소식을 모른 채 지냈습니다."

"15년 전에 다시 만난 거군요. 어떻게 만났습니까?"

"어느 날 양복 차림의 남자가 여기로 날 찾아온 겁니다. 이름을 듣기 전까지 그가 누구인지 전혀 몰랐습니다. 그만큼 달라졌고 훌륭하게 성장했더군요. 소년 시절의 그를 대할 때면 그의 앞날이 걱정되곤 했는데, 눈앞의 그는 그런 걱정을 떨치게 할 만큼 내면에서부터 자신감이 넘치는 인상이었습니다. 그런데 시설에서 사라졌던 이유와 그동안 어떻게 살아왔는지 묻자 그가 괴로운 듯 얼굴을 일그러뜨리더군요. 그래서 과거를 캐묻지 않은 겁니다. 그가 살아 있다는 사실을 안 것만으로 몹시 기뻤으니까요."

"기자키 씨는 왜 교수님을 찾아온 겁니까?"

"자신의 사업에 협조해 달라는 부탁을 하더군요." 혼다 교수가 씁쓸해하며 말했다.

"어떤 사업이었습니까?"

무로이의 조직으로 연결될 만한 정보에 나이토는 저도 모르게 몸을 앞으로 내밀었다.

"시설에서 지내는 아이들을 돕는 사업이라고 했습니다."

"아이들을 돕는 사업이라…." 나이토가 고개를 갸웃거렸다.

"시설에 있는 대부분의 아이들은 고등학교를 졸업하면 즉시 시설에서 나가야 합니다. 그런데 그 아이들은 경제적인 여유가 없어서 설령 본인에게 능력이 있더라도 대학 진학이나, 원하는 직장에 취업하기란 하늘의 별 따기나 다름없습니다. 시설에서 나간 아이들에게 더 나은 교육을 받게 하고 사회에 공헌하는 인재로 육성하는 것을 목표로, 그가 설립한 단체에서 정신적, 경제적으로 지원을 하겠다고 하더군요. 그동안 그가 어떤 삶을 살아왔는지는 몰라도 정재계 유력 인사와 인맥을 쌓은 것 같았고 자금도 넉넉해 보였습니다. 다만 그렇다고 해서 모든 아이들에게 도움의 손길을 내밀 수는 없다며 아쉬워하더군요. 어쩔 수 없이 지능지수에 따라 지원할 인물을 선별하고 싶으니 이 연구소에서 검사를 맡아 달라고 부탁한 겁니다."

"그래서 아이들의 지능지수를 측정하는 일을 받아들이셨군요."

나이토가 묻자 혼다 교수가 애매하게 긍정했다.

"솔직히 지능지수에 따라 사람을 선별한다는 그의 방식이 이해되지 않더군요. 그런데도 그의 말에 반론하지 못하고 협조하기로 했습니다."

"그가 뭐라던가요?"

"힘 있는 사람을 육성하지 않으면 이 불합리한 사회를 바꾸지 못한다고 하더군요. 자신에게는 부모도 살 집도 돈도 아무것도 없지만 유일하게 신이 내려 주신 능력 덕분에 사람을 구하는 입장에 설 수 있었다고 말입니다. 힘 있는 자를 많이 육성해서 더 나은 사회를 만드는 것이 결과적으로 선택받지 못한 사람까지 구원하는 셈이 되지 않겠느냐고. 그는 전국의 시설을 돌아다니며 눈에 띄는 인재를 찾아내 이곳으로 데려와 검사를 받게 했습니다. 가끔 열 살도 되지 않은 아이도 있었지요."

"그런 어린아이를 데려와서 가령 지능지수가 높게 나왔다 해도 그 아이가 시설에서 지내는 한 특별한 지원을 못하는 것이 아닙니까?"

그가 설립했다는 단체라면 또 모를까 공적인 시설에서는 특별 취급이 불가능할 것이다.

"그럴 경우에는 수양부모를 찾았습니다. 아이가 더 나은 환경에서 능력을 향상시킬 수 있도록 말이죠. 위화감이 느껴지기도 했습니다만 그가 자신처럼 어려운 처지의 아이들을 위해 애쓴다는 것만큼은 의심하지 않았습니다…."

표면상으로는 혜택받지 못한 아이들을 위해 애쓰는 것처럼 보일지 몰라도 한 꺼풀 벗기면 위험한 우생(優生) 사상의 소유자다.

"그중에 마치다 히로시도 있었겠군요."

혼다 교수가 그렇다고 했다.

"그를 데려온 때가 8년 전이었을 겁니다. 이치로가 어렸을 때와는 또 다른 독특한 인상의 소년이었지요. 이치로가 프로그래밍된 로봇이라면 히로시는 무뚝뚝한 밀랍 인형 같았습니다. 말이 없고 시종일관 무표정하더군요. 그런데 이치로의 경우를 아는 나조차 경악할 만큼 지능지수가 높았습니다."

"기자키 씨와 어느 쪽이 더 높았습니까?" 나이토가 물었다.

"솔직히 그 수준까지 가면 어느 쪽이 더 높은지 판단이 어렵습니다. 이치로에게 결과를 알리면서 그가 누구인지 물었더니 자기 형제라며 만족스럽게 웃더군요."

"마치다가 자기 형제라고 했단 말입니까?"

"농담이었겠지요. 두 사람 다 신의 아이라고 말했습니다만."

"신의 아이…."

"그 말을 듣고 좀 불안하더군요. 물론 이치로와 히로시의 지능이 비할
데 없이 높다는 것은 의심할 여지가 없습니다. 그런데 그것이 사람의 가
치나 우열을 가리는 기준이 되어서는 안 되지 않습니까."

기자키가 무로이라면 그런 수법을 써서까지 소년원을 탈주시킬 만큼
마치다에게 집착하는 이유도 이해가 간다. 비범한 지능을 지닌 마치다
히로시는 기자키에게 두 번 다시 나타나지 않을 존재였기 때문이다.

"그나저나… 설마… 그가 범죄 조직에 연관되어 있다니, 참으로…."

혼다 교수가 믿기지 않는다는 듯 고개를 절레절레 흔들었다.

"그가 설립했다는 단체의 이름이 뭡니까?" 나이토가 물었다.

"'신공생회(神共生会)'입니다."

"신과 함께 살아가는 모임이라는 뜻입니까?"

혼다 교수가 고개를 끄덕였다.

참으로 수상쩍은 이름이다.

"아카사카의 고층 건물에 사무실을 널찍하게 차렸었는데 지금은 없
습니다."

"왜 없어졌습니까?"

"다른 곳으로 이전했거나 이름을 바꾸었을지도 모르지만, 몇 년 전부
터 이치로를 포함해 단체 사람들과 연락이 끊겼습니다."

"구체적으로 몇 년 전부터였습니까?"

"어디 보자… 7년쯤 전인 것 같군요."

"그 후 기자키 씨와는 연락을 아예 안 하셨습니까?"

"네. 걱정은 되었습니다만…. 어쩌면 당초 목적을 달성했거나 아니면 자금 운용이 어려워져 단체를 해산했을지도 모릅니다."

"그가 지금 어디서 뭘 하는지는 모르십니까?"

"전혀 모릅니다. 워낙에 신출귀몰한 사람이라 머지않아 불쑥 나타나지 않을까 싶었습니다."

"그의 영상이나 사진은 없습니까?"

그 질문에 혼다 교수가 기억을 더듬었다.

"만약 그가 범죄 조직의 우두머리라면 더 이상의 폭주를 막아야 합니다."

결의에 찬 눈빛으로 쳐다보자 혼다 교수가 자리에서 일어났다.

책장을 뒤져 비디오테이프 하나를 손에 들고 테이블로 돌아왔다.

"히로시를 테스트했을 때 영상입니다."

혼다 교수가 바로 앞의 비디오에서 아까 봤던 테이프를 꺼내고 새로 가져온 테이프를 집어넣었다.

연구실에 들어왔을 때 본 아마미야의 영상과 비슷했다. 책상에 마주 앉은 두 남자의 모습을 천장에서 내려다보며 찍은 영상이었다.

마치다가 책상 앞에 앉아 종이에 뭔가를 쓰는 데 집중하고 있었다. 맞은편에 앉은 흰 옷을 입은 남자가 스톱워치를 손에 들고 마치다를 쳐다보고 있었다. 흰 옷을 입은 남자의 바로 뒤에는 양복을 입은 남자가 서 있었다. 남자는 더러 미소를 지으며 마치다를 주시하고 있었다.

"저 사람이 기자키입니까?"

혼다 교수가 복잡한 눈빛으로 고개를 끄덕였다.

"동영상을 찍겠습니다."

나이토가 휴대폰을 꺼내 동영상을 찍을 준비를 하더니 혼다 교수의 허락을 확인하지도 않고 TV 화면에 갖다 댔다.

나이토는 연구실을 나와 복도를 걸으면서 앞으로 어떻게 할지 생각했다.

드디어 무로이의 조직과 연관된 '신공생회'라는 단체의 존재를 알아냈지만 지금은 어디에 있는지, 아직 존재하는지조차 모른다. 무로이의 꼬리를 곧 잡을 수 있을 거라 기뻐하던 것도 잠시, 다시 원점으로 돌아왔다는 사실에 실망감이 복받쳐 올랐다.

그러나 마치다를 데려온 기자키라는 사람의 과거와 얼굴을 확인한 것만 해도 큰 수확이었다.

지금부터 '신공생회'의 사무실이 있었다는 아카사카로 가서 기자키나 단체에 있던 사람을 모르는지 주변 회사와 가게 등을 찾아다녀 보면 어떨까.

기자키의 얼굴을 동영상에 담았고 실제로 존재했던 단체 이름도 알아냈다. 그 단체의 장이었던 기자키가 지금 어디서 뭘 하는지 알아내는 작업이 그리 어렵지만은 않을 것이다.

나이토는 자신이 계속 휴대폰을 움켜쥐고 있었다는 것을 깨닫고 바지 주머니에 넣었다.

혼다 교수의 이야기를 들으며 흥분한 탓인지 손에 땀이 흥건했다. 근처 화장실에 들어가 세면대 앞에 섰다.

마치다 주변에 도사리던 정체 모를 존재의 전모가 밝혀질 날도 그리 멀지 않다.

손을 씻으며 눈앞의 거울을 바라보고 마음속으로 생각했다. 틀림없이 그 존재에 접근하고 있다고. 그렇게 생각함과 동시에 거울에 비친 자신의 얼굴이 차츰 굳어지는 것을 알 수 있었다.

갑자기 등 뒤에서 소리가 들려와 움찔했다.

화장실 칸 안에서 물을 내리는 소리였다. 문이 열리고 갈색 머리의 학생이 나왔다. 그는 손을 씻지 않은 채 화장실을 나갔다.

나이토는 다시 거울을 보고 마음속에서 공포심을 몰아내기 위해 얼굴에 물을 끼얹어 세수를 했다.

나이토는 대학 건물에서 나와 걸음을 멈추고 혼다 교수의 연구실이 있던 방향을 바라봤다.

혼다 교수 입장에서는 잔혹한 이야기였을지도 모른다. 시설에서 지내는 아이들을 지원하기 위해 협조했건만 범죄 조직의 일원을 선별하는 작업에 이용되었으니 말이다.

그 결과 다테는 목숨을 잃었고 아마미야는 사람까지 죽이고 소년원에 들어갔다. 나이토는 견딜 수 없는 심정으로 연구실을 보던 눈길을 거두고 걸음을 옮기기 시작했다.

이내 가까이서 진동음이 들려와 즉시 걸음을 멈췄다. 바지 주머니에 넣어 둔 휴대폰은 진동하지 않았다. 어깨에 멘 숄더백에 손을 넣어 더듬었다.

한 달 남짓 전에 집 우편함에 스마트폰이 잘못 넣어진 적이 있다. 그 후 계속 충전하며 가지고 다닌 스마트폰이 진동하는 것이었다.

"여보세요…."

나이토는 경계하면서 전화를 받았다.

"아카사카에 가도 소용없어." 남자 목소리가 들렸다.

"네?"

무슨 소리인지 몰라 되물었다.

"놈들은 이미 흔적을 모조리 지웠어."

도대체 무슨 소리를 하는 걸까.

"저…."

"놈들은 그런 조직이다."

나이토의 말을 자르듯이 말하는 것을 듣고 상대방이 누구인지 알아차렸다.

"아마미야인가…?"

상대방은 아무 대답이 없었다.

"아마미야 맞지!"

강한 말투로 추궁하며 머릿속에서 한 가지 의문이 떠올랐다.

나이토가 아카사카로 가려던 것을 어떻게 알았을까.

"오래 살기 위한 주의 사항을 일러 줬을 텐데." 아마미야가 비웃는 말투로 말했다.

"공교롭게도 나는 아직 살아 있다. 자네는 어디 숨어서 전화하는 건가? 이 근처에 있지?"

"뒤에 있다."

뒤돌아보니 저 앞에 한 남자가 서 있는 것이 보였다.

갈색 머리에 눈썹이 가는, 요즘 유행하는 스타일의 학생이 휴대폰을 귀에 대고 자신을 빤히 쳐다보고 있었다. 아까 화장실에서 나간 학생이었다.

학생을 찬찬히 살펴보니 요전번 만났을 때와는 분위기가 완전히 딴판이었지만 틀림없이 아마미야였다. 나이토는 경악했다.

"여기에 도청기를 설치한 건가?"

나이토가 스마트폰을 켠 손을 내리고 아마미야를 향해 걸어갔다.

"도청기뿐만 아니라 GPS도 설치했지."

아마미야도 휴대폰을 내리고 옅게 웃으면서 말했다.

"내가 사는 집은 어떻게 알아냈나?" 나이토가 물었다.

"간단하지. 당신을 계속 미행했거든. 맥주를 얻어먹은 술집에서 당신이 나왔을 때부터 쭉."

"말도 안 돼…." 나이토는 어안이 벙벙했다.

"잊었나? 내가 연기와 변장의 달인이란 걸. 아까 화장실에서 눈이 마주쳤는데도 당신은 날 몰라보더군."

"이걸 왜 나한테 보낸 건가?" 아마미야에게 스마트폰을 내밀며 물었다.

"당연히 당신을 미끼로 삼기 위해서지."

"미끼…?"

"조직을 캐고 다니고 있으니 머지않아 옛 동료가 당신을 습격하러 오지 않을까 기대했거든."

"내가 습격당하는 모습을 숨어서 구경하며 고소해하려 했다는 건가. 그 때문에 이런 것까지 준비하고… 참으로 고약한 취미로군." 나이토가 내뱉었다.

"난 그런 괴짜는 아니야. 조직 사람을 만나고 싶었을 뿐이지. 놈들이 수면 밑에 숨어 버리는 바람에 어디 있는지 알 수 없었거든."

"조직 사람을 만나서 어쩔 작정이지?"

"빼앗긴 걸 되찾기 위한 단서를 잡으려 했지."

"뭘 빼앗겼나?"

"나한테 가장 소중했던 것."

그렇게 말한 아마미야의 눈빛에 그늘이 엿보였다.

"날 미끼 삼아 조직원을 유인할 셈이라면서 왜 얼굴을 노출했지?"

"이제 그럴 필요가 없으니까. 당신과는 두 번 다시 만날 일이 없겠지. 마지막으로 궁금한 게 있으면 대답해 주려고 찾아왔다."

"그럼 몇 가지 묻도록 하지."

나이토가 바지 주머니에서 휴대폰을 꺼내 아마미야에게 다가갔다.

"이자가 무로이인가?" 아까 촬영한 TV 화면 영상을 아마미야에게 내보였다.

아마미야는 싸늘한 눈초리로 휴대폰 화면을 잠시 쳐다봤다.

"그래." 단번에 대답했다.

"자네는 무로이의 명령으로 소년원에 들어간 건가? 마치다를 탈주시키기 위해?"

"맞아."

"무로이는 왜 그렇게까지 해서 마치다를 조직에 다시 데려가려는 거지? 대체 무슨 짓을 시키기 위해?"

"글쎄. 그자의 머릿속에 든 생각은 아무도 이해하지 못할 테지. 쓸쓸한 남자다."

"오자와 미노루를 찾아다닌 것도 무로이의 명령인가?"

"그래."

"결국 미노루를 찾아낸 건가?"

"행방은 알아냈는데, 감동의 대면을 하기 직전에 무로이 때문에 바다에 빠지고 말았지."

"미노루가 어디 있는지 가르쳐 주지 않겠나?"

"센다이 시내에 있는 '빛의 언덕 복지원'이라는 시설이다." 아마미야가 대답했다.

"무로이는 왜 마치다에게 집착하는 거지? 무로이도 마치다처럼 지능이 뛰어난 모양인데, 비슷한 인간에 대한 친애의 정인가?"

"그자가 마치다를 형제라고 했다면서? 둘 다 신의 아이라고…." 아마미야가 우습다는 듯이 코웃음을 쳤다.

"그래."

"괴물 같은 능력을 지니고 태어나 누구와도 공감하지 못한 채 고독하게 살아온 남자가 자신을 이해할지도 모르는 인간을 겨우 만났지. 똑같이 괴물 같은 능력을 지닌 인간을 말이야. 그런데 그 녀석이 자신의 곁을 미련 없이 떠나고 만 거야. 나도 무로이가 마치다에게 집착하는 이유가 자신과 똑같은 종류의 인간에 대한 애착인 줄로만 알았지. 평생 찾아 헤매도 다시는 만날 수 없는 존재이니 말이야. 그런데 최근 들어 그게 아니라는 걸 깨달았어."

"무슨 뜻인가?"

"무로이는 사람을 사랑하지 못해."

그 말이 무엇을 뜻하는지 알 수 없었다.

"망가뜨리는 것으로밖에 증명할 수 없는 사랑도 있겠지. 그게 옳다고는 할 수 없지만. 상대방을 사랑한 나머지 그 사람의 모든 것을 망가뜨리는 경우도 있어. 하지만 놈은 그저 망가뜨리기만 할 뿐, 거기에 애정이라고는 눈곱만큼도 없어."

"무로이가 마치다의 소중한 뭔가를 망가뜨리려 한다는 건가?"

아마미야는 대답하지 않았다.

그저 고개를 돌려 캠퍼스를 걷는 학생들을 쳐다보고 있었다.

"마치다는 대학에 갔더군." 아마미야가 불쑥 말했다.

"그래."

"거기서 알게 된 녀석들과 회사까지 차렸던데. 요즘 한창 인기 있는 STN이라는 회사 말이야. 사장이 다메이드럭의 자제라지?"

"그래, 그런데 그게 왜…?"

"다시 시작할 수만 있다면 한 번쯤 그런 시간을 보내고 싶군. 바보처럼 태평하게 친구와 시시껄렁한 이야기를 하고, 몇 시간 후면 자신이 죽을지도 모른다는 생각은 해 본 적도 없는… 그런 시간을 보내 봤으면 좋겠어. 그 남자를 만나지 않았더라면 내게도 그런 시간이 있었을까."

아마미야가 캠퍼스를 바라보던 시선을 거두고 나이토를 똑바로 쳐다봤다.

"아마미야, 다시 시작할 수 없는 인생은 없어."

"역시 당신은 뼛속까지 소년원 교도관이라니까. 이제 그만 가야겠어."

아마미야가 쓸쓸하게 웃으며 뒤로 돌았다.

"소중한 것을 되찾겠다고 하지 않았나?"

나이토가 불러 세우자 아마미야가 뒤를 돌았다.

"함께 협력하면…"

"선생님과 함께 움직이다니 딱 질색인데." 아마미야는 그렇게 말하고 걸음을 옮겼다.

17

가에데는 가방에 갈아입을 옷을 채워 넣고 방을 나섰다.

부엌에 들어가니 엄마가 여느 때처럼 멍하니 TV를 보고 있었다.

"엄마."

가에데가 부르자 엄마가 고개를 돌렸다.

"나, 갔다 올게."

"조심히 잘 갔다 오렴."

"선물로 뭐 사 올까?"

"아무거나. 그런 거 신경 쓰지 말고 재미있게 놀다 와." 엄마가 다시

TV로 고개를 돌렸다.

그러나 TV를 보고 있어도 그 내용이 머릿속에 전혀 들어오지 않는다는 것은 누가 봐도 분명했다.

공장에 불이 난 지 열흘이 지났다. 화재의 충격이 조금씩 흐려지는 것과 동시에 엄마의 심신이 급격히 흐트러지는 것을 알 수 있었다. 놀러 나가는 것은 아니지만 이런 상태의 엄마를 혼자 두기가 불안했다.

"있잖아, 엄마."

엄마가 다시 가에데를 쳐다봤다.

"다음에 같이 온천에 가자."

"좋지. 네가 취직하면 가자."

가에데는 고개를 끄덕인 뒤 다시 "다녀오겠습니다" 하고 현관으로 향했다.

그저께 가에데의 SNS에 댓글이 하나 올라왔다.

이름이 오자와 미노루인지는 몰라도 사진과 빼닮은 사람을 알고 있다는 내용이었다. 그 사람을 본 것은 센다이 시내에 있는 '빛의 언덕 복지원'이라는 시설이라고 한다.

댓글을 단 사람은 가에데가 직접적으로는 모르는 사람이었다. 장난일 가능성도 있지만 신경이 쓰여 직접 가서 확인하기로 했다.

조사해 보니 그 주변 지역인 후쿠시마 현 다테 시내에도 '빛'이 들어가는 이름의 시설이 있었다. 장난일 경우 그쪽도 돌아볼 생각에 하룻밤 묵기로 하고 엄마에게는 친구가 여행을 가자고 했다고 거짓말을 했다.

현관에서 나와 계단을 올라 2층으로 향했다. 마치다 히로시의 방으로 가서 문을 두드려 봤지만 역시 대답이 없었다.

마치다는 도대체 어디에 갔을까.

쇼코가 돌연 회사를 그만두고 다메이 앞에서 모습을 감춘 것과 STN의 부작용 문제가 불거진 것은 아무런 관련도 없을까.

다메이의 이야기를 들은 이상 이번 STN의 부작용 문제와 그에 따른 위기는 회사 내부 사람이 고의로 일으켰다고밖에 달리 생각할 수가 없다. 특히 쇼코가 때마침 회사를 그만두고 행방불명이 되었다는 사실에 그녀에 대한 의심이 머릿속에서 떠나질 않았다.

마치다가 STN에 손해를 끼치는 일에 가담했을 리는 절대로 없으며 쇼코와 함께 행동한다는 것은 생각하기도 싫다. 하지만 STN의 문제가 뉴스에서 잇달아 보도되고 있는데 일주일 가까이 방을 비운 채 연락 하나 없는 것이 이상했다. 불길한 상상을 억누를 새도 없이 자꾸만 부풀어 갔다.

이번 여행의 목적은 당연히 오자와 미노루의 소식을 찾는 것이지만 집에서 불안한 마음으로 마치다를 기다리기만 할 수 없다는 이유도 한몫 했다.

지금 자신이 해야 하는 일은 미노루를 찾는 것이다.

가에데는 불안한 생각을 억지로 떨치면서 집을 나섰다.

역 쪽으로 가는데 휴대폰이 울렸다. 나이토 아저씨였다.

"가에데, 오늘 만날 수 없겠니?" 전화를 받자마자 나이토가 말했다.

지금부터 센다이에 가야 하지만 나이토의 심상치 않은 말투에 중요한 용건임을 눈치채고 바로 거절하지 않았다.

"아저씨, 어디 계시는데요?"

"실은 오모리란다."

"그럼 만날 수 있어요. 마침 역으로 가는 길이거든요."

전에 갔던 카페에서 만나기로 약속하고 발걸음을 서둘렀다.

카페에 들어가자 안쪽 자리에서 나이토가 기다리고 있었다.

"우선 마실 것부터 주문하고 나올 때까지 기다리자꾸나."

따뜻한 커피를 두 잔 주문하고 종업원이 가져올 때까지 기다렸다. 커피를 한 모금 마시고 나이토에게 시선을 고정했다.

"이것 좀 봐 다오." 나이토가 휴대폰을 꺼내 가에데 앞에 놓았다.

휴대폰을 조작하자 화면에 동영상이 재생되었다. 실내를 찍은 영상이었다. 책상에 마주 앉은 두 사람과 그 뒤에 서 있는 남자의 모습이 보였다.

책상 앞에 앉은 소년이 종이에 뭔가를 적고 있고, 맞은편에 있는 두 사람이 그 모습을 지켜보는 것을 알 수 있었다.

"이게 뭐예요?" 휴대폰 화면에서 고개를 들어 나이토에게 물었다.

"책상에 마주 앉은 사람 말고, 뒤에 양복을 입고 서 있는 남자를 자세히 봐 다오. 확대해서 봐 주겠니?"

그러고 보니 지금 사이즈는 사람의 모습을 간신히 확인할 수 있을 뿐, 복장이나 얼굴까지는 확인이 불가능했다. 가에데는 화면을 확대하고 양복 차림의 남자에게 초점을 맞추었다.

어디선가 본 듯한 사람이었다.

그 남자와 분위기가 비슷하다는 것을 떠올렸다.

"어때? 본 기억이 없니?"

나이토의 물음에 가에데는 고개를 들었다.

"있어요… 전에 말씀드렸던, 5년 전 공장 근처에서 히로시 씨에 대해 물었던 남자와 닮았어요."

"마치다의 키다리 아저씨 말이구나?"

가에데가 고개를 끄덕이자 나이토는 한숨을 내쉬었다.

"이 사람 도대체 누구예요?"

나이토는 대답하지 않았다.

화면에 비친 실내에는 책상이 딱 하나 놓여 있었다. 드라마에서 흔히 보던 경찰서 취조실 같았다.

"히로시 씨의 사건을 담당했던 변호사예요?"

나이토가 슬쩍 시선을 피했다.

"설마… 무로이예요?"

나이토가 고개를 끄덕이는 것을 보고 저도 모르게 눈빛이 사나워졌다.

더 이상 파고들지 말자고 했으면서 나이토는 역시 줄곧 무로이에 대해 조사한 것이다.

"가에데, 너한테는 이 일을 숨기고 싶었다. 그래도 마치다에 대해 물었다는 남자가 무로이인지 아닌지 꼭 확인하고 싶었지. 다시 네 앞에 나타날지도 모르니 너도 조심하길 바랐고."

나이토가 변명하듯 말했다.

가에데는 믿기지 않는 심정으로 휴대폰 화면 속 영상을 쳐다봤다.

여기 찍혀 있는 남자가.

온화하게 미소 지으며 마치 자기 아이를 사랑스러워하는 듯한 다정한 목소리로 마치다에 대해 물었던 그 신사가.

무시무시한 범죄 조직을 이끌고, 마치다에게 미노루를 죽이라고 명령한 사람이었다니.

"믿을 수 없어⋯."

휴대폰 화면이 격하게 흔들렸다. 손이 떨리지 않도록 하고 싶었지만 소용없었다. 휴대폰을 쥐고 있던 손뿐만 아니라 온몸이 부들부들 떨리기 시작했다.

"미안하다. 충격을 받은 모양이구나. 그런데 사실이야. 그 남자가 바로 무로이란다."

"여기가 어디예요? 조직의 아지트 같은 곳이에요?" 가에데가 물었다.

"대학 연구실이란다."

"왜 그런 곳에⋯."

"무로이가 조직의 일원을 선택하는 기준은 높은 지능지수였다고 한다. 그 연구실에는 지능지수 측정의 전문가가 있었고. 종이에 뭔가 쓰고 있는 소년은 8년 전의 마치다야. 무로이가 마치다를 데려와 여기서 지능지수를 측정한 뒤 조직에 데려갔을 거다. 시간적으로는 마치다가 체포되기 1년쯤 전일 거야."

가에데는 떨리는 손끝으로 화면을 움직여 펜을 놀리는 데 집중하는 마치다의 모습을 응시했다.

"5년 전 무로이가 제 앞에 왜 나타난 거예요?"

"마치다의 근황이 궁금했겠지. 무로이에게 마치다는 특별한 존재였던 것 같구나."

"지능이 높아서요?"

"무로이 역시 마치다와 똑같은 종류의 인간이거든."

똑같은 종류의 인간.

그 말에 반발심이 생겨 나이토를 날카롭게 쏘아봤다.

"물론 인간적으로 똑같다는 의미는 아니야. 무로이도 마치다에 필적할 만큼 아니, 어쩌면 더 지능이 높을지도 모르거든. 어렸을 때 환경도 마치다와 비슷했고."

"무슨 뜻이에요?"

"지능만을 의지해 혼자 살아왔다고 하더구나."

"히로시 씨는 혼자 살고 있지 않아요. 더는…."

"그래. 마치다는 더 이상 혼자가 아니지." 나이토가 고개를 힘차게 끄덕였다.

"무로이는 어떤 사람이에요?"

나이토는 말하기를 주저하듯 가에데를 가만히 바라본 채 입을 다물고 있었다.

"히로시 씨처럼 지능에 의지해서 혼자 살아왔다고 하셨죠. 아저씨는 무로이에 대해 많이 알게 되신 거죠?"

거기까지 말해도 나이토는 입을 열지 않았다.

"무로이에 대해 알게 되면 제가 위험해질까 봐 걱정하시는 거네요."

나이토는 아무 말도 하지 않았지만 그렇다는 확신이 들었다.

"걱정해 주시는 건 고맙지만, 아무것도 모른다는 사실이 저를 더 불안하게 해요. 좋든 싫든 저는 이미 그 일과 관련되고 말았으니까요."

그렇다.

마치다 히로시라는 사람을 만나 그에게 호감을 품은 시점에서 그의 인생에 일어난 모든 일을 외면할 수 없게 되었다.

설령 아무리 무시무시한 일이라 해도.

"물론 무로이에 대해 뭔가 알게 되더라도 아저씨가 걱정하실 만한 위험한 짓은 하지 않아요. 단지 아저씨가 알고 계신 걸 저도 알아 둬야 할 것 같아서 그래요. 아저씨, 저한테도 알려 주세요."

가에데가 간절히 청하면서 머리를 꾸벅 숙이자 나이토의 한숨 소리가 들려왔다.

"아까 본 남자의 이름은 기자키 이치로라고 한다."

"기자키 이치로… 그 사람이 무로이인 거네요?"

"그래. 그 남자의 영상을 아마미야에게 보여 줬더니 무로이라고 대답하더구나."

"아마미야를 만나셨어요?"

가에데가 놀라서 되묻자 나이토가 고개를 끄덕였다.

"그래. 어제 갑자기 내 앞에 나타났지."

"왜요…?"

"나와는 두 번 다시 만날 일이 없을 테니 마지막으로 궁금한 게 있으면 대답해 주려고 찾아왔다던데… 그 말이 정말인지는 모르겠구나."

"아저씨는 어떻게 기자키 이치로라는 사람을 알게 되셨어요?"

아마미야와 무슨 대화를 나누었는지도 신경 쓰였지만 가에데는 이야기를 되돌렸다.

"요 며칠 다테의 주변을 조사하고 다녔다. 다테가 조직에 들어가기 전에 지능지수를 측정했다는 정보를 얻고 아까 말한 대학 연구실까지 알아냈지. 원래 발달장애아 연구를 하는 곳인데, 많은 피험자에게서 지능지수 데이터를 수집하기도 한다더구나. 다테뿐만 아니라 마치다와 아마미야도 거기서 지능지수를 측정했어. 그들을 연구실에 데려간 사람이 기자키 이치로였고."

"기자키 이치로는 정체가 뭐예요?"

"이름은 알아냈지만 출생을 포함해 모든 것이 여전히 수수께끼인 남자야."

"출생을 포함해서라면…."

"어렸을 때 혼자 있는 기자키를 경찰이 발견해서 그때부터 시설에서 자랐다고 하더구나."

"부모한테 버려졌다는 거예요?"

"아니, 그것도 모른단다." 나이토가 고개를 가로저었다.

"무슨 뜻이에요?"

"기자키는 제 이름은커녕 부모에 대해서도, 그동안 어떻게 살았는지도 전혀 기억하지 못했다고 한다. 경찰도 그의 신원에 대해 철저히 조사했지만 결국 아무것도 알아내지 못하고 그는 새 이름과 호적을 받았지. 발육 상태로 나이를 추정해서 호적에 여덟 살로 올렸다고 하니 물론 그것도 정확한 나이인지는 알 수 없어."

호적이 없는 아이.

어느 정도 마치다와 비슷한 처지라는 생각이 들었다.

"그로부터 2년 후 기자키는 연구실 피험자가 되어 지능지수를 측정했는데 믿기지 않을 만큼 높은 수치가 나왔지."

"히로시 씨하고 누가 더…." 가에데는 순간적으로 흥미가 생겨 물었다.

"마치다와 기자키의 지능지수를 측정한 교수에게 나도 똑같은 질문을 했는데, 그 수준까지 가면 누가 더 높은지 판단이 어렵다고 하더구나."

"기자키는 왜 범죄 조직을 만들었어요? 그렇게 똑똑하면 제대로 살 수 있는 길도 얼마든지 있었을 텐데요."

"기자키가 조직을 만든 경위는 전혀 알 수가 없다. 그 전에 어떻게 살아왔는지도… 지능을 측정한 직후 시설에서 사라졌거든."

"사라졌다고요?"

"그래. 무슨 사정이 있었는지는 몰라도 열 살 먹은 소년이 그 후 어떻게 살았는지 상상조차 안 되는구나. 그런데 15년 전 그동안 소식을 몰랐던 기자키가 갑자기 연구실을 찾아왔다고 한다. 기자키는 그 후 많은 젊은이를 연구실로 데려가 지능지수를 측정하게 했지. 표면상은 혜택받지 못한 젊은이를 지원한다는 명목으로 말이야."

마지막 말이 무슨 뜻인지 몰라 가에데는 고개를 갸우뚱했다.

"기자키가 시설 아이들을 지원하는 단체의 대표를 맡고 있었거든. '신공생회'라는 수상하기 짝이 없는 단체를 말이다. 당시 기자키는 정재계 유력 인사와도 인맥을 쌓은 것처럼 보였다는구나. 그는 전국 시설을 돌며 지능이 높은 젊은이를 모아서 세뇌한 뒤 자기 조직에 끌어들였을 거다."

정체를 전혀 알 수 없었던 조직인데 나이토가 거기까지 알아냈다는 사실이 놀라웠다.

"그 단체는 지금도 있어요?" 가에데가 열을 올리며 물었다.

"안타깝게도 지금은 없는 것 같다. 기자키의 소식도 7년쯤 전부터 끊겼다고 하고."

"그렇군요…. 아마미야와 다테가 시설에서 지낸 건 아니죠?"

"그래. 시설에 들어간 사람은 열여덟 살 이하 젊은이였고, 친인척이 없는 사람도 적지 않았을 테니 조직에 끌어들이기에 안성맞춤이었겠지만, 기자키가 만족할 만큼 높은 지능을 지닌 사람은 그리 많지 않았을 거다. 틀림없이 다른 곳에서도 동료를 찾아냈을 거야."

"그중에서 히로시 씨의 지능이 특히 높았다는 거네요?"

나이토가 그렇다고 했다.

"월등히 높았을 테지. 교수가 마치다에 대해 묻자 기자키가 자기 형제라며 만족스럽게 웃었다고 하더구나. 자신들은 신의 아이라고."

"신의 아이…."

"신에게 선택받은 특별한 인간이라고 말하고 싶었겠지." 나이토가 노여워하며 말했다.

"공장 근처에서 히로시 씨의 근황을 물었을 때 기자키는 마치 자기 아이를 사랑스러워하는 느낌이었어요."

가에데는 마치다에 대해 물었을 때의 기자키의 온화한 표정을 떠올리며 말했다.

"사랑스러워하는 느낌이라…."

의미심장한 말투가 신경 쓰여 가에데가 눈빛으로 물었다.

"기자키는 사람을 사랑하지 못해. 아마미야가 그러더구나. 기자키가 마치다에게 집착하는 이유는 분명히 자신과 똑같은 종류의 인간에 대한 애착인 줄 알았는데, 최근 그렇지 않다는 걸 깨달았다고 말이다. 기자키는 사람을 사랑하지 못한다고. 놈은 그저 망가뜨릴 뿐, 거기에 애정이라고는 눈곱만큼도 없다고."

놈은 그저 망가뜨릴 뿐, 거기에 애정이라고는 눈곱만큼도 없다—.

가에데는 그 말을 듣고 기자키의 인간성에 대해 생각해 봤다.

"애착이 아니면 뭘까요?"

"놈이 마치다에게 무슨 생각을 품고 있는지는 모르지. 그런데…." 나이토가 말끝을 흐렸다.

"그런데요?"

"아니… 아무것도 아니다. 그게 어떤 감정인지는 몰라도 기자키가 마치다에게 강하게 집착하는 것만은 확실하니."

"기자키가 지금도 어디선가 히로시 씨를 지켜보고 있을까요?"

나이토가 대답할 수 없다는 걸 알면서도 묻지 않고서는 견딜 수가 없었다.

"글쎄. 가장 바라는 건 존재하지 않는 것인데."

"존재하지 않는다면… 이 세상 사람이 아니길 바란다는 건가요?"

나이토가 고개를 끄덕였다.

지금껏 그 생각은 하지 못했지만 불가능한 이야기는 아닌 듯했다.

기자키는 조직 사람을 이용해 마치다를 소년원에서 탈주시키려 할 정도로 마치다에게 집착했다. 그런데 최근 5년간 마치다의 주변에는 아무런 일도 일어나지 않았다.

"가능성이 있을지도 모르겠네요. 기자키가 히로시 씨한테 그렇게까지 집착하고 있다면 5년간 아무것도 하지 않고 상황을 살피기만 하는 것도 이상하니까요. 어쩌면 기자키는 5년 전에 병에 걸려서 자신이 죽기 전에 히로시 씨의 근황을 알고 싶어서 공장 근처까지 상황을 보러 찾아왔을지도 모르고요."

"그러면 다행인데… 덧붙이자면 기자키의 죽음으로 인해 조직까지 소멸되었으면 더 좋겠구나."

나이토는 말은 그렇게 하면서도 어쩐지 자신이 없어 보였다.

"그렇게 생각할 수 없는 뭔가가 있는 거예요?" 가에데는 신경이 쓰여 물었다.

"그게 아니라, 불길한 생각이 머릿속을 떠나질 않을 뿐이다. 신경 쓰지 말거라."

나이토가 그렇게 말하고 커피를 마셨다.

"그러고 보니… 미노루가 있던 시설을 알아냈다."

나이토가 커피 잔을 내려놓고 생각났다는 듯이 말했다.

"정말요?"

"아마미야가 알려 줬거든. 센다이 시내에 있는 빛의 언덕 복지원이라는 시설이야."

가에데의 SNS 댓글에 쓰여 있던 시설이다.

"실은 아까 거기에 가려던 참이었어요."

그 말에 나이토가 "거길 어떻게?" 하고 물었다.

"그저께 제 SNS에 사진이랑 닮은 사람을 그 시설에서 본 적이 있다는 댓글이 올라왔거든요. 장난일 가능성도 있긴 한데… 엄마한테는 친구하고 여행 간다고 해 놨어요. 비밀로 해 주시겠어요?"

"그래, 알겠다. 그럼 이제 그만 가야겠구나."

나이토가 계산서를 집으며 일어섰고 가에데도 뒤따랐다.

"아저씨는 이제 어떻게 하실 거예요?"

"집에 가서 당분간 푹 쉬어야겠구나. 탐정놀이는 끝났으니."

또 거짓말이다. 기자키가 대표를 지냈다는 단체에 대해 조사할 작정인 것이다. 위험한 일에 깊이 파고들지 않았으면 하지만 가에데가 말해 봤자 소용없을 것이다.

"그런데 마치다는 잘 지내니?" 카페에서 나오자 나이토가 물었다.

"그게… 집에 안 들어온 지 일주일쯤 되었어요."

"그 문제로 회사에 틀어박혀 있나?"

"아뇨, 회사 사람한테는 여행을 간다고 한 모양인데, 휴대폰에 연락해도 통 받질 않아요. 회사가 이 지경인데 어디서 뭘 하는지 모르겠어요."

잠시 잊고 있던 불안이 다시 고개를 들었다.

"그 녀석 성격에 강 건너 불구경하듯 태평하게 놀고 있을 게 뻔하지."

가에데를 안심시키려는지 나이토가 그렇게 말하고 웃었다.

버스에서 내린 가에데는 휴대폰 지도로 시설의 위치를 확인하며 걸음을 옮겼다.

빛의 언덕 복지원은 신체나 정신의 장애 때문에 일상생활을 하기 어려운 사람들을 보호하는 시설이다. 입소 기간에 제한을 두지는 않으니 미노루는 여전히 그곳에 있지 않을까.

이제 곧 미노루를 만날 수 있다.

혼자서는 살아가기 어려운 상황이었을 때 형제처럼 서로 도우며 마치다와 함께 살았던 미노루를. 그 무렵 마치다가 유일하게 마음을 허락하고 지금도 가장 만나고 싶어 할 존재를.

시설의 담벼락 같은 것이 보이기 시작했다. 담벼락을 따라 걷다 보니 문이 나왔다. '빛의 언덕 복지원'이라는 문패가 걸려 있었다.

가에데는 문패를 보면서 미노루와 만났을 때 무슨 말부터 해야 할지 잠시 생각했다.

그러나 좀처럼 적당한 말이 생각나지 않았다.

만났을 때 자연스럽게 감정에 맡기면 된다고 고쳐 생각하고 가에데는 문을 통과해 2층짜리 건물로 향했다.

건물에 들어가자 정면에 접수대가 있었다. 흰 옷을 입은 젊은 여자가 서류를 훑어보고 있었다.

"실례합니다."

가까이 가며 인사를 건네자 여자가 고개를 들었다.

"네, 어떻게 오셨어요?" 여자가 웃으면서 말했다.

"저… 저는 마에하라 가에데라고 하는데요, 여기서 지내는 오자와 미노루 씨를 만나러 왔어요."

여자가 "오자와 미노루 씨요…?" 하고 고개를 갸우뚱했다.

"네, 여기서 지낸다고 들었거든요."

"음, 그런 이름을 가진 분은 안 계시는데요." 여자가 당황한 표정을 지었다.

"이렇게 생긴 남자인데요."

가에데는 휴대폰을 꺼내 여자에게 미노루의 사진을 보여 주었다.

"이 남자분은 여기 안 계세요."

"전에 여기서 지냈을 가능성은 없을까요?" 가에데가 물었다.

SNS 댓글에는 언제 봤는지는 쓰여 있지 않았다.

"아, 제가 여기 온 지 1년밖에 안 되었거든요. 잠깐만요."

여자가 가에데에게 휴대폰을 돌려주고 안쪽 실내로 들어갔다. 잠시 기다리고 있자니 중년 여성과 함께 접수대로 돌아왔다.

"이 남자가 여기서 지내지 않았나요? 오자와 미노루라고 하는데요." 가에데가 중년 여성에게 휴대폰을 내밀며 물었다.

사진을 보는 중년 여성을 불안한 마음으로 지켜보고 있자니, 그 여성이 "아, 오자와 미노루 씨 말이군요" 하고 고개를 크게 끄덕이며 가에데를 쳐다봤다.

"아세요?"

"네, 아마 2년 전까지 여기 계셨을 거예요."

중년 여성의 말에 가에데는 안도의 한숨을 내쉬었다.

"지금은 어디 있어요?"

"가족의 품으로 가셨어요."

"가족이요?" 가에데는 심장박동이 빨라지는 걸 느꼈다.

"네. 미노루 씨는 노숙자로 지내다 경찰에 발견되어 이 시설에 들어왔는데요, 신원을 알 수가 없었죠. 지적장애인인 데다 오랫동안 열악한 환경에서 지낸 탓에 건망증이 심했거든요. 자신의 이름과 어디서 살았는지, 또 가족이 있는지도 전혀 기억하지 못하는 상태였어요."

미노루를 거두었던 친척을 찾아갔을 때 미노루에게는 가족이 없다고 들었다.

아버지는 미노루가 태어났을 때 이미 없었고 어머니는 친척에게 억지로 미노루를 맡긴 채 외간 남자와 증발해 버렸다고 했다.

"가족이라면… 미노루 씨의 어머니 말인가요?"

"아뇨, 남동생이었어요."

"남동생이요?" 가에데가 놀라서 되물었다.

미노루에게 남동생이 있다는 말은 처음 들었다.

"남동생이라니, 어떤 사람인데요?"

"그분을 직접 만난 게 아니라 어떤 사람인지는 잘…."

중년 여성이 고개를 내저었다.

"무슨 말씀이세요?"

"여기 찾아오신 분은 남동생의 부인이었거든요. 2년 전에 아가씨처럼 사진을 가지고 와서, 이런 남자가 보호되어 있지 않느냐고 묻더라고요. 미노루 씨가 실종된 후에 결혼해서 미노루 씨는 부인을, 그러니까 제수 씨를 몰랐지만 그녀가 건넨 동생의 사진을 보고 뛸 듯이 기뻐했어요."

"동생은 왜 같이 오지 않았나요?"

"반년쯤 전부터 몸이 아파서 입원 중이라고 하던데요. 그동안 동생이 시간을 내서 미노루 씨를 찾아다녔지만 입원하고부터는 부인이 여러 시설을 돌며 찾아다녔다고 해요. 그래서 간신히 오자와 미노루라는 이름을 알게 되었죠."

"혹시 그분 연락처 아시나요?" 가에데가 초조해하며 물었다.

"따로 적어 두었을 거예요. 잠깐만 기다리세요."

중년 여성이 그렇게 말하고 안쪽 실내로 들어갔다.

불길한 예감에 마음을 졸이며 기다리고 있자 여성이 돌아왔다.

여성이 가에데에게 메모지를 건네주었다.

가에데는 메모지에 적힌 주소를 보고 경악한 나머지 주저앉을 뻔했다.

자신의 집 주소였다.

시간표가 적힌 기둥을 부여잡고 기다리고 있자 드디어 버스가 오는 것이 보였다.

버스가 바로 옆에서 정차하고 문이 열렸다. 가에데는 무거운 걸음으로 버스에 올라타 운전석 뒷자리에 무너지듯 앉았다.

자신의 집 주소가 적힌 메모지를 본 뒤로 숨이 막힐 듯 가슴이 답답했다. 미노루의 동생 사진을 봤다는 중년 여성에게 마치다의 사진을 보여 주자 분명히 이 남자였다는 대답이 돌아왔다. 하지만 마치다가 누군가에게 부탁해 미노루를 데리러 보냈을 리가 없다.

그렇다면 답은 하나밖에 없다.

기자키가 조직원을 이용해 미노루를 시설에서 빼돌린 것이다.

그렇게 확신하는 동시에 이해가 가지 않기도 했다.

미노루를 빼돌린 까닭은 기자키가 마치다를 조직으로 다시 데려가기 위한 도구로 삼기 위해서일 것이다. 그 때문에 5년 전 아마미야를 이용해 노숙자가 된 미노루를 찾게 한 것이다. 그렇다면 미노루를 데려간 2년간 왜 마치다에게 아무런 행동도 취하지 않은 걸까.

아니면 가에데가 알지 못할 뿐 마치다는 이미 기자키의 조직으로 돌아갔을 가능성은 없을까. 평소에는 마에하라 제작소에서 일하며 가에데 가족이 알지 못하는 곳에서 기자키의 손발이 되어 범죄에 가담했을 가능성은….

거기까지 생각이 들자 가에데는 머리에서 그 상상을 떨쳐 내듯 휴대폰을 꺼냈다. 곧바로 버튼을 눌러 화면에 사진을 불러왔다.

리사의 결혼식 때 찍은 사진이었다. 가에데 옆에서 마치다가 희미하게 웃고 있었다.

그럴 리 없다.

가에데와 엄마와 함께 여태껏 한결같은 모습으로 생활하면서 뒤에서는 기자키의 조직에서 무서운 범죄에 발을 담갔을 리가 절대로 없다. 화면에 비친 마치다의 모습을 보며 한순간이나마 그런 상상을 한 것을 사과했다.

놈은 그저 망가뜨릴 뿐, 거기에 애정이라고는 눈곱만큼도 없다──.

문득 아마미야가 했다는 말이 떠올라 휴대폰을 쥐고 있던 손이 세차게 떨렸다.

설마. 기자키가 노린 건 마치다를 조직에 데려가는 것이 아니라, 마치다가 소중히 여기는 걸 망가뜨리는 것이 아니었을까.

마치다가 미노루를 계속 찾고 있었다는 것쯤은 기자키라면 쉽게 짐작할 수 있을 것이다. 언젠가 마치다가 그 시설에 당도했을 때 자신을 사칭한 사람이 미노루를 데려갔다는 것을 알게 된다면…. 마치다는 그 때 기자키의 손에 소중한 존재를 빼앗겼다는 사실을 깨달을 것이다.

모든 것은 마치다가 소중히 여기는 것을 망가뜨리기 위해….

순간 최근 들어 마치다의 주변에서 일어난 여러 재앙이 뇌리를 스쳤다.

뭔가 정체 모를 존재가 우리가 소중히 여기는 걸 빼앗으려는 것 같아 서 불안해 미치겠어──.

누군가 계획한 것이 분명한 STN의 부작용 문제와 마에하라 제작소 의 화재까지 전부 기자키의 소행이 아닐까.

증오에 찬 눈길로 불길에 휩싸인 공장을 바라보던 마치다의 모습이 머릿속에 되살아났다.

마치다는 그때 공장의 화재가 기자키의 소행임을 눈치챘던 것이 아 닐까.

화재 직후 가에데가 공장을 재건하고 싶다고 호소하는데도 마치다는 완강히 반대했다. 그 전까지는 가에데가 공장을 물려받는 일에 협조적 이었건만, 손바닥을 뒤집듯 돌연 차가운 태도를 보인 것이다.

가에데는 포기하지 않고 마치다에게 공장이 소중한 보금자리가 아니 었느냐고 따졌다. 그래서 STN에서 일하면서 고액 급여를 받을 수 있는 데도 공장에서 일하는 걸 선택한 것이 아니었느냐며 호소했다.

그래서 충고하는 거다──.

마치다는 쓸쓸한 표정으로 그렇게 말한 뒤 집을 나가 가에데 가족 앞 에서 모습을 감추었다. 자신이 있는 한 공장을 재건해 봤자 다시 기자키에 의해 박살이 날 것임을 깨달았을지도 모른다.

STN의 문제도 자신이 관여되는 한 연쇄적인 재앙이 끊이지 않을 거라 판단해서 가에데와 다메이 일행 앞에서 사라지는 길을 택한 것이 아닐까.

가에데는 마치다의 사진을 응시했다.

어떤 재앙이 찾아와도 상관없다.

다 같이 힘을 합치면 분명히 맞서 싸울 수 있을 것이다. 빨리 돌아오기만 해 줘.

18

노크 소리가 들려 다메이는 고개를 들었다.

"네."

다메이가 대답하자 문이 열리고 홍보실 다나베가 뛰어 들어왔다.

"사장님, 뉴스 보셨어요?" 다나베가 하얗게 질린 얼굴로 말했다.

"TV나 보고 있을 때가 아니라… 무슨 일이죠?"

부작용 문제로 언론에서 또 비난이 쏟아졌구나 싶어 넌더리가 났다.

"다메이드럭 사장님이 사고를 당하셨어요."

순간 다메이는 경악했다.

"사고?"

"사고라 해야 할지 사건이라 해야 할지… 일단 뉴스부터 보시죠." 다나베가 TV를 켰다.

다메이는 영문도 모른 채 자리에서 일어나 TV 쪽으로 갔다.

'오늘 낮 12시쯤 신주쿠 라이징빌딩 정문 부근으로 트럭이 돌진하는 사고가 발생했습니다.'

화면에 다메이드럭이 입주해 있는 건물의 정면이 나왔다. 기둥에 부딪쳐 시커멓게 탄 트럭 뒷모습과 깨진 유리가 땅바닥에 흩어져 있는 모습이 보였다.

'트럭은 건물에서 나온 두 사람을 치더니 그대로 벽을 들이받고 불길에 휩싸였습니다. 운전한 남성은 사망한 것으로 확인되었습니다. 트럭에 치인 사람은 다메이드럭의 사장 다메이 아키라 씨와 직원 구보 레이코 씨로, 두 사람은 사고 직후 병원에 실려 갔습니다. 경찰은 두 사람을 고의로 친 살인미수 사건으로 수사하고 있습니다…'

화면에 비친 끔찍한 광경을 보고 눈앞이 캄캄해지는 것 같았다.

엘리베이터에서 내려 서둘러 복도를 걸어가자 야스우라의 모습이 눈에 들어왔다.

"야스우라 씨."

다메이가 부르자 야스우라가 고개를 돌렸다. 표정이 험악했다.

"어머니는 안에 계십니까?" 다메이가 물었다.

"그게… 생명에 지장이 없다는 걸 아시고 긴장이 풀렸는지 쓰러지시는 바람에… 다른 병실에서 처치를 받고 계십니다."

"그렇군요."

회사에서 나오기 전에 야스우라에게 연락해 상황을 묻자, 아키라는 온몸 여기저기가 골절되었지만 다행히 생명에는 지장이 없다고 했다.

"아키라를 만날 수 있습니까?"

병실 문에 '다메이 아키라'라는 표찰이 걸려 있었다.

"아뇨… 지금 경찰에서 나와 계십니다."

"사정 청취입니까?"

야스우라가 고개를 끄덕였다.

"구보 씨의 용태는 어떻습니까?"

"조금 전에 숨을 거두었다고 합니다."

그 말을 듣고 무거운 탄식이 쏟아졌다.

"어떻게 이런 일이 일어났는지…."

구보 레이코에 대해 안 좋게 생각하던 야스우라였지만 그녀가 목숨을 잃었다는 사실 앞에서는 침통한 표정을 짓고 있었다.

"범인은 알아냈습니까?" 다메이가 물었다.

"경찰에 따르면 신원을 알 만한 소지품이 없었다고 합니다. 트럭도 도난 차량이었고요. 지문을 통해 전과자인지 여부를 조회한다고 들었습니다."

병실 문이 열리고 양복 차림의 두 남자가 나왔다.

"수고 많으십니다. 아키라의 형입니다." 다메이가 두 형사에게 인사했다.

"그렇군요, 큰일을 겪으셔서 유감입니다."

나이 지긋한 형사가 머리를 숙였다.

"동생은 상태가 어떻습니까?"

"아직은 정신이 없는 것 같습니다. 내일 다시 오겠습니다."

"동생이 다시 위험에 처할 가능성은 없겠습니까?" 다메이는 걱정이 되어 물었다.

"전혀 없다고는 할 수 없어서 경찰관을 상주시키려 합니다. 금방 올 테니 조금만 기다려 주십시오. 그럼 저희는 이만."

두 형사가 다메이와 야스우라에게 가볍게 인사를 한 뒤 엘리베이터를 향해 걸어갔다.

다메이는 병실 문을 보며 들어가도 될지 망설였다.

"들어가서 위로해 주십시오. 형의 얼굴을 보면 조금은 안심이 될 겁니다."

그 말에 다메이는 고개를 끄덕이고 문을 두드렸다.

"나다, 형이야."

아무 대답이 없었지만 다메이는 문을 열었다.

아키라는 침대에 옆으로 누워 창문을 향하고 있었다. 문을 닫고 침대 쪽으로 가는데도 돌아볼 기미가 전혀 보이지 않았다.

다메이는 침대 반대쪽까지 가서 아키라의 얼굴을 들여다봤다. 아키라는 얼굴을 마주해도 반응이 없었다. 텅 빈 눈빛으로 다메이가 아닌 어딘가를 찾아 헤매는 것 같았다.

"큰일을 겪었구나. 그래도 생명에 지장이 없어서 정말 다행이다."

무슨 말을 해야 할지 몰라 일단 그렇게 말했다.

"레이코는….."

아키라가 완전히 무표정한 채 입술만 겨우 움직였다.

형사가 그 소식은 전하지 않은 모양이다.

"아까 숨을 거두었다고 들었어."

구보 레이코의 소식을 알리자 여태껏 감정을 드러내지 않았던 아키라의 눈빛이 크게 흔들렸다.

"왜… 왜 우리가 이런 일을 겪어야 하는데!" 아키라가 몸을 마구 떨었다.

"범인으로 짐작 가는 사람은 없어?" 다메이가 괴로워하며 물었다.

"있어."

아키라의 말을 듣고 다메이는 심장이 쿵쾅거렸다.

"대체 누구지?"

"누구긴 누구야, 너희잖아." 아키라가 다메이를 죽일 듯이 노려봤다.

"말도 안 되는 소리 마."

아키라의 말과 날카로운 시선에 당황하며 대꾸했다.

"너 아니면 야스우라 일당일 테지. 또 누가 있겠어?"

"헛소리 집어치워! 어떻게 그런 생각을 하지? 진짜 화낸다."

"너희는 레이코를 눈엣가시로 여겼어. 그래서 누군가에게 의뢰해 레이코를 죽인 거야. 레이코가 혼자 있을 때를 노리면 범인이 누군지 쉽게 드러날 테니 나와 함께 있을 때를 노린 거라고."

"무슨 소리야…. 범인이 노린 건 너잖아. 구보 씨는 같이 있다가 괜히 말려들었을 뿐이고."

하고 싶지 않은 말이었지만 아키라의 말에 자극을 받아 그만 내뱉고 말았다.

"내가 왜 목숨을 위협받아야 하는데!"

"일을 독단적으로 진행하려 했으니까. 다메이드럭이 기가드럭과 합병하면 많은 사람들이 손해를 볼 거다. 그중 누군가가 널 노렸다고 생각하는 편이 자연스럽지 않아? 상대는 너한테 살짝 겁만 주려 했지만 운 나쁘게 구보 씨와 범인까지 죽게 된 거지."

"운전한 놈은 내가 아닌 레이코만 봤어. 곧장 레이코를 향해 돌진했다고. 나는 레이코를 지키려다 같이 치였을 뿐이야."

"정말이야?" 다메이가 믿기지 않는 심정으로 물었다.

"그래! 아까 형사도 CCTV 영상을 확인했더니 그런 것 같다고 말했어."

도대체 어떻게 된 일일까.

회사의 실권도 없는 사장 비서를 습격해서 어쩌겠다는 걸까.

"너희가 붙잡히는 것도 시간문제야. 각오하라고!" 아키라가 울부짖듯이 말했다.

19

화면에 나온 여성의 사진을 보고 놀라서 숨을 멈췄다.

구보 레이코.

"그녀는 가장 충실한 동지였지."

그 중얼거림을 듣고 화면에서 기자키에게 시선을 옮겼다.

기자키도 이 뉴스를 보고 큰 충격을 받았는지 공허한 눈빛으로 화면을 응시하고 있었다.

그녀를 처음 만난 것은 5년 전이었다. 기자키의 사무실을 찾아갔을 때 내 또래로 보이는 덩치 큰 남자와 함께 사무실에 나타났다.

당시에는 얼굴과 헤어스타일, 분위기가 완전히 달랐다. 누군가를 증오하는 듯한 깊고 고요한 눈빛만은 여전했지만.

"그녀의 본명은 아마미야 미카다." 기자키가 억양 없는 말투로 말했다.

"그렇군요."

기자키 또한 조직 사람에게는 무로이 진이라는 이름을 쓰고 있다. 그러나 내게는 아무리 세월이 흘러도 기자키 이치로일 뿐이다.

나를 어둠 속에서 구하고, 그 전까지 인생에서 눈곱만큼도 느껴 본 적이 없는 삶의 기쁨을 준 남자.

기자키가 왜 가명을 쓰는지 그 심정을 안다.

내 이름은 나의 존재를 기뻐하는 사람이 붙여 준 이름이 아니다. 나역시 내 이름을 좋아하지 않는다. 그러나 성(姓)은 나를 소중히 여기는 기자키가 지어 준 것이라 마음에 들었다.

그녀는 기자키가 지어 준 이름으로 죽은 것에 대해 어떻게 생각했을까.

"전에 말씀하신 보복일까요?"

기자키는 부정도 긍정도 하지 않았다.

다음 뉴스로 넘어가자 화면에서 시선을 거두고 물었다.

"왜 돌아왔지?"

"당신 곁에 있고 싶어서요."

"소중한 것을 지키기 위해서가 아니라?"

속마음을 들여다보는 듯한 깊은 눈빛에 바로 대답할 수가 없었다.

"어떤 영상에서 그녀를 보고 돌아오기로 한 건 아닌가?"

만일 그렇다 할지라도 결코 꾸짖고 있지 않다는 것이 느껴졌다.

"당신에게 은혜를 갚고 싶었을 뿐이에요…."

"네가 불행해지지 않았으면 좋겠군."

기자키의 말이 가슴 깊이 울렸다.

"그녀처럼 되고 싶지 않으면 어서 돌아가." 기자키가 말했다.

"왜… 왜 그동안 절 조직에 넣어 주지 않았어요?"

오래 전부터 조직의 존재를 눈치채고 있었다.

기자키가 젊은이들을 모아 뭔가 하고 있다는 것을. 기자키가 그 젊은이들에게 신처럼 떠받들어진다는 것도.

하지만 조직에 들어가지 않았기에 기자키를 신이 아닌 사람으로 볼 수 있었을지도 모른다.

"특별한 존재이기 때문이지."

생각지도 못한 말이었다.

"저는 마치다처럼 똑똑하지 않아요."

기자키에게는 자신과 동등한 지능을 지닌 마치다야말로 특별한 존재일 것이다.

그를 처음 알게 된 것은 8년쯤 전이었다. 히로시라는 엄청난 지능을 지닌 소년이 있는데, 그 소년에게는 호적이 없다는 것이었다.

그 이름을 입에 담게 된 날부터 기자키는 눈에 띄게 달라졌다.

그 전까지 기자키는 온화한 겉모습과는 달리 가슴속에 헤아릴 수 없이 깊은 절망과 고독을 간직하고 있다는 것이 어린 마음에도 느껴졌다.

어쩌면 어렸기 때문에, 기자키가 나와 비슷한 환경에서 살았음을 알기 때문에 그의 내면에 존재하는 깊은 어둠을 알아차렸을지도 모른다.

그런데 히로시 이야기를 할 때 기자키의 표정에서 그 어둠이 문득 사라지는 것이었다.

마치 내가 모르는, 피를 나눈 자식에 대해 이야기하는 아버지의 모습처럼 보였다.

히로시의 이야기를 들을 때마다 내 마음속에 소용돌이치던 질투의 감정을 떠올렸다.

"마치다와 다른 의미에서 너는 내게 특별한 존재야."

"어째서요?"

그 이유를 꼭 알고 싶었다.

"내가 유일하게 사랑한 사람과 닮았거든."

기자키의 입가에는 슬며시 미소가 번졌다.

"제가요?"

"널 처음 만났을 때 그 사람 얼굴이 겹치더구나."

기자키와 만난 것은 열두 살 때였다.

"그 사람은…."

"죽었다."

기자키의 눈을 바라보면서 그의 내면에 깃든 절망과 고독의 정체에 다가간 듯한 느낌이 들었다.

"열한 살짜리 여자아이가 스스로 목숨을 끊었어."

20

"신공생회라…."

"약 5년 전에 저 건물에 사무실이 있었는데, 못 들어 보셨습니까?"

나이토가 묻자 가정식 식당 주인이 모른다며 고개를 저었다.

"그럼 식당 손님들 중 시설 이야기를 하신 분도 안 계십니까?"

"시설이요?"

"네. 부모에게 버려지거나 학대받은 아이들이 들어가는 시설 말입니다."

"글쎄요, 손님들이 하는 말을 일일이 듣는 것도 아니라."

"그렇군요. 바쁘실 텐데 실례했습니다." 나이토는 머리 숙여 인사한 뒤 문으로 향했다.

가게를 나가려는 참에 귀에 익은 이름이 들려와 흠칫 발걸음을 멈추었다.

TV에서 뉴스가 나오고 있었다. 리포터가 건물 앞에서 중계하는, 최근 들어 수없이 본 영상이었다. 신주쿠에 있는 건물 앞에서 두 명이 트럭에 치인 사건이다. 트럭에 치인 여성과, 그대로 건물을 들이받은 운전사가 참혹한 죽음을 맞이했다. 범인이 노린 인물이 다메이드럭의 사장으로 밝혀져 어제부터 세상이 떠들썩했다.

헛들었거나 동성동명이겠거니 하고 있는데 화면이 바뀌었다.

TV에 비친 남자의 얼굴을 보고 나이토는 숨을 멈췄다.

아마미야의 얼굴이었다.

'어제 발생한 다메이드럭 사장 습격 사건의 범인이 밝혀졌습니다…

아마미야 가즈마, 25세. 경찰에서는 아마미야가 왜 다메이 아키라 씨와 구보 레이코 씨를 습격했는지 그 동기와, 공범자가 있는지 여부를 조사할 방침입니다.'

어째서, 어째서 아마미야가 저런 짓을….

나이토는 진행자의 목소리를 들으면서 화면에 나온 아마미야의 얼굴을 멍하니 바라봤다.

"저기, 또 무슨?"

식당 주인이 물어볼 말이 더 남았느냐는 듯한 표정을 짓고 있었다.

"아뇨, 실례했습니다." 나이토는 머리를 숙이고 가게를 나섰다.

너무 충격적인 사실을 알게 되어 더 이상 신공생회에 대해 조사할 기력을 잃고 말았다.

우선 집으로 가기로 하고 역으로 향했다.

아마미야가 다메이드럭의 사장을 습격하고 목숨을 잃다니.

왜 그런 짓을 했는지 아무리 생각해도 머릿속이 혼란스러울 뿐 납득할 만한 답에 도달하지 못했다.

인터넷 카페의 간판을 발견하고 걸음을 멈췄다.

집에 갈 때까지 개운치 않은 감정이 계속되리라는 생각을 하니 버티지 못할 것 같았다. 사건에 대해 더 자세히 알고 싶었다.

나이토는 건물에 들어가 엘리베이터를 탔다. 인터넷 카페가 있는 3층에서 내려 곧장 접수대로 향했다.

"TV와 컴퓨터를 쓸 수 있는 방이 있습니까?"

나이토가 묻자 접수대 여성이 고개를 끄덕였다.

"몇 시간 이용하실 건가요?"

"우선 세 시간으로 하지요."

나이토는 여성에게 계산서를 건네받은 뒤 개인실로 향했다. 잡지 진열대에 꽂힌 신문이 눈에 띄어 여러 부를 챙겼다.

개인실에 들어가 신문을 바로 앞 선반에 두고 TV부터 켰다. 채널을 돌리자 와이드 쇼에서 사건을 보도하고 있었다. 이어폰을 끼고 화면을 주시했다.

'…범행에 사용된 트럭은 나카노 지역의 운송회사가 소유한 차량으로, 운전사가 사건 당일인 9일 아침에 주차장에서 없어진 것을 알고 경찰에 도난 신고를 했습니다. 주차장에 설치된 CCTV에 전날 밤 10시경 트럭을 훔치는 사람의 모습이 찍혀 그 사람이 아마미야 본인이 맞는지 서둘러 확인하고 있습니다. 부검 결과 아마미야의 몸에서는 알코올이나 약물 등의 반응이 없고 어떤 발작이 일어난 흔적도 없기 때문에 두 사람을 고의로 습격했다고 보고 동기의 해명을 추진하고 있습니다…'

8일 밤이면 대학에서 나이토를 만난 후에 트럭을 훔쳤다는 뜻이다. 아마미야가 그 시점에 이미 범행을 계획했다는 걸까. 그러나 나이토가 아마미야를 만났을 때는 이런 사건을 일으킬 만한 낌새가 전혀 없었다.

그러고 보니. 이런 사건을 일으키리라는 생각은 못했지만, 아마미야가 별안간 다메이드럭의 이름을 입에 담은 것이 떠올랐다.

마치다가 소년원을 나온 뒤 대학에 갔고 다메이드럭의 자제와 함께 STN이라는 회사까지 차렸다는 이야기였다. 그때는 무심코 지나쳤지만 이제 와서 생각하면 이상한 점이 있었다.

아마미야가 그 사실을 어떻게 알고 있느냐 하는 것이다.

STN의 사장인 다메이 준은 다메이드럭 창업자의 아들로, 현재 다메이드럭의 사장인 아키라와 형제 사이라는 것은 제법 알려진 사실이다. 다메이 준은 인터넷 인명사전 같은 것에도 올라 있고 TV나 잡지 인터뷰를 통해 다메이드럭과의 관계도 종종 언급해 왔다.

그런데 마치다가 STN의 창업에 관여했다는 것을 아는 사람은 많지 않을 터였다. 마치다가 STN의 감사역을 맡고 있긴 하지만, 전면에 나서거나 STN과의 관계가 세상에 알려지는 것을 완강히 거부하여 그의 존재는 거의 공개되지 않았다.

왜 그런 선택을 했는지 마치다의 심정도 이해는 간다.

사장인 다메이 준이나 창업을 함께한 대학 동료들이 마치다의 과거를 알고 있는지는 잘 모르지만, 살인죄로 소년원에 갔다 왔다는 사실이 세상에 알려지면 회사 이미지에 타격을 받을까 봐 우려했을 것이다.

사건을 일으킨 마치다의 이름은 소년법에 따라 감추어졌지만 소년원에서 함께 지낸 사람이라면 알 것이다.

마치다가 STN의 창업에 관여했음을 안다는 것은 아마미야도 나름 조사를 했다는 뜻이다.

아마미야가 왜 그런 걸 조사했을까.

마치다를 조사하는 과정에서 STN을 알게 되었을까. 아니면 STN을 조사하는 과정에서 마치다가 관여했음을 알게 되었을까. 어느 쪽이든 아마미야가 다메이드럭의 사장을 습격할 동기로는 이어지지 않는다.

'이번 사건으로 희생된 구보 레이코 씨는 1년 반 전 다메이드럭에 입

사했고 이후 사장에 취임한 아키라 씨의 비서로 일했습니다….'

나이토는 화면에 나온 피해자에게 눈길을 돌렸다.

배우나 모델이라고 해도 납득할 만큼 이목구비가 반듯한 미인이었다. 동정하는 마음으로 피해자의 사진을 쳐다보고 있는데 묘한 느낌이 들었다.

어디선가 만난 적이 있는 듯했지만 기억을 더듬어도 짚이는 바가 없었다.

화면이 경찰서 앞에서 보도하는 광경으로 넘어갔다.

'경찰의 사정 청취에서 아키라 씨는 거래처를 만나기 위해 구보 씨와 함께 건물에서 나와 차량으로 향하는 도중, 갑자기 트럭이 돌진해 왔다고 증언했습니다. 다메이드럭에 원한을 품은 사람이나 범인으로 짐작 가는 사람도 전혀 없다고 합니다. 한편 아키라 씨의 형이자 STN의 사장인 준 씨는 오늘도 언론 앞에 모습을 드러내지 않았습니다만, 홍보실을 통해 구보 씨의 명복을 진심으로 빌며 하루 빨리 사건의 전모 규명과 아키라의 회복을 간절히 바란다는 뜻을 밝혔습니다.'

화면이 스튜디오로 바뀌었다. 남성 진행자와 해설자가 나란히 앉아 있다.

'아키라 씨는 얼마 전 STN의 부작용 문제와 관련해 동사의 제품을 향후 취급하지 않겠다고 분명히 밝혔습니다만, 경찰에서는 그 일과 관련해 발표가 있었습니까?'

스튜디오 진행자가 질문했다.

'아뇨, 경찰 발표에서는 STN의 문제는 한마디도 언급하지 않았습니다. 아키라 씨의 증언과 사건 직전의 CCTV 영상으로 보아 범인이 아키라 씨가 아닌 구보 씨를 노렸을 가능성도 있다고 보고, 구보 씨의 교우 관계에 대해서도 조사에 착수했다고 합니다.'

STN과는 관계없다고 말하면서 화면에는 당시 아키라의 인터뷰 영상이 흘러나왔다.

기자의 질문에 아키라는 다메이드럭의 모든 매장에서 STN의 상품을 전부 철수시키고 향후 절대로 판매하지 않기로 임원회에서 결정했다고 답했다.

옆에 보이는 사람이 이번 사건의 피해자임을 알아보고 나이토는 아키라가 아닌 비서 쪽에 집중했다. 비서를 뚫어지게 보면서 역시 어디선가 본 적이 있는 듯한 기분이었다. 그러나 더는 기억을 되살리지 못해 이 여성을 알고 있다고 확신하지는 못했다.

'향후 판매하지 않겠다는 것은 형제로서 매우 어려운 결단이라고 생각합니다만.'

'형제이기 때문에 어려운 결단을 해야만 고객의 신용을 얻을 수 있을 거라 생각합니다.'

아키라는 기자의 질문에 의연하게 대답한 뒤 비서와 함께 차에 올라탔다. 차 문이 닫힌 순간, 아니 닫히려는 순간 비서의 눈매를 보고 머릿속에 섬광이 스쳤다.

틀림없이 저 눈을 본 적이 있다.

나이토는 확신하며 기억해 내려 안간힘을 썼다.

소년원 면회실.

선생님, 모쪼록 가즈마를 잘 부탁드립니다—.

자신에게 그렇게 말하며 촉촉한 눈빛을 보인 아마미야의 누나 미카와, 비서인 구보 레이코의 눈이 포개어졌다. 얼굴 생김새와 머리 모양은 완전히 다르지만 눈만큼은 그때와 똑같았다.

틀림없다. 아키라의 비서 구보 레이코는 아마미야의 누나다.

사건을 일으키기 전날 대학에서 아마미야를 만났을 때를 회상했다. 아마미야는 빼앗긴 것을 되찾기 위한 단서를 잡기 위해 나이토를 미끼 삼아 조직 사람을 유인하려 했다고 말했다.

나이토가 뭘 빼앗겼느냐고 묻자 아마미야는 자신에게 가장 소중했던 것이라고 대답했다. 아마미야가 조직과 무로이에게 빼앗긴 것은 누나인 미카가 아니었을까.

미카는 아마미야가 지적장애인으로 위장해 소년원에 들어간 것을 알았음에 틀림없다. 소년 분류 심사원에서 작성된 조사 기록에 따르면 누나인 미카도 아마미야가 지적장애인이라고 증언했다.

5년 전 아마미야의 소식을 알아내기 위해 누나인 미카를 찾아봤지만 행방이 묘연했다.

미카 또한 조직원이라고 생각하는 편이 자연스럽다.

하지만 그렇다면 아마미야는 왜 가장 소중한 누나를 해쳤을까.

정확히는 가장 소중했던 것이라고 과거형으로 말했지만.

나이토는 아마미야와 마지막으로 만났을 때를 다시 떠올렸다.

망가뜨리는 것으로밖에 증명할 수 없는 사랑도 있겠지. 상대방을 사랑한 나머지 그 사람의 모든 것을 망가뜨리는 경우도 있어—.

당시에는 아마미야가 한 말의 의미를 잘 몰랐지만 어쩌면 누나에 대한 마음이었을까.

하지만 무로이는 그저 망가뜨리기만 할 뿐, 거기에 애정이라고는 눈곱만큼도 없어—.

아마미야는 나이토가 그랬듯이 다메이드럭의 사장 비서로 일하는 그녀의 모습을 TV 같은 데서 보고 누나인 미카가 틀림없다고 생각한 것이 아닐까.

누나가 어째서 다메이드럭에서 일하는지 알아보는 사이, 사장인 아키라의 형인 준이 세운 STN이라는 회사에 마치다가 관련되어 있다는 것을 알고 누나가 무로이의 명령으로 잠입되었음을 알아차렸을 것이다.

아마미야는 무로이와 달리 누나를 사랑한다. 그런데 누나는 아마미야의 곁으로 돌아오지 않았으며 지금의 그에게는 누나를 되찾을 방법도 없다.

아마미야는 모든 것을 망가뜨리는 방법으로 누나를 제 곁으로 되돌리려 했던 것이 아닐까.

제 목숨과 맞바꿔서라도.

아니면 이런 나이토의 상상이 완전히 틀린 것일까.

다시 시작할 수만 있다면 한 번쯤 그런 시간을 보내고 싶군. 바보처럼 태평하게 친구와 시시껄렁한 이야기를 하고, 몇 시간 후면 자신이 죽을지도 모른다는 생각은 해 본 적도 없는… 그런 시간을 보내 봤으면 좋겠어. 그 남자를 만나지 않았더라면 내게도 그런 시간이 있었을까—.

아마미야의 말을 떠올리고 역시 그것이 사건의 진상에 가깝다는 생각을 했다.

한 가지 의문은 미카가 왜 다메이드럭에서 일했는지 하는 것이다.

나이토가 상상한 대로 마치다가 소중히 여기는 것을 망가뜨리기 위해 잠입되었다면 어째서 STN이 아니라 다메이드럭이었을까.

물론 마치다와 다메이드럭이 전혀 무관하다고는 볼 수 없다. STN의 사장과 다메이드럭의 사장은 형제 사이다. 하지만 형제이긴 해도 동족 회사가 아니라 저마다 독립된 회사다.

어쩌면 다메이드럭에는 세상에 공개되지 않은 STN의 아킬레스건이 될 만한 것이 존재하는 걸까.

무로이… 아니, 기자키 이치로는 대체 무슨 속셈일까.

그걸 알아내기 위해 두 사장에게서 이야기를 듣고 싶지만 일면식도 없는 나이토가 약속을 잡기란 어려울 것이다. 게다가 안타까운 사건이 일어난 직후라면 더더욱.

아니. 아키라는 어려울지 몰라도 다메이 준이라면 가능할지도.

나이토는 실낱같은 가능성에 매달리기 위해 자리에서 일어났다. 전화 통화가 허락되는 계단에 도착해 가에데에게 전화를 걸었다.

"여보세요…." 가에데의 목소리가 들렸다.

"아저씨인데, 아직 센다이에 있니?"

어제 저녁 가에데에게 연락이 왔다. 센다이 시내의 시설을 찾아갔지만 미노루는 이미 없었다고 한다.

약 2년 전 미노루의 제수씨를 사칭한 여자가 찾아와서 데려갔다고 한다. 여자가 마치다의 사진을 미노루에게 보였더니 몹시 기뻐하여 직원도 수상하게 여기지 않았다고 한다.

"그게… 무슨 일이신데요?"

"다메이드럭 사건은 아니?"

"네. 거기 사장이나 돌아가신 분하고 면식은 없지만요…."

"실은 가에데, 너한테 부탁이 있어서 전화했다. STN의 사장과 이야기를 좀 했으면 하는데."

가에데는 잠시 뜸을 들이다 "다메이 씨를요?" 하고 의아해했다.

"그래. 그런데 내가 연락해도 만나 주지 않을 테니, 중간에서 네가 잘 말해 줄 수 없을까 해서…."

"다메이 씨를 만나서 무슨 말씀을 하시려고요?"

"오늘 낮 뉴스를 봤니?"

"아뇨."

"다메이드럭 사건의 범인을 알아. 아마미야다."

21

그 이름을 듣고도 가에데는 바로 대답할 수가 없었다.

나이토는 분명히 아마미야라고 말했지만, 왜 아마미야가 그런 짓을 해야 했는지 전혀 이해하지 못하고 있었다.

"가에데, 듣고 있어?"

가에데가 아무 대답이 없자 나이토가 물었다.

"네, 듣고 있어요… 그런데 아마미야가 왜 다메이드럭 사장을….'"

"내 생각에 아마미야는 사장을 습격한 게 아니야."

나이토의 말에 가에데는 고개를 갸웃거렸다.

"무슨 뜻이에요?"

"나는 목숨을 잃은 사장 비서와 소년원에서 만난 적이 있어. 얼굴은 성형을 해서인지 바뀌었지만 눈을 보고 아마미야를 면회하러 왔던 누나가 틀림없다고 생각했지. 구보 레이코라는 가명을 쓴 것으로 보아 필시 그녀도 기자키의 조직원일 거다."

가에데는 그 이야기를 듣고 더 혼란스러웠다.

"아저씨, 아까 아마미야가 사장을 습격한 게 아니라고 말씀하셨잖아요. 그럼….'"

"아마미야가 습격한 건 사장이 아니라 누나였을 거다. 사건 전날 만났을 때 아마미야의 모습을 다시 떠올리고 그렇지 않을까 하는 결론에 이르렀지."

"자기 누나를 왜요?" 가에데는 이해할 수가 없어 물었다.

"몇 가지 짐작되는 부분이 있긴 한데, 아마미야가 죽은 이상 진실은 영원히 알 수 없겠지. 다만 이거 하나만은 확실해. 기자키의 조직원으로 보이는 아마미야의 누나가 다메이드럭 사장의 비서가 되었다는 거다."

"기자키가 잠입시켰다고 생각하시는 거예요?"

"그래. 그런데 뭣 때문에 다메이드럭에 잠입시켰는지는 모르겠구나."

"STN을 망하게 할 속셈이 아니었을까요?"

기자키의 목적은 마치다를 조직에 다시 데려오는 것이 아니라 마치다가 소중히 여기는 것을 망가뜨리는 게 아니었을까.

STN의 부작용 문제, 마에하라 제작소의 화재, 그리고 누군가 미노루를 빼돌린 것도.

"다메이드럭 사장이 STN의 상품을 향후 절대로 취급하지 않겠다고 하더라고요. 친형의 회사인데도 말이에요. 그 여자가 사장을 꼬드겨서 그렇게 시킨 거라고 생각하면…."

"듣고 보니 그렇구나. 다메이드럭의 모든 매장에서 상품을 취급하지 않게 되면 STN에 큰 타격이 될 테지. 그런데 과연 그뿐일까 하는 생각도 들어. 기자키가 뭔가를 더 꾸미고 있는 것 같은데…."

"그래서 다메이 씨하고 만나시려는 거군요?"

"그래. 네가 주선해 줬으면 좋겠구나."

"그런데 아저씨를 어떻게 설명해야 할지 모르겠어요."

만약 가에데가 연락한다 해도 이런 판국에 알지도 못하는 사람을 만나려 할까 걱정이 되었다.

"이번 사건의 범인을 안다고 말하면 관심을 가질 테지. 그 일로 꼭 할 이야기가 있다고 전해 다오."

"알겠어요. 다메이 씨한테 연락해 보고 다시 연락드릴게요." 가에데는 전화를 끊고 무거운 한숨을 내쉬었다.

STN의 부작용 문제에 이어 동생이 사고를 당했으니 다메이가 얼마나 초췌한 몰골로 있을지 상상이 갔다.

가에데는 무거운 마음으로 다메이의 휴대폰에 전화를 걸었다. 바로 음성 사서함으로 연결되었다.

"저, 가에데예요. 이런 상황에 죄송하지만 다메이 씨한테 꼭 할 이야기가 있어서 연락했어요. 또 전화드릴게요."

가에데는 전화를 끊고 휴대폰을 가방에 넣은 뒤 걸음을 옮겼다. 잠시 걸어가니 그럴듯한 2층짜리 건물이 나왔다.

지금부터 후쿠시마 시내에 있는 시설을 돌아볼 참이었다.

종종거리며 건물 앞으로 가 보니 문 옆에 '아동양호시설 늘푸른잎새 복지원'이라는 명패가 걸려 있었다. 가에데는 대문을 열고 안으로 들어가서 가볍게 심호흡을 한 뒤 현관문 초인종을 눌렀다.

잠시 후 현관문이 열리고 중년 여성이 나타났다. 택배라고 생각했는지 한 손에 도장을 들고 있었다.

"바쁘실 텐데 실례합니다. 저는 마에하라 가에데라고 하는데요, 잠깐 여쭙고 싶은 게 있어서 찾아왔습니다."

"뭔데요?" 여성이 경계하는 눈빛으로 물었다.

"도쿄에 있던 신공생회라는 단체를 아시나요?"

"신공생회…."

"아동양호시설에서 생활하는 아이들을 지원하는 단체인데요."

"그러고 보니 그런 단체가 있었네요. 꽤 오래전이었는데 그 단체 사람이 여기로 찾아온 적이 있어요."

"그래요?"

"여기 있는 아이들의 적성에 따라 시설을 나온 후에도 진학과 취직을 지원할 수 있을지도 모른다면서… 그런데 결국 기준에 미달돼서 아무도 지원을 받지 못했지만요. 그 단체가 왜요?"

"실은 생명의 은인을 찾고 있거든요."

"생명의 은인?"

"네. 제가 1년 전에 철로 건널목을 건널 때 갑자기 현기증이 나서 쓰러졌거든요. 병원에서 눈을 뜰 때까지 의식을 잃어서 그 후의 기억은 없지만, 신호가 바뀌어서 곧 전차가 통과하려는 참에 어떤 여자가 위험을 무릅쓰고 절 구해 줬다고 해요. 그 여자가 아슬아슬하게 저를 건널목 밖으로 끌어내 구급차를 불렀는데, 신원을 알리지 않고 떠났나 봐요."

"그 여자가 신공생회와 관련이 있어요?"

너무 궁색하게 지어낸 이야기가 아닐까 싶어 불안했지만 여성은 감명을 받았다는 듯이 질문했다.

"네. 구급대원의 이야기에 따르면 당신도 참 무모하네요, 하고 말했더니 여자가 자기도 남이 도와준 덕에 지금 살아 있는 거라며 당연한 일을 했을 뿐이라고 대답했대요. 여자는 아동양호시설에서 지냈는데 신공생회라는 단체의 지원 덕분에 대학에 진학에서 취직도 했다고… 그분께 꼭 감사의 인사를 전하고 싶어서 신공생회 사무실에 가면 누군지 알수 있을까 싶어 찾아갔더니 사무실이 없어졌더라고요."

"그래서 아동양호시설을 돌며 단서를 찾고 있는 거예요?"

"그분에 대한 직접적인 단서가 아니더라도 신공생회에서 근무하던 사람이라면 뭔가 알지 않을까 싶어서요."

신공생회와 관련된 사람의 단서를 얻기 위해 지어낸 이야기였다.

미노루가 있었던 시설에서 나와 버스를 타고 있는 사이 가에데는 어떤 결심을 굳혔다. 엄마에게 여행을 며칠 더 연장하고 싶다고 미리 연락을 넣은 다음 지금까지 아동양호시설을 찾아다녔다.

"그 여자는 나이가 얼마나 되는데요?"

"아마 이십 대라는 것밖에 몰라요."

이십 대 여성을 찾는다는 설정에 딱히 의미는 없지만 미노루를 시설에서 데려간 마치다의 아내인 척하는 여자가 뇌리에 떠올라 그렇게 했다.

"이 근처 시설에 해당하는 사람이 있는지 전화로 물어봐 줄 수는 있는데요."

"고맙습니다. 여자뿐만 아니라 남자나 신공생회 직원에 대해서도 여쭤봐 주시겠어요? 사소한 단서라도 찾을 수 있을까 해서요."

"알겠어요. 시간이 좀 걸릴 것 같은데 들어와서 기다릴래요?"

여성이 안으로 손짓했을 때 가방 속에서 진동음이 울렸다.

"죄송해요. 전화가 와서 좀 이따 다시 찾아와도 될까요?"

여성이 고개를 끄덕이자 가에데는 가볍게 인사하고 자리를 떴다. 가방에서 휴대폰을 꺼내 보니 다메이의 전화였다.

"여보세요… 가에데?"

전화를 받자 어둡게 가라앉은 다메이의 목소리가 들렸다.

"네. 전화해 주셔서 고마워요."

"노이로제 걸릴 것 같아서 전원을 꺼 두었거든. 미안하다…."

"아뇨, 저야말로 죄송한걸요. 이런 상황에."

"마치다한테 연락은 있었고?" 다메이가 물었다.

"아뇨. 집에도 안 오는 것 같아요."

오늘 아침 엄마에게 전화를 했을 때 마치다는 아직 돌아오지 않았다고 했다.

"이럴 때 뭘 하고 있는 건지."

가에데는 뭐라 말해야 할지 몰라 괜히 사방을 훑어봤다.

저 앞에 주차되어 있는 승합차가 눈에 띄었다. 아까 나이토와 전화를 했을 때도 근처에 비슷한 차량이 있는 것을 봤다.

"동생분 용태는 어떠세요?" 가에데는 승합차에서 시선을 거두고 물었다.

"생명에 지장은 없어."

그런데도 다메이의 말투에서는 안도가 느껴지지 않았다.

"다행이에요."

"동생이 걱정되어서 연락해 준 거야?"

"그것도 있고… 다메이 씨한테 부탁할 게 있어서 전화했어요."

"나한테 부탁을?"

"이런 상황에 죄송한데요, 다메이 씨와 이야기하고 싶다는 분이 계세요."

"누군데?"

"나이토 아저씨라고, 아빠의 오랜 친구이고 믿을 수 있는 분이에요. 몇 년 전까지 소년원 교도관으로 근무하셨고요."

"소년원 교도관?" 다메이가 살피듯이 되물었다.

"동생분 사건의 범인이 아마미야 가즈마라는 남자 맞죠?"

"그래."

"나이토 아저씨가 아마미야를 잘 아세요. 그래서 다메이 씨와 꼭 이야기하고 싶다고 그러셨어요."

"무슨 이야기를?"

"그건 저도 잘…. 안 될까요?"

"나는 며칠째 회사에 갇혀 지내고 있어. 지금 상황에서는 밖에 나갈 수가 없거든. 나와 이야기를 하고 싶다면 회사로 와 달라고 전해 줄래?"

"알겠어요."

전화를 끊고 곧바로 나이토의 휴대폰에 연락했다.

"어떻게 됐니?" 전화를 받자마자 나이토가 물었다.

"만난다고 했어요. 그런데 밖에 나갈 수가 없으니 회사로 와 달라고 했고요."

"고맙구나."

"아뇨, 그럼…."

"가에데."

전화를 끊으려는데 나이토가 불렀다.

"정말 센다이에 있는 거 맞니?" 나이토가 굳은 목소리로 물었다.

"왜요?"

"그냥 말투가 왠지 그런 것 같아서."

"네, 센다이에 있어요."

"그럼 오늘 밤에는 집에 가겠구나?"

"오랜만의 휴가라 좀 더 여행하려고요. 집에 가도 심란한 일만 있잖아요."

엄마에게 연락하면 거짓말이 들통나기에 가에데는 그렇게 둘러댔다.

"기자키의 정보를 얻으려 아동양호시설을 찾아다니는 건 아니겠지?"

정확히 알아맞히는 바람에 바로 대답할 수가 없었다.

"역시 그랬구나."

"아니에요. 정말 여행 다니고 있어요."

"가에데, 부탁이니 아저씨 말 좀 들어 다오. 너한테 무슨 일이라도 생기면…."

가에데는 아까부터 신경 쓰이던 쪽으로 다시 시선을 던졌다. 승합차는 보이지 않았다.

누군가에게 감시당하는 듯한 느낌은 역시 기분 탓이었나 보다.

"전 괜찮으니 아저씨야말로 조심하세요." 가에데는 전화를 끊고 걸음을 옮겼다.

아동양호시설에 도착한 뒤 초인종을 눌렀다. 잠시 후 현관문이 열리고 아까 그 여성이 나왔다.

"기타가타 시하고 시라카와 시에 위치한 시설에 신공생회에서 지원받은 아이가 있다고 해요. 둘 다 여자고, 꽤 오래전 일인데 신공생회 중개로 양부모를 소개받았나 봐요. 현재 나이는 스물세 살과 스물여섯 살. 아가씨의 생명의 은인인지는 모르겠지만 맞았으면 좋겠네요."

여성이 가에데에게 시설 주소를 적은 메모지를 건넸다.

22

책상 위의 전화가 울려 다메이는 수화기를 들었다.

"경찰서에서 오셨습니다." 비서의 딱딱한 소리가 귓가에 울렸다.

"알겠습니다. 들여보내세요."

다메이는 수화기를 내려놓고 자리에서 일어나 의자에 걸어 두었던 상의를 걸쳤다. 긴장하며 문을 향해 걸어가는 도중 노크 소리가 들렸다.

"들어오세요."

뒤집어진 목소리로 말하자 문이 열렸다. 양복 차림의 두 남자가 비서의 안내를 받으며 들어왔다. 아키라가 입원한 병원에서 만난 형사들이다.

"여기까지 오시라 해서 죄송합니다." 다메이는 긴장을 감추듯 고개를 숙이고 말했다.

아침에 경찰에서 연락이 와서 이야기를 듣고 싶다며 다메이의 일정을 물었다. 언제든지 상관은 없지만 가능하면 회사로 와 달라고 부탁하자 알겠다고 했다.

"신경 쓰지 마십시오. 지금 밖에 나가면 큰일이 생길 것은 알고 있으니까요. 다시 인사드리겠습니다. 저는 경시청의 하야시, 이쪽은 나가토입니다."

"앉으시지요."

소파를 권하자 하야시와 나가토가 나란히 앉았다. 다메이가 두 사람의 맞은편에 앉자 절로 한숨이 새어 나왔다.

"몹시 고단해 보이십니다. 괜찮으십니까." 하야시가 몸을 살짝 내밀고 말했다.

"온갖 일이 겹치다 보니⋯ 이런 입장만 아니었어도 저야말로 입원하고 싶을 지경입니다."

다메이가 쓸쓸하게 웃었다.

심신의 피로가 한계에 달한 것은 사실이지만 지금은 눈앞에 형사들이 있다는 점이 다메이를 더 극도로 긴장하게 만들었다.

다메이는 거리낄 일이 전혀 없지만 병실에서 아키라가 했던 말이 신경 쓰였다. 범인이 아키라가 아닌 구보 레이코를 향해 차를 돌진시켰다는 이야기였다. 그 말이 사실이라면 레이코를 눈엣가시로 여긴 야스우라, 나아가서는 다메이까지 의심을 받지 않을까 두려웠다.

다시 노크 소리가 들리고 문이 열렸다. 비서가 세 사람 앞에 커피를 놓고 사장실에서 나갔다.

"뉴스를 보셔서 아시겠지만, 범인의 신원을 알아냈습니다. 아마미야 가즈마라는 스물다섯 살 청년입니다. 지문으로 판명되었지요."

하야시가 커피를 한 모금 마시고 입을 열었다.

"지문으로 알아냈다면 전과가 있다는 겁니까?" 다메이가 물었다.

"열여덟 살 때 살인을 저질렀더군요. 나쁜 패거리와 함께 건축 현장에서 금속 케이블을 훔치다가 경비원에게 발각되어 칼로 찔렀다고 합니다. 1년 가까이 소년원에 수감되었는데 그사이 탈주를 도모했다가 실패한 적도 있습니다."

"꽤나 악질인 사람이군요."

"경찰의 신세를 진 것은 그 한 번입니다만, 조사하면 할수록 정체를 알 수 없는 사람입니다."

"무슨 말씀이신지?"

"소년이 죄를 저지르면 소년 분류 심사원에 들어가 다양한 조사를 받습니다. 가정환경이나 교우 관계뿐만 아니라 건강 상태와 지능이 얼마나 되는지도 말이죠. 아마미야는 지능 테스트 결과 경도의 지적장애 진단을 받았습니다. 그를 거둬 키웠던 외삼촌은 물론 누나와 친구도 조사관에게 아마미야가 지적장애라고 밝혔지요. 실제로 처음 들어간 도치기의 소년원에서는 교도관들도 그런 줄 알았나 봅니다. 그런데 탈주에 실패하고 다른 곳으로 전원된 후 그동안의 연약했던 태도가 마치 거짓말이었던 것처럼 난폭해졌다고 합니다. 전원된 곳의 교도관들은 그의 말과 행동으로 보건대 지적장애인이라는 것이 믿기지 않았다고 했습니다."

"지적장애인이 아니었다는 말씀이십니까?"

"자료와 관계자 증언을 종합하면 그렇게 생각됩니다."

"왜⋯."

그래야만 했을까.

"도통 모르겠습니다. 5년 전에 아마미야는 다시 경찰의 신세를 진 적이 있습니다. 뭐, 신세를 지긴 했어도 죄를 범한 것은 아니지만 말입니다. 태평양에 조난되었다가 어선에 구조되었거든요. 신원을 특정할 만한 것도 없고, 본인도 의식이 없었기 때문에 지문 조회를 통해 아마미야라는 것이 판명되었습니다."

"어쩌다 조난되었습니까?"

"근처에서 개인 소유 유람선과 대형 유조선의 충돌 사고가 있었는데, 유람선은 침몰했습니다. 그 유람선에 탄 것으로 추측됩니다."

"추측이라 하시면?"

"병원에서 빠져나가 행방을 감추었거든요. 아마미야는 조난되었을 뿐만 아니라 총에 맞기까지 했습니다. 병원에 경찰관을 배치했는데도 어느 틈에 도망을 갔습니다. 정체를 알 수 없는 사람이라고 한 이유를 이제 아시겠지요."

"네, 그런대로…."

"한 가지 확실히 말할 수 있는 것은 뒷골목 세계 사람이라는 겁니다. 돈만 되면 살인도 불사하는."

"누군가에게 고용되어 그런 사건을 일으켰다는 말씀이십니까?"

다메이가 애써 동요를 감추며 묻자 하야시가 애매하게 고개를 끄덕였다.

"사망한 구보 레이코 씨를 만난 적이 있으십니까?" 하야시가 물었다.

"네, 한 번…."

"어디서 만나셨습니까?"

"아키라의 회사에서 만났습니다."

"어떤 이야기를?"

"시답잖은 이야기였습니다."

"구보 씨의 인상은 어떻던가요?"

"총명한 분이라고 생각했습니다."

"그런데 동생분과는 사이가 좋지 않으신 모양이군요."

"왜 그렇게 말씀하시죠?"

"그게… 아무리 상품에 문제가 있다 해도 형의 회사에서 만든 물건을 모든 매장에서 철수하고 향후 절대로 취급하지 않겠다는 것이 너무 매정한 처사가 아닌가 싶어서 말입니다."

"소비자의 신뢰를 얻기 위해서는 어쩔 수 없는 판단이었을 겁니다. 우리 상품에 문제가 생긴 것도 사실이고요. 그 일 때문에 제가 원한을 품지는 않습니다."

"구보 레이코 씨를 알기 전에도 동생분이 그런 판단을 했을까요?"

다메이는 질문의 의미를 몰라 고개를 갸웃거렸다.

"그렇게 판단한 것이 아키라 씨 본인의 뜻이었을까요? 누군가가 부추겨서 그런 판단을 내렸다고 볼 수는 없겠습니까?"

"무슨 말씀이시죠?"

"다메이드럭 관계자에게 물었더니 구보 레이코 씨가 비서가 된 후부터 아키라 씨가 딴사람처럼 변했다는 의견이 여럿 나왔습니다. 주변 의견을 들으려 하지도 않고 회사를 제멋대로 이끌었다고 하더군요."

"물론 아키라가 변한 것 같기도 합니다. 그런데 워낙 옛날부터 제멋대로 굴기도 하고 남을 매정하게 대하기도 했습니다…."

"혹시 아키라 씨가, 형이나 아버지의 오른팔이었던 야스우라 씨가 이번 사건을 꾸몄다고 탓하지는 않았습니까?"

"아키라가 그렇게 말했다고요?"

하야시가 고개를 끄덕였다.

"형사님도 그렇게 생각하십니까? 저나 야스우라 씨가 그녀를 눈엣가시로 여기고 아마미야라는 청년에게 의뢰해서 처리했다고 말입니다."

"아닙니다." 하야시가 고개를 내저었다.

과연 정말일까.

"확실히 CCTV 영상을 보면 아마미야가 구보 씨를 향해 돌진하는 것처럼 보입니다. 아키라 씨가 아니라 그녀를 치려고 했을 겁니다."

"범인은 왜 구보 레이코 씨를 습격했습니까?"

"아직 모릅니다. 한 가지 확실한 것은 그녀는 구보 레이코가 아니라는 겁니다."

"네?"

"구보 레이코라는 여자는 호적상 분명히 존재합니다. 어렸을 때부터 기댈 만한 친척이 없어 후쿠오카에 있는 시설에서 살았더군요. 열여덟 살 때 시설을 나와 도쿄로 상경한 그녀는 신주쿠 일대의 술집에서 일했 는데 어느 날 살던 집에서 나가고 그때까지 사귀던 친구들과도 연락을 끊었다고 합니다. 5년 전의 일입니다. 시설 직원과 그 후 함께 일했던 사람들에게 이번 사건으로 사망한 여성의 사진을 보여 주었더니 자신 들이 알던 구보 레이코와는 완전히 다르다고 하더군요."

"성형을 해서 그런 것 아닙니까?"

"구보 레이코는 키가 170센티미터 이상입니다. 중·고등학교 때 배구 부에서 활약할 정도였는데, 사망한 여자의 키는 160센티미터 정도밖에 안 됩니다. 그 연령에 키가 크는 일은 있어도 줄 가능성은 없다고 생각 합니다. 그런 데다… 이건 알려지면 안 되므로 다른 사람에게 발설하지 마시기 바랍니다."

하야시가 몸을 살짝 내밀고 동의를 구했다.

"알겠습니다." 다메이는 고개를 끄덕였다.

"5년 전에 어떤 정치가가 별택 아파트에서 변사한 사건이 있었습니다."

"변사요?" 심상치 않은 이야기에 다메이는 눈살을 찌푸렸다.

"독극물을 마시고 사망했지요. 유서가 있어서 자살로 판단되었습니 다만, 지금도 경찰 내부에서는 타살설이 돌고 있습니다."

"이유가 뭡니까?"

"유서의 필적이 너무 완벽했거든요. 감정 결과 그 사람이 쓴 유서로 밝혀졌습니다만, 감정한 사람은 이렇게 덧붙였습니다. 곧 죽을 생각을 하는 사람치고는 글자에 두려워하거나 망설인 기색이 전혀 없다고 말입니다."

"타살이라면 범인으로 짐작 가는 사람은 있습니까?"

"그 정치가의 정부였던 가하라 교코라는 여자입니다. 정치가가 죽은 직후 홀연히 모습을 감추었지요."

"그만한 이유로 범인으로 의심하는 건···."

"가하라의 옛 지인에 따르면 누군가 그녀를 사칭한 거라고 하더군요. 그 이야기를 듣고 확신했습니다. 가하라라는 그 여자와 정치가가 그 아파트에서 밀회를 거듭했다는 것은 관계자의 증언으로 증명되었습니다. 그런데 아파트에는 가하라의 머리카락 한 올 남아 있지 않았지요. 너무 부자연스럽지 않습니까? 가하라의 범행을 입증하지 못하는 사이 행방이 묘연해졌지만, 훗날을 위해 가하라가 일한 룸살롱에 가서 그녀가 만졌다는 증언을 얻은 술병에서 지문을 검출해 데이터베이스에 저장해 두었습니다. 그리고 구보 레이코를 사칭한 사람의 지문과 일치하더군요."

"가하라라는 사람이 구보 레이코라는 겁니까?"

"아뇨. 그녀는 가하라 교코도 구보 레이코도 아닙니다. 가하라 교코 역시 호적상으로는 존재하지만 과거 지인이 그녀일 리가 없다고 증언했습니다."

다메이는 하야시의 말을 도대체 이해할 수가 없었다.

구보 씨는 위험한 여자야──.

쇼코는 그것을 어떻게 알아차렸을까.

"아키라에게 방금 하신 말씀을 하셨습니까?" 다메이는 겨우 말을 쥐어짰다.

"했습니다. 그런데 아직 냉정히 받아들일 수가 없나 보더군요."

"그렇습니까…."

당연하다. 자신이 믿고 사랑한 여자가 완전히 다른 사람인 데다 어쩌면 사람을 죽였을지도 모른다. 제정신이기 어려울 것이다.

"저희는 그녀의 배후에 반사회적인 조직이 있지 않을까 의심하고 있습니다. 그녀가 무슨 이유에선지 조직에 고용된 아마미야에 의해 살해된 것이 아닐까 하고 말이죠. 그런데 알 수 없는 점은 그녀가 왜 아키라 씨에게 접근했는가 하는 겁니다. 뭐 짚이는 바가 없으십니까?"

"전혀 모르겠습니다… 아니, 그 이전에 너무 황당무계한 이야기라 도저히 따라갈 수가 없군요. 다메이드럭이 왜 그런 영문 모를 조직의 표적이 되어야 합니까? 그럴 리 없습니다. 이런 말은 좀 그렇지만, 그냥 드럭스토어이지 않습니까."

그렇게 말하면서 정말 그렇게 생각하느냐고 또 한 명의 자신이 소리를 높였다. 다메이 역시 여태껏 정체 모를 존재가 회사를 집어삼키려 하는 것처럼 느끼지 않았던가. 왜 그것을 인정하지 못할까. 형사들에게 그동안 느낀 위협을 몽땅 털어놓으면 되지 않을까.

"지금은 형사님들의 말씀을 냉정히 듣지 못하겠군요. 죄송합니다만, 이만 돌아가 주시기 바랍니다." 다메이는 고개를 숙이며 말했다.

"알겠습니다. 갑자기 이런 말씀을 드려 저희야말로 죄송했습니다."

두 형사가 일어나는 것을 보고 다메이도 몸을 일으키려 했지만 현기증이 나서 팔걸이를 겨우 잡았다.

"배웅해 주지 않으셔도 됩니다."

하야시가 손을 내저으며 나가토를 데리고 문 쪽으로 향했다.

사장실에서 나가는 두 사람을 배웅하지도 못한 채 다메이는 소파 위에 고개를 푹 숙이고 있었다.

노크 소리에 천천히 고개를 들었다. 문이 열리고 비서가 들어왔다.

"나이토 씨라는 분께서 오셨습니다만… 돌려보낼까요?"

다메이의 상태를 보고 걱정스럽게 말했다.

"아뇨. 들여보내세요."

비서가 곧바로 오십 대로 보이는 남자를 데리고 들어왔다.

"피곤하실 텐데 시간 내 주셔서 고맙습니다."

나이토가 다메이에게 다가와 머리를 숙였다.

"이런 모습을 보여 죄송합니다. 조금 전까지 경찰과 이야기를 했더니 지쳤나 봅니다." 다메이가 소파에 앉으면서 말했다.

나이토가 걱정스러운 표정을 지었다.

"아, 괜찮습니다… 앉으시지요."

가에데의 연락을 받은 뒤 나이토라는 사람과 꼭 이야기를 해야 한다는 생각이 강하게 들었다.

비서가 테이블 위에 놓인 커피 잔을 치웠다. 곧바로 새 커피를 가져와 두 사람 앞에 두고 사장실에서 나갔다.

"가에데에게 들은 바로는 나이토 씨는 소년원에서 교도관으로 계셨다더군요." 다메이가 나이토를 보며 말했다.

"네. 5년 전에 그만두었습니다."

나이토가 온화한 표정으로 고개를 끄덕였다.

"아마미야 가즈마를 알고 계신다던데, 소년원에서 알게 되신 겁니까?"

"그렇습니다. 제가 담당 교도관이었습니다."

"마치다 히로시도 말입니까?"

다메이가 묻자 지금껏 온화했던 나이토의 표정이 단숨에 경직되었다.

"마치다에게 직접 들었습니다. 사람을 죽여서 소년원에 갔다 왔다고… 제가 모르는 마치다에 대해 알고 싶어서 만나 뵙기로 한 겁니다." 다메이가 결연히 말했다.

"그렇군요. 저도 마치다에 대해 얼버무린 채 어떻게 이번 이야기를 해야 할지 고민했습니다. 지금부터 다메이 씨가 모르는 마치다에 대해 많은 것을 알려드릴 겁니다. 한 가지 약속해 주셨으면 합니다."

"뭡니까?"

"앞으로도 마치다의 친구로 남아 주십시오."

나이토가 따뜻한 눈길로 다메이를 보면서 말했다.

"마치다가 그걸 바란다면." 다메이는 고개를 끄덕였다.

다메이가 의연히 대답하고 고개를 끄덕였는데도 나이토는 좀처럼 이야기를 시작하지 않았다. 다메이의 시선을 피한 채 이야기를 꺼내려 하지 않는 나이토를 보면서 불안한 마음이 싹텄다.

"도대체 무슨 이야기입니까?"

침묵을 견디지 못해 묻자 나이토가 이리저리 헤매던 시선을 비로소 다메이에게 고정했다.

"귀한 시간을 내 주셨는데 미안합니다. 이야기를 어떤 식으로 해야 할지 고민되는 바람에… 다메이 씨에게는 필시 황당무계한 이야기로 들릴 겁니다." 나이토가 머리를 긁적이며 말했다.

"시간이야 얼마든지 있습니다. 게다가 무슨 이야기를 들어도 지금의 저라면 놀라지 않을 겁니다. 최근 들어 믿기지 않는 일이 계속 일어났거든요."

다메이가 그렇게 말했는데도 나이토는 여전히 머뭇거렸다.

"그럼 마치다의 이야기부터 들려주십시오. 제가 알기 전의 그에 대해서."

"소년원에서 지내던 무렵 말입니까?"

"네. 마치다는 도대체 누구를, 왜 죽인 겁니까? 아무리 옛날 일이라 해도 마치다가 살인을 저질렀다니, 저로서는 도저히 믿기지가 않아서…."

"마치다가 죽였다고 알려진 사람은 다테 쇼헤이라는 당시 스물세 살의 청년이었습니다."

"죽였다고 알려지다뇨…?"

나이토의 아리송한 표현에 다메이는 고개를 갸웃거렸다.

"그 이야기는 나중에 하지요. 마치다는 열여덟 살 때 경찰에 붙잡혔습니다. 경찰의 취조에서 마치다는 피해자와는 그날 우연히 알게 되었고 다툼 끝에 칼로 찔러 죽였다고 진술했습니다. 체포되었을 때 마치다에게는 호적이 없었지요."

"호적이 없다니… 무슨 말씀입니까?"

다메이는 무슨 뜻인지 몰라 되물었다.

"말 그대로의 의미입니다. 마치다는 태어났을 때부터 호적을 부여받지 못한 채 성장했습니다. 아니, 성장했다는 표현은 적당하지 않은 것 같군요. 학교에도 가지 못하고 필시 제대로 먹지도 못한 채 약물중독인 모친과 그 애인에게 학대를 받으면서 이 사회에 존재하지 않는 사람으로 살아왔을 겁니다. 마치다는 열네 살 때 집을 뛰쳐나왔지요. 그리고 살인 용의자로 체포된 것을 계기로 호적이 없다는 사실이 밝혀져 새 호적이 주어진 겁니다."

처음 듣는 마치다의 성장 배경에 심한 충격을 받았다.

"소년 분류 심사원의 조사 결과, 마치다가 상상을 초월하는 높은 지능지수의 소유자임을 알게 되었지요. 그동안 의무교육 한 번 받지 못하고 살아온 그는 소년원에서 지내는 1년간 의무교육의 전 과정을 습득하고 고등 검정고시에도 합격했습니다."

"열네 살 때 집을 뛰쳐나와서 체포된 열여덟 살 때까지 마치다는 어떻게 살아왔던 겁니까?"

"나중에 알게 되었는데 어떤 범죄 조직에서 일했더군요."

"범죄 조직이요…?"

"마치다가 그 조직에서 두뇌 역할을 했던 모양입니다. 피해자인 다테도 조직의 일원이었지요."

"요컨대… 마치다가 경찰에서 진술한 것은 거짓이고, 범죄 조직 내에서 일어난 다툼이 원인이 되어 사건을 일으켰다는 겁니까?"

어지럽게 전개되는 나이토의 이야기에 당황하면서도 어떻게든 따라가려 물었다.

"마치다는 경찰에 붙잡힐 때까지 어떤 청년과 함께 살았습니다. 오자와 미노루라는 지적장애인 청년입니다. 마치다의 입에서 그 이름을 들어 본 적은 없습니까?"

"그러고 보니….'

오래전 술에 취한 마치다를 집까지 바래다주었을 때 잠꼬대처럼 그 이름을 중얼거린 적이 있다.

미노루…미노루… 미안… 하고.

다메이는 그 일을 나이토에게 말했다.

"그랬군요… 호적이 없던 마치다는 오자와의 이름을 빌려 살 집을 구했을 겁니다. 대신 오자와의 생활을 보살폈겠지요. 서로에게 없는 것을 보완하면서 살아온 겁니다. 오자와는 그 무렵 마치다가 유일하게 마음을 허락한 상대였습니다. 조직에서 마치다에게 오자와를 죽이라는 명령을 내렸지만 마치다가 거역하는 와중에 그런 사건으로 발전했다고 생각합니다."

"죽이라는 명령을 내리다니… 어떻게 그런 명령을….'

"모르겠습니다. 저는 못 봤지만 당시 상황이 기록된 영상을 본 사람이 있습니다. 그 사람에 따르면 조직의 우두머리가 마치다에게 충성을 맹세시키기 위해 그런 명령을 내렸고, 그 장면을 피해자인 다테에게 촬영하도록 시켰던 것 같다고 합니다."

나이토가 처음에 필시 황당무계한 이야기로 들릴 거라고 일러 준 대로 다메이는 받아들이기가 어려웠다.

이 사회 어딘가에 무서운 범죄 조직이 존재하는 데다 자신의 친구인 마치다가 그곳에 연관되어 있었다니 도저히 믿기지가 않았다.

"마치다가 죽였다고 알려졌다는 건 무슨 뜻입니까? 마치다가 제 의지로 사람을 죽인 게 아니라 어쩔 수 없이 결과적으로 다테라는 사람을 죽였다는…?"

"영상을 본 사람에 따르면 마치다가 정말 죽였는지도 확실치 않다고 하더군요. 다테에게 폭행당한 마치다를 구하기 위해 오자와가 칼로 찌른 것처럼 보인다고 했습니다."

"대체 그 조직이라는 데는… 어떤…." 어쩐지 무서운 생각이 들어 말문이 막혔다.

"마치다가 실제로 관여한 것은 보이스피싱이었지요. 마치다는 시나리오를 썼던 모양입니다. 그런데 지금은 보이스피싱 범죄에 머물지 않고 더 거대하고 무서운 조직이 되었을 가능성이 있습니다."

"살인도 불사하는 범죄 조직이라는 겁니까?"

다메이의 말에 나이토가 애매하게 고개를 끄덕였다.

"실제로 무슨 일을 하는지 전혀 실태를 알 수 없는 조직이지만, 몇 가지 아는 것은 기자키 이치로라는 사람이 조직의 흑막이라는 것과, 기자키가 높은 지능지수를 기준으로 동료를 선별했다는 겁니다. 시설에서 지내는 아이들을 지원한다는 명목으로 단체를 만들어서 그중 높은 지능지수를 지닌 아이를 골라 동료로 끌어들였을 겁니다. 게다가 기자키는 자기 마음에 든 아이에게는 수양부모를 찾아 주기까지 했다더군요."

"왜 지능지수로 동료를 고른 겁니까?"

"비뚤어진 우생 사상이겠지요. 기자키 자신도 마치다에 지지 않을 만큼 놀랍도록 높은 지능지수의 소유자라고 하더군요. 기자키는 마치다가 들어간 소년원에 조직원을 잠입시켰습니다. 바로 당신의 동생분을 습격한 아마미야 가즈마입니다."

"네…?"

나이토의 말에 다메이는 말문이 막혔다.

"아마미야 가즈마는 소년 분류 심사원의 검사에서 경도의 지적장애 진단을 받았지요. 그런데 연기였던 겁니다. 오자와 미노루를 흉내 내서 그의 마음을 끌 속셈이었던 거죠. 기자키는 아마미야를 이용해 마치다를 소년원에서 탈주시키려고 했지만 실패로 끝났습니다."

"기자키에게 마치다가 그만큼 중요한 존재였다는 겁니까?" 다메이가 그제야 목소리를 쥐어짰다.

"그렇겠지요. 의도가 뭔지는 몰라도 기자키가 마치다에게 강하게 집착하는 것만은 확실합니다. 아마미야에게 연기까지 시키고 죄를 범하게 해서 마치다를 소년원에서 탈주시키려고 했으니까요."

"아마미야는 왜 제 동생을 습격했습니까? 그 조직에서 제 동생을 노린 겁니까?"

다메이는 아까 형사에게 들은 구보 레이코의 이야기를 털어놓았다.

"구보 레이코를 사칭한 여자도 그 조직의 일원이지 않았을까요?"

"네, 조직의 일원이었을 겁니다. 그리고 제 생각에 구보 레이코는 아마미야의 누나인 것 같습니다."

"아마미야의 누나라고요…?" 다메이가 놀라서 되물었다.

"저는 소년원에 면회를 온 아마미야의 누나를 만난 적이 있습니다. 완전히 딴사람처럼 보였지만 눈을 봤을 때 동일 인물이 아닐까 하는, 확신

같은 것을 느꼈지요. 그 사건은 동생분을 습격하기 위해 일으킨 것이 아니라고 생각합니다. 조직의 의도와는 상관없이 아마미야의 개인적인 감정이었을 겁니다."

"그런데 조직원인 그녀가 동생의 비서가 된 건 사실입니다. 뭣 때문에 다메이드럭에…."

"조직의… 기자키의 표적은 다메이드럭이 아니라 STN이 아니었을까 싶군요."

"우리 회사를요?"

범죄 조직이 왜 STN을 노린단 말인가.

"정확히 말하면 마치다입니다." 나이토가 다메이를 똑바로 보면서 말했다.

"마치다…."

"기자키는 마치다에게 강하게 집착하고 있습니다. 왜 그래야만 하는지는 전혀 모릅니다만, 기자키는 마치다가 소중히 여기는 것을 빼앗으려는 게 아닐까 하고… 가에데에게 최근 주변에서 일어난 불가해한 사건에 대해 들었습니다. 마에하라 제작소에 불이 난 것, 지금 STN에서 문제되고 있는 부작용 등… 그 일들이 기자키의 조직원에 의해 일어났다고는 생각되지 않으십니까?"

"어떻게 그런…."

확실히 정체 모를 존재가 자신들이 소중히 여기는 것을 빼앗으려는 것 같아서 견딜 수가 없었다.

하지만 신뢰하던 중역들이 범죄 조직의 일원이었다고 생각하기는 싫었다.

그중에는 쇼코도 포함되어 있다.

게다가 기자키는 자기 마음에 든 아이에게는 수양부모를 찾아 주기까지 했다더군요——.

다메이는 암담해졌다.

아키라는 쇼코가 갓난아기였을 때 부모에게 버림받아 시설에서 자랐고, 열두 살 때 입양되었다고 말했다.

구보 씨는 위험한 여자야——.

구보 레이코를 사칭한 여자가 같은 조직의 일원임을 알았기에 쇼코가 그런 말을 했을까.

"한 가지 모르겠는 점은 그녀가 왜 다메이드럭에 들어갔느냐 하는 겁니다."

그 목소리에 다메이는 정신이 돌아와 나이토를 쳐다봤다.

"마치다를… STN을 공격할 셈이라면 그녀를 왜 다메이드럭에 보냈을까요? 당신과 다메이드럭 사장이 형제간이라는 것은 알고 있습니다만, 회사는 완전히 별개이지 않습니까? 아무리 생각해도 납득이 가지 않아 이렇게 찾아뵌 겁니다." 나이토가 말했다.

"말씀하신 대로 회사는 완전히 별개입니다. 다만 우리와 다메이드럭은 어떤 의미에서 운명 공동체라고 할 수 있습니다."

"더 자세히 설명해 주시겠습니까?"

"우리 회사는 지금 인공 피부에 관한 연구를 하고 있고 다메이드럭에서 막대한 투자를 받고 있습니다. 며칠 전 동생이 투자를 끊겠다고 통보

하더군요. 부작용 문제가 발생하기 전이라면 다메이드럭의 투자가 끊겨도 극복할 수 있을 테지만 지금 같은 상황에서는 사활이 걸려 있습니다."

"투자를 끊겠다는 것은 동생분의 판단입니까?"

"모르겠습니다만… 나이토 씨의 말씀을 듣고 보니 이제야 납득이 가는 부분도 있습니다. 그녀가 비서가 된 후부터 동생이 주변 의견을 전혀 들으려 하지 않았다고 하더군요. 마치 누군가에게 세뇌된 것 같다면서 중역들의 걱정이 이만저만이 아니었습니다."

기자키라는 미지의 침략자가 STN 내부에 조직원을 잠입시켜 회사 신용을 실추시켰을 뿐만 아니라 다메이드럭의 실권을 쥐고 있는 아키라를 세뇌해서 STN을 아예 회생 불가로 만들려 했던 걸까.

모든 것은 마치다가 소중히 여기는 것을 빼앗겠다는, 시시한 목적을 위해.

"만약 말씀하신 대로 우리 회사를 망하게 하는 것이 목적이라면 사장 비서가 되어 동생을 세뇌하는 방법이 가장 효과적일 겁니다."

다메이가 어깨를 축 늘어뜨리며 말하자 나이토가 한숨을 깊게 내쉬었다.

"마치다에게 연락은 있었습니까?"

다메이는 고개를 가로저었다.

나는 거기든 여기든 이제 상관없는 사람이니━.

마치다의 마지막 말을 다시 곱씹었다.

어쩌면 그때 마치다는 STN은 물론 마에하라 일가와 상관하기 싫어서가 아니라, 상관해서는 안 된다고 생각해서 그렇게 말한 것은 아닐까.

"안 그래도 힘드실 텐데 제가 더 보탠 것 같아 정말 죄송합니다." 나이토가 죄스럽게 말했다.

"아뇨…."

"그럼 이만 실례하겠습니다." 나이토가 자리에서 일어섰다.

"마치다와는 이제 못 만날까요…?"

다메이가 무심코 물었다.

"다메이 씨는 어떻게 하고 싶습니까?"

"만나고 싶습니다."

"마치다 때문에 지금껏 쌓아 올린 것이 허사가 되어도 말입니까?"

다메이가 일어서더니 나이토를 똑바로 보고 고개를 끄덕였다.

"언젠가 만날 수 있을 겁니다."

나이토는 그렇게 말하며 미소를 지어 보였다.

"안 나오셔도 됩니다."

나이토가 목례를 하고 떠나자 다메이는 무거운 발을 질질 끌면서 책상으로 돌아왔다.

의자에 무너지듯 앉자 책상 위에 놓인 액자가 눈에 들어왔다. STN을 만들었을 때 창업 멤버가 다 같이 찍은 사진이다.

다메이는 감정이 정리되지 않은 채 손을 뻗어 액자를 움켜쥐었다.

사진 속 쇼코의 웃는 얼굴을 뚫어지게 응시했다. 쇼코가 무시무시한 범죄 조직의 일원이라고는 생각하고 싶지 않았다.

STN을 창업하기 전부터 쇼코는 다메이에게 특별한 존재였다. 그런 쇼코가 마치다를 함정에 빠뜨리는 목적만을 위해 지금껏 자신들과 함께했다니, 도저히 믿기지가 않는다.

물론 쇼코가 적극 지지해서 창업 계획을 시작한 것은 사실이다. 그러나 다메이가 마치다를 알게 된 계기는 다카가키 교수가 소개해 주었기 때문이다. 마치다를 알게 된 것은 완전히 우연일 뿐 거기에 쇼코나 조직의 의도가 끼어들 여지는 없었다.

다메이는 그것을 확인하기 위해 수화기를 들었다.

연구실 문을 두드리자 "들어오세요" 하는 목소리가 들렸다.

연구실로 들어가니 안쪽 자리에 다카가키 교수가 앉아 있었다.

"바쁘실 텐데 죄송합니다." 다메이가 다카가키 교수 곁으로 가면서 머리를 숙였다.

"아니, 나도 만나고 싶던 참이라. 괜찮은가?"

다카가키 교수가 걱정스러운 표정으로 바로 앞의 의자를 권했다.

"네, 힘든 상황이긴 하지만요…."

"괴로운 시기일 테지만 너무 깊이 고민해서는 안 되네."

다메이가 엉뚱한 생각을 하는 것은 아닌지 다카가키 교수가 불안한 눈빛으로 말했다.

언젠가 다카가키 교수가 창업에 실패한 탓에 자살한 학생의 이야기를 들려준 적이 있다.

"괜찮습니다. 오늘 찾아뵌 것은 교수님께 여쭈고 싶은 게 있어서예요." 다메이가 말문을 열었다.

"뭔가?"

"제가 창업 상담을 하러 찾아뵈었을 때 교수님께서 마치다 군을 소개해 주셨지요."

다카가키 교수가 고개를 끄덕였다.

"교수님은 어떻게 마치다 군을 알게 되셨어요?"

"전에도 말한 적이 있을지 모르겠네만, 우리 연구실에서 쓰는 기자재를 마에하라 제작소에 발주했거든. 그래서 알게 되었지."

"옛날부터 기자재를 마에하라 제작소에 발주하셨던 건가요?"

"아니, 자네에게 마치다 군을 소개하기 1년쯤 전부터였지 아마."

"마에하라 제작소에 발주하게 된 계기는 뭔가요? 교수님께서 그곳을 알아보신 겁니까?"

다카가키 교수가 의아한 표정을 지었다.

왜 이런 질문을 하느냐고 생각할지도 몰랐다.

"누군가 교수님께 소개해 주었나요?" 다메이가 다시 물었다.

"그래… 대학원생 한 명이 마에하라 제작소에 대해 알려 주더군."

"그 대학원생은 어떻게 마에하라 제작소를 알게 되었을까요?"

"그것까진 듣지 못했네. 이런 기자재를 만들어 줬으면 좋겠는데, 어디 좋은 곳 없느냐고 대학원생들에게 물었더니, 얼마 후 대학원생 한 명이 마에하라 제작소에 대해 알려 주더군. 그런데 그걸 왜 묻는 건가?"

"아뇨… 그 대학원생은 아직 여기 있나요?"

"그래. 점심시간이라 외출했네."

"그렇군요." 다메이는 고개를 숙였다.

"그런데 이제 어떻게 할 건가?"

"솔직히 어떻게 해야 할지 잘 모르겠어요." 다메이가 고개를 숙인 채 절레절레 흔들었다.

"내가 할 소린 아니네만, 사장으로서 제대로 기자회견을 하는 편이 낫지 않겠나."

"물론 그 생각도 하고 있습니다."

"회사에는 위기 상황일지 몰라도 마치다 군도 열심히 타개책을 찾고 있는 것 같더군."

다메이는 그 말에 퍼뜩 고개를 들었다.

"무슨 말씀이세요? 최근에 마치다를 만나셨다고요?"

"며칠 전 파티에서 봤네만."

"파티라뇨?"

"대학 연구자가 자금을 모으기 위해 기업 경영자를 초청해서 여는 파티였는데 그 자리에 마치다 군이 왔더군. 의료계 회사 중역들과 열심히 이야기를 하던데."

"마치다가요?"

마른하늘에 날벼락 같은 소리였다.

도대체 어떻게 된 일일까.

STN의 위기를 해결하려고 고투하고 있는 걸까.

그렇다면 왜 사장인 다메이에게 아무 말도 하지 않았을까. 그보다 마치다와는 연락조차 되지 않는 상태였다.

"대학생이었을 때는 사교성이라고는 아예 없어서 여러모로 걱정했네만, 사회인으로서 책임 있는 위치에 선 덕분에 많이 달라졌구나 싶어 감동했네. 지금 자네들에게는 매우 어려운 상황일지 몰라도 그때 마치다 군을 자네에게 소개하길 잘했다는 생각이 드는군.”

문이 열리는 소리에 다메이가 고개를 돌렸다.

남녀 여러 명이 편의점 비닐봉지를 들고 들어왔다.

다메이는 아까 그 이야기를 마저 묻고 싶다며 다카가키 교수에게 말했다.

“기무라, 잠깐 이리 좀 와 보게.”

다카가키 교수가 부르자 다메이보다 몇 살 많아 보이는 여자가 다가왔다.

“한 가지 묻겠네만, 자네가 마에하라 제작소를 알려 줘서 그동안 우리 연구실의 기자재를 발주했지. 마에하라 제작소는 어떻게 알게 되었나?”

“저희 아버지한테 들었어요. 아버지가 기계 관련 일을 하시거든요. 이런 걸 싸게 만들어 주는 곳이 없을까 하고 여쭤 봤더니 마에하라 제작소를 가르쳐 주셨어요. 그런데 그게 왜요?”

그녀의 대답을 들으며 다메이는 안도의 한숨을 내쉬었다.

쇼코는 나이토가 말한 조직과는 아무런 관련이 없다.

23

가에데는 뒤돌아보고 싶은 충동을 억누르며 걸음을 옮겼다.

아까부터 누군가에게 미행당하는 느낌이 들었다. 버스 맨 뒷자리에 앉았을 때 무심코 뒤를 돌아보니 차량 하나를 사이에 두고 검은 승합차가 따라오는 것이 보였다.

어제 늘푸른잎새 복지원을 방문하기 전과 후에 본 승합차와 색깔이 똑같고 모양도 비슷한 것 같았다. 어제 승합차의 번호판을 확인하지 않아 같은 차라고 단정할 수는 없지만, 운전석에 앉은 선글라스를 낀 사람이 괜히 섬뜩해 보여 곧바로 시선을 피했다.

조직원이 자신의 뒤를 밟는 게 아닌가 싶어 불안했지만 버스에서 내려 여기까지 오는 내내 뒤를 확인하기는 망설여졌다.

가에데는 저 앞에 시설로 보이는 건물을 발견하고 서둘러 걸었다.

'아동양호시설 벚나무 복지원'이라는 문패가 걸린 문을 통과해 부지 안으로 들어가서 벽에 몸을 붙이고 자연스럽게 밖을 살폈다. 저 멀리 검은 승합차가 서 있는 것이 보였다.

역시 미행당하고 있었다.

가에데는 쿵쾅거리는 가슴을 애써 진정시키며 2층짜리 건물로 향했다.

"실례합니다."

건물 현관 앞에서 사람을 불렀다. 잠시 후 여성 직원이 나왔다.

"저… 바쁘신데 죄송합니다. 저는 마에하라 가에데라고 하는데요."

"아, 늘푸른잎새 복지원에서 전화 받았어요. 어서 들어오세요."

직원이 슬리퍼를 권하며 가에데를 안으로 들였다.

현관에 들어가 왼쪽 문을 열자 다다미 스무 장 크기의 널찍한 방이 있었다. 큰 테이블 두 개가 나란히 놓여 있고 주변에 의자가 많은 것으로 보아 식당인 것 같았다.

가에데는 직원이 권하는 대로 의자에 앉았다. 직원은 잠시 자리를 비운 뒤 쟁반과 앨범 같은 것을 가지고 돌아왔다. 가에데 앞에 차를 놓더니 맞은편에 앉았다.

"그나저나 젊은 아가씨가 어쩜 이리 착할까. 아무리 생명의 은인이라 해도 그 사람을 찾기 위해 시설을 찾아다니다니." 직원이 그렇게 말하면서 미소를 지었다.

"여기에 신공생회의 도움을 받은 여성이 있다고 하던데요…."

"맞아요, 꽤 오래전 일이긴 하지만."

직원의 말을 듣고 여기서도 단서를 얻기는 틀렸다 싶어 한숨이 나올 뻔했다.

여기 오기 전에 찾아간 기타가타 시의 시설에도 신공생회의 중개로 수양부모를 구한 여자아이가 있었다. 그러나 10년도 더 된 일이고 그 후 소식이 끊긴 탓에 그 여성이 지금 어디 사는지는 모른다는 것이었다. 신공생회라는 단체가 중개했다는 것은 겨우 기억하지만 단체나 그 관계자의 현재 상황에 대해서는 아무것도 모른다고 했다.

"이 아이예요."

직원이 앨범을 펼쳐 가에데 앞에 놓았다.

원피스를 입은 작은 여자아이가 홀로 찍혀 있었다. 이 시설 앞에서 찍은 듯하다.

"쇼코 짱이라고 하는데, 열두 살 때 도쿄에 사는 분의 집으로 입양되었어요. 14년 전이니 지금은 스물여섯 살이 되었겠네요. 그런데 어렸을 때 사진으로는 아가씨를 구해 준 여성이 맞는지 알기 어렵겠어요."

"이 여성이 지금 어디 사는지는 모르시고요?" 가에데가 여자아이 사진을 보면서 물었다.

"입양 간 집의 주소는 알아요. 그런데 그 후 이사를 갔다면 저희도 알 방법이 없어요."

"일단 가르쳐 주시겠어요?"

그 말에 직원이 자리를 비웠다.

앨범을 넘기다 보니 아까 그 여자아이가 어떤 남자와 함께 찍은 사진이 있었다.

다정한 미소로 정면을 향하고 있는 남자를 보고 가에데는 숨을 멈췄다.

그 무렵에 비해 상당히 젊지만 공장 근처에서 마치다의 근황을 묻던 남자였다.

기자키 이치로.

긴장한 채 사진을 보고 있자 직원이 식당으로 돌아왔다.

"이 분은 신공생회 쪽 사람이죠?"

사진을 가리키며 묻자 직원이 그렇다고 했다.

"쇼코 짱은 한 살 무렵 공원 풀숲에 버려졌어요. 그래서 여기에 들어오게 되었는데, 온몸이 멍투성이였어요. 특히 오른쪽 어깨에는 평생 지워지지 않을 화상 흉터가 남아 있었죠. 부모에게 무슨 짓을 당했는지 모르지만, 커서도 말수가 없고 자기만의 세계에 틀어박혀 지내는 아이였어요. 그분이 쇼코 짱을 몹시 걱정해서 최대한 조건 좋은 수양부모를 찾기 위해 노력해 주셨어요."

그 말대로 사진 속 여자아이는 감정이 엿보이지 않는 얼굴이었다.

사진 속 여자아이를 보는 사이 묘한 위화감이 들었다.

어디선가 본 적이 있는 듯하지만 확실치는 않았다.

"여기 수양부모의 주소예요." 직원이 메모지를 건네주었다.

메모지에는 도쿄 세타가야 구 세이조의 주소가 적혀 있었다.

"나쓰카와라는 분이었어요. 상냥한 부부였으니 쇼코 짱도 행복하게 살고 있으면 좋을 텐데."

직원의 말에 가에데는 다시 사진을 살펴봤다.

나쓰카와 쇼코.

사진 속 여자아이와 자신이 알고 있는 나쓰카와 쇼코가 전혀 닮지 않은 것은 아니다. 그러나 사진 속 여자아이가 너무 무표정해서 도저히 쇼코와 겹치지가 않았다.

이 사진만 가지고는 동일 인물인지 아닌지 판단할 수가 없었다.

나쓰카와 쇼코라는 이름도 그리 드물지 않으니 쇼코가 이 여자아이라고 단정할 수는 없다.

"잠깐 화장실 좀 써도 될까요?"

가에데는 마음이 몹시 어지러워지는 것을 느끼며 물었다.

"이 식당을 나가서 왼쪽 끝으로 가면 있어요."

"고맙습니다."

가에데는 가방을 들고 일어나 식당을 나갔다. 화장실에 들어가 휴대폰을 꺼내 다메이에게 전화를 걸었다.

"여보세요…."

나이토와 무슨 이야기를 했는지 궁금했지만 그보다 먼저 확인해야 할 것이 있었다.

"갑자기 죄송해요. 다메이 씨한테 물어보고 싶은 게 있어서요."

"뭔데?"

"나쓰카와 씨의 본가가 어디예요?"

"나쓰카와의 본가?"

느닷없이 엉뚱한 질문을 한 탓인지 수상쩍어하는 목소리였다.

"네."

"그건 왜…?"

"이상한 걸 물어서 죄송해요." 그렇게밖에 말할 수가 없었다.

"지금은 모르지만 옛날에는 세타가야 세이조에 살았어."

가에데의 가슴에 통증이 스쳤다.

"여보세요… 그게 왜? 가에데?"

잠시 말을 잇지 못하고 있자 다메이가 되물었다.

"나쓰카와 씨 오른쪽 어깨에 화상 흉터가 있나요?"

다메이가 이번에는 입을 다물었다.

긴 침묵이 흐른 뒤 "그런 이야기를 들은 적이 있어" 하는 다메이의 중
얼거림이 들렸다.

"오른쪽인지 몰라도 어깨에 큰 화상 흉터가 있다고. 그게 어떻다는 건
데…? 왜 그런 걸 물어?"

다메이가 재차 물었지만 뭐라 대답해야 할지 몰랐다.

"혹시 기자키 이치로와 관련된 건가?"

그 이름을 듣고 가에데의 심장이 더욱 쿵쾅거렸다.

"나이토 아저씨한테 조직에 관한 이야기를 들었나 보네요."

"그래… 믿기지 않는 이야기였어. 그런데… 가에데, 대답해 줘. 네가 어떻게 쇼코의 어깨에 흉터가 있는 걸 알았지? 쇼코가 기자키의 조직과 관련이 있다는 건가? 진실을 알려 줘!" 마지막 말은 비명에 가까웠다.

"저는 지금 아동양호시설을 방문해 기자키에 대해 조사하고 있어요. 옛날에 기자키가 수양부모를 중개했다는 여자아이 이름이 쇼코 짱이고, 거두어 준 사람이 세이조에 사는 나쓰카와 부부래요."

"거짓말이야…."

절망적인 중얼거림이 귀에 울렸다.

"쇼코가 기자키의 범죄 조직의 일원이라는 건가?"

"백 퍼센트 장담할 수는 없어요. 수양부모만 중개받았을지도 모르잖아요…."

거의 그렇다고 확신하지만 다메이에게는 차마 말할 수 없었다.

"다메이 씨에게 부탁할 게 두 가지 있어요. 하나는 제 휴대폰에 나쓰카와 씨 사진을 보내 줬으면 해요."

"쇼코의 사진을?" 다메이가 미심쩍은 목소리로 말했다.

"저는 오랫동안 히로시 씨의 소중한 사람을 찾아다녔어요."

"마치다와 같이 살았다던 오자와 미노루 말이야?"

"네. 오자와 미노루 씨는 2년 전까지 센다이 시내에 있는 시설에서 지냈는데, 히로시 씨의 아내를 사칭한 여자가 데려갔다고 해요."

"그 여자가 쇼코라는 거야?"

"그렇게 생각하고 싶지는 않아요. 다만 그 여자가 히로시 씨의 사진을 갖고 있었다고 해서 확인하고 싶을 뿐이에요."

다메이에게는 괴로운 이야기임을 잘 알지만 어쩔 수 없었다.

다메이는 잠시 가만히 있더니 한숨을 크게 내쉬고 "알았어" 하고 나직이 말했다.

"고마워요."

"다른 하나는 뭐야?" 다메이가 물었다.

"지금부터 제 휴대폰에 GPS 앱을 깔 거예요. 다메이 씨, 제 휴대폰 위치를 확인해 주겠어요?"

"무슨 뜻이지?"

"저는 지금 후쿠시마 현 시라카와 시에 있어요. 어제부터 누군가 저를 미행하는 느낌이 들어서…."

"미행이라니, 설마 기자키의 조직원에게?"

"모르겠어요. 단지 제 위치를 누군가 계속 확인해 주면 안심이 될 것 같아요. 부탁할 수 있을까요?"

"지금 당장 거기로 갈게."

"저는 센다이 시내에 있는 시설로 이동할 거예요."

직원에게 사진을 보여 주면 미노루를 데려간 사람이 쇼코인지 확인할 수 있을 것이다.

"알겠어. 내가 후쿠시마로 갈 테니 같이 센다이 시설로 가자."

"근처에 있으면 좋겠지만 만나는 건 안 돼요."

가에데는 마음을 단단히 먹고 말했다.

"왜지?"

"지금 상황이 우리한테 기회일지도 모르거든요."

"기회라니?" 다메이가 알아듣지 못하겠다는 듯 물었다.

"우리는 그 조직의 실태를 전혀 모르잖아요. 제가 정말 기자키의 조직원한테 미행당하고 있다가 붙잡히면 조직의 은신처를 알아낼 수 있을지도 몰라요. 은신처가 아니어도 그 조직의 관계자는 알아낼 수 있겠죠."

"무슨 소리를 하는 거야! 아주 위험한 놈들일 텐데…."

"이 방법밖에 없어요. 안 그러면 우리는 영원히 정체 모를 존재를 두려워하기만 할 거예요. 히로시 씨가 진정한 자유를 누렸으면 좋겠어요." 가에데가 강한 말투로 호소했다.

"하지만…."

"지금 출발하면 시설에 들렀다가 7시에는 센다이 역에 도착할 거예요. 그 시간에 제가 다른 장소에 있으면 경찰에 신고해 주세요."

"알겠어. 센다이 역에서 기다릴게."

24

다메이는 휴대폰을 귀에 댄 채 가에데가 하는 말을 메모하고 있었다.

"이 앱을 깔고 가에데의 전화번호를 입력하면 되는구나."

"네. 잘 부탁합니다. 그럼…."

"가에데."

다메이가 가에데를 다급하게 불렀다.

"나도 하나 부탁할 게 있어."

"뭔데요?" 가에데가 물었다.

"나는 가에데, 네가 조직원과 접촉하지 않았으면 좋겠어. 무사히 센다이 역에서 만나길 바랄게. 그런데 만약 쇼코를 만나게 되면 이 말을 전해 줘."

"네, 말씀하세요."

"계속 기다릴 거라고. 무슨 일이 있어도 기다린다고 전해 줘." 다메이가 쥐어짜듯이 말했다.

설령 쇼코가 무시무시한 조직의 일원이라 할지라도 자신의 마음은 변하지 않는다. 기자키라는 남자에게서 쇼코를 반드시 되찾을 것이다. 다메이도 가에데처럼 소중한 사람을 위해 포기하지 않고 싸울 것이다.

"알겠어요." 가에데는 그렇게 말하고 전화를 끊었다.

다메이는 즉시 메모를 보며 휴대폰을 조작했다. GPS 앱을 깔고 가에데의 휴대폰 번호를 입력하자 화면에 지도가 나타났다. 가에데가 말한 대로 후쿠시마 현 시라카와 시의 한곳을 가리키고 있었다.

화면을 보며 정말 이것이 최선일까 고민했다.

물론 가에데가 조직원에게 붙잡히면 기자키의 정체를 파헤칠 수 있을지도 모른다. 그러나 엄청나게 위험하다. 휴대폰을 빼앗기거나 강제로 전원이 꺼지면 가에데가 어디 있는지 더는 알아내지 못한다.

히로시 씨가 진정한 자유를 누렸으면 좋겠어——.

위험을 무릅쓰면서까지 가에데는 마치다를 걱정하고 있다. 그런데 마치다는 대체 어디서 뭘 하고 있는지.

어쨌든 가에데와 가까운 곳에 있다가 GPS에 수상한 움직임이 감지되면 즉시 경찰에 신고해야 한다. 다메이는 상의를 걸치고 휴대폰을 주머니에 넣은 뒤 문으로 향했다. 문손잡이에 손을 뻗는 순간 노크 소리가 났다.

곧이어 문이 열리고 눈앞에 서 있는 남자와 눈이 마주쳤다.

마치다였다.

"도대체 어디 있었어! 회사가 이 지경인데!" 다메이가 사장실에 들어온 마치다에게 따져 들었다.

"이것저것 준비하느라고."

마치다가 얼굴색 하나 변하지 않고 조용히 대답했다.

"준비라니, 도대체 무슨…."

"STN의 끝을 향한 준비다."

다메이의 말을 자르듯이 마치다가 말했다.

"무슨 뜻이지?" 다메이가 마치다의 눈을 응시하며 물었다.

"누군가 이 회사를 노리고 있어. 언론에서 부작용 문제로 연일 입방아에 오르내리는데도 STN의 주가는 그리 떨어지지 않았어. 누군가 대량으로 사들이고 있다는 뜻이지."

"머지않아 빼앗긴다는 건가?"

마치다가 고개를 끄덕였다.

"STN의 주식을 싹쓸이 중인 펀드의 정보를 알아냈어. 오늘 밤 적대적 TOB(주식공개매수. 경영권을 차지하기 위해 주식시장 밖에서 기간, 주가, 주수를 공개하여 주식을 모으는 일)가 실시될 것 같아. 지금으로서는 회사에 그걸 막을 힘이 없어."

"사악한 조직의 힘에 굴복할 수밖에 없다는 건가?"

다메이의 말에 마치다의 눈빛이 크게 흔들렸다.

"미안하다…."

마치다에게서 처음 듣는 말이었다.

"회사 이야기는 나중에 해. 지금 당장 센다이에 가야 하니. 너도 따라와."

"센다이?" 마치다가 의아한 표정으로 물었다.

다메이는 가에데가 오자와 미노루를 찾아다녔다는 것과, 기자키의 조직에 미행당하고 있을지도 모른다는 이야기를 털어놓았다.

"왜 그런 바보 같은 짓을…."

다메이의 이야기를 듣고 마치다가 멍하니 중얼거렸다.

"무슨 말을 그렇게 해. 너 때문에 목숨까지 걸었는데!"

정신이 들었는지 마치다가 다메이를 쳐다봤다.

"네 휴대폰 좀 빌려 줘. 가에데를 데리러 갈 테니."

"나도 같이 갈게."

"너는 따로 해야 할 일이 있어."

"뭘 하라는 거야?"

사장실을 둘러보고 있는 마치다에게 물었다.

"밖에서 이야기하지." 마치다가 문을 가리켰다.

다메이는 사장실에서 나와 엘리베이터 홀로 향하는 마치다를 따라갔다.

"회사를 위기에서 구할 비책을 발견한 거지? 그래서 돌아왔지?"

다메이가 묻자 마치다는 걸음을 멈추고 고개를 돌렸다.

"회사는 이미 틀렸어. 대신 너희들이 다시 일어서기 위한 징검다리를 놓는 거다."

25

기자키와 처음 만난 장소를 바라보며 옛 생각에 잠겨 있는데 문이 열리고 가에데가 나왔다.

시설에서 나온 가에데가 이쪽을 흘끗 보고 곧바로 반대 방향으로 걸었다.

"어떻게 할까요?"

"따라가요."

그렇게 대답하자 차가 출발했다.

천천히 가에데의 뒤를 따라갔다. 가에데는 뒤도 돌아보지 않고 걸었다. 미행을 눈치챘는지 걸음이 빨랐지만 이윽고 멈춰 섰다.

가에데가 돌아봤다. 단단히 각오한 표정으로 서서히 다가왔다.

나는 뒷좌석 문을 열고 차에서 내렸다.

나와 눈이 마주치자 가에데가 숨을 삼켰다.

"나쓰카와 씨…."

가에데가 멈춰 서서 나를 연민하는 눈빛으로 쳐다봤다.

"마중 나왔어. 오자와 미노루를 만나고 싶지?"

가에데는 아무 대답도 없이 물끄러미 쳐다보기만 했다.

"너한테 해를 끼칠 생각은 없어. 내 말을 믿어 주지 않겠지만."

"미노루 씨는 살아 있는 거죠?"

고개를 끄덕이자 가에데가 안도했는지 가볍게 숨을 내쉬었다.

"어떻게 할래?"

가에데가 입술을 굳게 다물었다.

조직원인 나를 선뜻 따라나서기가 두려운 것이다.

"나쓰카와 씨는 못 믿지만 미노루 씨를 만나러 가겠어요."

가에데가 다가오더니 나를 밀어제치듯이 승합차 뒷좌석에 올라탔다.

가에데의 옆에 앉아 문을 닫았다.

"미노루 씨의 가족인 척 시설에서 빼돌린 사람이 나쓰카와 씨였어요?"

차가 출발하자 가에데가 물었다.

"그래. 가에데, 네 SNS에 댓글을 올린 것도 나야."

가에데가 눈을 동그랗게 뜨며 놀라워했다.

"왜요…?" 가에데가 물었다.

"널 유인해 내려고."

"절 유인해서 어쩌려고요?"

따라온 것을 후회하는지 가에데의 표정이 경직되었다.

"곧 알게 될 거야."

"STN 문제와 우리 공장에 불을 지른 것도 당신들 짓이에요?"

"그래."

"어째서…."

가에데가 눈물 어린 눈으로 쏘아봤다.

"어떤 사람이 부탁했거든."

"기자키 이치로의 하찮은 욕망이나 채우려고 STN 사람들과 나와 엄마의 마음을 이용했다는 거예요?"

그렇지 않았다. 적어도 일본에 돌아오기 전까지는.

가에데의 말대로 지금 기자키의 욕망은 남이 보기에 하찮을지도 모른다. 하지만 지금의 기자키가 살아가기 위해서는 없어서는 안 될 유일한 버팀목이다.

"그 사람은 내게 특별한 존재야. 바꿔 말하면 그 사람 말고는 내 마음에 아무도 존재하지 않아."

"어렸을 때 나쓰카와 씨를 도와줬기 때문에요?"

"그래…."

"기자키는 나쓰카와 씨를 도와준 게 아니에요. 이용하고 있을 뿐이라고요. 분명히 나쓰카와 씨한테 애정이라고는 요만큼도 없을 거예요. 그냥 언젠가 자신의 욕망을 채우기 위한 장기짝으로 쓰려고 나쓰카와 씨를 동료로 끌어들인 거라고요."

그렇지 않다. 하지만 가에데에게 무슨 말을 한들 나와 기자키의 관계를 이해하지 못할 것이다.

가방에서 안대를 꺼내 가에데에게 내밀었다.

"미안하지만 이걸 써 줘."

가에데가 불안한 표정으로 안대를 받아 들었다. 안대를 쓴 가에데의 뺨 언저리가 더 경직되었다.

가에데에게 시선을 거두고 선팅한 차창 밖으로 비치는 어스레한 광경을 바라봤다.

"다메이 씨는 죽는 게 아닐까 싶을 만큼 충격을 받았어요."

그 목소리에 다시 가에데에게 눈을 돌렸다.

"나한테 실망했겠지."

"다메이 씨는 기자키와 달리 이용하기 위해서가 아니라 순수하게 나쓰카와 씨를 좋아하고 걱정했으니까요. 그런데 나쓰카와 씨한테 이용당한 걸 알고도 마음이 변하지 않았어요. 무슨 일이 있어도 기다린다고 했다고요. 그게 지금 다메이 씨의 마음이에요."

다메이와 함께한 기억이 되살아나 가슴속이 까슬까슬해졌다.

"바보 같은 사람이구나…." 무심코 그렇게 중얼거렸다.

"저보다 나이 많은 사람한테 이런 말 하긴 좀 그런데요, 제 생각에 바보 같은 사람은 나쓰카와 씨예요."

"내 마음에 그와 함께 살아간다는 선택지는 없어."

머릿속에 박혀 떠나지 않는 기억을 떨치듯 단호히 말했다.

"내가 함께 살아갈 사람이 있다면 마치다 씨뿐이야."

그렇게 말하자 가에데의 뺨이 움찔 반응했다.

"역시 히로시 씨를 좋아한 거네요?" 가에데가 낮게 물었다.

"그는 내 운명의 사람이거든."

대학에서 천재로 소문난 학생이 기자키가 말한 히로시임을 알았을 때 운명이라고 느꼈다. 마치다와 함께하고 싶었다. 그러면 마치다를 통해 나와 기자키가 진짜 가족이 될 것 같았다.

나도, 그리고 기자키도, 결코 손에 넣지 못한 것을.

회사 설립을 축하하는 자리에서 마치다가 술에 취했을 때 기회라고 생각했다. 아무리 사람과 어울리는 걸 싫어해도 본능과는 별개임이 틀림없다. 어떤 식이든 육체관계를 맺어 놓으면 시간을 들여 마치다를 구슬릴 수 있을 줄 알았다.

그런 생각으로 방에 들어가 침대에 누운 마치다 곁에서 잤다. 그런데 마치다는 잠에서 깨어 상황을 파악해도 내 몸에 손 하나 까딱하지 않았다. 되레 빨리 나가라는 듯한 싸늘한 시선으로 내쫓았다.

그로부터 3년이나 되는 시간 동안 마치다에게 온갖 수를 써 봤지만 결국 관심 한 번 받지 못했다. 매력이 없어서라고 생각한 적도 있지만 주변 사람을 대하는 그의 태도를 보고 그게 아니라는 결론에 도달했다. 마치다 역시 나와 기자키처럼 그 누구도 마음에 품을 수 없는 깊은 절망과 고독을 간직하고 있는 것이다.

"나쓰카와 씨한테만큼은 절대로 넘겨주지 않을 거예요." 가에데가 말했다.

26

"마치다."

건물에서 나와 역으로 가려 하는 마치다를 불러 세웠다.

"두 가지 약속해 줘."

"뭐지?"

"가에데를 반드시 지켜."

마치다가 손에 쥔 휴대폰을 쳐다봤다.

"또 하나는?" 마치다가 다메이에게 시선을 되돌리고 물었다.

"우리 곁으로 돌아와 줘."

"이런 꼴을 당하고도 그런 말이 나와?" 마치다가 코웃음을 쳤다.

평소의 독살스러움은 자취를 감추고 서글픈 표정이었다.

"같이 일해 달라고는 안 해. 너는 너 좋을 대로 살면 돼. 그래도 친구로 남아 줘."

"글쎄, 어쩔까."

마치다가 희미한 미소를 짓고 역으로 걸음을 옮겼다.

멀어지는 마치다의 뒷모습을 잠시 지켜본 뒤 다메이는 근처에 서 있는 택시로 향했다.

병실 문을 두드려도 대답이 없었다.

다메이는 아랑곳하지 않고 문을 열었다. 아키라는 침대 위에서 창문 쪽을 향해 누워 있었다.

"잠깐 이야기 좀 해."

다메이가 말을 걸어도 아키라는 반응을 보이지 않았다.

"너와 이야기하는 건 이번이 마지막일지도 몰라. 내 얼굴을 제대로 봐 줘."

"내 얼굴 보고 비웃을 셈인가?" 아키라의 목소리가 들렸다.

"그러고 싶은데, 안타깝게도 지금은 그럴 만한 여유가 없어. 너한테 몇 가지 일러둘 게 있어. 그뿐이야."

"대체 뭔데?" 아키라가 그제서야 돌아누웠다.

아키라와 눈이 마주친 순간 다메이는 몸이 굳었다.

생기라고는 전혀 느껴지지 않는, 죽은 사람 같은 눈이었다. 형사에게 들은 구보 레이코의 이야기에 어지간히 충격을 받은 모양이다.

"지금부터 기자들을 불러서 기자회견을 열 거다." 다메이가 운을 뗐다.

"기자회견?"

"그래. 이번 부작용 문제의 책임을 지고 사장 자리에서 물러나겠다고 발표할 거야."

다메이뿐만 아니라 시게무라도 이번 문제의 책임을 지는 형태로 STN을 그만둔다. 그리고 마치다도 STN의 감사역에서 물러난다.

다시 일어서는 데 필요한 징검다리를 위해 마치다가 제안한 것이다.

"하긴, 그래야지… 그런 문제를 일으키고 사장 자리에 버티고 있는 걸 사람들이 그냥 넘어갈 리 없지."

"야스우라 씨에게 후임 사장 자리를 부탁할 거다."

그 말에 아키라가 눈을 크게 뜨며 놀랐다.

"야스우라?"

"그래. 여기 오기 전에 야스우라 씨에게 들렀다 왔어. 받아들이시겠대. 야스우라 씨뿐만 아니라 그동안 아버지를 도와주신 다메이드럭의 임원들도 STN으로 모실 거야."

아키라는 몹시 혼란스러운지 다메이를 노려보며 말을 잇지 못했다.

"최근 STN의 주식이 대량으로 매수되었어. 정보에 따르면 외자 펀드에서 오늘 밤에도 적대적 TOB가 실시되는 모양이야."

그걸 듣고 아키라가 코웃음을 쳤다.

"야스우라 일행을 흙으로 만든 배에 태우려고?"

다메이는 아무 말 없이 아키라를 쳐다봤다.

"STN이 외국 자본에 넘어가면 야스우라 일행은 해고되겠네."

"그렇게 되겠지."

너무 쉽게 말해서인지 아키라가 되레 수상해하는 표정을 지었다.

마치다가 STN이 완전히 다른 회사가 될 때까지의 잠깐 동안 신뢰할 만한 사람들에게 뒷일을 부탁하라고 당부했다.

"머지않아 STN은 우리가 원하던 것과는 완전히 다른 회사가 되겠지. 내가 그만두고 나서 그렇게 될 때까지만 야스우라 씨 일행이 STN의 재산을 지켜 줬으면 좋겠어."

"재산? AS 계획의 연구 성과인가?"

"아니, 동료 말이야."

지금껏 STN을 떠받쳐 주었던 믿음직스러운 직원들의 향후 생활을 지키기 위해 이제부터 야스우라 일행에게 뒷일을 맡길 것이다. 조기 퇴직 제도를 포함해 직원들이 좋은 상황에서 재취업할 수 있도록 회사로서 최대한 지원할 예정이다. 그 일을 맡아 준 야스우라 일행에게는 새로운 보직을 마련해 줄 것이다.

아키라는 말문이 막혔는지 그저 다메이를 보고만 있었다.

"넌 이제 어쩔 셈이지? 아직도 기가드럭과 합병하겠다는 어리석은 생각을 하는 건가?"

"어리석다니!" 아키라가 거칠게 내뱉었다.

"비서가 합병하도록 부추긴 거 아니었나? 형사들에게 그 여자의 의심스러운 정체에 대해 들었을 텐데."

"내 회사야! 네가 뭔데 참견이야!"

"그래. 네가 결정권을 가진 회사니까 네 마음대로 해. 그런데 이제 슬슬 인정하는 게 어때? 난 인정했어."

다메이는 아키라에게 애써 온화한 표정을 지어 보였다.

"인정하라니, 무슨 소리를 지껄이는지…."

"나도 너도 경영자로서 더없이 미숙했다는 걸 말이야." 다메이가 아키라의 말을 자르고 말했다.

아키라는 인정할 생각이 없는지 다메이를 독살스럽게 노려봤다.

"그 탓에 서로에게 소중한 걸 잃었어. 나는 애지중지 키워 온 회사를 잃었고, 너는 야스우라 씨를 포함해 믿을 만한 인재들을 잃었지. 야스우라 씨 일행이 빠지면 너는… 아니, 다메이드럭은 더 어려운 상황에 내몰릴 거다. 예스맨에 둘러싸인 지금 상황에서 너 혼자 힘으로는 향후 회사는 점점 기울 거고 어쩌면 소멸될 수도 있어."

야스우라 일행이 그만둔다는 것을 알고 아키라도 불안해하고 있음이 틀림없다.

"아버지가 쌓아 올린 회사를 무너뜨린다 해도 널 탓할 생각은 없어. 같은 경영자로서가 아니라 형으로서 한 가지만 말할게."

아키라는 입술을 깨물고 다메이를 쳐다봤다.

"서로 신뢰할 수 있는 동료를 만들어. 그런 존재가 있으면 어떤 곤경에 처해도 언젠가 다시 일어설 수 있어. 나는 그렇게 믿어."

다메이는 그렇게 말하고 병실을 나갔다.

복도를 걸어가며 다시금 마음을 다잡았다.

일이 마치다의 의도대로 진행된다 해도 기자키가 있는 한 재앙은 멈추지 않을 것이다.

하지만 무슨 일이 있어도 절대로 질 수 없다.

상대가 정체불명의 남자든, 무시무시한 범죄 조직의 우두머리든 반드시 쇼코의 마음을 손에 넣을 것이다.

27

"벗어도 돼."

테이블에 홍차와 케이크를 내려놓고 소파에 앉아 있는 가에데에게 말했다.

가에데가 안대를 조심스럽게 벗었다. 눈부실까 봐 눈을 가늘게 떴지만 이내 부드러운 간접조명밖에 없다는 걸 알아차리고 사방을 둘러봤다.

"여기가 어디예요?" 가에데가 물었다.

"그 사람의 별장이야."

"기자키의…?"

가에데의 몸이 경직되었다.

"긴장할 것 없어. 말했다시피 널 해칠 생각은 없으니까. 그 사람이 손님을 잘 대접하라고 했거든."

그래도 긴장이 누그러지지 않는지 가에데는 두리번거리며 안절부절 못했다. 이 방에는 소파와 테이블, 정면의 벽에 걸린 대형 모니터 외에는 아무것도 없다.

"데려왔어요." 가슴에 달아 놓은 마이크에 대고 말했다.

대형 모니터가 켜지고 기자키의 얼굴이 나오자 가에데가 몸을 뒤로 움츠렸다.

"제법 어른스러워졌구나."

스피커 너머로 들려오는 기자키의 목소리에 가에데가 카메라를 찾아 사방을 둘러봤다.

"긴장하지 않아도 된다. 차로 장시간 이동하느라 피곤할 텐데 차라도 마시며 느긋하게 쉬려무나."

가에데가 테이블 위를 흘끗 본 다음 화면으로 시선을 옮겼다.

"이상한 걸 넣지는 않았으니 안심해."

그런데도 가에데는 화면에서 시선을 떼지 않았다. 표정에서 의심이 묻어났다.

CG로 가공된 영상임을 눈치챘을까.

"쉬려고 여기에 온 게 아니에요. 미노루 씨를 만나게 해 줘요." 가에데가 날카롭게 말했다.

"쇼코, 여기로 데려오도록." 기자키의 목소리가 들렸다.

"괜찮으시겠어요?"

확인을 하자 "그래" 하고 대답하는 그의 목소리가 들렸다.

"그럼 갈까?"

가에데를 데리고 기자키가 있는 옆방으로 향했다.

문을 열고 안으로 들어가자 가에데가 눈을 휘둥그렇게 떴다.

가에데에게 사뭇 기이한 광경으로 비쳤으리라.

다다미 삼십 장 크기의 방 한가운데 침대가 놓여 있고, 그걸 에워싸

듯이 벽 전체에 백 대에 가까운 모니터가 설치되어 있었다. TV 영상은 물론 주식의 시세 변동, 옆방과 저택 밖의 CCTV 영상, 그뿐만 아니라 STN 사장실에 설치된 적외선 카메라 영상까지 고개를 살짝 돌리기만 해도 온갖 정보가 보이도록 배치되어 있었다.

가에데는 이내 침대 곁을 지키고 있는 오자와 미노루를 알아봤다.

"손님을 환영해야 마땅한데 공교롭게도 몸이 불편한 관계로 여기서 맞이하게 되었군."

침대로 가까이 가려는 가에데를 손으로 막았다.

"얼굴은 잘 보이니 거기 있어도 된단다." 기자키가 말했다.

"몸이 불편하다니…."

가에데가 나를 보고 말했다.

"ALS라는 질병이야." 나는 기자키 대신 말했다.

"ALS?"

처음 듣는 병명인 모양이었다. 정식 병명은 근육위축가쪽경화증, 흔히 루게릭병이라고 하며 온몸의 근육이 기능을 상실하는 질환이다.

진행 속도가 몹시 빨라서 환자의 절반이 발병 후 3년에서 5년 사이 호흡에 필요한 근육이 기능을 상실한다고 알려졌으며 유효한 치료법도 확립되지 않았다.

2년 전 기자키가 이 질환에 걸렸다는 것을 알게 되었다. 사실 그 1년 전에 이미 발병했다고 한다.

기자키에게 그 이야기를 듣고 1년간 연락이 닿지 않은 이유를 알게 되었다.

'오늘로 너와도 작별이군.'

얼굴을 마주하자 기자키가 말했었다.

'아무것도 묻지 말고 부모와 함께 최대한 빨리 일본을 떠나. 필요한 자금은 준비해 두었으니.'

'무슨 말씀이세요?'

납득이 되지 않아 다시 묻자 기자키가 어쩔 수 없다는 듯 이유를 설명했다.

내가 상상한 대로 기자키는 어둠의 조직의 우두머리였다. 그러나 기자키가 병으로 쓰러진 후 조직은 구심력을 잃고 약체화되었다고 한다. 엎친 데 덮친 격으로 한때 적대 관계였던 거대 조직에서 기자키의 목숨을 노린다는 것이었다. 기자키의 목에는 수십억 엔에 달하는 현상금이 걸렸고 상대편에 기자키의 죽음이 확실해질 때까지 조직원에 대한 공격도 계속될 거라 설명했다.

기자키는 조직원 중 정말 믿을 만한 사람만 남기고 조직을 해체하고 나와 부모님을 해외로 도피시킬 작정이었다.

일본을 떠나기 전에 기자키는 내게 한 가지 부탁을 했다. 마치다가 유일하게 마음을 허락한 오자와 미노루라는 청년을 데려와 달라는 것이었다. 기자키는 오자와 미노루가 어디 있는지 알고 있었다.

시설에서 데려온 미노루는 지적장애인인 데다 심한 건망증을 앓고 있었다. 그런 청년을 왜 일부러 데려왔을까 싶었지만, 어쩌면 마치다가 지키려 한 소중한 존재를 자신의 곁에 두고 싶었던 것이 아닐까 생각했다.

마치다가 기자키의 곁으로 돌아올 일은 없으리라. 머지않아 기자키가 내 앞에서 사라진다면 더 이상 마치다는 필요치 않았다.

그런 상황에서 다메이에게 고백을 받았다.

그때 왜 고백을 받아들였는지 잘 모르겠다.

해외로 가면 앞으로 만날 일이 없을 거라는 생각에 굳이 거절하지는 않아도 된다고 판단했을까.

그렇게 납득하면서도 왠지 그때 다메이가 보인 눈빛이 머릿속에 되살아나 지워지지 않는다.

휘감겨 오는 기억을 떨치듯 가에데에게서 침대로 시선을 옮겼다.

이제 두 번 다시 만나지 못하겠지만 기자키가 온화한 임종을 맞이하기를 먼 타국에서 바랐다. 지금껏 그가 살아온 인생이 피로 얼룩진 나날이었다 해도.

그런데 석 달 전 우연히 본 일본 TV 프로그램에서 마음에 걸리는 장면을 발견했다. 다메이드럭의 사장을 밀착 취재한 그 방송에서 사장 옆을 지키고 있는 여자 비서가 눈에 들어온 것이다.

왜 기자키의 조직원인 그녀가 다메이드럭의 비서가 되었을까.

짐작되는 바는 하나였다. 기자키는 죽음을 향한 카운트다운에 접어들어서까지 인생의 마지막을 피로 물들이려는 게 아닐까.

그것을 확인하기 위해 나는 일본으로 돌아왔다.

'그런 애처로운 표정으로 나를 보지 말아 다오.'

"몸은 전혀 움직이지 못하지만 머리에는 이상이 없지. 아이러니하게도 몸이 이렇게 되고 나서 지능이 더 발달하는 것처럼 느낄 정도이니. 손발만 있으면 아직 무엇이든 가능하지. 안 그런가?"

기자키가 부르자 침대 옆에 있던 미노루가 고개를 끄덕였다.

"당신의 시중을 들게 하려고 미노루 씨를 데려온 건가요?" 가에데가 물었다.

"아무 짝에도 쓸모없는 청년인 줄 알았는데 의외로 쓸모가 많더구나. 쇼코가 이끌어 주긴 했지만 자네 공장에 불도 잘 내 주었고."

그 말에 격분해서 옆에 있는 쇼코를 노려봤다.

"쇼코를 원망하지는 말게. 그녀 덕분에 아무도 다치지 않았으니. 나는 히로시가 가장 소중히 여기는 것을 빼앗고 싶었거든."

가에데는 쇼코의 손을 뿌리치고 침대로 다가갔다.

"미노루 씨, 얼른 여기서 나가요. 이 사람이 당신을 죽이려고 했다고요. 히로시 씨한테 당신을 죽이라고 명령했단 말이에요!"

미노루의 손을 잡고 문으로 향하려 했지만 그는 꿈쩍도 하지 않았다.

"소용없다. 원래 생각하는 것을 싫어하는 듯하나 긴 떠돌이 생활 끝에 생각하는 것 자체를 그만둔 사람이니까. 여기서 지내면 괴로운 일도 없고 사람들에게 멸시당할 일 없이 아무 부족함 없는 삶을 살아갈 수 있지."

"미노루 씨, 여기서 나가요. 저 바깥세상에 당신을 필요로 하는 사람이 있어요."

가에데가 미노루의 눈을 보며 간절히 호소했다.

"히로시 씨가 당신을 기다리고 있어요."

"히로시 짱…."

지금껏 거의 반응을 하지 않았던 미노루에게 표정이 생겼다. 그러나 가에데를 보고 있지는 않았다. 미노루는 가에데의 손을 뿌리치고 걸음을 옮겼다.

돌아보니 미노루가 벽에 걸린 모니터로 향하고 있었다.

저택 밖을 비춘 영상이 눈에 들어와 가에데는 눈물이 쏟아질 것 같았다. 마치다가 대문 밖에 서 있었다.

마치다가 어떻게 여기로 왔을까.

"그가 왔어요. 네 휴대폰 위치를 추적해서 찾아온 거구나." 쇼코가 가에데를 보며 말했다.

간파하고 있었을 줄이야. 그런데 왜 휴대폰을 빼앗지 않았을까.

"때마침 잘 왔군. 여기로 데려오도록."

기자키의 말에 쇼코가 방에서 나갔다.

"똑똑한 아가씨로구나."

그 목소리에 가에데가 침대 위를 쳐다봤다.

"게다가 용기도 있고. 그런데 안타깝게도 여기는 경찰이 들어올 수 없는 구역이란다."

경찰이 들어오지 못하는 구역이라니 무슨 뜻일까.

함정이다.

마치다를 여기로 유인하기 위해 일부러 가에데의 휴대폰을 빼앗지 않은 것이다. 모니터에는 STN의 사장실을 감시하는 영상도 있다. 분명히 아까 다메이와 통화한 내용도 도청기로 엿들었을 것이다.

기자키는 몸을 움직이지 못하지만 조직원에게 명령해 마치다에게 무슨 짓을 할지 모른다.

여기 오면 안 된다.

저택 밖을 비춘 모니터를 보면서 간절히 빌었지만 마치다가 쇼코와 함께 문 안으로 들어왔다.

"히로시 씨를 어쩔 셈이죠?!" 가에데가 기자키를 노려봤다.

"어떻게든 할 수 있지."

그 말에 가슴속에서 격한 감정이 치밀어 올랐다.

많은 사람을 불행하게 만들고 소중한 사람을 빼앗으려 하는 눈앞의 남자를 어떻게든 하고 싶었다. 지금이라면 이 손으로 가능하다.

가에데는 기자키의 목에 두 손을 뻗었다.

기자키는 미소를 머금고 가에데를 바라봤다.

"가에데, 그만둬."

뒤돌아보니 쇼코와 함께 들어온 마치다가 가에데에게 다가오고 있었다.

마치다가 가에데를 바라보며 고개를 가로저었다. 기자키의 목에 닿아 있던 가에데의 손을 부드럽게 감싸서 떼어 놓았다.

"왔나, 히로시." 기자키가 미소를 지었다.

"오랜만이군. 영사관 안에 별장을 마련하다니 못 본 사이 꽤 출세했나 보군, 무로이 씨. 아니 기자키 씨인가."

"히로시 짱!"

마치다의 목소리를 덮어 버리듯 미노루가 소리치며 뛰어와 마치다를 부둥켜안았다.

"더 컸네."

마치다가 희미하게 웃으며 미노루의 어깨를 토닥였다.

"모처럼의 재회인데 마침 시작된 모양이군."

기자키의 목소리에 마치다가 미노루에게서 벽의 모니터로 시선을 옮겼다.

덩달아 가에데도 시선을 옮기자 여러 대의 모니터에 다메이의 모습이 비쳤다. 화면 끝에 'STN 사장 긴급 기자회견'이라는 자막이 붙었다.

'…STN의 상품으로 인해 피해를 입으신 소비자분들께 진심으로 사죄의 말씀을 드립니다. 정말 죄송합니다.'

화면 속에서 머리를 숙이는 다메이를 보던 가에데가 쇼코를 쳐다봤다.

다메이의 모습을 보며 속으로 대체 무슨 생각을 하고 있을까.

애써 감정을 억누르고 있을까, 아니면 애초에 아무런 감정도 품지 않았을까. 쇼코의 표정에서 아무것도 읽어 낼 수 없었다.

'저를 포함한 경영진은 이번 문제에 대한 책임을 지고 사퇴합니다만, 앞으로 전사적으로 피해를 입으신 분들께 성의껏 대응할 계획입니다.'

"경영진이 물러나도 자네들의 위기는 여전하지. 이제 곧 STN이 내 손아귀에 들어올 테니."

기자키의 말에 마치다가 작게 고개를 끄덕였다.

"자네가 소중히 여기는 걸 나는 아주 간단히 손에 넣을 수 있지."

"그렇군."

"STN의 주식은 컴퓨터를 이용해 미노루에게 클릭하게 해서 몽땅 사들였지. 공장에 불을 질렀을 때처럼 자네가 소중히 여기는 사람의 손에 의해 자네는 모든 것을 잃은 셈이야."

마치다는 서글픈 표정으로 기자키를 바라보기만 했다.

"날 증오하겠군."

"왜 그런 짓을 하지?" 마치다가 물었다.

"자네의 진정한 능력을 일깨우기 위해서다."

그 말이 무슨 뜻인지 알지 못했다.

"처음 만났을 때 자네는 엄청난 가능성을 간직하고 있었어. 그런데 평범하기 짝이 없는 사람에게 정신을 쏟더군. 미지근한 물 같은 생활 속에서 자네 안에 있던 분노가 사그라들었을 테지."

"날 화나게 하려고 이런 시시한 일을 저질렀다는 건가?"

"이건 전초전이다."

"전초전?" 마치다가 의아한 표정으로 되물었다.

"그래. 나는 살 날이 얼마 안 남았다. 머지않아 숨조차 쉬지 못해 죽음을 맞이하겠지. 이번에는 기습 공격이었지만 다시 승부를 겨루어 보자고. 자네가 지닌 본래 능력을 발휘해서 내게 덤벼. 만약 살아 있는 동안 나를 때려눕힌다면 내 자산을 물려주지. 물론 STN과 거기 있는 미노루까지."

"미노루는 당신의 것이 아니다. 물론 내 것도 아니지."

"그런가? 내가 가라고 할 때까지 자네 곁으로 돌아가지 않을 텐데."

마치다가 미노루를 쳐다봤다. 미노루는 두 사람의 대화가 무슨 뜻인지 모르겠다는 듯 고개를 갸웃거리며 마치다를 봤다.

"나와 자네, 둘 중에 누가 더 뛰어난지 겨루는, 처음이자 마지막 승부지."

"나도 당신도 전혀 뛰어나지 않아." 마치다가 싸늘하게 말했다.

"무슨 뜻인가?"

마치다는 아무 대답 없이 모니터를 쳐다봤다.

그 시선을 따라 모니터를 본 가에데는 깜짝 놀랐다.

화면에 이소가이가 보였기 때문이다. 게다가 피아노를 연주하고 있었다.

도대체 어떻게 된 일일까. 가에데는 모니터에 다가갔다.

이소가이가 부드러운 손놀림으로 피아노를 연주하고 있었다. 의수라는 게 믿기지가 않았다.

"이소가이 씨…." 가에데가 무심코 중얼거렸다.

'ITSM은 최근 설립된 작은 회사입니다만, 며칠 전 발표한 획기적인 의수로 큰 주목을 받고 있습니다. 사장인 이소가이 하야토 씨는 열아홉 살 때 사고로 양손을 잃었습니다. 그런데도 장애를 딛고 조금이나마 일상생활의 불편을 해소할 뿐만 아니라 운동이나 음악 등의 취미까지 즐길 수 있는 의수 개발에 힘써 왔습니다….'

피아노 연주 영상에서 인터뷰 영상으로 바뀌었다. 이소가이가 오른손으로 왼쪽 소매 단추를 능숙하게 푼 다음 왼팔 의수를 뺐다.

'현재 대기업 의료기기 제조회사에서 전면 지원하겠다고 표명한 것으로 향후 상품화에 대한 기대가 높아지고 있습니다….'

어떻게 된 일일까 하고 가에데가 마치다를 쳐다봤다.

"우리가 다음에 올라탈 배야."

마치다가 그렇게 말하고 기자키에게 시선을 던졌다.

"이소가이 하야토… 자네와 함께 소년원을 탈주한 남자인가?" 기자키가 물었다.

"그렇다. 당신 기준에서는 보잘것없는 작은 배에 불과하지. 부수려고 마음만 먹으면 쉽게 부술 수 있는. 하지만 당신이 부수면 다시 다음 배를 만들면 된다. 함께 어울려 주는 동료가 있는 인생에 완패란 없어."

"내 계획을 간파했다는 건가?"

기자키가 조금 전과는 백팔십도 달라진 모습으로 물었다. 동요하고 있었다.

"당신이 뭘 하려는지 최근에야 알아차렸지. 당신과 나쓰카와가 친하다는 건 그 전부터 알고 있었다."

"어떻게!"

기자키가 아닌 쇼코의 외침이 들렸다.

마치다가 쇼코를 쳐다봤다.

"처음 만났을 때부터 유학을 가기 전까지 당신은 줄곧 내게 사랑한다고 말했지."

그 말에 역시 쇼코가 마치다를 좋아했구나 하고 생각했다.

"그때는 사랑이니 뭐니 잘 몰랐는데 지난 2년간 사람을 사랑하는 것이 어떤 건지 조금은 알 것 같더군."

마치다가 가에데를 흘끗 본 다음 곧바로 쇼코에게 시선을 되돌렸다.

"유학 가기 전까지의 당신 모습을 돌이켜 생각하는 사이 당신이 날 사랑하지 않는다는 걸 깨달았어. 물론 순수한 애정이 아닌 다른 목적으로 교제하려는 사람도 있다는 건 알아. 그런데 돈도 지위도 없고, 사랑하지도 않는 나를 원하는 이유는 하나밖에 떠오르지 않더군. 달리 사랑하는 사람이 있어서 그 사람을 위해 거짓말을 한 거지. 내가 잘못 짚었나?"

쇼코는 아무 대답도 없이 그저 마치다를 물끄러미 쳐다보기만 했다.

"누구를 위해 사랑하지도 않는 내게 그런 말을 끊임없이 했을까. 그 상대가 한 사람밖에 생각나지 않더군."

가에데는 기자키에게 시선을 옮겼다.

"당신이 미국에서 돌아오기 얼마 전부터 STN의 주가 변동이 이상하더군. 뭔가 벌어지고 있다는 예감이 들었지. 그런데 회사 내부 사정을 거의 모르는 나는 사내에서 누가 적인지 몰라. 게다가 당신은 사장인 다메이의 연인이야. 내가 어떻게 설명하든 당신이 회사에 해를 끼치려 한다는 소리를 다메이가 믿을 리 없지. 그래서 STN과는 직접 관계가 없는 이소가이와 함께 새 회사를 준비했다."

기자키가 탁한 웃음소리를 내며 웃고 있었다. 그러나 그 웃음은 공허한 울림을 자아냈다.

"히로시… 결국 내 완패라는 건가."

기자키가 마치다에게 질문하듯 중얼거렸다.

"무승부인 셈이지. 나보다 나를 더 소중히 여기는 사람이 있더군. 그동안 그걸 깨닫지 못한 나와 당신은 둘 다 인간으로서 열등하다."

"쇼코."

기자키가 쇼코를 가까이 부르더니 떠나라고 말했다.

"안 떠날 거예요." 쇼코가 고개를 내저었다.

"떠나야 해."

"안 떠난다고요!"

표정은 알 수 없었지만, 쇼코를 만나 처음으로 감정이 엿보일 만큼 울먹이는 목소리였다.

"미노루, 가자."

마치다가 불렀지만 미노루도 쓸쓸한 표정으로 침대를 바라봤다.

"떠나."

기자키의 명령에도 미노루는 움직이지 않았다.

"자유로워지는 거다. 어서 떠나."

미노루가 고개를 절레절레 흔들며 자리에서 버텼다.

"말했을 텐데. 미노루는 내 것도, 당신 것도 아니다. 미노루 스스로의 의지로 여기에 있는 거다. 미노루."

미노루가 마치다를 응시했다.

"기다릴게."

마치다는 그 말을 남기고 가에데의 손을 잡고 문으로 향했다.

가에데는 방에서 나가기 전에 걸음을 멈추고 쇼코에게 돌아섰다.

"나쓰카와 씨."

가에데가 부르자 어깨를 늘어뜨리고 기자키를 바라보고 있던 쇼코가 이쪽을 향했다.

당신에게도 기다리는 사람이 있어요.

그렇게 말하고 싶었지만 결국 아무 말도 못 한 채 방에서 나왔다.

저택을 빠져나와 대문 밖으로 나가자 가에데가 무너지듯 길가에 주저앉았다. 뒤늦게 온몸을 오들오들 떨었다.

"집에 가자. 배고파." 마치다가 손을 내밀었다.

그 손을 꼭 잡고 일어서 달달 떨리는 무릎으로 마치다와 함께 걸음을 내디뎠다.

"아까 나쓰카와에게 무슨 말을 하려던 거지?" 마치다가 문득 걸음을 멈추고 물었다.

"나쓰카와 씨와 다메이 씨, 다시 만날 날이 올까?"

가에데는 대답 대신 그렇게 말했다.

"글쎄. 녀석은 워낙 둔감해서 금방 괜찮아질 거다."

"하긴, 어느새 히로시 씨도 친구들 덕에 바람직하게 성장했을 정도이니."

"성장이 아니라 헝클어진 거다."

"앞으로도 계속 그렇게 될 거야."

마치다가 얼굴을 일그러뜨리며 질색을 했다.

"새 회사 이름인 ITSN 말이야, STN의 창업 멤버랑 이소가이 씨의 이니셜에서 딴 거야?" 가에데가 물었다.

"하나 틀렸어."

"어?"

"N이 아니라 마에하라의 M이다. 돈이 없어서 너희 집 2층을 회사 소재지로 삼았어."

마치다가 시치미 떼는 얼굴로 말하더니 입가에 희미한 미소를 짓고 걸음을 옮겼다.

에필로그

서점에서 단행본 표지를 보고 있는데 누군가 어깨를 툭 쳤다.

뒤돌아보니 가에데가 서 있었다.

"아까부터 뭘 그렇게 보고 있어?"

가에데가 내가 보던 책을 들여다보더니 의외라는 표정으로 나를 올려다봤다.

"히로시 씨, 미스터리 소설에 관심 있는 줄은 몰랐네."

"그게 아니라, 이 표지 사진이 신경 쓰였을 뿐이다."

어느 교회인지, 희미한 산줄기 배경으로 십자가가 세워져 있었다.

"신비로운 광경이긴 하네. 어디 있는 교회일까?"

가에데도 관심이 생겼는지 물었지만 나는 "글쎄" 하고 고개를 가로저었다.

"그건 무슨 책이지?"

가에데도 가슴에 책 한 권을 끌어안고 있었다.

"요리책. 오늘 저녁에 뭘 만들지 아직 못 정했거든. 특별한 날인 만큼 실력 발휘 좀 해 보려고."

가에데가 득의양양한 얼굴로 요리책을 보여 주었다.

"특별한 날인 만큼 많이 만들어 본 메뉴가 좋지 않나? 실력 발휘한답시고 괜히 더 망칠 것 같은데."

내가 그렇게 말하자 가에데가 뾰로통해졌다.

"아무렴 어때."

나는 가에데의 손에서 요리책을 낚아채 단행본과 함께 계산대로 향했다.

"책은 사지 말자는 주의 아니었어?"

가에데가 물었다.

"뭐든 예외는 있어." 나는 뒤돌아 대답했다.

양손에 비닐봉지를 들고 슈퍼마켓에서 나와 가에데와 함께 집으로 갔다.

"그나저나 너무 많이 산 거 아닌가?"

오늘 저녁은 뒤늦게나마 마에하라 일가 2층에서 새 회사의 설립을 축하하는 파티를 열기로 했다.

"이것도 어쩌면 부족할지 몰라. 우리 세 명하고, 다메이 씨, 시게무라 씨, 리사 언니, 이소가이 씨, 거기다 야스우라 씨를 포함한 STN 관계자 세 명, 다 합하면 열 명이나 된다고. 집에 도착하면 히로시 씨도 도와줘야 해."

가에데의 말에 나는 한숨을 내쉬었다.

"그러고 보니 어제 나이토 아저씨한테 문자가 왔어. 드디어 정직원으로 취직하셨대." 가에데가 말했다.

"무슨 일을 하는데?"

"글쎄, 탐정이래."

가에데가 눈살을 살짝 찌푸렸지만 나는 제법 잘 어울린다고 생각했다.

나는 마에하라 제작소가 있던 곳에서 걸음을 멈췄다.

빈터가 된 그곳에 공사를 예고하는 간판이 서 있었다. 넉 달 후면 새 공장이 들어서고 이 풍경도 바뀔 것이다.

반년 전까지 거의 매일 꾸던 꿈이 지금의 꿈과 완전히 다른 것처럼.

"왜 그래?"

가에데의 목소리에 나는 정신을 차리고 그녀를 봤다.

"아무것도 아니야."

나는 걷기 시작했다.

"히로시 씨는 역시 센스가 없다니까."

접시에 담은 주먹밥을 보며 가에데가 한숨을 푹푹 내쉬었다.

"처음 만들어 봤으니 어쩔 수 없어. 불만 있으면 네가 직접 만들어."

"나는 다른 준비를 하느라 바쁘단 말이야. 주먹밥 정도는 만들 수 있을 줄 알고 부탁했더니."

가에데가 주먹밥을 하나 집어먹더니 나를 쳐다봤다.

"그래도 제법 맛은 있네."

가에데가 생긋 웃었다.

"그래? 고마워."

내가 말하자 가에데가 어리둥절한 표정을 지었다.

"왜?"

가에데는 웃는 얼굴로 돌아와 "아무것도 아냐" 하고 고개를 흔들었다.

"그럼 이런 식으로 스무 개 만들어 놔. 나는 위층 준비를 할 테니."

"네네…."

계속 주먹밥을 만드는 사이 위층이 떠들썩해졌다. 하나둘 모이기 시작한 모양이다.

"히로시 씨!"

현관에서 가에데가 외치는 소리가 들렸다.

"왜?"

"잠깐 와 봐!"

"아직 다 못 만들었어."

"놔두고 빨리 와!"

나는 손바닥에 붙은 밥풀을 떼어 먹으며 현관으로 향했다.

그리고 문을 연 다음 깜짝 놀랐다.

눈앞에 미노루와 가에데가 서 있었다.

"내가 나왔을 때 마침 집 앞에 차가 서더니… 얼굴까진 확실히 못 봤는데 운전한 사람이 여자였어." 가에데가 설명했다.

"나와 만났을 때 같이 있던 여자가 바래다줬어?"

미노루가 고개를 끄덕끄덕했다.

"그녀는 어디 있어?"

"장례식에 간다고 했어…."

나는 가에데를 쳐다봤다.

가에데도 나를 물끄러미 보더니 이내 2층을 올려다봤다.

다메이를 생각하는 것이다.

"그랬군…."

당신의 마지막 반년은 어떤 시간이었지?

마음속으로 물어보며 새어 나오려는 한숨을 삼켰다.

"마침 잘 왔어. 좀 거들어 줘."

나는 미노루의 손을 잡고 집으로 들어갔다.

부엌에 데려가 미노루와 둘이서 주먹밥을 만들었다.

하고 싶은 이야기가 잔뜩 있는데도 말없이 주먹밥을 만들었다. 위층
에서 웃음소리가 들려온다.

"히로시 짱, 어설프네."

그 말에 나는 미노루가 만든 주먹밥을 봤다.

옛날처럼 울퉁불퉁하지 않고 모양을 갖춘 맛있어 보이는 주먹밥이었다.

"그러게, 연습해야겠어."

나는 주먹밥을 접시에 열 개씩 나눠 담은 뒤 접시 하나를 들었다.

"나머지 하나는 미노루, 네가 들고 와 줘."

"이렇게 많은 걸 누가 먹어?"

나는 미노루의 눈을 보며 웃음 지었다.

"동료들이."

신이 아픈 날 태어난 아이

나를 아는 사람이 없는 곳으로 훌쩍 떠나고 싶을 때가 있다. 그곳에서는 내 이름이 불리는 일이 없다. 그러나 곧 외로워지는 순간이 찾아오고 다시 일상으로 돌아온다. 이름을 다정히 불러 주는 일상으로 돌아와 존재를 확인받고 위안을 얻곤 한다. 돌아올 곳이 있기에 떠날 수가 있었던 것이다.

마치다 히로시는 세상과 단절된 채 살아간다. 세상에 태어났음에도 불구하고 출생신고가 되지 않아 학교에도 가지 못하고 집 안에 갇혀 지낸 것이다. 옹알이를 하고 걸음마를 떼었을 때부터 학대를 당해 온 히로시는 어렸을 때는 그것이 학대인 줄도 몰랐을 것이다.

이따금 집 밖으로 쫓겨나 근처 놀이터나 공원에서 시간을 때울 때, 소설에는 묘사되지 않았지만 아마도 또래 아이들도 그곳에서 놀고 있지 않았을까. 유치원은커녕 초등학교에도 들어가지 못한 히로시는 아이들과 어울리는 법을 몰랐을 것이다. 혼자 멀찌감치 떨어져 배곯고 있었을 히로시. 해가 지면 엄마들이 저녁 먹으라며 아이들의 이름을 불렀을 때, 히로시는 어떤 생각이 들었을까. 엄마가 아이의 이름을 부르는 목소리에 사랑과 기쁨, 걱정 같은 감정이 깃들어 있다는 것을 느꼈을까. 어떤 감정인지 정확히는 몰랐어도 자신의 엄마와는 전혀 다르다는 것을 눈치챘으리라. 그들을 보며 자신의 결핍을 확인했으리라.

히로시는 엄마와 그 애인에게 학대당하며 살던 어느 날 집을 뛰쳐나가 길거리 생활을 하다 범죄 조직에 발을 담그기에 이른다. 살인죄로 경찰에 붙잡힌 다음에야 비로소 세상에 그의 존재가 드러나고 '마치다 히로시'라는 이름을 갖게 된다. 거의 모든 동식물과 사물에도 붙여진 이름이라는 것을 태어나 18년이 지나서야 갖게 된 것이다.

갖지 못했기에 더없이 소중하고 남다른 의미로 와닿았을 이름이라는 것. 세상에 존재한다는 증거와 흔적이 되는 이름을 가진 뒤 히로시는 그동안 오자와 미노루의 호적을 가로채 살아온 나날에 큰 죄책감을 느낀다. 소년원에서는 또래와 부대끼며, 사회에 나와서는 가족이나 다름없는 사람들은 물론 친구와 동료를 만나 의미 있는 시간을 보내는 한편 죄책감의 무게를 짊어진 채 살아간다.

소설 속에서 '신의 아이'란 특별한 능력을 타고난 아이들, 그중에서도 천재적인 두뇌를 가진 아이들을 가리킨다. 그들은 얄궂게도 천재적인 두뇌 외에 아무것도 갖지 못하고 태어난다. 아이는 세상에 태어난 순간부터 축복받아 마땅한 존재이거늘 신의 아이들은 따뜻한 손길 한 번 제대로 느끼지 못한 채 고통 속에서 살아간다.

삶이 고통스러운 나머지 자신은 신이 아픈 날 태어났다고 믿는 페루의 시인처럼, 히로시는 신의 은총은커녕 낳은 사람에게도 환영받지 못한 존재였다. 차라리 태어나지 말 걸 그랬다는 생각이 들 만큼 숨 막히도록 괴롭고 고독한 나날을 보내 온 히로시. 그는 이제 평범하고도 따뜻한 사람들에게 둘러싸여 '마치다 히로시'라는 이름으로 불린다. 사람들이 히로시의 이름을 부를 때마다 그의 가슴속에 온기가 쌓여 간다. 그 온기를 나눌 줄 아는 히로시에게 더 이상 세상에 태어나지 말 걸 그랬다는 후회는 없다.

이정민

신의 아이 2

1판 1쇄 인쇄 2019년 2월 25일
1판 10쇄 발행 2021년 12월 31일

지은이 · 야쿠마루 가쿠
옮긴이 · 이정민
발행인 · 주연지

편집인 · 석창진 **편집** · 최소라
디자인 · 김서영 **마케팅** · 허은정
북트레일러 · 사이클론

펴낸곳 · 몽실북스 **출판등록** · 2015년 5월 20일 (제2015 - 000025호)
주소 · 서울 관악구 난향7길52
전화 · 02 592 8969 / 팩스 · 02 6008 8970
전자우편 · mongsilbooks_kr@naver.com
네이버 포스트 · post.naver.com/mongsilbooks_kr
인스타그램 · instagram.com/mongsilbooks

ISBN 979-11-89178-07-9 (04830)
ISBN 979-11-89178-05-5 (세트)